目　录

第一章……………………………………………………………………… 1

第二章……………………………………………………………………… 39

第三章……………………………………………………………………… 81

第四章……………………………………………………………………… 119

第五章……………………………………………………………………… 145

第六章……………………………………………………………………… 185

第七章……………………………………………………………………… 217

第一章

1

那晚的月亮令她难忘。

解散工作室的念头由来已久，尽管由念头到坚定念头到实施楚郁花了很长时间，几乎一拖再拖。倒不是她做事优柔寡断、患得患失，而是要摒弃一种早已熟悉并习惯了的、按部就班的生活，去过另一种截然不同的生活，尽管在设计和想象中完美无瑕，事到临头仍然会心怀忐忑和恐惧。生活不像造房子，无法先在图纸上"坐实"，无法求证和制成模型；甚至不像在画布上泼洒色彩、意象和激情那般胸有成竹。然而尽管这样，工作室到底解散了。从此，她的人生有了个大掉转，甚至日常所思所想也和过去全然不同。

就说失眠吧。同样是失眠，却差别俨然；不是失眠本身，而是失眠后心态、感觉的差别。过去，一有失眠倾向她就如临大敌般紧张，立马吞下一片安眠药。虽明白"是药三分毒"，可想到第二天必须去做的一大堆事儿，是毒药也强让自己咽下去。与此同时，对所有的声响敏感至极，不仅千百倍放大其分贝，还把睡不着的原因部分归咎于它。结果好几回蒲萍跑进院子，拿竹竿往草地、灌木丛上抽打，像李小龙使双节棍，舞得呼呼生风，"噼啪"有声，边打边令虫儿住嘴：

"嘘，嘘！再叫我狠狠抽你们小屁屁，抽你们个稀巴烂！"

她一乐，更睡不着了。

无法入睡的漫漫长夜像个恶魔，狞笑着等在前头，一夜夜蚕食她，没有尽头。

然而，现如今的失眠却让楚郁安心乃至窃喜，一定是上苍特别垂顾才会给予她这样的时间和感觉。此时，对眼睛而言漆黑一团，对心却一片光亮。此时，仿佛连时间的性质都改变了——它既是停滞的，又是飞速流转、倏忽变幻的；既承载着她，又撒开了她。此时，她五官收拢、闭锁，身体沉静、缓缓下坠，

1

感觉慵倦、微醺……在她的身体像被愈来愈浓的雾气遮掩时，某些缥缈虚空、神秘玄妙的思绪、线条、肌理、色彩、色块却宛若水面的绿叶、光里的七彩、空气中的浮尘、时间滴答走动的步履般接踵而至，它们如精灵一般自己跳将出来，又像调皮捣蛋的孩子蹦来蹦去跨越小河沟或在狭窄的马路牙子上跳上跳下……最终，幸福的睡眠常常在这种状态中悄然而至，仿佛在种种的喧嚣与宁静中恰恰隐藏着一个睡眠天使在温暖着长夜。

不过这晚的失眠却颇复杂。

那天，她一边浏览报纸一边拆信封，其中一个是喜帖。大红绒布的面，摸上去又滑手又温暖；烫金双喜字，一对叫喳喳的喜鹊。她以为是哪个朋友的子女男婚女嫁，也就不在意，可是打开一看却愣住了，心脏随之怦怦狂跳起来：怎么可能？两个在意念中南辕北辙的名字竟然在一张大红纸上龙飞凤舞、你中有我我中有你连成一体！婚礼举办之地——那个数千里之外的南方边陲小镇腊蛮，也瞬间灼热了她的心！

楚郁把这事儿告诉了养母谭雅蓉。随后，准新郎打来电话，最后，预订的机票毫无悬念送达。至此，结局——无非是圆满、破碎或既圆满又破碎——不以人的意志为转移地等在那里。

想想这些天她是怎么过的！像是被打翻了五味瓶——岂止五味！在她的感觉里恰似突然飞来成千上万只候鸟，不仅喧腾了那片天空和水面，还搅动了水底的陈年旧物。

谭念平和那边，他俩暗示过她吗？她有过预感吗？没有！两年前她受谭雅蓉之托去过腊蛮，逗留了一个多月。舅舅谭平的墓地是她逗留的原因，但腊蛮独特的民情风俗、妇女衣物和头饰、民居更让她留连忘返，甚至为了印证那里的山和老家的山多有不同的记忆。那个月，她创作颇丰。她不是第一次去腊蛮。高考完的那个暑假，她和谭雅蓉去过一次，那次本来想让谭平的遗骸叶落归根。娘儿俩那次远行客观上给楚郁她养父楚涵风和她亲姐姐蒲萍创造了时间和空间，从此一切开了头，一如疫病流行，而首当其冲她被传染上了。

当然，那件事那时除了当事人之外，别人都蒙在鼓里。楚郁也是多少年都没回过味儿来。她清清楚楚记得：楚涵风去省城开会没回来。是她给蒲萍买的回老家的车票，她亲眼看蒲萍提着个黑色人造革包上了车，里面装着她的换洗衣服及谭雅蓉给买的衣料、七彩缎子被面、糖果点心。蒲萍坐在窗口的座位，眼珠子贼亮，脸儿通红，跟她挥手道别……

唉，人都会被假象给骗喽，她以为蒲萍这个样子是因为要回家，是因为马上就要见到未婚夫陈金生，是激动着回去办嫁妆。她对谭雅蓉说：

"妈，我们要是不去腊蛮就好了！"

谭雅蓉说：

"没用。这种事防不胜防！"

在那一个多月里，谭念平和那边在同一个场上只出现过一次。那天，谭念平从县城回腊蛮来看表姐，而那边因为有事来找百灵校长。百灵的姓较为罕见，所以楚郁也跟着别人叫她百灵校长而从不叫舅妈。

百灵硬要楚郁住家里，说：

"到家了你还去住旅馆，你舅舅知道了还不得骂我：下回烧纸钱都点不着哇。"

就这样，楚郁在舅妈家住下了。尽管有着一个活脱脱的谭念平在眼前晃荡，楚郁还是无法相信百灵是舅舅的老婆。

这时，谭念平刚被提拔当了副县长，分管经济，包括招商引资原生态开发和旅游。他显得比一般官场人单纯，为民造福的热情很高，正辛勤工作着，忙碌着。楚郁一见到谭念平就想拿尖酸刻薄的言语刺激他，尽管此类刺激多属"哑炮"，偶尔一炮打响，也多为不明旨意、类似小炮仗助兴、庆贺般的炸响。比如她讽刺说他"拒腐蚀永不沾"，他听来却似夸奖。他的不介意是真的不介意。

那边的情况则很不同。楚郁没想到她选择了支教这条路且来到了腊蛮！世界如此之大，说要彼此远离永不打扰的人却偏又碰到了一起！回北京后楚郁还老想着那边，一方面佩服她的勇气，另一方面又担心她从小娇生惯养，很有可能容忍不了腊蛮的气候、苍蝇蚊子蝎子毒蛇，吃不惯腊蛮的东西，承受不了繁琐的工作而"夹着尾巴逃跑了"。可是没想到那边不仅没逃跑，反而要在那儿安营扎寨，嫁了个小地方上的"大官"！

楚郁竭力回忆念平和那边当时的眼神、表情、说话口气等，能忆起的都是他们各自的东西；俩人就像处于各自的磁场且互相排斥，只有回到伊甸园并偷吃了禁果之后，这对男女才有可能意识到彼此性别的差异，互相看见，走到一起。

难道是为了哗众取宠、惊世骇俗？

不不，别这么看她！楚郁心中突然涌起一缕护犊般的感情，在某些梦和一闪念中，她曾把那边当做自己的孩子；有一回梦到那边叫自己"妈妈"，而她竟然很自然地随口答应。

更不要低估了念平。念平不可能要一个缺乏情感的婚姻。尽管楚郁相信这是舅舅谭平的基因在支撑着他的价值取向，但公正地说，无论从外貌、智力、学历，还是从出身背景、家庭条件等惯于用来衡量一个人高下优劣的尺度来衡量那边，她配他都绰绰有余！而且她不缺钱，真是个潜在的有钱人——她将来

3

板上钉钉有一大笔财产可以继承。

说到感觉，楚郁认定谭念平和那边的这桩婚姻并非事不关己，可以高高挂起，而是和她密切相关。她不是局外人！

可是她那边啥意思？几年前巴不得和她及她儿子陆天或者说她那边的亲弟弟陆天做彻底切割，几年后又来搞这场婚礼！世上适婚的男子成千上万，她那边何必转身、回头，找她的亲人来做结婚对象，让渐行渐远的两家人又扯上关系？假如那年那边用言语的方式让她对真相守口如瓶，那么这次是用行动来强化那个约定吗？他们结婚了，她就无法结婚；一个有了俗世的未来，另一个就没有俗世的未来；她没有了俗世的未来和归宿，那么陆天也只能永远处在一个悬空位置，无处置放吗？

就像有许多条道通向公园的某处景点，有许多种角度揭示风景，用这种思维逻辑推断，楚郁起了狐疑，即那边是在搞阴谋，嫁谭念平根本就是她的一个复仇行为，她自始至终没忘了替她母亲许明丽复仇。

假如真是这样，那那边也未免太自信、太狭隘了。"复仇"伤害不了楚郁，传统的伦理道德对她构成不了约束。当年，因心底认可才同意并履行诺言，尽管她从不否认约定的力量，但这种力量若不来自于自身，其力量就会显得渺小，而她，完全有理由践约。

不过，这种推断显然有漏洞！难道这是那边释出的和解之意？否则她何必创造这种机会。或者说，爱情的力量是如此巨大，那边愿意发散自己的幸福，愿意逝者给生者让路，让她的亲人也获得幸福。真会是这样吗？假如真能这样，那么她再也不用被这个天大的秘密压得透不过气，再也不用克制自己、只把他当做自己的往事和梦幻，再也不用只在内心向他倾诉；至少儿子认祖归宗有了可能——尽管她心生恐惧，但真相总有一天要告诉他！陆天有权利知道自己的来处！

可是陆地怎么办？楚郁跟前夫陆地之间也有个协定：永远对陆天隐瞒事实真相。陆地说陆天永远是他的儿子，楚郁如果敢向儿子告知真相，他就把这件事公诸于众，挖出"幕后"，让他们双双身败名裂。

陆天是陆地给起的名字。

孩子刚一呱呱坠地，陆地就在脑子里琢磨起了儿子的名字，为了更随他，陆地想的都是单名。一天，他开车经过广场时，"天"字像颗子弹一样狠狠击中了他的心脏，把它"炸"（乐）开了花。随即，他想起了孟浩然的两句诗：万壑归于海，千峰划彼苍。

"知道吧，我的儿子他妈？"他把"儿子他妈"说得既拗口又甜腻，同时，包括他的身体和灵魂全都悠荡起来。"'彼苍'即为'天','天'即为'彼苍'。可惜现在不兴这个,否则正好一名一字,好个'天'和'彼苍',陆天,陆彼苍——简直天衣无缝、天作之合、天赐之名!"

看他喜不择言,同病房的产妇和家属都笑了。有的产妇还拿胳膊肘儿杵杵自己丈夫,让他们也赶快给自己的小宝宝起个好听的名字。陆地有让天底下女子都爱他的本事;他更大的本事是你明知他到处留情,却坚信他最最爱你。

楚郁蹙紧眉头,显得心不在焉,话也说得文绉绉,好像故意为之。她说:

"你俩一'地'一'天',把我置于何处?"

陆地伸过手来,把她的脸一捧,说:

"你是一件充盈于天地之间、永远释放馥郁芬芳的宝物。我和儿子的宝物!"

她挣开他手,不看他,看天花板,眼神杳渺,表情暗含讥讽又略显沉郁。她说:

"哦,宝物?一时半会儿、此时此刻的'宝物',尚且沾了一个男性婴儿的光——何言永远?"

陆地笑,俯下头亲了她一下。

后来,别的产妇都夸楚郁老公:长得帅,性情好,体贴人,滑稽有趣,才华横溢;同时让她警惕得产后抑郁症——楚郁已经显露了抑郁症候。别的产妇一旦稍稍恢复体力就呱唧呱唧说个没完,交流阵痛的感觉、进产房的紧张、听到孩子第一声哭时的激动、奶水涌动被那个小生命吮吸的自豪等,可是楚郁只说书面语、孩子第一次抱来扭头不看、寡言少语、脸紧绷眉紧蹙……

这一切都缘于楚郁怀疑孩子不是陆地的。这个隐忧从得知怀上孩子那一刻起就产生了,怀孕期间不知掰着手指头算了多少回,算一回,隐忧不是消减而是增加。她说不要孩子,可陆地非要……所以楚郁的抑郁并非从产后开始,只不过第一眼看到孩子后,抑郁加之惊骇、不安、犹疑的感觉更浓厚了。陆地纵有千错万错,哪怕把别的女人带到他们的婚床上,楚郁也觉得自己坏——这件事她真做绝了,又狠又毒,用陆地的话说她做了件让陆某人断子绝孙的事儿。

不几天,陆地把两个漂亮产妇及另一个产妇更漂亮的妹妹的详细信息包括姓名、工作单位、联系方式弄到了手。看陆地那天真无邪的样儿,女人和站在她们身后的男人谁会想到一颗不定时炸弹在他们床榻旁已然埋下?

陆天十岁左右时,陆地彻底放弃了绘画创作,一心一意开始炒股。他进了大户室,并常在电视台财经类节目里客串。一个画画的人成了"股神",无疑显示了这个社会"造神"的速度和全没有规律的规律。陆地嘴里整天挂着金融、牛市、熊市、走向、下跌、突破、行情、成交、绩优股、垃圾股等有关股市的词汇，且总把它们融合到日常生活中。正如他过去绘画时满嘴绘画术语，满世界笔触线条、色彩色块，以为只有笔触线条色彩色块勾勒出的已知和未知的世界才是留住大千世界那稍纵即逝色彩之美的惟一表现途径！比如说陆天从前是他人生的一大亮色，后来是他的一只长线投资股，再后来是他的一只黯然神伤股；她从前是他的白、粉、紫、红，后来是他的黄、褐、灰、黑，是他买的一只火了一阵便处于长期低迷的绩优股，无奈处在整理期，谁知道还能不能再次走高？

陆地总拿一双眼皮深深的、眼窝凹凹的、总把女人迷得颠三倒四的眼睛瞅着她说：

"怎么？又去画室？星期天哪。连股市都歇着呢。你知道股市歇两天我得少挣多少钱吗？就那些将来要流芳百世、万古长青的……嗯，少啰嗦！紧着给我睡觉！完了我陪你逛街、购物、听音乐会——你随便挑！"

楚郁剜他一眼，转身就走。

他冲她的背影嚷道：

"自找！谁逼着你啦？"

"谁也没逼我！"

楚郁倔倔地撂下这句话，心里的感觉有几分悲壮，就像在战场上接过倒下去的战友手上的机枪和战旗，一腔都在悲壮：你逼我来着；我自己逼我自己来着。

丈夫"逼"自己这个问题或许是"仁者见仁，智者见智"。对于楚郁来说，她当然喜欢丈夫有钱，喜欢过有钱人的日子。可是，像陆地这样心里除了钱和由钱带来的显摆、挥霍，只以钱来衡量成功、快乐、幸福与否，把过去孜孜以求的诗意、梦想，把线条、色彩构架的世界通通丢掉、遗忘，她不仅无法苟同，也无法理解和接受。她有时真怀疑陆地有意如此，目的就是为了消解放弃理想的那丝不安，更彻底、更迅猛地滑入那永不餍足的肉体和物质欲海；给她的人生设计是居心不良，目的是为了和他夫唱妇随。

当然，陆地若听说他逼她，非得大喊冤枉！因为按照他的设计，她完全可以轻轻松松、快快活活享受生活——做做美容、逛逛街、健健身、旅旅游、听听音乐会，跟她的姐们儿吃吃饭、聊聊天——陆天本来在贵族学校寄宿，她偏死活要让儿子"回到正常的、普通人的生活轨道"，这不刚给儿子转了学，她又给自己弄了个"画室"。整个死心眼儿劳碌命，自找不痛快！

而楚郁说自己"逼"自己，也绝非矫情。她不能按陆地的设计打发光阴，过这种轻得发飘的日子，她必须重新支起画架。除了重拾梦想的踏实和快慰外，她有个现实的期待：把陆地拽回到过去，拽回到她的阵营；此外，还有一个深埋于心的、不太确定又确实存在的愿望……

刚从贵族学校转学不久的陆天有一天在放学回家时从一辆停在站牌边的公共汽车屁股后头钻出横穿马路，被一辆小汽车剐倒。

谜底揭开。

此时陆天上小学四年级。

DNA 检测报告出来，陆地疯了似的冲出家门，一个礼拜后回家，人瘦了一圈，脸色发灰，走路摇摇晃晃。他甩给楚郁一个塑料袋，里面装着他这礼拜用过的避孕套。她弯下腰去干呕，恶心得差点儿窒息。他厌恶地挥挥手，说：

"别装了！明明是个婊子，却要装出淑女的样儿！少恶心我了！"之后陆地又突然捶胸顿足，嚎啕大哭。"没想到你还有这一手。你狠。你阴狠！最毒妇人心呀！我是个坚持原则的人，我有我的信念。我一遍遍跟你重复这个话：我爱你，你是我老婆；老婆只有一个，而性伙伴可以有无数个。那无非就是搞搞而已。天地良心，我陆某人从没有和别的女人生孩子的念头。我总是戴套套。我就是想让自己和那些女人的器官隔上一层哇！啥时候我和你用过那玩意儿？这一个套套里就有几亿个精子吧？我有一个儿子，可他不是由我的精子变的……你是让我陆某人断子绝孙哪！"

楚郁和陆地离婚后，陆地去了美国。楚郁开始了没有男人的生活——用她自己的话说这种日子很煎熬，她得严防死守才行。

谭雅蓉多次劝她趁年纪不大再找一个，但她光嘴上答应却不付诸行动。她觉得自己早已习惯了这种生活：也许压抑、单调、孤独和缺憾，却是宁静和丰富的。这里的宁静和丰富均来自她的创作。她把在现实中无法实现的生活理想转化成艺术，使生活的缺憾在作品中得到弥补和绽放。不过在这之前为了把作品打向市场，她为楚郁工作室招徕了一拨人。有一度，卡通画、街头雕塑……所有能挣钱的活都揽。不揽没有饭吃。发展是硬道理，只是后来她觉得自己的指导思想和决策是错误的；那条道只通往虚假的成功和金钱，到达不了那处最美丽的景点。

她的这种生活甚至连苗苗都看不下去了，有一次调侃她：

"姨妈，你活得像个修女！姨夫值当你为他这么守着呀？"

"我不是为他守。"

"那你是在自虐！"

"也许吧。美国霸道，就有了拉登。连你老外婆都会说：'瞧电视里整天演的啥？把孩子带坏了！' 人受什么报应，更多的要从自己身上找原因。"

苗苗疑惑地看了她一眼，脑子没转过弯儿来。在陈艺苗的感觉中，该遭报应的应该是她的前姨夫陆地，而不是她姨妈楚郁。但蒲萍这时引起了她的注意。蒲萍正坐在沙发上看电视，因背着背篓不敢往后靠，所以正襟危坐，好像正在摆姿势让人拍照。陈艺苗不出声地叹口气，心说我妈妈才是在遭报应呢！她把视线收回到楚郁身上，说：

"咳，那是外婆老生常谈的话。外婆还说：'警察抓坏蛋，为什么只抓小偷、强盗、强奸犯、杀人犯，为什么不抓那些教唆人去当小偷、强盗、强奸犯、杀人犯的人？小偷、强盗、强奸犯、杀人犯是坏，可他们坏在明面儿上，抓住了是要坐牢杀头的。那些教唆犯更坏，使的都是阴招，歹毒哇！他们不用坐牢杀头，除了我这个老面①谁也不说他坏，还净说他们好！' 我摇着外婆的手，说：'外婆，还有我呢！您别把我落下呀。我也说他们坏！'"

楚郁说：

"你外婆也对我说过这个话。越老，她倒越随了太太了。"

这时蒲萍卸下背篓，开始剪纸：她用彩纸剪成蘑菇、松蒲②、野藤梨③、油桐籽、"满天星"④ 等的模样，放进背篓。然后背上背篓去厨房，捡出"蘑菇"叫阿姨炖鸡；"松蒲"拿来生火；"油桐籽"和"满天星"不得混一块，因为两种籽出的油不一样；"野藤梨"还没熟透，需埋入谷粒里捂熟。

蒲萍权威般的嗓门一直传入客厅。

"记住了埋就整个儿埋，别落半拉子在外头，那样熟得慢！"

阿姨满口答应。不一会儿，蒲萍背着背篓回到客厅，一副劳动后收获颇丰心满意足的样子。

陆地发誓以后再不结婚。他一直想把陆天弄到美国去念书，他说陆天来了，我就能平衡了。楚郁不同意，说你平衡了，我就失衡了。

陆天考上了京华大学。楚郁当时力劝陆天报考别的大学别的专业，可陆天义无反顾奔那儿去了——那玄默就在这所大学当教授。按陆天所学的专业，这父子俩相遇是种必然，毫无悬念！楚郁发伊妹儿给陆地，说你还是抓紧时间结婚生个儿子吧，紧抓住陆天没有意义。陆地很警觉，回的伊妹儿措辞严厉：

---

① 雾城方言，老面孔、老脸，意为老太婆。
② 雾城方言，即松球。
③ 雾城方言，即猕猴桃。
④ 此处指乌桕籽。为乌桕树的品种之一。蒴果球形，成熟后开裂。因种子裹着的蜡质色白，故叫"满天星"。

你是不是有了那个男人的下落想让我儿子认亲？告诉你，门儿都没有！爱最忌干扰和破坏，我警告你千万别做傻事儿！我这么做，也是为了陆天和你好。

　　陆天对陆地的感情确实很深。一想到和陆天说出实情楚郁心里就打鼓，觉得自己在儿子心目中的地位会一落千丈，她和陆地的形象会整个儿翻转，儿子毫无疑问会恨她。这件事甚至会搅乱儿子原本平静单纯的生活，也许会毁了他一辈子的幸福。

　　那两年，楚郁比以往任何时候都要关注陆天的学习，诸如今天听了谁的课、他爱听哪个教授讲的课等等。陆天说妈妈成了"包打听"，她不介意。陆天喜欢的教授里面果然有那玄默！陆天说那教授讲课有激情，从不坐着讲，讲课过程中从不喝水，学生中途从不开溜。每当这时，楚郁的心便如窒息了一般，她急迫想知道：他俩的目光对视了吗？有没有心灵感应？父子俩尤其是做父亲的有没有对儿子产生亲切、熟悉或者奇怪的感觉？

　　陆天上大一时碰到那边，在没见到那边前，陆天已经在她跟前做了许多有关"那边"的铺垫，爱情的宣言。有一天，陆天把她带到了楚郁的工作室。那边说：

　　"再过两个月就是我爸爸的生日。听陆天说您最擅长画人物肖像，我对楚阿姨的大名也早有耳闻，所以想请您给我爸画一幅肖像，在他生日那天送他。因为想给他个惊喜，自然只有照片上的爸爸叫楚阿姨画。我带来了许多我爸的照片。"

　　陆天插嘴：

　　"妈，她爸就是我跟您说过的那玄默教授。"又扭头对那边说："那那，我妈妈以前在京华大学进过修，我记得跟你说过这事儿，兴许还认识你爸呢。"

　　该来的总有一天会来！这之前楚郁觉得这个"来"漫长得看不到一点儿迹象，此时又觉得它"来"得太快。

　　她急得像热锅上的蚂蚁。想不到在电视剧里才会出现的情节现在在她家上演了。楚郁决定找那玄默摊牌。一定得把两个孩子扯开！可是那玄默出国去做了交流学者，一时半会儿回不了国。那些日子楚郁茶饭不思，夜夜失眠，报应像是悬在头顶的一颗炸弹摧毁了她的意志。她想找那边摊牌又觉得这么大的事儿不该对她说，因为对一个孩子太不公平。正在这时，那边却打电话来找她。那边的奶奶误把陆天的照片当做那玄默年轻时的照片，那边在那玄默的影集里看到了楚郁，虽是一张五个人的师生合影，那玄默把它留到现在且摆进影集却足以让人怀疑。一句话，她早怀疑父亲的忠诚，她接近陆天也是别有用心。那边拿出一份北京市公安局法医检验鉴定中心的《亲缘关系鉴定书》。被鉴定人为：那保国、陆天、楚郁。那保国是那玄默的曾用名。鉴定书的一是绪论，二为具体检验基因分型。

三、论证：

……本鉴定中，陆天的等位基因除能在楚郁的基因型中找到来源外，其余等位基因均能在那保国的基因型中找到来源。根据上述结果按北京地区群体遗传资料统计得到信息，那保国为陆天生物学父亲的可能性是其他无关男性为陆天生物学父亲可能性的 2.4×10 倍和 6.7×10 倍。

四、结论：

极强力支持那保国、楚郁为陆天的生物学父、母亲。

楚郁那些日子总想起自己小时候的那个塑胶娃娃。

那是她第一次开口叫谭雅蓉妈妈时，所获的奖品。她管"她"叫甜甜。甜甜小得可怜，身长不足五十厘米；小脸圆鼓鼓的，颊上的红浓艳夺目，像北京街头扭秧歌大妈颊上的胭脂；一件蓝绿相间的细格子棉布连衣裙——可算作她初次接触到的时尚——紧裹着"她"的身子。甜甜随自然而变化着体形：冬天冷得发硬，敲"她"时发出"梆梆"、"咚咚"声；夏天最柔软，软得随你怎么捏弄都行——把脖子像绞毛巾般绞起来，把手、脚、身子折成两截或多截——对待如此"酷刑"，"她"也就"吱吱"几声，像小老鼠的尖叫；春、秋两季则表现得和季节一样，显出"她"一年中最美丽可爱最成熟的一面。此外，甜甜的叫声不是从嘴而是从肚脐眼处发出——她认为这是甜甜最过人之处，总以此为傲。有时为了打击谭平，楚郁会说：

"舅舅，让你肚脐眼发个声试试？"

谭平鼓凸两下肚子，"噗"的一声，说是肚脐眼发话了。但谭平蒙不过她。楚郁一边盯牢谭平的嘴，一边用手捏住他的脖子，反复几次后便知那声儿是从谭平嘴里发出的。

楚郁去幼儿园路上经过"东方红"百货商店。商店橱窗里某一天摆出了一个娃娃。"她"华美、俏皮的模样瞬间闯入她脑子里："她"有一双乌炭般会说话的眼睛；嘴角上翘，翘起处连着两个红而圆润的酒窝；头发是乌梅的黑，夹杂着糖炒栗子的威狄克棕①，闪着甜蜜蜜的光泽……"她"天天微笑着看她，仿佛在说：想要我吗？过来抱我呀！

非把娃娃弄到手的欲望让她日思夜想。但她何其乖巧，经过"她"身边时只拿眼瞟她，脚步略一迟滞都会被她掩饰过去，更别说是说出心中愿望了。她只一心指望爸爸妈妈舅舅能够识破她的心思。

她找到了甜甜身上两道裂纹；甜甜脸上也有污渍，胭脂红滑稽得要命；格子裙上有个小破洞，离时尚很远；肚脐眼出声哪算本事，简直像在幼儿园活动室放响屁一般丢人。

甜甜被楚郁弃置一边。她想要那个娃娃，可好孩子不该跟大人提要求；提出来，便是非分——尽管她确信一开口就会梦想成真。可这有违于她和谭雅蓉楚涵风形成的习惯——总是给买什么她才拥有什么，从没有她提出要什么而拥有什么。谭平据此说她这丫头"贪吃而不贪心"。她虽然小，却敏感到有些惯例是不能打破的。

一天，楚郁随楚涵风和谭雅蓉去江边散步，她带甜甜同去。一到江边，她便撒开了腿跑，甜甜跟着她跑，她跑快"她"跑快，她跑慢"她"跑慢，她停下来"她"也跟着停下来；她"哇哇"喊，甜甜"吱吱"叫。可是突然地，甜甜像长了脚，猛地脱离她，在地上蹦了两蹦，蹦出了栏杆缝隙，在堤坝上连翻几个跟斗，滚进了奔腾不息的雾江。似乎是为了让她印象深刻，甜甜并不马上在她眼前消失：水波把"她"推来撞去，像她刚去幼儿园被小朋友推来操去一样，没有自己的意志和愿望，只有越来越浓的茫然和胆怯；一会儿小脸冲天，脸颊鼓鼓的，还是那么一副调皮、安详的样子，它脸上的污渍经水一冲，显出了底色，比任何时候都鲜亮、红艳；一会儿来一个波浪，像一只手把"她"的身子翻了个个儿，"她"整个脸埋进水里，原先的黑发成了结块的黑草——原来那头发并不是从毛孔往外长，它的脑壳没有毛孔，一个都没有，只沿着发际处缝了一圈而已！所以甜甜最后呈现给她的是个秃子的形象，小脑袋瓜虽没有破，却给她留下一个被打碎蛋壳的印象！最后，甜甜被带到水的湍急处，一点一点在她视野里消失了。

她站在堤岸上一动不动，小嘴嚅动，眼含泪水，心疼了，又像被吓着了。赶上来的楚涵风和谭雅蓉安慰她，口气中没有半点儿责备。他们把甜甜的丢失看做意外。

"不哭不哭。我们再买一个，比甜甜还好看。"

第二天经过"东方红"，她小脸紧绷，心跳加速，走路姿势僵硬，眼睛不

---

① 油画颜料，比棕色略深。

敢往橱窗看。她用眼角余光瞥见"她"还在那儿，冲她微笑，好像举起手迫不及待地要往她怀里扑呢！谭雅蓉的注意力不在女儿而在自己的脚底下，在她一丝不苟的时间观念里：她想尽快把女儿送到幼儿园，自己去上班。下午谭平去接她，橱窗令人伤心地出现了一个空白，娃娃不见了。

谭雅蓉又给楚郁买回一个娃娃。这是一个柔软的布娃娃，布鼻子布眼睛布嘴巴布脸蛋布头发布手布脚，布里面填充的是海绵。"她"在冬天不会冻僵，夏天不会变软，春秋季也不显得格外美，一年四季都呈现着没有个性的柔软。她怎么弄"她"都行，把"她"的鼻子拧过来拧过去，把脸挤扁了松开，使劲踩"她"身子，"她"仍然会慢慢弹起来，连哼都不哼一声。

她怀念甜甜。她终于愿意回想起那一瞬了：甜甜掉到地上，她随即一脚把"她"踹出栏杆，就像踢球一样。也许她的"踹"并非故意，是跑动的脚控制不住惯性犯下的错；也许她确实对"她"起了腻味之心，她喜新厌旧，决计不要"她"，才让水把"她"吞没。

她心疼，楚涵风和谭雅蓉一眼看穿了她内心的真实。她自己却看不穿。当她反复确定自己真的心疼和后悔时，却又迷惑了，因为这跟她的预期相反。难道这不是她梦寐以求的吗？

她被吓着了，楚涵风和谭雅蓉一眼看到的这个神态也是真实的，但本质却有差异。她被吓着的不是流水瞬间就能把你曾经喜爱并拥有之物卷走的威力，而是自己内心计谋得以顺利实现引起的惊骇。这是持续了多日的心理预谋加瞬间灵感所完成的一个动作，几乎可以用天衣无缝来形容；没有这个动作，也会有别的动作，比如把"她"带出去玩而忘了带回家之类。至于既失去了甜甜又没有得到橱窗里那个娃娃的事实，楚郁得多少年以后才能意识到并和自己的人生遭际相对应。

那些日子楚郁逃脱不了这个念头：也许她就是那个塑胶娃娃，被"他"一脚踹进水里，被湍流流带走，再也不见踪影；或者反过来，"他"是那个塑胶娃娃，被她一脚踹进水里，被湍流带走，再也不见踪影；也许这是自己个性乃至命运的暗示。

　　……我是你亲爱的梅娘，你曾坐在我们家的窗上，嚼着那鲜红的槟榔，我曾经弹着吉他，伴你慢声歌唱……

谭雅蓉在唱歌。谭雅蓉的歌声大多局限于她自己所听过的。同时，她喜欢截取每首歌里她以为的精华部分，这部分歌词总是她能够记住并乐意记住的。

楚郁想，刚才怎么把妈妈给忘了？念平的婚姻牵扯到她只是一道边，而牵扯到妈妈则是所有的边围成的一个面，一个立体几何，是整个天地，一颗心——这应该是妈妈日思夜盼的，是她晚年生活中最重要的一件事。妈妈知道这个事儿，不知会喜成啥样！

此时此刻，楚郁觉得自己不存在了，她的感觉——绝望也好轻松也罢——统统隐没起来；妈妈的感受，妈妈即将到来的、毫无疑问的快乐上升到最重要的位置。也许，这也是她从小形成的思维习惯使然，在楚郁的感觉里，谭雅蓉的需要高于她的需要，谭雅蓉的感受比她的感受更重要、更宝贵；谭雅蓉一出现，她便自觉自愿隐到身后，只做妈妈的影子。跟谭雅蓉比，她自己是那么微不足道。谭雅蓉是天，她就是在天空飞翔的鸟儿；谭雅蓉是地，她就是在地头长着的苗儿。没有谭雅蓉虽说也有她的存在，却注定不是她当下的存在。谁知道她会在哪儿，会怎么样？她早就发现，她把妈妈放在第一位考虑，妈妈也总把她放在第一位考虑。这种母女关系才处于一种良性循环的状态。

楚郁拿起喜帖往楼上跑。她仿佛又回到了小时候，考得不错、得了什么奖，或仅被老师口头表扬，也是这样急迫地要把喜讯告诉妈妈。让妈妈分享的骄傲中，隐藏着这样一个自始至终的愿望：瞧，做您的孩子，我是够格的吧？没给您丢脸吧？

房门关着，她敲了敲。

“没锁。进来吧。”

她推开门。谭雅蓉正往衣柜里挂运动服，她刚才一直在院里锻炼身体。楚郁喊一声妈妈，走过去从背后搂住了谭雅蓉，把脸贴向她后背。那种自小就熟悉的气息——来苏水的气息，仿佛有触角，隐隐地、幽幽地传过来。楚郁相信这不仅仅是她嗅觉敏锐或感觉过敏，而是这种气息确实已经渗入到谭雅蓉所有的衣服里，甚至肌肤和血液里。

“怎么了？郁儿。”

谭雅蓉显然对这种亲昵感到开心。她边问边转过身来，却有些遗憾地发现这一动作使自己脱开了女儿胳膊的环抱。

“妈妈，我要宣布一个天大的喜讯。不过您得答应我，不要兴奋过度。尽管您血压不高、心脏还像四十岁人的心脏，但是……”

她卖了个关子，然后突然变戏法似的把喜帖亮出来，声音尽量平淡。

“念平要结婚了。”

“真的吗？”

谭雅蓉略显浑浊昏暗的眸子像刚换了电池的手电筒，骤然变亮。她接过喜帖，一时不知该如何对待它。抚摸？抱在胸前？女儿在跟前，怎么做似乎都过分。所以，她只是紧抓着它，一遍遍看，好像手一松喜帖就会飞走，这桩喜事也会随之而去似的。她把目光胶着在那两个名字上，透过其间两个和弟弟名字相同的字，弟弟那张亲爱而又模糊的脸，像星星一样在眼前闪烁。

一种打小就熟悉的类似嫉妒、遗憾、伤感的情绪在楚郁心底一闪而过。这是谭雅蓉、谭平的血液不能融入到她的血液的心被猛然抽空般的感觉。这一刻，谭雅蓉把她排除在外；她在他们之外。谭雅蓉并非有意这样，而楚郁也并非太过敏感。谭雅蓉只是本能地把楚郁排斥在外，而楚郁只是本能地领悟到这一点。

谭雅蓉对侄媳妇很好奇。楚郁三言两语的介绍更勾起了她的好奇心，就像有酒瘾的人啜上三两口酒非但不能解馋反倒勾起了酒虫一般。

谭雅蓉连连追问：

"你怎么认识的她？"

"她有多大？长得漂亮吗？"

"怎么叫那边？多奇怪的名字。"

……

"哦，侄媳妇是北京人，支教去的？这可需要勇气哪。尽管我不太了解北京人，但仅凭这点我敢说那是个好孩子。我喜欢她。"

谭雅蓉当即决定去参加念平和那边的婚礼，怕楚郁反对，还说了一大堆理由，什么顺便去看看那些由她资助上学的孩子，给谭平扫扫墓啥的。楚郁没有反对，反而热烈响应了谭雅蓉的建议。

接下来几天，娘儿俩天天谈论念平和那边的婚礼，回忆谭平和过去的往事。回忆避不开楚涵风；她们也不想避开。楚涵风此时此刻比过去任何时候都更是她们的亲人。蒲萍的电话也没影响谭雅蓉的情绪。谭雅蓉来京前，楚郁斟酌再三，决定还是让蒲萍回避。楚郁跟苗苗说：

"还是把你妈接走吧。眼不见为净。"

走那天，蒲萍脸上的表情几乎是生离死别的，一步三回头地瞅她。苗苗把车发动后，她突然摁下车窗玻璃，把头和半个身子探出来，大声问：

"干吗让我走，妹妹不要姐姐了吗？"

楚郁把蒲萍按回车里，说：

"要，要，谁说不要？可是姐姐的女儿女婿、外孙女儿也要姐姐。要不把姐姐分分，一家一半？"

蒲萍歪着头想了想，说：

"分成两半？一只眼睛、半拉鼻子、半拉嘴，一只胳膊一条腿。一只胳膊采蘑菇还凑合，可是怎么砍柴哩，怎么爬树哩？一条腿得跳着走路。谁跳着走路？

小白兔、松鼠、格宝①、田鸡、蒲萍……不行不行！"

蒲萍身子往后一靠，不看楚郁，也不跟她道别，自言自语地说：

"把小背篓劈成两半还能不能装住东西呢？劈成两半的还叫不叫小背篓呢？"

陈艺苗趁机把车开走了。

蒲萍不管接电话的是谁，张嘴就说：

"我想你了！我想说家乡话，想吃笋干炖腌肉，想吃肉粽子，想吃梅菜肉，想……还想我的小背篓！我要回家家！"

谭雅蓉说蒲萍刚出声，她就听出了是谁。

"干吗让她走？呆在这儿，不碍事呀。还有苗苗和豆豆，我见见也好呀。"

楚郁撇嘴。不碍事？说得好听。老眼里揉不得沙子，蒲萍就是您眼里的沙子。蒲萍的女儿和外孙女儿就是把沙子吹到您眼里的那阵急风。谭雅蓉不见缘于她一贯的矜持，一种不揭疮疤、不翻陈芝麻烂谷子的宁静诉求；楚郁不积极促成的原因很多，也许还搀杂着私心，她的理由是：陈艺苗终归姓陈而不姓楚。

所以，楚郁判定谭雅蓉的激动是单纯的，而她好在不必在谭雅蓉跟前掩饰自己——无论流露怎样的情绪，谭雅蓉均会把它看做正常，因为谭雅蓉会以自己的感觉来判断她的感觉。

楚郁陪谭雅蓉去了趟燕莎，不仅给新郎新娘挑选了礼物，还给自己从头到脚打扮得一身簇新。试衣服时，楚郁对谭雅蓉说：

"妈妈，您猜我想起了什么？"

"过年穿新衣服呗。"

"差一点点儿。是您把我一身簇新打扮起来带出山的那天。那会儿我多小啊，妈妈多年轻啊，连舅舅都还只是个孩子呢。"

谭雅蓉眼圈发红，说：

"打住打住，不说过去，说现在。郁儿，你也结婚吧，好不好？你不结婚，我睡觉都不踏实。"

"我倒是想结婚，可谁娶我啊？"

"那个死陆地，自己跑到美国快活去也就罢了，还拐走我外孙。"

"妈，他拐不走你外孙。天天是我儿子。"

"是你儿子，不是他儿子？我看我女儿傻勒勒②的，一点都不会替自己打算。"

---

① 雾城方言，即癞蛤蟆。
② 音 le，雾城方言，意为傻。

初　日

　　"您不是说傻人有傻福吗？您别替我操心，妈。面包会有的，好男人也会有的。"

　　"那敢情好！"

　　楚郁是在感觉要彻底失眠的状态中掉入一种迷迷瞪瞪、似睡似醒境地的。那种感觉，就像在大年三十醒长寿夜①，困得实在不行，衣服鞋子不脱，靠在爸爸妈妈身上打盹的情景。睡着前，要他们无论如何在新旧年交替时节叫醒她。结果是，身子是睡着了，心却提着、揪着、挂着、醒着。这样的睡眠状况，很容易就会被外界打扰，比如一个轻微的响动——哪怕一片树叶落地的声音，一只小虫子的鸣叫，一束静悄悄的光。那一刻，她就是被那束光唤醒的；她断定她的心听到了它的召唤。

　　光静静地打在她脸上，轻柔地抚摸着她。她猛地睁开眼睛，第一感觉是：这光好明亮好威猛呀！她不眨眼看着它，仿佛自己是个刚出生的婴儿，刚睁开一双懵懂无知的眼睛，第一次看见人世的光，不知道那叫什么，所以那么好奇和惊讶；好像自己正置身于一个很大的舞台，聚光灯笼罩住她，光环笼罩住她，她无处逃遁，因为逃到哪儿都会被它抓住，只好以静制动；好像是灼热滚烫的太阳，正尖锐地灼向她每一寸肌肤、每一个毛孔，叩响她每一处神经……她的身子是瘫软的，意识却还清醒。她是在做梦还是在现实？是在飞翔还是已着陆？是那光沐浴着她还是她照亮了光？是她看见了光还是光找着了她？是光惊扰了她还是她惊扰了光？是光在远处还是她在远处？是过去看向她还是她看向过去抑或过去和她都在看向未来？那光在身外还是只照亮了她的心？

　　过后想起，这里仿佛有两个楚郁的存在：一个被白光笼罩并烧灼，发出一片"嗞嗞"的响声，好像是在聚焦之处煎着；另一个处在黑暗之中，纹丝不动，似乎只是一个虚空的影子在冷眼旁观。

　　这个过程只是短暂的一瞬。楚郁的眼睛渐渐适应了那团光。她醒了，认出了它——"她"——那不是灯盏，不是太阳，而是月亮。"她"虽占满了她的两个瞳仁，却阴柔如雾似水如梦似幻一般，全然不像她刚才感觉的那般灼烫如火。而且她明白了究竟：双层窗帘没全拉上。在她看来，拉严窗帘无异于自动合上眼睛，让自己暂时当一个瞎子，自动和外界隔绝；自动放弃许多注定会不期而至的事物。比如骤然而降的闪电照亮花园院墙、枝叶，雨滴打在枝叶上呻吟着遗憾着跌落到地面（它再也不能以其高高在上而嘲笑地面的尘土了），早起的鸟儿啁啾着掠过窗前，甚至流星的陨落——她相信这些会常在夜间显现，

_____

　　①　雾城方言，指守岁。

16

跟白天不怎么相干，所以尽管不拉窗帘会大大影响她不堪一"亮"的睡眠（尤其是夏天，不到五点天亮了——那种明亮常给人错觉，让她心生不安，以为自己在偷懒——她有一种根深蒂固的山里人日出而作日落而息的观念），仍日复一日地"遗忘"，就像头天晚上，两片窗帘间露出足够大的缝隙，而那一刻"她"正巧将脸展露在缝隙间，于是她的脸——中空塑钢玻璃的西南角——月，三点连成了一线。

有那么一会儿，楚郁饶有趣味地跟"她"嬉戏起来。她发现，"她"完全根据她眼形的变化而变化：她眯起眼睛，眯得越细"她"离她越近，从"她"那儿发出的淡黄、淡金色丝线就越细，仿佛抬手就能抓住丝线的一头，一圈一圈把"她"绕到手上，绕起圆圆的、蓬蓬松松的一团，再织一件贴身小背心，穿在身上。可是她刚悄悄地、慢慢地抬起手想抓住"她"，"她"便倏地缩回了金线头，动作之迅捷比章鱼的触角缩得还快一千倍。她把眼睛慢慢睁大，睁得越大"她"离她越远，她就越明白那是一个完全无法探知的事物；与此同时，金线变得越粗，有时变成好几条又宽又薄又透明的带子，颜色由近及远，从奶白、柠檬黄、那坡里黄①、中黄、淡黄、肉色、浅橙、橘黄、橘红、土黄直到金黄；绸带子环绕着月亮，一会儿这头长，一会儿那边短，好像有许多个小天使分别拽住绸带的两头，在拔河。难道这是月亮系在自己脖子上的蝴蝶结吗？因为游戏，蝴蝶结散开了，而月亮任由它散开着、飘逸着。

楚郁对"她"笑了笑。翻个身，避开"她"的惊扰，准备再睡一会儿。转过身去的瞬间，她想起刚才在做梦：爸爸妈妈、生父生母、舅舅、姐姐、陈艺苗、谭念平、陆地、陆天……似乎所有活着或死去的，所有在现世的各色人等，都热热闹闹聚在一起！而她在演绎他们的故事，只是醒来后对这些故事只有一个笼统印象而没有具体细节——她像熊瞎子掰苞米一样随掰随丢随忘。她努力回忆。突然，最后一个细节——硕果仅存的那只苞米——出人意料地呈现出来：原来许多人在寻找太阳，向着太阳奔去。其中有个声音震耳欲聋：

"太阳有什么好找的，一年三百六十五天，它不几乎天天出来吗？今天不出明天出！明天不出后天出！后天不出大后天出！大后天不出大大后天出！大大后天……"

引起一拨人哄笑、抢白：

"你傻帽儿！我们不找太阳，我们找父亲！"

"你们才傻帽儿！父亲就是太阳，太阳就是父亲！有什么不一样吗？"

"不一样！就是不一样！"

---

①　油画颜料，比柠檬黄颜色略深。

念平在找父亲，他找到了他！谭念平说，这么多年过去了您怎么不回来看我呀！您不知道您还有个儿子吗？他紧拽着他的手，拽不动，一看，原来只是自己的右手拽着自己的左手；而那个父亲，只是镜子里的自己而已。

陈艺苗苗紧搀着一个老者，眼看要撵上了，手一够，那老者却幻化了，如同捞取水底月一般，一俟触及水面，月就碎了。苗苗急得大喊：喂，您等等我！至少让我看看您的脸吧！您扭过身让我看一眼，就一眼！您算什么父亲，天底下有您这样的父亲吗？

陆天瞪着眼追问谁是他爸爸，他追问的人在画面里没有出现，所以那种感觉像是他在电影银幕上，追问的是底下的观众。而后底下成千上万的观众像潮水般往银幕上涌。银幕又突然变成了陆天的两只眼睛。陆天的眼睛像筛子一样，右眼筛出了一个女人，他轻蔑地把战战兢兢的女人一甩，女人不见了；左眼筛出了一个男人，这个人从左眼里重重跌下地。陆天一把将他扯住，大叫一声："我总算逮住你了！你是我爸爸！"

在这个过程中，画面里始终有一双小女孩的眼睛，冷眼旁观，好像城市无处不在的"电子眼"，以沉默的方式摄取画面和信息。

她身上半醒未醒的细胞一个个伸着懒腰，打着哈欠，踢踢踏踏起来了。她复又转过身去，感觉一片适意的暗。睁开眼，果然，月亮已经不在那儿，"她"飘走了，墙、窗和布帘子等把人围裹、封闭起来的物将"她"挡在了别处。

楚郁拿过夜光表：3 点 45 分。她刚才只是睡了一小会儿。被儿子的眼睛甩掉的女人形象老在眼前晃悠，她知道那是她自己，说不出的怅惘。她学儿子的样甩了甩头，那个女人也不见了。一会儿，她耳边似乎响起了谭念平的声音。他知道姑妈和表姐都要去参加他和那边的婚礼，平时说话讲究逻辑性、准确性，办事总是有条不紊、显得稳重深沉的谭念平这时激动得语无伦次，把那个平时深藏不露的可爱一面彰显了出来。这让楚郁又一次想起了谭平：念平的嗓音跟谭平的嗓音多么相像，尽管他们说话的语调、方式完全不同，音质却几乎一模一样。念平一开口说话，楚郁就仿佛看见了谭平，谭平在谭念平的声音里神奇地复活了。当谭念平激动时，说话语速加快，更是活脱脱的一个谭平。

那个时代早已远去，谭平亦早已远去。楚郁现在的年龄比谭平离世时的年龄大出一倍还多。楚郁想，假如死人和活人能够进入同一个空间和时间，舅舅肯定会惊讶万分，兴许会不认得她：他的小外甥女儿也变得那么老了。曾几何时，她把他忘得一干二净，偶尔想起也毫无感觉，仿佛他是一部古书里的人物。可是当她重新拿起画笔且越来越倚重它时，谭平好像从古书里走出来，像她小时候那样，对她的习作指指点点，时而赞赏时而嘲笑。这时，谭平转过身去渐行渐远的背影会倒着回来，而且指不定什么时候他会猛地来个立定转身，在虚

空里朝她笑——多么灿烂奔放、顽皮又诡秘的笑啊。

她其实早该警觉：俗世生活是如何露出一副温柔而又甜蜜的脸孔，霸气而又坚忍地一点一滴渗入人的皮肉及骨髓，占据人的地盘，锈蚀人的心灵——关键是，人是多么乐意被它攻城略地、被它锈蚀。楚郁脑子里浮现家里摆设架上那些精美的金、银、玉、水晶、玻璃、瓷器具，一日两日不擦拭还不觉着脏，一月两月不擦拭就会落满灰尘，不管质地如何，都是一副灰头土脸模样——一个人的灵魂不擦拭，原来也是这样的情形啊。所幸的是她终于明白过来：灵魂犹如那些器具，得天天擦拭；而一点一点擦去锈斑，露出底色，让它闪闪发光，不奢求照射别人，光是照耀自己，那种快慰和满足都是不可同日而语的呀。

楚郁暗下决心：什么事也不能撼动她。能看见谭念平那双像极了谭家人的眼睛，看见早已消逝了的谭平的神韵，听到和谭平如出一辙的嗓音，感受生命的延续（谭平注定要在谭念平身上走向壮年和老年），仅这就已经是一种莫大的享受了。

想一想刚才那团神秘的月光——她越清醒，越觉得那光非比寻常，心中对神秘自然物给人的瞬间昭示越有一种敬畏之感。不能看见什么就判定它是什么——这是楚涵风当年对楚郁说的话。那时候楚郁还小，对楚涵风的话除了惊异之外感觉如听天书；正因为不懂和惊异，才没把楚涵风的话彻底遗忘。就是说，不要看见月光就判定它是月光，它是用光的形式给她神谕。神是存在的，神就在那儿，在虚空里，在她看不见的地方；在身边，在那些琐碎细小、让人视而不见的事物里；在远方，在她心底最深的地方。

楚郁坐起来靠在床头，眼前所有的东西都影影绰绰的。天快亮了，而此时正处于"黎明前的黑暗"——日月正在交替，世上最炙热和最阴柔的两件事物正在碰撞。她仿佛看到了月的背影：为了给初日腾地儿，"她"敛起蓬松的裙裾，束好发辫，背过身去，淡出天空。"她"知道，日与月本来就是一体的，没有日就没有月，没有阴就没有阳，没有日的照亮就没有月的吸收、接纳，没有月的休憩就没有日普照大地的慷慨和无私。用不了多久，初日便会悄然升起在东方——她仿佛看见了初日喷薄而出的样子，那是语言无以描摹的情景。

日与月——他们到底给她一个什么样的启示？有关男人女人？生命本质？理想的冲动？还是对她即将作的那组画的启迪？她最近构思的这组画里，所有的细节似乎都有着落，但它最终要到达的家园——蕴藉其中的哲学意味却显得朦朦胧胧，似近还远。似乎喊一嗓子就能把它吆喝出来，但它却总是躲在暗处，躲在一个物体的背后，这多少影响了她对这组画的俯瞰和整体把握。

这时，楚郁听到了谭雅蓉的脚步声。人心里有事，睡眠就像从教室里被准了假的孩子，转眼就跑得无影无踪了。

19

她微笑起来，像一条鱼儿似的重新滑入被窝。多年前小女孩抗拒妈妈怀抱的情景突然清晰呈现；耳畔似乎响起了童稚的哭声——人们迎接幸福的到来，往往以哭的方式开始；而哭，缘于对未知前景的恐惧。幸福和恐惧，一个具有天使的面貌，一个具有魔鬼的形容，却紧靠在一起，像一对孪生子，朝她缓缓而来。

2

结婚请柬是那边和谭念平一起拟定的，他们商定只请家人和一些密友。谭念平没有想到，当他说要邀请姑妈谭雅蓉和表姐楚郁时，那边的心情比他还迫切。那边生怕不请谭雅蓉和楚郁而让她的计划流产。这纯属那边多虑。谭雅蓉和楚郁是谭念平生父这边仅有的亲属，是非到场不可的。谭念平甚至给表侄儿陆天发了封电子邮件专门告知此事。陆天回复说，远隔重洋对他不是障碍，他一定回来参加表舅和表舅妈的婚礼，而且他要给古道热肠的表舅一个世上最热烈的拥抱，因为表舅给了他一个嗅"国气"和吃正宗"国菜"的机会。他说闻不到"国气"还凑合，吃不到正宗"国菜"却像要了他的命——美国人凡菜生吃的习惯让他至今抓狂。

那边下决心说出那个秘密。秘密里的主角包括楚郁和陆天，这也是那边心情迫切的原因。原先她以为只要把秘密遗忘，秘密就自然而然消失了，像童话里那只被抛入大海的魔瓶，永远没有机会返回陆地，永远不能够来搅扰她。那边坚信心海比自然界的大海更深更广，人意志的力量能够战胜一切。然而不久她就发现，人意志的力量有时候子虚乌有，简直比肥皂泡还脆弱，而她何曾有渔夫的智慧，能把那个晃晃悠悠、越变越大的魔鬼骗回到瓶子里，塞上瓶塞，重新抛入大海，让它永生永世不得见天日？她以为已把它埋到记忆够不着的深处，而它却一直浮在表面，她甚至不用伸手抬脚就能触碰到；她以为已把它抛到极远处，可它却始终不离左右，像课堂上专心听讲的学生眼睛总是滴溜溜跟着老师转。没错，那个装着事实的匣子尽管被裹得里三层外三层，不透一点光亮，但事实本身仿佛生就一副尖喙，不停地啄敲它并在当事人心壁上引起回声和震动。事实总有一天会啄穿那个真相匣子，冲破黑暗的重围，来到光天化日之下——也许它在不断地往光亮里拱，已经往尚蒙在鼓里的当事人漆黑一团的心间投去一枚又一枚照明弹。

发射照明弹最卖力的恰恰不是别人而是她！

得知真相后那边的世界几近崩塌。那一年她经历的事儿几乎件件都在解构她的精神世界——先是初恋情人美中回国后一去不返、杳无音信，接着郑蔚死了，然后奶奶英碧若和伯父那思立之间那点暧昧被她看穿，最后她发现自己的爸爸是个伪君子。那玄默和楚郁育有一子陆天。而最让那边难以接受的是那个时间点，大致在妈妈许明丽得病或手术后。

那边觉得她应该从十六层高处往下纵向一跃，这是对那玄默最好的惩罚。她为这一跃，在自己博客主页上设计了一个朝天堂飞去的安琪儿，但主页设计好的同时她打消了这个念头。她对自己说从高处往低处砸无非是个自由落体运动，就像伽利略在比萨斜塔上扔铅球；苹果落下时只会砸到坐在树下的牛顿头上而不会砸向站在树冠的鸟儿。这个自由落体、万有引力注定会让她坠落而不是飞翔。坠落是丑陋的，飞翔才具有美感。她才没那么傻！

但复仇是必要的。那边对楚郁的复仇是不许她说出真相，她和陆天必须在那玄默的世界里永远消失。她对那玄默的复仇有些心慈手软：嘲讽不彻底，暗示吞吞吐吐，冷战刚开始就结束。毕业后她不工作、不考研、不出国留学而是选择往远处纵身一跃——她跃出三千多公里，从北京来到腊蛮义务支教，落下时，双足仍紧抓地面。她本来想通过自己种种反常行为来刺激那玄默，把内心的震惊、愤怒、仇恨、茫然、绝望等多种情绪凝结成炸弹射中他（从另一个角度理解这些全是照明弹，睿智的那教授难道不该多问几个为什么吗）。可她的行为只刺激了英碧若，那玄默对她的选择并不感意外。他说：

"闺女，想不到你有这个勇气。生活对于你来说就像水对于鱼儿。老爸深感欣慰啊。"

她撇撇嘴，心说屁，冠冕堂皇，虚伪透顶，还不是你逼的。那边此时此刻还没意识到是自己要去认识生活的顽强念头在引领着她，而那玄默一下就把准了她的思想脉搏。

那边对英碧若发射的照明弹就更多了。她故意把陆天酷似那玄默的照片夹在书页又"落"在客厅的茶几、沙发或钢琴上。有一回英碧若果然看见了陆天的一帧生活照。她先戴着老花镜到窗口光线明亮的地方看，看得吃惊，嫌老花镜度数浅，又特意去儿子书房拿出一面军用放大镜看。看后问孙女儿。

"夹在书里的那个男孩照片是谁啊？"

"我男朋友。"

本来这是个爆炸性新闻，该立马转移英碧若的注意力才对，可是她没有。

"我以为是你爸的照片，吓我一跳。想着不对啊，你爸年轻时哪这么打扮过。"

"我有恋父情结，所以就找了个和爸外貌相像的男友。"

"奇怪，太像了！"

还有一次那边试探英碧若。

"奶奶，假如有人告诉你你有个孙子，他已经长大成人了，你会怎么样？"

"不怎么样。因为这是假如。"

"您就假设一下嘛！感觉意外，难以接受？还是惊喜，深感欣慰？"

"你爸会给我制造这种惊喜吗？我也有个假如——假如全天下男人都会制造这种惊喜，你爸爸也不会。"

那边冷笑一声，讥讽道：

"哼，果然知子莫若母，您太了解您儿子啦。"

至于陆天，他又是被她逼走的。陆天大学没毕业就出国留学这件事本身就让人疑窦丛生，假如陆天聪明就该多问几个为什么了。比如说为什么那边突然失踪了，为什么他妈妈急不可耐把他送走？楚郁原先很害怕陆地把陆天带坏却又来个一百八十度大转弯把陆天送到陆地身边。那边不知道，给陆天发射照明弹的何止是她一个。那些照明弹射到陆天这儿已经失去了指点迷津、传送捷报的作用，它们更像炮弹，已经把他的天空击得七零八落。有一次陆地醉酒后胡言乱语，一会儿说朱迪（Judy）的脸像画皮，他要把那张又皱又老又糙又厚的皮揭下来，换一张东方人细瓷般细腻温润的脸皮，一会儿又骂楚郁不是东西，毁了他的生活和信念。他指着陆天的鼻子，两只充血的眼睛仿佛喷着两股火舌，左右夹击着要吞掉陆天。

"你不是我儿子！谁知道你他妈的是谁的儿子！只有你那个他妈的妈知道你那个野爸爸是谁！"

朱迪和陆地同居已超过半年，幸亏陆地醉酒时用的是中文，否则朱迪大概立马就卷铺盖走人了。陆地酒醒后去学校找陆天，向他道歉，请他吃中餐，求他周末回家，说他立马和朱迪结婚，给他一个完整的家。但真诚的道歉、指天对日的誓言不是女娲的补天石——陆天的天空彻底漏了。

"我来了。We're coming. 素梅"

这是马素梅发给那边的手机短信，一句中文一句英文，一个单数一个复数，现在进行时。这时距婚礼七天，距那边得知马达失踪的消息不到十分钟。

看到短信的一瞬间，那边下意识地把马素梅的短信和谭念平的电话联系起来看。念平刚刚把马达失踪的事儿告诉她。当然只一个马达失踪她不会如此心神不宁，和他一起失踪的还有郎仪倩和一个叫邓胜捷的男生。马达和郎仪倩曾是那边的得意门生，说好做谭念平和那边婚礼的伴郎和伴娘的。在她一篇得了奖的有关教书育人的论文中，马达是文章最具说服力的实例，是她的教育理念落到实处所结的硕果。马达和郎仪倩同为腊蛮镇人，一起考入同一所大学。邓胜捷和马达既同班又同寝室。念平说，这件事有些不妙，马达喜欢郎仪倩，郎仪倩喜欢邓胜捷。这本来也没啥，可是邓胜捷是通过马达认识的郎仪倩，马达死钻牛角尖，认定邓胜捷抢了他女朋友。

这个"我"是素梅无疑，这个"we"是谁们？假如里面隐藏着马达、郎仪情和邓胜捷那该多好。这不是没有可能——马素梅和马达是叔伯姐弟！这么想着，那边几乎立马就要给素梅打电话问个究竟。但她没有打。因为她转而又觉得自己的这个念头可笑。马素梅姐弟关系并不亲密，甚至可以说是冷漠。这种冷漠和这个时代契合，并非马素梅姐弟独有，所以那边并不感到奇怪。

马素梅收到那边的结婚请柬后火速发出一条短信，情急之下只在句末用了一个感叹号，那边把这理解成马素梅的善良和同学的情谊。

> 嫁一个腊蛮人那边你有没有搞错你要三思而行你这是典型的自虐
> 行为我抗议！

那边回复了短信：

> 抗议无效，I am ready.

然后那边收到了素梅的电子邮件。

> ……命运真乃无常。我和你那边的人生简直掉了个个儿呀。你在
> 我那可亲可爱的故乡找到归宿，而我马素梅在北京安营扎寨成了一个
> 真正的北京人。在学校那会儿，我们谁会想到这个？命运啊，你紧紧
> 扼住了我们的咽喉！……

那边从这些文字中窥见了马素梅的另一张面孔，以及诸如"三十年河东三十年河西"这类话。如今这世界变化太快，一日千里不是夸张而是保守的说法了，她和英碧若有一回去美国大伯家，一猛子扎出了一万四五千公里，可算算时间还不到一天，还包括了中途转机。所以用"三年河东，三年河西"也许更恰当。她揣测得没错。得知那边的婚讯马素梅忍不住仰天长笑：哈哈，人生快意之事莫过于此啊。马素梅的快意掩饰不住：她看见陌生人都忍不住微笑；车在三环路上哪怕只开到50迈她也有飞翔的感觉；坐她办公桌对过儿的同事说，小马你怎么了整天乐得合不拢嘴，是天上掉钱砸着你头又落你口袋里了？她把长发一甩，说：

"俗了吧？可比那强百倍千倍。我一个女友要嫁人啦，我打算休年假去参加她的婚礼。"

同事赞叹：

"的确不俗。很有点'后天下之乐而乐'的精神和境界，咱得对小马刮目相看哪。"

"您过奖了。我这位女友过去事事争第一，没想到结婚也争第一。她才真正让人刮目相看呢！"

那边给马素梅回了短信：Who are "we"？马达跟你在一块儿吗？

素梅回得飞快：We are "we"。哪个马达？我认识好几个马达。我的汽车里也有个马达。

那边苦笑，她更加确定马素梅不知道马达的事儿。

玩儿失踪，这个谁不会？我九岁那年就玩过了，还给家里留了条儿，命令家里人谁都不许找。还有我的中学同学李芷，悄没声儿地走了，直到现在我还没有找到她。

那边想着，在一张摇椅上躺下。

可是我们失踪只失踪自个儿不捎带别人，你把别人捎带上是啥意思？而且李芷不是真正的失踪，她只是在我的视野里消失了；我也不是真的失踪，我只是想去妈妈插过队的龙过庄看看，那也是姥姥的老家。龙过庄在城东，离天安门也就三四十公里，我却坐错了方向，奔城西去了。

摇椅继续"咯噔咯噔"摇着，"咯噔咯噔"声中，缓缓摇出了许明丽的形象。许明丽像麋鹿般纯净、温和、善良、隐忍、含蓄的目光正从很远的地方看她，她美丽、恬静的笑脸在目光的带动下也清晰显现。那边知道天堂是存在的，只不过它不在天上，而是在每个人的心里，在记忆、冥思的深处和远处；是生者给逝者设定的一个祭坛，祭祀的方式有别于民间上供品、燃香、焚烧冥币、燃放鞭炮的方式，而是用心的回忆和怀念来祭奠。每回忆一次，哪怕那种回忆一闪即逝，也是我们与亲人的又一次相会和沟通，是逝者在生者心里短暂的复活，在这种相会中，我们也许会有意想不到的收获。

许明丽写在《宝宝成长日记》里的一段文字随之浮现在那边脑际：

> 你终于来了我的宝贝。我仿佛等了一百年。我带着一种难以置信的心情，欣喜、惊奇地看着你，看着你小小的脸蛋，它还没有妈妈的手掌大啊宝贝；看着你的小额头小细眉毛小眼睛小鼻子小嘴巴各就其位，你哭、笑、皱眉、瘪嘴、转动眼珠、打哈欠、伸懒腰完全具备人的表情和姿势。那握不满一掌的小手和小脚，真的有二十个吗，宝贝？它们是怎样挤在一起、怎样排列开的呢？洋溢着一种好奇、探究的心

情，我的手伸向你的手和脚，我偷偷地、一遍一遍地、怀着快乐和骄傲的心情轻轻地来回拨拉着、数着——一、二、三、四、五、六、七……没错，十个手指头加十个脚指头，一个不多一个不少整二十个哪，宝贝。妈妈在为你自豪，你知道吗我美丽神奇的小宝贝？看着你，我又一次强烈感觉到：你，就是你！你就是那个我等待了许久许久的小人儿，就是那个我要的小天使，是上天给我的最好最棒的礼物！

那边的眼泪突然流下来，来势凶猛。她一动不动，既不擦拭，也不控制，让它尽情地淌着，摇椅像是怕惊扰她，也渐渐停了下来。

二十世纪八十年代初，北京，五月十九日深夜十二时差五分，市妇产医院316房，一个叫许明丽的产妇，突然阵痛加剧，宫缩加快，被推进产房待产。产妇的丈夫那玄默、产妇的大姐艾丽和三姐卫丽都在产房外家属休息室等候。

那玄默几近亢奋。妻子那紧绷如鼓面般稀薄的肚皮，肚皮上纵横交错被撑细的、仿佛要被挣断的紫色血管，那扇从未开启的神秘之门就要打开，哪个初为人父的在此时此刻还能无动于衷、处之泰然？满心期待的不只他和明丽，还有母亲英碧若。用"翘首以盼"、"望眼欲穿"来形容英碧若的心情一点也不为过。

那玄默巴望就自己一个人在此守候——他好不容易说服了母亲在家等着。喜悦被分享了，那喜悦就变得轻飘了；而且这是他做父亲的权利，他希望他和明丽能第一个看见他（她），触摸到他（她）。但这种情绪转瞬即逝，只等了一会儿那玄默就觉得多亏有妻姐们陪着，时间才显得不那么漫长。

半小时过去，产房没有动静，那玄默紧张起来，天不热，他却拼命擦汗、喝水。汗越擦越多，仿佛他刚跑完了一万米；水越喝感觉越渴，仿佛他喝的是盐水，又像水被泼在沙漠上，"嗞"一声冒股白烟眨眼就不见了水的痕迹。通常意义上的时间被扭曲和改变，仿佛每一分每一秒都被无限拉长。那玄默眼前不时闪过一些情景和画面，这些画面他在草原上亲历过。他给母羊、母马都接过生。有一匹小马驹生下来有五条腿，其中一条触目惊心，从后脊背处悬垂下来；有一次母羊生下的一只羊羔非常虚弱，又遇上气温骤降，小羊羔还没等完全睁开眼睛就死了。他永远忘不了小羊羔半睁半闭的眼神，它眼皮上粘着黏液和胎血，眼睛尚未完全睁开，黑眼球却已彻底消失。他也忘不了母羊那虚弱哀婉的悲鸣和母性本能的呼唤。

他知道作这类联想毫无道理。真的不是他想作这类联想，而是这类画面自己跳将出来，像一条凶恶而又固执的蚂蟥，死叮在他脑际，甩也甩不脱。这情景就像他刚从草原考回北京那会儿，每回做梦，他都是在纵马驰骋。不过这并不是暗示他过去生活得多么激昂奔放，以及眼下生活得多么洒脱诗意，这跟那些没有关系。倒是跟他过去常做却总是做不好的一件事——骑马拦截羊群有关。那些场景是惊心动魄的。风沙遮天蔽日，从西北方向漫卷而来，羊群惊恐地叫着"妈妈"四散而去。他和伙伴们骑着马去拢羊群，拢住了这边，那边有了缺口；拢住了那边，这边又"决堤"了……怎么拢也拢不到一堆，最后，羊群溃散出去，四面八方，星星点点，眨眼就被黄沙遮蔽了。他纵马去追，耳边疾风呼号，却又觉得马不迈步，只在原地兜圈子。他焦灼万分，大声嚷嚷：

"快追呀，磨蹭啥！"

他从马背上站起来，挥舞着马鞭：

"回来！你们都给我回来！"

"啪唧！"

他掉下马来，醒了，大汗淋漓，发现自己此时正躺在学校的一张单人床上，他纵马驰骋的疆场只有2×1米那么大的地方。而后那玄默发现了自己的这个特点：他在梦中的动作越剧烈、奔放，现实中外在的表现越安静、紧缩——他蜷起身子，越蜷越紧，像一条盘紧的蛇，一只缩了头以满身的刺来作防卫的刺猬；他在梦中拢羊群，在现实中拢自己。

羊群叫"妈妈"的说法来自于高尚武。高尚武来自上海，原名高尚，"文革"开始后改为高尚武，"文革"结束后又改回高尚。高尚后来一度自降辈分，娶了那玄默同父异母的哥哥那思立的女儿那景，育有一女名高子盈。那边爱和高子盈开玩笑，有一次说天底下数你爸最牛，不仅自称"高尚"，也让所有人都张口叫他"高尚"。

"干吗不叫'卑鄙'？高 Baby，更搞笑。"

高子盈嘴巴一撇，说：

"不亏是你爹地的女儿，你爹地当年在草原就这么嘲笑他。"

那边一本正经，说：

"不兴这么跟我说话，我可是你表姑。"

高子盈笑倒，说：

"中国人的辈分真要人命，那边，我可比你大两岁啊。"

那边说：

"别说大两岁，大十岁我也是你表姑。"

高尚武说他父亲老家的人叫妈妈发的音，和羊咩叫时发的音一模一样，都发"mei"音。而他的"mei"在"文革"开始不久就自缢身亡——都说高尚他妈妈娇气，一副资产阶级小姐的臭德性，一丁点挫折都承受不起。不就是剃了个阴阳头，不就是有个女红卫兵小将说她说话声发嗲，总像跟男人发情，跟她的高跟鞋一样臭不可闻吗？还没怎么着她呢，自己就去死了，活该！

所以每回群羊高一声低一声远一声近一声地鸣叫，高尚武便脸色发青，身子颤抖，以最快的速度把事先备好的两小团棉絮塞进耳朵，就像有心脏病的人随时在衣兜里放着硝酸甘油以备不时之需。

和那玄默的坐立不安、按捺不住的样子形成鲜明对比，艾丽和卫丽显得镇静自若，稳操胜券，她们仿佛不是在医院，而是在谁家的客厅或卧室；不是被医院的气息包裹，而是置身于家中厨房油盐酱醋等庸常气息中。

从明丽被推进产房，艾丽和卫丽就一直在聊天，明天姐俩都不用上班，她俩不约而同地从跟自己私交很好的大夫那里开出了休息一天和两天的病假条，一个感冒发烧，另一个发烧感冒。此时这两个分别高烧38.9℃和39.8℃的姐俩正跷着二郎腿闲话三七，那话头像卫丽手中那团永远扯不到头的毛线——卫丽边说话边麻利儿地在织一件粉红色的小毛衣。女人的话痨常常让那玄默觉得惊奇，你无法预测她们装话的那个布口袋到底有多大多深，反正只要打开，就跟拧不紧的水龙头、上紧了发条的小闹钟一样，滴滴答答没个完。除了艾丽和卫丽，明丽还有个二姐叫正丽，当年到张家口蔚县西甸子梁的一个村子插队落户，和当地人结了婚，后来知青返城，她被抽调到张家口一家印刷厂当工人她不去，继续留在那儿当农牧民。艾丽、正丽、卫丽话多随她们的母亲于福来，明丽相对话少随她们的父亲许长兴。

那玄默每回见到这个妻姐，尤其看到她身上尚残留着当年上山下乡时自己和许多知青身上有过的那种豪情壮志、那种理想的光辉，就会涌起对她的崇敬和对自己的汗颜。

艾丽对正丽的感觉有点恨铁不成钢。她说正丽这样的命运是她自讨的，性格决定命运嘛。艾丽的话包含着某种真理。因家里没有儿子，正丽从小到大总把自己当男孩儿来使用。比如家里修个桌脚板凳、接个电线换个灯泡、买米买面买煤饼运冬储大白菜，甚至装烟筒捅烟灰、上房揭瓦补漏等都是许正丽的活儿。先是许正丽给许长兴打下手，后来就成了许长兴给许正丽打下手；再后来样样都是许正丽一个人干，而且这种"干"渐渐演变成了一种理所当然、非她莫属的"职责"。艾丽看不惯正丽，说正丽到西甸子梁插队落户是她逞能的结果，她不去印刷厂而非猫在那个破地方、守着她那些破家什、过那个破日子更是她逞能到家的表现！

卫丽听艾丽这么说正丽，就要跟她翻扯①，说：

"也许二姐自己觉得那样好。那个破地方那些破家什哪怕样样都破，可有一样东西却是常用常新的，那就是我二姐夫。我二姐夫多棒啊。我二姐在那个破家里是女皇，被四个男人包围着的女皇！她用不着去干男人干的活儿，只要把馒头蒸得又香又暄，面条擀得又细又长又筋道，把孩子们管好教育好，就行了。"

艾丽说：

"在那个破地儿，再怎么轻省的活儿都需要男人的体力。你以为那些活儿好干哪？"

卫丽顺着艾丽，说：

"那倒也是，喝口水还得吭哧吭哧摇辘轳呢，烧个火也得烟熏火燎生炉子呢。不过也许二姐习惯了，已经不会过更轻松、在大姐看来更幸福的城市生活了。"

"辘轳倒不用摇，地表水清着呢。"

艾丽卫丽先还劝那玄默，说生孩子是当事人自己的事儿，别人谁都使不上劲儿，着急上火不顶用，而且孩子该出来时自然会出来，你摁着不让出来他还不干呢！重要的是，明丽在医院，在大夫手里，有啥不放心的？她们才不会像他那么傻，什么三头六臂、牛头马面地臆想出一些不着边际的画面来吓自己。她俩各有一个儿子：艾丽的儿子鲁腾飞上小学四年级，卫丽的儿子宋天桥也上小学二年级了。宋天桥的大名是宋家老爷子宋锦程起的，原因很简单，他家就住在天桥旁边。她俩都忘了当初自己的孩子没出世时，她们偶尔也会在脑子里呈现一些不着边际、自己吓唬自己的胡思乱想。

但规劝不起作用，那玄默还是那副表情，还是隔一会儿就想站起来走出门去打探，这虽显得有些可笑，却不让她们反感，反而于不知不觉中为自己在她们心中增光添彩。事实上那玄默就是靠了平时和妻姐并不太多的接触中的一些细微表现而赢得她们认可的。当初，许长兴和于福来都同意了，她俩却从中作梗，不让明丽和那玄默好。于福来本来也是坚决反对，可是明丽趁暑假去了一趟西甸子梁正丽家，回来后于福来的态度就发生了一百八十度大转变。那年明丽被推荐上了大学，虽是工农兵学员，但和一般人比已经有了天壤之别，苦日子总算熬出了头，朝晖明月清风已在前头守候着。他那玄默却仍旧在内蒙古大草原上放牧，抽调无望，返城无望，就跟那漫天的黄沙和黄沙里裹挟着的草籽

---

① 北京土话，意为发急上火。

儿一样，不知道会被吹落到何处，在哪儿生根发芽，而且也有可能种子刚落地芽儿没抽出就被另一阵风吹到了别处。

艾丽最喜欢小妹，希望她好。有一次趁明丽回家约了卫丽一块把明丽堵在房里"洗脑"。艾丽拍拍明丽的肩，说：

"你说，那是人活的地儿吗？北京大街上随便找一个嫁也比嫁给他强。哪怕找个淘粪工——瞧咱北京的时传祥，全国劳模呀。不就是淘粪淘出来的劳模吗？可你嫁个出身不好、成分高、有海外关系、如今还在草原上放牧的人，你就真的一辈子泡粪缸里，一辈子听不到鸟语，闻不着花香，一辈子没出头之日了。"

卫丽这时候总喜欢事事附和艾丽，说：

"没错。"

艾丽更加语重心长：

"咱爸咱妈上年纪了，糊涂了，脑子里阶级斗争那根弦儿一直松松垮垮，弹都弹不起来。尤其是咱妈，当了一辈子家庭妇女，只懂个油盐酱醋锅碗瓢盆腌个咸菜，制个酱豆，冬储个大白菜。说实话，咱妈现在和个饺子馅儿都没个数儿，不是咸了就是淡了，手没以前有准头了。手是由啥指挥的？心呀。心拿不稳，手就拿不稳；手拿不稳，就该掉地上瓶了。哦，卫丽你说是因咱妈胖才这样儿？也许吧。不过明丽和保国这件事跟胖瘦没有关系。咱妈真是鬼迷心窍！就那保国那个出身、成分，那些个复杂的社会关系，他将来能怎样？能有啥好前途好日子？还朝晖、明月、清风呢！还前程似锦呢，前程似'绵'去吧！我们厂长有回在职工大会上作报告，就硬给念了别字，还狡辩，说这不赖他，赖打字员；白纸黑字，上面确是'绵'字嘛。打这儿起我们厂工人私下里都叫他'绵'厂长，好多人干脆叫他'面瓜'。"

卫丽提醒：

"大姐，跑题了。"

"跑题怕啥。怕就怕咱在关键问题上不坚持原则。现在虽说不一定非党员、转业军人、穷人不嫁，但也不一定非得嫁个'三高'啊。真嫁个'三高'就该惹火烧身了。"

卫丽笑说：

"大姐，什么是'三高'啊？"

艾丽瞪她一眼，说：

"那是我现编的，出身高、成分高、社会关系高呗。真糊涂啊，跟着糊涂的还有咱爸。"

"咱爸那不是糊涂，而是不管。咱姐妹的工作、婚姻，他管过吗？"

"那倒是。他奉行的是儿孙自有儿孙福，莫为儿孙做马牛。不过他的'不管'也是有限度的，你去杀人越货试试，看他管不管？他这事不管，简直反常，由着咱妈瞎折腾！"

"就是。这么下去，不明摆着害了你吗，明丽？"

"你就在同学中找一个，他们好歹都是大学生，亏不着你。你长得漂亮，性格又好，追你的人肯定比每天去广场的人还多！"

"就是。"

"不在同学中找也行。大姐有的是认识的人，姐豁出去了，不信咱北京城就没有一个各方面条件都配得上咱小妹的人。这样的人肯定有不老少。但你必须得跟他断了！你表个态，明丽。"

明丽刚才一直坐在被窝里，垂着头没吱声，身子似乎也没动，此时她抬起头来说：

"大姐、三姐，你们都说完了吗？说完了我睡觉了，明天还上课呢。"

说完明丽躺下，盖好被子，闭上眼睛，再也不搭理两个姐姐了。

"你真让人膈应①！"艾丽往被子上打了下明丽，说，"不表态没关系，这件事我管到底了！"

说着扯起卫丽往外走，边走边还撂下一句话：

"多新鲜呢，你明天上课，我明天还上班呢。不知好歹！"

卫丽说：

"就是。我上班路远，还得早起。"

艾丽和卫丽的确不是光说不练，尤其是艾丽，说自己对明丽有着不可推卸的长姐对小妹的责任。她俩一面继续对明丽晓之以理动之以情，一面积极地给小妹介绍男朋友。她们的目的只有一个：决不能让明丽嫁给那个姓那的小子，嫁给一个剥削阶级的后代子孙；绝不能让许、那两家的"交情"进一步深化发展，更不能融合到一块。

艾丽断言：

"无产阶级和资产阶级再怎么着都不能成为一家人；硬扯一块儿，就不会有幸福，只有痛苦和不幸，那是死路一条。"

艾丽要卫丽写信给正丽，一同来劝说明丽。艾丽这回很谦虚，说假如她的话对明丽来说是一言九鼎，那么正丽的话对明丽则是一言"十"鼎。她要卫丽把这句话写信上。正丽回信，却跟明丽一个鼻孔出气，不帮着说服教育，反而劝艾丽和卫丽：

---

① 北京土话，意为厌烦、厌恶。

　　咱姐妹一场，也算是个缘分。咱各嫁各的男人，各进各的家门，各过各的日子。明丽要想咋地，还是随她去吧。是好是歹都是她愿意，她自己担着。咱谁也无法代替她的情感，代替她过日子，所以咱也别干涉她。

艾丽不以为然，亲自给正丽回信：

　　你大概把她是咱亲妹子这茬儿给忘了。她遭罪，我们能好受？她若掉粪坑里，臭的难道不是我们大家？

正丽收信后再也没就此事给艾丽或卫丽回信。她不回信，不代表她心里没词儿，说不过她们。正丽只是把她想说的话写到了日记本里：

　　你大概也忘了我是你亲妹子这茬儿了。这些年来，按你们的标准，我在遭罪，我一直在遭罪，你们感觉到了吗？不好受了吗？管我了吗？其实，人生所有的一切，不论是生、老、病、死，不论是孤独、苦闷、痛苦、绝望，或是快乐、喜悦、幸福，都是极为个体的体验和感受，谁都无法替代谁，就像人的命运。世上没有两片完全相同的树叶，没有两个完全相同的瓜果，没有两张完全相同的脸，没有两个完全相同的人生和命运。每个人必须得自己过那一秒一分一日一年一生一世，得自己体会和感受那些细微的情感起伏和变化，体会幸福和痛苦的真义。假如自己愿意，就无怨无悔，因为怨和悔只能使幸福离你更远，痛苦离你更近。

　　1976年，我们的国家走进了新时代，但那玄默的新时代还没有到来。他参加了这一年的高考，但政审没有通过。第二年，那玄默再次考出了让人刮目相看的分数，这次他政审通过，考回北京，成了一名名牌大学的学生。不仅如此，那些过去让她们心惊胆战、如今让她们头晕目眩的复杂社会关系像沙子里淘出的金子，越淘越亮。

　　先说那玄默在美国的大哥那无语。那无语当年娶了个美国女人当太太，生了一串混血儿，起初数次想回国，因代价是婚姻破裂、失去孩子，故一直是天桥把式光说不练；后来家与国又仿佛在别的星球，连想都觉得奢侈。那无语一直惦记国内的亲人尤其是自己的父亲那逸书。刚解放特别是三年自然灾害那会儿，那无语常有些孝敬父亲的举动——写信、汇钱。美元由政府兑换成实惠而稀罕的侨汇糕点票、糖票、布票等，尽管每次到侨汇商店差不多都得排老长时间的队，但排队的单调烦闷总是被结局的完美抵消。在那个年头，"占有"喷香的食物、崭新的日用品，就是一种天大的幸福。尽管这层海外关系使那逸书一家的处境雪上加霜，吃的苦更上一层楼，但这个当年让他们体会幸福和不幸的那家长子，如今终于又跟他们联系上了。

再说那玄默二哥那思立。那思立本来就是咱党的人，过去的问题一解决，"靠边站"就成了"靠前站"，不仅回到了原先那个位置，而且还在一步一步往上走；走着走着，该退休也不退了，大有活到老干到老的架势——这也没啥，官儿当到一定份上，他们就不是普通人，而成了"人尖"、"人精"，成了特权阶层。

这两个哥哥尽管跟那玄默不是一母所出，但毕竟同根同脉。那思立的一句话使"顶上"发了红头文件，帮那玄默要回了房子；那无语带着洋太太和一个混血闺女回国省亲，送给后母和小弟一台彩电、一台冰箱外加一大沓子响刮刮的美金——共三万，一万孝敬后母，两万用来修缮这处祖上留下的四合院。明丽就这样悄没声儿地掉进了福窝。

这么一来，那玄默的出身就不再像粪缸一样臭，反而一年年地香浓起来。尤其是那玄默大学毕业后又考上了研究生，研究生毕业又考取了博士，结结实实往学者的路上奔了。这样，那玄默的地位水涨船高，在两个妻姐心目中一下子由尘土上升到星星。艾丽和卫丽偶尔私下里提起这个事还直庆幸：亏得没把明丽的好姻缘拆掉，否则该多后悔！

艾丽卫丽对那玄默情感的变化也跟明丽有关。艾丽和卫丽都是工人。艾丽在钢琴厂上班，本来是个普普通通制作黑白琴键的女工，后来厂领导发现她颇有乐感，对音律极有辨别力，就培养她当了调琴师。所以凭着天赋她也能弹儿曲诸如《四小天鹅舞》、《献给艾丽斯》之类的优美曲子，尽管技术和技巧不够，但感觉到位，弹出来的曲子倒也如行云流水一般，颇能唬人。但她的这些技能在当时并不能改变她的工人身份，也没有给她带来更多的收益，甚至心灵的厚薄也没有因为会弹几首曲子而有所改变。

卫丽是顶替父职进的公交系统。许长兴是电车司机，她则当了检票员。她俩不约而同嫁给了本单位的同事：一个是钢琴厂的喷漆工，另一个是司机，且是许长兴的徒弟。艾丽讥讽卫丽会算计，连婚姻都会讨老爷子欢心，不仅夫妻俩有共同语言，连自己的夫婿都和老丈人有共同语言。而且徒弟算半个儿，女婿算半个儿，加起来就是个"整儿"。卫丽头一次听到"整儿"这个说法，嘻嘻直乐，说是啊大姐，你总算有件事没我做得聪明！

　　明丽是这个家庭惟一的大学生，尽管是工农兵学员，但仍然是这个家庭学历最高、知识最丰富的人。毕业后她被分配到农业部，虽还是个普通科员，但在家人和亲戚朋友眼里，已经是个了不得的官儿了。

　　所以，内因加外因，那玄默在两个妻姐眼里整个儿就变了。比如她们觉得他长相俊朗，温文尔雅，一表人才；因骑马形成的罗圈腿看着也不明显了，过去那种对她们和她们家人的殷勤恳切也不再是虚伪和客套了，反而成了优秀品质。如此一来自己丈夫所有的那些粗犷豪放，那些鄙俗、大男子主义、不讲卫生、不拘小节的习惯等则成了缺点，至少是缺憾。所以说，那玄默和两个妻姐之间的关系属于"非常态"。别人家是丈母娘看女婿越看越喜欢，在他这儿却成了妻姐看妹夫越看越喜欢。艾丽和卫丽在人前从不为自己当年对明丽的所作所为怀有哪怕一丁点儿的愧疚，她们觉得自己问心无愧——彼时所做的和此时所做的并不矛盾，因为出发点都是为了明丽好。

　　艾丽和卫丽本想跟那玄默聊几句以分散他的注意力，却发现他根本无心聊天——他的心思全在产房。姐俩也不管那么多，顾自聊自己的。卫丽平时喊惯了，嗓门儿大，尽管意识到在这种场合应压低嗓门儿说话才不致影响别人，可是说着说着就把声儿提高了一个甚至两个八度，弄得艾丽过一会儿就得把食指往嘴唇上一碰，示意她轻点儿声。卫丽一边说话还一边在织毛衣，所以她说话还有一个特点，就是声音越响，说话越急，手里的活干得越快。这时候，整个休息室就光听到她急促的说话声和金属棒针碰到一块的"磕磕嗒嗒"的响声。卫丽的毛活织得好，又热心肠，对东家西家的毛线活儿有求必应，要不是后来累出了颈椎病，她会一直织下去。于福来慨叹，说三闺女给别人织的毛衣毛裤假如以一尺的宽度接起来，大概能沿着二环绕一圈或在长安街上铺个来回了。艾丽说卫丽和她的毛线和棒针"形影不离"。

　　艾丽说：

　　"我估计明丽又得生儿子，像咱姐儿仨一样。"

　　"不是做过胎梦，是个女孩吗？"

　　"喊，你咋信那个?!"

　　"你当时不也信吗？我可是信得真真的。"卫丽说着，往上举了举她手中的毛线活儿，"瞧我，全按小女孩儿的标准做的活儿——红毛衣、红帽子、红袜子、红鞋子。"

　　"兴许用不上。"

　　卫丽不满地看艾丽一眼。

　　"干吗这么说？"

"我这么说自然有道理。你想，咱爸咱妈那会儿多想要个儿子。你的小名不叫唤弟吗？其实是提手旁和口字旁的'奂'。爹妈不满意你的性别，幻想着某一天早晨醒来你突然由女孩儿换成了男孩儿，这是一层意思。凭着他们所认识到的唯物论，明白让你变成男孩儿不可能，于是就想叫你唤个弟弟来，这是第二层意思。可是你不争气，自个儿变不了性，也没唤来个弟弟。"

"敢情都是我的错呀。你和正丽怎么不换作男孩，不唤个弟弟来非得让我换（唤）呀。"

"我换（唤）什么换（唤）。我是长女，懂得长女长子的含义吗？就是说，该什么是什么，怎么着都受欢迎，不讨人嫌。这些话可是咱奶奶说的。正丽已经有那么点儿责任了，她也深知这个道理，所以迄小儿①就把自己当男孩子使唤。她报名去那么偏远的地方插队，不就是想让你不去那么远的地方，给你方便吗？不过要我说呀，你的责任是最最重大的。"

卫丽嘟起嘴，说：

"那个老偏心眼儿，口口声声就认你一个，事事都护着你。"

"是啊，奶奶对我最好。有时候真想她老人家。"

"反正，擎小儿②就我受气最多，我像是风箱里的老鼠。"

"是吗？"

"就是！你是长女，是男是女怪不着你；正丽是老二，是个女儿还可以承受，而且她事事自觉，吃苦在前，享乐在后，深得爹妈欢心；明丽是老小，没有招弟唤弟的任务了，长得又漂亮可爱，是颗掌上明珠。所以说，数我最倒霉啦——幸好我是宰相肚子，不跟你们一般见识。"

"你谁呀？能跟我们一般见识吗？"

艾丽话里有话地说。可是卫丽像是压根儿没听出来，接着说：

"咱爹妈想生儿子跟咱们生男生女有什么关系吗？"

"当然有关系。爹妈那代生女儿的，轮到下一代就得生儿子，老人都这么说。事实也证明了这一点，你瞧你我都生儿子，正丽——好家伙，仨儿子，个个跟小马驹儿似的；明丽，等着瞧，也没跑，绝对是儿子。"

"唉，"卫丽叹一口气，好像明丽真的生下个儿子让她失望了似的，"我倒希望明丽生个女孩儿，像她那么漂亮可爱聪明伶俐。要再生个男孩，咱家六个男丁，六个淘气包，多没趣儿啊。烦都烦死了。想打扮没法儿打扮，想说个贴心话没法儿说。再说啦，咱这些个好衣服，到时候就没人接着穿了。"

---

①　北京土话，从小的意思。

②　北京土话，从小的意思。

"想啥呢你。你以为你那些衣服还有'以后'啊，谁能看上呢。不过说真的，生个男孩儿，对咱妹夫家可是件好事儿。现在都独生子女，谁不希望生个男孩儿？况且那么些……"艾丽顿了顿，看到那玄默正看着窗外，注意力根本就不在她这儿，就压低嗓门接着说："那些家产，给女孩儿去继承，多亏得慌。不划算！"

"不过要我说，女孩儿更好。像我家桥桥，又淘又拧，白天皮了还不够，晚上睡觉也不老实，老往床底下掉，你听见了还好，把他再弄回床上去就行了；要听不见，他能在床底下给你一觉睡到天亮！有一天我半夜醒来想上卫生间，看到床上没他，地上没他，吓得我心口怦怦乱跳，把尿都吓得给憋回去了，直想起那些鬼怪故事，以为是什么妖魔鬼怪啥的给他掳走了。紧着叫他爸起来找。原来窝在门背后睡得呼呼的。门背后挂着我头天洗的一个被罩，我嫌有点发潮没收起来，长长的垂下地盖住了他，我愣是没瞅见。他掉下地后大概觉着冷，翻个身碰着被罩，那里有点暖和气，就不挪窝儿接着睡了。"

艾丽"扑哧"一声笑出声来，那玄默也忍不住微笑起来。这一笑，他感觉自己的神经不像刚才那般紧绷着了，脑子里也不再闪现那些让他压抑、沉重的画面了。他此时发现，有两个妻姐在旁边陪着真不错，女人在这种场合所表现的勇敢、镇静、安闲绝对能安抚男人，连她们的唠叨也能消解人的紧张情绪——也许她们就是用不停说话的方式来消解自己的紧张和激动，来消磨漫漫长夜吧。

"桥桥多皮实呀。"

"皮实啥？要是裹着被子一块往下滚也好，他是把地权当床了。我在水泥地上给他垫了一层十二生肖泡沫拼图，又垫了一床褥子，睡一晚也不会着凉；要是光溜溜往下掉，你瞅着吧，第二天鼻子没准就堵上了，就得给他打针吃药。"

"你这个当妈的晚上睡觉不能警醒着点儿？"

"警醒？上班累了一天，就是打雷地震也闹不醒我。好在我们家宋朝比我还强点儿，晚上盖个被把个尿都是他弄。要我，没谱，哪怕听到他掉地上的声音了，也还以为只是汽车又颠了一下，翻个身照样睡。"

"把小床一边靠墙放，一边紧挨着你们大床，不行吗？"

"试了。那就只能把床当路走啦，一点儿过道都没啦。"

"那就把两边都给做上护栏，像婴儿床一样。"

"他会不会翻过护栏往地上钻呀？"

"瞧把你儿子说的，像是会打地洞的老鼠。就没见过像你们两口子那么笨的人。干脆把床撤了，睡地板嘛。看他往哪儿钻！还能钻出墙外去？真是邪了门了！"

初　日

"还是我大姐聪明。唉，当初生下桥桥，咱爸咱妈高兴，他爸他妈也喜欢得跟什么似的。这小子是给他们生的呀！换了我自己，我就眼瞅着人家闺女好，闺女贴心、省心，又听话又温柔，爱学习，那衣服也不用一天洗一回；就这天天洗天天换，还脏得跟泥猴似的。不磨死你、累死你才怪。所以我真想啥也不管，随他去。"

"你以为你管得多呀？我奉劝你还是管管他学习吧——跟你大姐学学！瞧我们家飞飞，放学回来就知道写作业，星期六星期天也不见天玩儿，省心着呢。我告诉你啊，衣服脏点没事儿，学习差了可就该有事儿了。"

"我怎么管？我管不了。爱咋咋。"

几个小时过去了，天已经放亮，初日温和而含蓄地照在敞开的窗玻璃上，窗玻璃又把曦光反射到室内。因敞开的玻璃窗上的日影被风儿和树影拨动、弄碎，反射到室内的晨曦，就如舞台上的灯光，碎碎点点，变幻莫测。那玄默看着这个景象，心沉静下来：妻姐们说得对，该来的肯定要来的。这其间有两个产妇生下一男一女，他们的家人欢天喜地而去，惟独他们——她们显得有些不安起来：卫丽不再织毛活儿，而是把它卷起来搁进篮子，出去听听动静，回来，头靠在椅背上打起了盹儿；艾丽也走出门去，耳朵贴在产房门上听。明丽进去的时间太长了，比她晚进去的都出来了。艾丽回来，也靠在椅子上打起了盹儿——她们终于累了。突然，她睁开眼睛说：

"嘘，别说话，出来了一个。没准是咱明丽的！"

善于捕捉和辨别声音是艾丽的特长。她站起来，来到走廊上。卫丽和那玄默及休息室的其他几个家属也往门外拥，每个人脸上都带着既激动又不安、既期待又紧张的表情。果然，一会儿，产室的门打开了，护士单手抱着一个婴儿走了出来。婴儿的身子和手脚被一块布裹住，裹得有点糙，有小半拉脚和肩膀露在外头，头和脸则整个露在外头。那玄默一眼就认出了是他（她）。肯定是他和明丽的孩子！我的天，他（她）那么小，小小的发红的脸，在晨光映照中，显得毛茸茸的；一层因为湿而显得乌黑油亮的头发，盖满他（她）细小的脖子。他觉得自己的腿在打颤，短短的几步路，他却没有力气走过去。

"许明丽家属，在吗？"

护士在门口发问，眼睛快速扫过各个家属的脸。他觉得，她脸上的表情，就像是宣布"中华人民共和国成立了"那般庄严、肃穆。

"在！这儿呢！"

两个妻姐抢先一步跳过去，触摸到了婴孩，他的孩子！

"女孩儿。七斤一两。五十厘米。"

36

护士说完，转身就走；那玄默追上去，紧盯着孩子看，千言万语，不知该说什么。看看我，看看我，我是你爹！他在心底默默地说着。护士走得飞快，此时另一个门打开，在她走进门去的一刹那，孩子突然睁开了眼睛，看了他一眼。他明白，这是孩子看这个世界的第一眼，看他的第一眼，尽管他记得明丽跟他说过刚出生的孩子啥也看不见，但他宁愿相信她看见了他！护士一闪，在门里消失，门再次被关上，一面墙隔开了他和他的孩子。他站在那儿不动——那一眼给他的震撼余波还没过去，就像一颗在他眼前闪了一下的钻石，尽管钻石已不在眼前，可是那光亮还在眼前闪烁，惊奇着他，感奋着他。他转身，看到了两个妻姐，眼泪突然流出来。他说：

"她看我了！她看我了！"

卫丽一副如愿以偿的模样，眼圈儿红红地说：

"长得多漂亮啊，可爱极了。我要是有这么个女儿就好了……"

艾丽心下有些遗憾，明丽若生个儿子，妹夫就不是感动得哭，而是感动得哭不出来，变成笑了。是男人谁不希望得个儿子？抛开重男轻女传宗接代这种老观念不说，单就生一个和自己性别一样的孩子，那种成就感就高于一切！但她不动声色，晃了晃他的胳膊，习惯性地叫他过去的名字：

"祝贺你，保国，你当爸爸了。"

这时候产房门打开，明丽被推出来。她脸色平静、苍白；神色安宁、疲惫；肌肤无力地松弛着，像收割过后的草场，风平浪静，无欲无念，裸露出它奉献过后的宽阔、博大和深厚的本质。他朝着他这一生最大幸福和感动的缔造者奔过去，同时一颗高悬的心终于落回原处。

他握住她那只没打点滴的手，紧紧地握了一下，俯向她耳边，说：

"我看见她了。她瞅了我一眼。真棒！"

许明丽笑了。为了回应他那含义模糊的、不知是夸她还是夸女儿、抑或"一箭双雕"的两个字，她把那只被他握着的手往里塞了塞，或者说动了动，两只手就有了一种因摩挲而起的互动。这是她对他的回答。

这一年，那玄默三十一岁，许明丽二十八岁。这个让他们经历了漫长等待的孩子，他们的小宝贝小天使，就是那边。当初日缓缓升起的时候，她在亲人们美好的期盼、憧憬、焦急而又耐心的等待中，和妈妈磨合、冲突、配合，经过了几番挣扎和努力，终于通过了生命之门，降临人世。

那玄默把这个小小的婴儿取名"那边"，小名"那那"；所有人听话听音，都以为是"娜娜"。这是一个大众化的、普通又平凡、好听好叫又好记的名字。

第二章

1

楚郁——那时候叫蒲荟，五岁，可看上去不足四岁。大脑袋、小身子、瘦骨伶仃，跟《红岩》里的小萝卜头一样。一双黑色带点微蓝的眼睛，像猫脚迹①的小花，在山脚、地头、田边、路旁，甚至泥墙和茅屋顶，开得到处都是，根本没人在意，偶尔有懂点儿草药常识的山民才会采它来涂抹伤口、止血；头发像冬天路边的小草，因被脚踩着，被小鸡、小鸭啄过，被小猪、山羊啃过，而显得又黄又稀；脸上有一分钱币大小的白斑，东一块西一块，像是地图，那是因为肚里有蛔虫的缘故。

蒲荟的母亲烧了满满一桶热水，把她脱得光光地洗。蒲荟习惯称母亲为"姆妈"。这个山村妇女大名耿茶梅，但总被写作"茶妹"，因"妹"比"梅"笔画少，好写。耿茶梅娘家门前山上长有一片茶树和茶梅，夫妻俩说好生男孩叫茶树，生女孩叫茶梅。因是深秋，天冷，耿茶梅在桶边围了圈炭火盆。一个普通粗瓷火篮，是蒲荟太太②蒲朱氏刚才颤索着一双小脚送来的。蒲朱氏娘家名儿叫朱采兰，但全不谷人几乎没有一个人知道。因她年纪大，包括蒲荟的嬷嬷③蒲方氏，全不谷人都叫她"太太"。一口破铁锅，漏处用几块铁皮挡着，放在圆形铁架子上。一个搪瓷脸盆，搪瓷原为白色，破洞的地方贴满了形状不一的"膏药"，花里胡哨的，只有蒲荟嬷嬷某件旧衣服能与之媲美。细看，这些"膏药"原来是些牙膏皮补丁——把牙膏皮放火上烤得滚烫，往破洞上快速一贴就成了这模样，这个活儿蒲荟的哥哥蒲力荣和姐姐蒲萍都做得很娴熟。一个青色粗瓷火钵，斜裂着几道缝，由篾条箍紧，篾条分得细，编得也精致，像给

---

① 雾城方言，即通泉草。
② 雾城方言，太祖母的俗称。
③ 雾城方言，祖母的俗称。

火钵穿的盔甲，又像破了相的女人仍在一丝不苟地打扮自己——给它穿上盔甲的是蒲荟的父亲蒲兆光；蒲兆光制作的物什在这个家里随处可见。

山里什么都缺，惟独不缺柴火。平时耿茶梅把炭火收到瓮里，瓮口盖一块厚实、无裂纹的楝木板，这木板像橡木塞，起着密封、熄火的作用。没几天就能集满一瓮，倒出来，把灰筛掉，大小块分开，分别装到麻袋里，这就是炭。冬天生火钵、火篮，炭就有了。块儿大的分拣出来，冬至一到即挑到山外去卖；或送些给山外的亲戚朋友，亲戚朋友就回赠些布票、粮票、煤油票啥的。耿茶梅用这些票扯回花布，买回点心和煤油，感觉自己占了便宜；因为炭不值钱，这票那票的却稀罕紧俏，也是山外的亲戚朋友自己千节万省省下来的。

为了保暖，门紧关着。门没有缝，窗是木头格子的。这也是蒲兆光的手艺。窗没有镶玻璃，只有一块青花布当帘子使，为了屋里亮堂，并没有拉上。窗格子不高，蒲荟可以瞅见蒲力荣和蒲萍的脸在窗格子前闪过来闪过去。蒲萍的眼睛像两束火苗，由蒲荟赤裸的身体烧到床上；由床上再烧到蒲荟身上；又由蒲荟身上烧到一个无法预知和想象的世界。床上，整齐叠放着一堆新衣服。最惹人注目的是件大红掺金丝绳金边缎子披风，显得那么鲜亮火热，仿佛是蒲萍的目光将它点燃，然后它就在幽暗潮湿散发霉味的房间里燃烧起来。

那确是一件勾人心魄的披风。摸上去柔软顺滑，只有过去蒲兆光打到的一只红狐的皮毛能与之相比。家里那只母狗叫"破口缺"①，年轻时跟另一条狗打架时破的相。它跟朱采兰辈差不多，垂下的肚子像个干瘪的布袋，走起路来晃晃悠悠，皮毛短糙干硬，还有癞疤。它本来口碑不错，喜欢跟着家里的猎人跑。蒲兆光出事那天，它却不知躲哪儿休闲去了，从而毁了自己的"一世英名"。"破口缺"原还想凑个热闹，却被蒲萍一脚踹出老远，它自知无法和红狐皮及缎子一争高下，灰溜溜进了太太屋，趴在太太床边，一声不吭，闭着眼缅怀自己的青春年华去了。而那缕缕金丝，真的比太阳光线还要炫目！和披风连成一体的帽子顶端，是两只兔耳朵造型，也绳了金边，和襟子及底边的金黄遥相呼应，浑然一体……

蒲荟身上的那层皮像是块粗糙的抹布，被来回揉搓着；皮下肋骨根根分明，像是蒲兆光新做的搓衣板——比搓衣板脆弱（蒲兆光做的栎树木搓衣板，耿茶梅说好好使，永远都使不烂呢），仿佛稍一用劲，就要齐根断裂了般。耿茶梅下手很轻，但她仍觉得重：是姆妈那双带茧子的手对柔嫩肌肤锉锉的感觉，是她内心恐惧加剧的生理上的疼痛感，是能看见的姆妈凝重而悲壮的表情和看不见的沉重而悲伤的心情给她的总体印象。她觉得痛、麻、冷、不舒服，小脸怪异

---

① 雾城方言，即豁嘴。

地扭曲着。可耿茶梅对这一切视而不见。

耿茶梅就这么给蒲荟一遍遍揉搓着，到最后，蒲荟身上的皮被搓得红红的，她分不清到底是皮肉疼、骨头疼还是心里疼；到底是姆妈搓疼的还是寒气浸疼的。打天一转凉，她就没有洗过澡，这很正常。要是往年，得等到第二年开春或干脆得等到入夏才能洗澡。一入夏，小溪和池塘里的水就被地气烘暖和了，被阳光晒热乎了，撩在身上就不冰了。耿茶梅边搓边不停往她身上撩水。水不时溅起，落到火钵和火盆里，发出蒲力荣烤知了时的"吱吱"声。没有肉吃，蒲力荣又馋，不仅把茅针①大把往嘴里塞，像牛倒嚼似的嚼——蒲荟最看不得蒲力荣嚼茅根，他一嚼她的牙根就疼，就像被锯子锯一般，后来想起来牙根还会条件反射地感到不适。这是人在听觉上的"软肋"，就像有些人不喜欢裁玻璃声，有些人讨厌撕扯塑料泡沫声，蒲萍后来厌恶干茅草被团起来塞进火塘的声音。蒲力荣烤知了很老到：先把火铲在灶膛里烧得透红，然后把活知了往上放，知了"吱"地惨叫一声，身子被火铲粘住，一缕白烟往外冒……为不使肉粘到火铲上，他后来学会先在火铲上涂点猪油，但这得背着耿茶梅悄悄下手。有时火铲不够烫，知了还活着，故烤的过程还会发出"吱吱"声。一会儿，熟了，拿出来，往耿茶梅焖炭的木板上一倒，烫嘴不管，上面沾了灰也不管，捏起就吃。他一边"嘎吱嘎吱"嚼出响声，一边使劲炫耀，说是比雉鸡肉还香哪，比猪肉还油哪！你越吓得往后退他越往前贴，你越恶心他越来劲，这一口咬下的是它的头，再一口咬下的是它的屁股，再再一口咬下的是……

耿茶梅一边洗，一边拿火钳把炭火拨旺，所以她就显得非常忙乱，不，是忙而不乱。蒲荟的头发湿湿地贴在脑袋瓜上，像一只落水鸡雏。耿茶梅不时地发出一两声粗重的喘息，当时蒲荟以为那仅仅是喘息，许多年以后她断定那是从心底发出的叹息，是变相的抽泣；溅在她身上的不仅仅是热水，还有姆妈的眼泪。

蒲兆光死了。这家的男人都活不过四十岁。蒲荟的太爷爷蒲原圻死了近五十年，爷爷蒲炳山亦已去世十多年。蒲原圻的死因至今还是个谜。蒲炳山去世那天晚上没有一点征兆——晚饭他吃了两海碗，还喝了半斤黄酒；吃完饭也不挪窝，仍坐在条凳上。那时耿茶梅在给鸡舍上铁门子。山里面黄鼠狼多，甭说晚上，青天白日里也会从藏匿的石缝、草棵子里像闪电般射出来，叼走毫无戒备的鸡雏。不谷人喜欢把"色狼"叫"黄鼠狼"亦源于此。

不谷人迷信，对黄鼠狼虽恨得牙痒痒却只轰赶而从不敢打。传说黄鼠狼是种最招惹不得的生灵，因为它死后还会报复人，而且报复的方式拿捏得当。谁

_____

① 茅草的嫩茎，有甜味。

要不信这个邪，立马遭现世报。村西头汪谷华爷爷年轻时打死黄鼠狼，结果脑壳疼了一年，啥药都吃不好，一天疼得实在受不住了准备去跳崖。跳之前他把剥下的黄鼠狼皮挂树上，燃了一炷香，双膝跪下，叩了几个响头，说：

"黄鼠狼精您行行好呀！我死之前您好不好让我的头松快一会儿啊。不，松快一分钟也行！我才十六岁就要死了，我都忘了做人啥滋味了。我投胎做一回人不容易，您让我尝尝做人的滋味哇。我不想死了还遭这个罪啊！……"

话音刚落，汪谷华爷爷的头就不疼了。头不疼的汪家爷爷就不想死了。他把黄鼠狼皮背回家挂在堂屋供起来，香火不断，后来那个位置让给了毛主席像。有山货商三番五次要收那张毛皮，但汪家人不肯卖。它像汪家人过世的祖宗（照片）一样，一直在墙上占有一席之地。

另一个人外号叫"火罐"，姓雷，和蒲家只两墙之隔。他剥了黄鼠狼的皮，身上起了两年癣，因为奇痒难耐被挠得皮开肉绽鲜血淋漓，发出一股恶臭，老婆带着一岁多的孩子另嫁他人，人看见他都躲着走。因偶有挡人视线如房子拐角处，劈面碰上躲避不及的发生，队长就命他以后每遇到这种情况就提前喊一嗓。他先喊"当心"、"小心"，后喊"顺风臭在此"、"躲一边去"、"熏死你"等，最后嫌这些说法太过文明，火力不够，就专喊下流话。据说他的下流话喊得很让人恼火，村子里不少床都被他喊塌了。村妇女干部讨伐他，命他住嘴，不准再扰乱人心、挑逗男人的裤裆，否则开批斗会斗他。火罐说：

"女人不让我近身，还不兴我喊喊过过嘴瘾出出火？你们要斗就斗，我巴不得呢！"

两年后火罐病好，皮肤像脱了皮的蛇变得鲜亮如新。汪谷华那年满打满算才十八岁，死乞白赖要嫁给他，家里人不同意，她就声称去跳崖。父母拗她不过，只好让她嫁了火罐。火罐问她嫁他的原因。汪谷华说：

"是你喊的话惹的呗，你这个下流鬼，黄鼠狼！"

还有一个嘴馋，吃了黄鼠狼小崽的肉，上楼时跌下死了，他死的地方正好是他曾经套住小黄鼠狼的地方。死者的儿子说得有鼻子有眼，说那天他父亲上楼时小黄鼠狼的父亲母亲哥哥姐姐排一溜堵住楼梯口，他言之凿凿地说，绝子绝孙这类事，连对动物都干不得。

朱采兰爱坐在门口草团上暴日头①兼看风景。对她来说看风景和暴日头同样重要。暴日头是为了生命的延续，看风景是为了生活的延续。有年春天天天有只坐了胎的母黄鼠狼来陪她，坐她对面的阳光里眼巴巴地看她。朱采兰拿拐棍赶它，并天天重复这些话：

---

① 雾城一带方言，意为晒暖儿。

"你走开，走开哇。我不用你在这儿陪我。我多谢你了。鸡鸭被圈起来你够不着是不是？我也想吃，可我也够不着哇。莫非你看上我这把老骨头了？要不你试试，看拖不拖得走，嚼不嚼得动——你拖走了，还省心了呢。"

大约过了十余天，黄鼠狼就再也没出现。朱采兰把这事告诉儿媳孙子孙媳并得意自己的话管用。

耿茶梅说：

"黄鼠狼哪能听懂人话？八成是坐月子去了。"

蒲方氏大名方粟米，她看婆婆一眼，说：

"那黄鼠狼是瞅你老皮糙肉，硬骨头没嚼头才撒开手的吧？汪家傍黑丢了一只鹅，鹅毛一溜往后山去了。谷华她爹急得跳脚，念念叨叨说比老婆被野男人困①了还让人心疼肉疼哩——围一堆人看西洋景！"

朱采兰说：

"拖走就拖走了，就当给黄鼠狼上供。"

耿茶梅上完铁门子还拿手再三晃晃，突然听见一声闷响，紧接着是方粟米变了调的尖叫。耿茶梅以为婆婆碎了她的嫁妆——那个铁壳热水瓶，不想却是蒲炳山摔倒在地，婆婆蹲在一边，拼命想把他扶起来。但他已经不会坐，也不会站，不会说话，没有意识也不能享用他的酒了——蒲炳山死了。

蒲炳山最后一句话是对方粟米说的，他说：

"活见鬼。脑袋瓜子煞煞疼！"

说完身子往后一仰，重重倒地。

蒲兆光死了。这家的青壮年男丁全死了。朱采兰八十多岁，虽然牙口不太好，身子骨却还是硬硬朗朗的，每闻到饭菜香味都要偷偷咽口水，看到野菜粥都会眼睛放光。出于谦虚和只吃不做的自卑，尤其儿孙辈一个个先于她走了以后，她看儿媳、孙媳的目光，觉得她们都眼露凶光，好像是她克死了他们，巴不得自己立马死掉。当然她还是喜欢并顽强地活着。有时候她偷着内疚——我怎么还活着？有时候又偷着乐——我就活着，怎么着吧？朱采兰腿脚不太灵便，总是磨蹭老半天才能在餐桌前坐下，但一头埋进饭碗就再不抬头，直到把盛给她的那碗食物吃完，每顿一碗，不论稀稠。

方粟米娘家开爿小作坊，专制冻米糖，其中以桂花粟米糖最为有名。她一个姐姐叫桂花，她就叫了粟米。方粟米五十冒头，骨瘦如柴，身子扁得像块木板，用她自己的话说还是块薄木板，任何一阵风似乎都能把她刮倒。但自从蒲兆光死后，方粟米却天天像个壮劳力般使力气活：除了参加队里的劳动，还要

① 雾城方言，意为睡。

背柴、出肥——这些重活她干了一多半，留下一小半耿茶梅干。但耿茶梅总显得力不从心，耿茶梅擅长的是厨房里的活儿和针线活儿，这对一个女人来说本来再正常不过，可是耿茶梅的这个正常却让方粟米看不惯。方粟米觉得，既然你命硬留不住男人，男人走后你就得顶一个男人用！她自己就是这样做的。那阵子蒲家愁云惨雾，空气像结了冰。三个女人似乎谁都不愿跟谁照面，见了面眼睛也不对视，那份坚定像和尚面对女施主，嘴里跟你说话，眼睛却不看你。朱采兰整天躺在床上，几乎不发出任何响动，甚至连阳光也吸引不了她，就吃饭时起来；方粟米隐进山林，假如某个方向突然飞起一群鸟，那也许是她给搅和的，而那噼里砰隆砍斫树枝发出的响声，多半亦是她弄出的动静——把外头的动静弄得越大，她内心的动静就会越小；把自己见天累得像摊烂泥，她的思维就越像无知无觉的烂泥。

蒲兆光死了。耿茶梅决定把蒲荟送掉。耿茶梅说送掉她的原因是姆妈养不活她了，这一家子养不活她了。蒲荟有一度对养不活她才把她送掉这个事实充满疑虑。怎么可能？不谷除了不长稻谷以外，别的物产可算丰富，随便哪一样收入都能养活一个像她这样所需不多的小女孩！不谷的山谷和坡地上长玉米、小麦、荞麦、花芋①、洋芋②……不谷高山云雾茶名扬全国，二十一世纪以后每年的明前茶均能卖到上万元五百克，茉莉、栀子花、桂花、玉兰、白兰、佛手等各种花卉及其制品也香飘万里。此外，还出产李、桃、葡萄、杨梅、藤梨、枇杷等水果，白芍、何首乌、龙胆草、前胡、女贞子、石菖蒲等各类药材，紫竹、箬竹、毛竹、雷竹、青皮竹及竹笋和笋制品，木耳、竹菇、香菇、草菇、洋菇等菌类……

但蒲荟明白耿茶梅说的是实话。那时候所有能让人活命的物品都像被孙悟空摘下的人参果，一离开枝头就地遁了——人总是填不饱肚子。汪谷华最小的妹妹死了，她还是个婴孩，还没活到像个人样，就死了。是饿死的。她总是被搁进特制的背篓，背在干活的大人背上，身子由不得她自己而是随着干活人的动作而颤动。那时家里人没给她起名字，一方面懒怠起，另一方面仿佛预料到她的命运，不屑给她起似的；偶尔谈到她，家里人就叫她"小七"。"小七"总是闭着眼，小脑袋垂在背篓沿上，像一只被拧断了脖颈的猫；裸露在外头的小手小脚小脸蛋总像揿了瓜子菜③或路边菊④的面团，苍白里透着青灰。耿茶梅要

---

①　雾城方言，即番薯。
②　雾城方言，即土豆。
③　即马齿苋。
④　即马兰头。

把蒲荟送掉后的一段日子里，她眼前常闪现"小七"的脸，想着她只裹着一点点破烂稀薄的小布片被埋在山旮旯里风吹雨淋日晒的情景——这个时候，她便浑身哆嗦，眼睛不敢往山的那个方向看，特别是黑天，看一眼身上的血就仿佛被冻住了似的。她不知不觉生出一个假设：假如我和小七一样小，姆妈会不会……

耿茶梅要把小女儿送掉有更重要的原因，这是蒲荟后来揣测出的：这一门三代寡妇虽都中年丧夫，但谁都没有改嫁。她们恪守妇道是一个原因，没有男人敢要她们是另一个、也是更主要的原因。此外，蒲家只剩下蒲力荣这个男丁，他是蒲家的希望，惟一的苗苗。可是请看看这棵独苗的处境吧：他被老老少少五个女子包围！这是一种危险的处境，譬如地里的小苗，被老树小花小草遮住，阴也会被阴死的！

蒲荟的舅舅耿志勇托人四下里打听——都是偷着的，送儿送女不是啥体面事儿；况且在那个年代，几乎家家户户都有一大堆孩子——孩子多了，就不稀罕了。所以要找到领养孩子的人家难，找条件好的更难。可是耿志勇运气好，蒲荟运气好。后来耿志勇提起这事还满脸得意，开玩笑说阿侬①是 who 呀，他陈仁和能不买阿侬的账？这时他和小儿子耿小直在柳镇开了爿山货铺子，生意温吞，却也有吃有喝，任何新事物都乐于接受，闲来还让孙女耿喜雨教他几个英语单词，偶尔用着，却也恰到好处。耿志勇和耿小直本来可以把生意做得更好，可是他愿意维持现状。耿志勇说他一辈子只求个吃喝不愁，做个酒神，快活死哉。结果他的人生观极大地影响了儿子，半辈子过去，只把打牌搓麻将玩到出神入化的地步，用耿志勇的话说是成了"牌精"。父子俩一个"酒神"，一个"牌精"，倒也相得益彰。后来耿喜雨出人意料考上了大学，需要大笔学费而无从筹措时，父子俩才恍然大悟，发现仅追求吃喝不愁早已过时。

"要不是亲友帮忙，"耿志勇说，"还不得去卖房卖地卖血卖肾才供得起喜雨哩？"

而这个陈仁和是谁？他是柳镇村民。耿志勇和陈仁和当时的关系只限于"脸熟"，只在柳镇街头打过几次照面，点过几次头，却被耿志勇收入自己的"朋友"之列。耿志勇有这个本事。耿茶梅对孩子们说：

"你们舅舅人好，是好人，所以朋友多。"

方粟米马上抢白道：

"什么人好好人！不是他人好，而是酒好；不是好人，是好酒，天底下好酒的人哪能没几个酒肉朋友？"

---

① 雾城方言，我之意。

45

陈仁和凭着自己和谭雅蓉的交情成全了蒲荟。蒲荟觉得既然她非得被送掉不可，那么楚涵风和谭雅蓉便是她的最佳选择。从这个意义上说，陈仁和就是她的恩人。

说起陈仁和和谭雅蓉的交情，用陈仁和的话说是他自己巴结，硬跟人扯乡亲扯来的；人家谭医师心眼好，人厚道，才没有烦他，才降低身份、地位搭理他。

陈仁和原是谭雅蓉的病人，患胆结石，疼得死过去几回；疼痛不过时曾跳过河、拿菜刀砍过自己。谭医师剖开他肚子，从他胆囊里取出了大大小小三十二颗石子。不仅保住了陈仁和的命，而且还让他康复如初，健壮如牛。从此陈仁和视谭医师如神人、恩人。

对神人要敬，对恩人要报答。敬神陈仁和很容易就能做到，无非是恭恭敬敬，说顺耳、感谢的话，笑脸相迎，下跪也在所不惜。因为这绝对出于自愿，就像去庙宇求神拜佛，都出自真心，若不出于真心，谁敢在佛像前跪下！报答就相对难得多。因为在他的观念里，报答并不是打躬作揖说几句谢谢就够了的，那样分量太轻，显得毫无诚意；报答必得让你看得见摸得着，说到底，必牵扯到物。

出院回家后，陈仁和做的第一件事就是找一件昂贵之物送谭雅蓉以谢救命之恩。可他拿不出一件像样东西！经过几天激烈的思想斗争，良心终于战胜物质贫乏渐渐形成的小气，他说服老婆，咬咬牙把家里那只能追得母鸡满院子跑、鸡子也因此生得格外欢实的红毛绿尾大公鸡送给了谭医师。他老婆任桂娟嘀嘀咕咕，说：

"把大公鸡送人，下回可孵不出小鸡只能孵出臭蛋来了。"

陈仁和把眼一瞪，嫌桂娟多嘴。

"把院门打开，把鸡们放养。左邻右舍有的是身强力壮的公鸡，借种不就行了！"

此外，陈仁和有两小畦自留菜地，他种地时舍得下工夫，四季总有三季绿油油的菜；又着意比别人提早十天半月撒菜种，故总是他的菜时鲜。割第一茬菜时，他就步行六七公里给谭医师送去。可是无论是送大公鸡还是时鲜蔬菜，送过几回他就回过味儿来：没有一回他是空着手回来的。谭医师不是给粮票布票肉票糖票，就是给糖果点心；有时干脆硬塞给他钱——细算下来，哪是他报答恩人，是他从恩人那儿"明抢暗夺"哪。明白过来后，他不敢给谭医师送菜了。人家谭医师嘴里不说，心里肯定是清楚的。那个年月，谁家有多余的钱粮？任桂娟心底尽管高兴男人从谭医师那儿揩点油，但嘴里仍骂他不识相。她说：

"再送下去，欠谭医师的情更多，谭医师吃的亏越大。就那一把韭菜、几棵破油菜，人家花一两毛钱就能买来。值当去送？值当人家给你一包鸡蛋糕一斤古巴糖？还好意思收？"

陈仁和瞪他老婆：

"你知道什么。柳镇是谭医师外婆家，虽说柳镇没她啥亲人了，但她小时候就爱来柳镇嬉，她说自己至少是半个柳镇人哩。乡里乡亲的，给啥她都乐意，说比自己吃还高兴呢。"

话虽这么说，陈仁和到底觉得老婆说得在理，有段日子停止了对谭医师的巴结。正在这时，谭医师却捎口信找他：原来他过去见过的那个男孩并非她儿子，而是她兄弟；夫妇俩没有孩子，想要领养一个女孩。他的吃惊和熨帖感同时升腾：天老爷就是公平的，你有这，就不让你有那。他哼着小曲回家，如此这般和老婆一说，怪老婆肚子不争气：偏他有金、木、水、火四个儿子却没有女儿，否则立马给恩人送去一个。桂娟一句话就让他哑口无声。桂娟说：

"亏得你没闺女，否则莽莽撞撞提出来，还不把人家为难死？"

"为难啥？这不正好。"

"谁会要熟人家的孩子？巴不得越远越好呢。再看你那龅牙，小眯缝眼，能生出俊囡囡来？"

陈仁和决计不负谭医师重托，私下里走东家访西家，丑了笨了年龄偏大了偏小了全不考虑。终于看中几个人选，尤其姚宅那个小女孩儿更让他中意。那小姑娘年龄合适，秀眉秀眼，聪明伶俐。他回复谭医师。幸亏他有一点点农民式的狡猾，懂得事不能做绝、话不能说太满；加上他看见恩人就有点结巴，事先想好、反复预演过的话都会说得缺胳膊断腿，故没把姚宅小女孩儿形容得天花乱坠。

谭医师兴致很高，说好一等她休息就先来看看孩子。这是做事精细、周到，又本质善良的人的作风。可是到了约定的那天谭医师没来。那时交通、通信息多有不便：谭医师的信第三天才到陈仁和手里，她因临时上手术不得已取消行程。耿志勇在谭医师没来的第二天晌午在柳镇弄堂碰到陈仁和，只用一把笋干二两好茶叶和几朵栀子花干就把陈仁和搞定，陈仁和立时忘了其他小女孩尤其是姚宅的小女孩。

耿志勇扛一布袋山货从僻静小弄堂曲里拐弯走，正要往黑市去。肩上不觉得沉，可是脚步和脑袋瓜子却沉沉像坠着两块大山石。每回去黑市交易，耿志勇心里总忐忑不安，怕被逮个正着落得"人财两空"——人被冠以"投机倒把分子"，就是他这种在许多人眼里的"老皮脸"其实也是要脸皮的；辛苦攒起的货被没收。而妹妹的嘱托更是压得他累，心累。假如顺顺当当地去完黑市又该去哪？真想现在就去喝一杯，可是去喝酒就怕误了妹妹托付的事，不去喝酒又不知找谁最合适；想起他那些个朋友，一个个面目模糊，好像酒喝上头时看人的那个情景——脸和脸、鼻子和鼻子、嘴和嘴都重叠到一起。

柳镇弄堂狭窄，有些路段过两人还得互相侧着身子，一个让另一个先过，两人外加一鼓囊囊布袋就非得相撞了。耿志勇有心事，走路不注意，他的袋子差点剐着了陈仁和。陈仁和咳嗽了一声。耿志勇抬起头，见一熟脸，但不记得姓甚名谁。

耿志勇点头哈腰地说：

"承情，碰着侬了吗？"

"碰着了！里面装的啥？"

"炭。"

他不敢说实话。投机倒把，弄不好就要挨斗游街的，他可不想像前些天柳镇的卜百布①那样，脖子上挂两把又脏又沉的资本主义泥刀从上街游到下街，还大言不惭地说游就游呗，自己脖子上挂的也不是什么"破鞋"……其实袋子里装的是两斤笋干、一斤栀子花干、半斤上好的茶叶和两斤粗茶及几斤芝麻炒花芋片。攒这点东西真不容易，特别是茶叶，明着说是出自自家的自留山，其实大部分都是"封山"里偷采摘的，别说爬山越岭，光那提心吊胆遭的罪就不知有多少！就说那明前茶，都是些小嫩芽，茶叶尖尖，是老婆不要命地爬到一二百年生的野茶树上，采摘到自己缝制的一个小布袋里，再把小布袋掖在腰间偷带回家，一点点揉炒出来，放在石灰瓮里保存至今。

"炭放布袋里？骗鬼呢！"

耿志勇身子一激灵，突然想起了这个"熟脸"的姓，说：

"你不是陈……"

"陈仁和。上回我们一块喝酒。你说你妹夫蒲兆光的事，一个大老爷们，哭得稀里哗啦呜呜哇哇！"

"哦。"

耿志勇想起了上回的事，表情讪讪的。那回他喝多了有些失态。他还想起那天酒肆里人的议论，一帮人在一边倒地说蒲兆光千不该万不该这么做时，是陈仁和大赞蒲兆光是条硬汉，大家伙才又一边倒地说蒲兆光是条硬汉。

蒲兆光挑战的是头野猪。野猪重达二百三十公斤，比蒲兆光重了近四倍。不仅如此，野猪身上某些部位还沾了一层松脂，是它在松树上蹭痒痒时蹭的。当时不谷、山堰有好几个猎手和它交过手，但铁弹打到它身上"叮当"作响，

---

① 梁解茹小说《梦涡》里的男主人公。

四散开去。当时山民们并不清楚这究竟是怎么回事儿，加之野猪身躯庞大，来无影去无踪，遂把它传得神乎其神：比如子弹打在它身上就如雨点；利刀一碰着它皮肤，刀刃就会像枯叶般卷起来；若是它落入猎人插满竹签的陷阱，非但伤不了它一根毫毛，它还会把竹签咬烂、把陷阱毁掉等等。山民们已经把它看做神兽，几乎可以和当时流传的黄鼠狼、蠓蚣①精媲美。这抹笼罩在野猪身上的神性光环直到蒲兆光把它打死、真相显现时才消失。

酒肆里的人七嘴八舌地评价这件事。

"即便它不是神猪，人跟野兽斗终归人吃亏嘛。蒲兆光不自量力了！"

"鸡蛋碰石头！"

"光想着自己出名，把老婆孩子忘了！"

"听说不仅有老婆孩子，还有老娘、老奶奶。这老奶奶都八十多了。"

"留下一家妇孺老少，千不该万不该啊！"

陈仁和说：

"大家都别这么说！我觉得这位蒲兆光是条硬汉！野猪不死，还不得继续糟蹋庄稼、祸害人？"

"硬汉肯定是硬汉！"

"是啊，我们没说他不是硬汉！"

……

耿志勇改了主意，跟陈仁和去了他家里。耿志勇寻思，就凭陈仁和夸妹夫好汉，就值得把他当朋友，值得在一块喝酒，值得把心事告诉他！

到了陈仁和家，耿志勇把袋子里的山货往外亮了亮。任桂娟眼孔浅，看这情形赶紧去刷茶杯泡茶。耿志勇说：

"弟妹拿我的茶叶泡！谁家还能把明前茶保存至今，一点儿味不变？"

任桂娟拿了耿志勇的茶叶去泡茶。耿志勇又抓了一把炒花芋片出来配茶。这炒花芋片是曹笑金做的，可下了番工夫。做时先把花芋削皮，煮熟，碾成泥，和上黑芝麻，在一个特制的长方形纱布模具里摊成稀薄均匀的片片，半干时切成菱形状，用沙石炒熟，才成了眼前的花芋片。茶端上来，果然是好！银毫在杯子里一根根竖直，像是一群在水里竖立塔儿②玩的小银鱼；茶水嫩黄鲜绿，茶香扑鼻，仿佛这不是茶，是整个春天的呈现。耿志勇说起这茶叶的来历，简直就是他老婆拿命换来的。他说：

"爬那么高的树，有一次压断了枝掉下来，差点滚下崖头去了。一回被逮

---

①　雾城方言，即蜈蚣。
②　雾城方言，拿顶、倒立之意。

着，说是从自留山采的——这只能骗骗外人。分到自家名下的那一小块山地，早被掘掉了树，种了花芋和洋芋。它们最能填饱肚皮嘛。还恨不得那块山地往空间长，像蘑菇一样长出一层又一层，层层都有产出。"

陈仁和说：

"都一样。在队里累一天，挣不了两毛钱。"

结果，一杯茶还没喝淡，耿志勇就把最抓挠他心的那件事说了。耿志勇话音未落，陈仁和拍一下桌子，说：

"来得早不如来得巧！说实话，我要有个闺女，哪轮得上你走狗屎运！"

耿志勇不解其意，问陈仁和是咋回事。陈仁和夸大自己和谭医师的交情，又拿茶叶比喻，说茶叶尖尖跟人尖尖一样，高贵、香醇，让人高山仰止。谭医师就是这样的人尖尖。他把谭医师要领养小女孩的事一五一十告诉了耿志勇。耿志勇听罢当下眼泪都要下来了，拿钱叫陈仁和大儿子陈金生去买酒菜，说是酒逢知己千杯少，人逢知己喝千杯。

其实，陈仁和之所以毫不犹豫考虑蒲家的小女孩，并非他见"货"眼开，而是他敬服蒲兆光。蒲兆光和野猪搏斗同归于尽的事在陈仁和心里也搅起过波澜。他对耿志勇说：

"我这辈子最服硬汉，抗争到底，把死丢在一边——我要是看到那个打不死的大野猪朝自个儿扑来，要么手脚发软，乖乖让它把自己挑死、拱死；要么脚底抹油，没命跑了。"

耿志勇说：

"你不也曾自杀过吗？胆小鬼可不敢自杀。"

陈仁和一听乐了，说：

"那是咋唬咋唬、吓吓别人的，为的是到队里支俩钱去手术，我才不敢也舍不得对自己下手呢。"

酒酣话酣，耿志勇和陈仁和真成了朋友。耿志勇回家后头一回跟老婆曹笑金承认喝酒，说：

"老面①呀，假如说我以前喝酒不占理，这回可是占尽了理。天理、地理和人理全占上了。也怪了，喝酒占理那孬酒也变成了好酒，咽下去时嘴唇、牙齿、舌头、嗓子眼、喉管、胃神经一块跟着舒服、痛快啊！"

陈仁和一时激动竟忘了话不可说太满的古训。他从未见过蒲荟，却把她说成是世上最漂亮、乖巧、懂事，也最让人心疼的小女孩儿。为此他还编了两个小小的谎言——对姚家说领养人嫌孩子太小了不好带，对谭医师说姚家变卦不

———————
① 雾城方言，老面孔，意指老婆。

舍得把孩子送掉。

耿志勇兴致勃勃，到家告知耿茶梅，说遇到一个千载难逢的机会。

蒲萍抢先把这事告诉了妹妹。

蒲萍十一岁，在村里复式小学上了两年多学。蒲兆光去世后方粟米坚持让蒲萍退学。方粟米说，上学把整个人都给占了，别说还要交学费杂费，还指不上她干活，太不划算了。女孩子家认不认字都一回事，字当不了饭吃，还会把饭吃掉。耿茶梅拗不过婆婆，但心底对女儿有一丝怜爱，坚持让女儿上完这个学期再说。蒲萍那时意识不到退学对她今后生活可能造成的影响，她想不了那么远。可是马上就要发生的这件事却让她兴奋莫名。她说得眉飞色舞。她说那家女人生不出孩子，因为女人装孩子的口袋割掉了一多半，孩子在里面装不住，啥东西在里面都装不住，总要往外掉，就像衣服上的口袋破了无法装东西一样。一句话，她要给别人家当孩子去了——到那时，她就不是她妹妹了。姆妈也不是她的姆妈，嬷嬷也不是她的嬷嬷，太太也不是她的太太。这个家也不是她的家，她吃的那碗饭和弟弟就可以分吃了。蒲萍的嘴巴在翕动，蒲萍的话一字一字落下来，像是故意逗她、气她。蒲萍平时就好这样，逗哭逗乐妹妹是她乐此不疲的游戏。蒲荟眼睛一眨不眨地看着蒲萍，倒不是因为姐姐长得美招她看，而是察言观色，时刻提防姐姐的手对自己屁股的突袭。蒲荟身上只有那个部位的肉能拧起来又不致被姆妈发现。而蒲萍拧人的功夫很深，就像技术高超的乒乓球运动员会打旋转球，明明看见球直直过来，到跟前时，却猛不丁拐弯并砸死在桌面、桌沿或桌角，任你有三头六臂也救不起球来。蒲萍的拧也会旋转，就像拧螺丝钉似的，因此蒲荟的疼痛也是钻心的。至于蒲萍所说的那件事跟随时可能被拧相比，简直毫不足惧——也许，在一个孩子心中，所有尚未发生的事都离得很远，不像是真的。

蒲萍那天没拧她，但她说的那件事却是真的。几天后家里来了两个城里人，是陈仁和用手推车载来的。陈仁和终于找着一次报恩机会，而且他以后更有的吹：原来谭医师的丈夫是楚涵风，他在柳镇蹲过点，口碑很好，还做主让地主家娶不上媳妇的老处男叶旺田和寡居的富农婆田妙仙结了婚，现在人家孩子都生了俩。陈仁和对楚涵风和谭雅蓉格外殷勤卖力，而且他直觉这么做一点儿也不会吃亏。他不让楚、谭两人走山路，夫妻俩看陈仁和满头满身汗，很不落忍，最后让陈仁和收下五元钱才稍觉心安。陈仁和回家把这五元一张的大钞交给桂娟时，桂娟那一晚上的嘴就再没合拢来。陈仁和呵斥老婆没出息，威胁要拿焊条把她上下嘴皮子焊起，她才勉强把嘴合上。

因耿志勇反复提起陈仁和，这次蒲家人第一次见，陈仁和便成了蒲家熟人，尽管家里人对这个"熟人"感觉各异。有的对他感激涕零，比如方粟米；有的对他既感激又抵触，比如耿茶梅；蒲荟则把"陈仁和"放在蠓蚣精、黄鼠狼、野猪的阵营，提起他就感到害怕。

见了陈仁和之后，害怕的感觉消失了。也许这与陈仁和和耿志勇、蒲兆光是同类人有关。他们的肤色一样，说话总像是面对耳背的人，吃东西咀嚼声如山响，甚至连身上透出的气息都是一样的。这些感觉让蒲荟顿觉释然。

让蒲荟敬畏的是那俩人。那俩人脸上的笑容让她觉得陌生，进而疑惑和不安。笑容，这种上天赋予人的、表现一个人内心愉悦的表情，在蒲荟的生活和感觉里久违了。蒲兆光去世后，蒲家的大人仿佛就不会笑了；每张脸呈现的表情都是僵硬、呆滞、绝望和苦难。所以陌生人的笑容在最初的瞬间非但没让蒲荟安心，还让她觉得不安。更何况那个将来要做她妈妈的女人用一双又细又白又软又凉的手翻看她的眼皮，轻托着她的下巴，微笑着，露出雪白闪亮的牙齿。

女人用轻柔好听的声音说：

"张开嘴让我看看，行吗，宝贝？"

她叫她"宝贝"。陌生女人叫她"宝贝"！轻柔的说话方式对蒲荟来说是陌生的，城市语言对她来说是陌生的，可是这两个字被她捕捉到了，砸进了她的耳膜和心窝里，她像着了魔似的，听话地张开了嘴，女人微凉、柔软的手——好像那声音突然转移到手上，声音和手浑然一体——托住了她下巴，朝她可怜的小身子、傻傻张着的嘴俯下身来，朝里张望，仿佛在朝一个黑黑的窗口张望。蒲荟忽然别扭起来，女人手上和身上有一种她过去从未闻到过、令她感觉不舒服的气息，这种气息连同女人突然严肃和专注的表情，像一座山似的覆压下来。蒲荟微微颤抖着，有些喘不过气——那种感觉，就像一只自由自在翩飞的蝴蝶，突然被扑到网里，惟有徒劳地扇动它柔嫩而脆弱的翅膀。

过几天陈仁和又来一趟，带来一包袱新衣服鞋袜，要耿茶梅在孩子走那天给她换上。耿茶梅一方面觉得不穿走家里的衣服是好事，孩子的那些衣衫再不济也可以拿来补衣服糊鞋底；另一方面她马上嗅到了一种因贫富、地位、等级差异带来的惶惑，这种惶惑使她觉得自己的小女儿也即刻变得生疏起来，怎么看怎么不像蒲家的孩子——那是一张有福分的、大富大贵的脸！

耿茶梅像招待贵客一样招待陈仁和，抵触感大大降低。她给他煮荷包蛋，汤里面加了猪油、酱油和葱花，沸水将荷包蛋、酱油、猪油、葱花的香味送过来，让人直咽口水。蒲荟见姆妈盛了两碗，大碗的给了陈仁和。那小碗是父亲用竹节做的，碗壁雕刻着几条小鱼，碗沿一圈浪花。她一见这只碗心就揪紧了，是预感要轮到她的快乐揪紧。这碗她专用，平时谁也不稀罕。蒲力荣盛饭总挑最大号碗，盛时要拿勺子在顶上压了又压，蒲萍说就差拿脚去踩了。耿茶梅不让儿子压饭，说压饭等于压个子；他若把自己压成小矮个，以后咋办？可是只要能填饱肚子，蒲力荣才不在意自己会不会是个小矮个呢！况且"以后"是啥时候？人干吗要去管眼前瞅不到的事？

蒲力荣那一招挺管用。他盛完，锅里的饭也许就只剩了一半了；这一半由朱采兰、方粟米、耿茶梅、蒲萍和蒲荟分吃。蒲力荣吃着自己碗里的，还常巴巴看着妹妹碗里的，就像蹲守在暗处瞄准家禽的黄鼠狼，猛不丁就会从她碗里剜走一勺。蒲荟本能地用手去捂，无奈她的手太小，"本能"太慢，总赶不上蒲力荣的闪电动作。而她没法责备他，甚至不能表示出心疼来。因为这时候连耿茶梅都会垂下眼扭过头去装看不见，对蒲力荣的行为不忍指责——你能指责一个空空荡荡不时发出"咕噜咕噜"叫声的无辜的胃吗？这个胃在小男孩不知疲倦的"多动"中总是迅速而又令人绝望地瘪塌掉！但耿茶梅常会产生恻隐之心，把她自己碗里的饭拨给小女儿一点儿。

因为蒲力荣明目张胆的掠夺，蒲荟饥饿的感觉加上想捍卫又捍卫不了的那份委屈和紧张，形成了一个伤心的梦：她竹碗里的饭被剜得一干二净，她绝望地捧着那个空碗哇哇大哭，心和胃仿佛中空的麦秆、竹子，虚空得轻飘飘晃悠，别提有多难受！

耿茶梅真把小竹碗端给了她！蒲荟眼尖，早就瞥见了小竹碗葱花下酱黄色汤里浮浮沉沉着一个荷包蛋，白白嫩嫩的像一顶宽檐麦秆帽，又像一只在池子里吃绿藻①戏水的小白鸭子。在她理直气壮慢慢享用"特殊待遇"时，她听到蒲力荣在厨房里把剩汤喝得"呼噜呼噜"响，随即响起铲子刮击锅底的声音——她得意地笑了；有荷包蛋吃，把自己送给别人看来也不是件坏事。

陈仁和走后，耿茶梅把包袱打开，包袱里的斑斓色彩让她不由自主地发出一声惊叹，眼里滞留多日的阴翳一扫而空。她一边抖搂、抚摸、叹赏、嗅吸着那些散发出新布料气息的衣服，一边对蒲荟说，以后姆妈就不是你姆妈了，你有新爸爸和妈妈了，那天来过的叔叔阿姨多好，这新衣服多好啊……

耿茶梅说这些话时，蒲萍在旁边啃指甲盖。蒲萍那脆弱、积满污垢的指甲盖被她一片半片啃下来，露出鲜红的肉，有的渗出血丝，但她不觉得疼，反而觉得痛快。蒲萍后来对蒲荟说，指尖疼了，心就不疼了。蒲荟诧异，说：

"把我送走，姐心痛？"

蒲萍轻蔑地哼一声，说：

"我才不心痛呢！我是痛心！为什么不把我送掉？为什么我比你大？为什么我是你姐你是我妹？"

---

① 雾城方言，浮萍。

　　确实，蒲萍一反常态，原先兴高采烈甚至幸灾乐祸的表情和情绪不见了，代之而来的是这种奇怪的让人无法理解的态度——既不是对即将到来的姊妹分离的伤感，也不是对妹妹的怜悯，而是一种突然的生疏。蒲荟还没走，蒲萍就把她划了出去，就像队里分自留山一样，分毫不差，锱铢必较，把她划到了另一个阵营，放在了自己的对立面。此外，她还有一种恨意。蒲萍的恨意表现得很明显，几乎谁都能看出来，这给蒲荟心底留下了无法抹去的烙印。蒲荟先把这烙印变成一个大大的问号，继而把它变成理解的、无言的省略号。

　　耿茶梅的做法加深了蒲萍的恨意。耿茶梅不让蒲萍碰那些衣服，她碰一下耿茶梅就打她手一下，仿佛她的手不配沾那些东西似的。于是蒲萍背着耿茶梅把那些衣服裤子一件件往身上套，实在套不进去，就光伸胳膊或腿（到膝盖往上部位肯定遇到障碍，就像愚公一家出门就被大山挡住一样）进去过瘾。那双皮鞋她也把脚伸进去踩过，踮起脚尖走过。耿茶梅看见了，狠叱了蒲萍一顿，并扬言等妹妹走后再收拾她。

　　耿茶梅有没有收拾蒲萍蒲荟不得而知，因蒲萍得病后把过去不愉快的事统统忘了，留在她脑子里的全是和"快乐"、"有趣"有关或沾边的记忆。有一次蒲萍正清醒着，从早上起床时就想告诉蒲荟一件事，结果那天她刚好有个应酬，晚上十点多钟才回家。一听她停车的声响，蒲萍就急急从自己房间出来，把客厅、门厅的灯逐一打开，大门洞开。蒲荟一露脸，蒲萍劈面就问：

　　"阿荟，猜猜我扒着门缝瞅谁哩？"

　　蒲荟脑子急速转动，想找着和这句话相对应的时间、地点、人物和事件，选择最佳语言回答蒲萍，以配合蒲萍的"清醒"。蒲萍总是把时空和事物弄混，把昨天当做今天，把今天看做明天；把柳絮当做雪花，把都市灯光看做星星，把人工假山当做崇山峻岭，把西北风听作森林的嘶吼，把树叶的喧哗听成骤雨突降（假如半夜听到那种声音，她会一骨碌从床上爬起，径直去关窗。上当受骗次数多了，她学狡猾了，关窗前必定先看看天空、地面。她会念念叨叨地说，星星那么多，还骗我是下雨。她恨不得北京的雨下得跟不谷一样多）……最有可能的是，发生在几十年前的事在她意识里只发生在昨天、今天、片刻之前。

　　看蒲萍热切期待着答案，蒲荟装出十拿九稳的样子，说：

　　"瞅谁？瞅我呗！"

　　蒲萍把头一甩，响亮地"啧"一声，说：

　　"想得美！才不看你！你长得像小麻雀，谁稀罕看！我是……"她机警地看看四周，压低嗓门，说："咳！我看的是他呀！"

　　是呀，蒲萍看的是"他"——他长得真帅，她从未见过那么好看的男人！而且在她根深蒂固的自卑、自贱、悲观的意识里，她断定往后再也遇不到此等

"天人"！他卷曲的被山风弄得有些凌乱的头发，白净宽阔的额头，像嫩金竹笋样长长的手指头，笔直像刀刃一样的裤缝，乌炭般漆黑锃亮的皮鞋……还有他走路的姿势、说话的腔调、微笑的样子，这一切都极大地震撼、吸引、迷惑了她。因这种比山里的雷阵雨还无预兆的感觉，蒲萍眼里竭力不装那个女人；她对谭雅蓉同样震撼、吸引、迷惑了她的美视而不见。相反，蒲萍说那女人配不上他！她没他长得好看！她长得就跟一只长脚鹭鸶似的，有啥看头？她突然冒出一种羡慕和嫉妒，有一种自己够不着轮不上的绝望，对生来不平等的无可奈何的叹息——同样是女人（是的，她以后肯定会长成一个美丽的女人的！），为什么她就能跟那么好看、那么干净、那么神气帅气的男人在一起？为什么姆妈不能、嬷嬷不能、山里所有的女孩子都不能，而自己注定也不能？！

羡慕、嫉妒和对前景悲观衍生出了莫名的仇恨。楚涵风和谭雅蓉走后，蒲萍把这种恨意转嫁给了蒲荟。这就是蒲萍啃指甲盖，流露生疏、仇恨神情，恨不得把蒲荟的新衣服撑大撑破，盛粥时故意把最稀的盛给蒲荟等反常举动的缘由。是的，等耿茶梅给蒲荟洗完，穿上新衣服，蒲荟就要走了，永远走出这个家，走出大山，远离蒲兆光的坟（时间不长，但蒲兆光的坟上已经长出了丰茂的草木，承接了各种落叶；腐叶的气息和坟头青苔的气息一样浓郁，有了老坟的样子了），离开她所有的亲人，再也不回来了。

协议是耿志勇代签的。耿志勇颇识得几字，跟人吹嘘自己识文断字完全无师自通。其实他小时候上过两年私塾，一次偷喝先生家的酒醉倒酒缸旁，三天两夜不醒，把先生吓得摇头晃脑像在念《三字经》，扬言学生若醒不过来，他也只好一头扎酒缸里醉死……耿志勇这一"壮举"也彻底断了自己今后的求学之路——柳镇别的先生一听是耿志勇要上学都把头摇成了拨浪鼓。但耿茶梅乐意相信哥哥的话，她对哥哥的信赖是无条件的。在耿茶梅看来，只有高看自己娘家亲人，丈夫和夫家人才会高看她；只有把娘家这座靠山高高树起，她在夫家的地位才永远不倒。耿茶梅不识字，为此她更敬服哥哥。丈夫离世后，她更把娘家哥看做靠山，尽管耿志勇身上毛病很多，比如一看到酒就把所有当紧不当紧的事丢诸脑后；酒一喝多了就把所有当讲不当讲的话都说出来，但耿茶梅宁愿忽略这些缺点。

耿志勇把协议内容念给妹子听。他体恤妹子不识字，念得慢。可他的好心等于延长耿茶梅的受刑时间：每个字都像在锅里头炒得滚烫、预备用来炒花生和毛栗的石头子儿，看不出皮肉烫伤（用此法炒熟的花生和毛栗绝无焦皮处，拿到柳镇去卖，不消一刻钟便可售罄），却灼伤了她的心。除了失去丈夫又要失去小女儿的伤痛，她还不得不忍受宿命的隐忧：这家男人都活不过四十岁，不管多么身强力壮，都逃不了这一劫。不是因病死掉，就是因外力死掉——阎王

叫你三更死，谁敢留你到五更。生命中和她联系最紧密的两个男人——丈夫和
儿子，一个走了；另一个终有一天也会变成男人，也要一天天一年年挨近四十
岁！每想到儿子可能会有的结局，耿荼梅就不寒而栗，简直要疯掉！与失去小
女儿相比，这个隐忧比天还大，几乎占据了她整个身心，窒息得她无法呼吸！
不过，"不得探望孩子，不得和孩子相认，永不相见"这些个字，却像过去丈
夫那些削得尖尖的、用来做陷阱套野兽的竹签，齐刷刷扎向她心窝——尽管平
时连多看女儿几眼的工夫和心思都没有，可女儿就像自己的一件用帕子包起
来搁在箱底、心境好转时自然会拿出来抚摸、欣赏的宝贝，若是让她永不
相见……

耿荼梅脸色青白，身子晃悠。耿志勇适时住了嘴，给妹子倒上一杯水。耿
荼梅接过杯子，却不喝，示意哥哥念完。耿志勇说：

"就这些。"

沉默。整个山林似乎也沉寂了。耿志勇的目光无处可放，落到了门口那片
阳光里。那里夯实的泥地上，浮动着一个影子，看着不像人形，倒像是半截树
根的投影，那是朱采兰的影子；朱采兰坐在冰凉的石凳上，虽然底下垫着厚实
的茅草垫子，冰凉的感觉还是阵阵袭来。朱采兰顽强地想让自己在无倚无靠的
石凳上坐直（她以为自己坐得很直了），身子却仍不由自主地蜷缩起来，这姿
势还是靠拐杖支撑着的……阳光在这个季节驻留在山里人家门前的时间愈来愈
短暂，强度也大打折扣，但这一刻的阳光却已经足够温暖老人、让老人快
慰——此时的阳光仿佛已经不是阳光，而是支撑老人活下去的勇气和希望。

耿志勇收回目光，看着妹子说：

"要不，算了？凑合着总能拉扯大。"

耿荼梅摇摇头，放下杯子，说：

"不，我做娘的，不能掐了荟儿的好前程。我这是给她活路啊！"

耿志勇点点头说：

"那户人家老财①得很。你一说不去，立马有人补上这个缺！陈仁和说那男
人女人都是人尖尖呢！"

没等耿志勇说完，耿荼梅猛地站起身往灶屋走。再不走，她就要当着哥哥
的面嚎啕大哭了。忙累了半天，该煮顿饭招待哥哥了。走到灶屋门口，她突然
转过身来，直愣愣地看着兄长，说：

"可惜，可惜荣儿是个男孩呀！我宁愿生的都是女孩呀！"

耿志勇哑口无言。耿志勇在山村算是个有见识有文化的人，可是他的见识

---

① 雾城方言，有钱、富裕之意。

和文化战胜不了根深蒂固的迷信，他的担忧恰巧和他妹子一样；妹子等于说出了他几次滑到嘴边又强咽回去的话。

耿志勇把蒲家姐弟三人依次起名为蒲丽萍、蒲力荣、蒲丽荟。蒲兆光夸大舅子是个文化人。耿志勇说：

"我哪是什么文化人嘛。只是问人家借了本缺页字典，字典恰巧从'草'字头开始——天知道缺了多少草头字！我心想，草命贱，正如我们穷山沟的孩子，但它生命力强，崖缝里还能长草呢不是？先就择出个'萍'字，它四平八稳，声音响亮；'荣'和'荟'，就被'萍'牵出来了，就像老大自然而然牵出老二、老三、老四……当然给力荣起名时颇动了番脑子，从'丽'到'力'，别看简单，却像跳山涧那般费事。有文化的是丽萍老师哟！"

丽萍上小学第一天，喻老师就给改了名，把"丽"字去掉了。喻老师是村小惟一的老师，既是老师，又是"校长"；既教语文算术，又教音乐美术体育。丽萍报完名，和别的小孩一样数阿拉伯数字。在丽萍看来，老师要不要你，取决于你会不会数数及数得溜不溜。她一边寻思千万别数到"39"时再蹦到"30"要往"40"蹦，一边注意到老师没往报名册上写她的名。丽萍心里打起了鼓，刚才数数，她可是连半个磕巴也没打呀。丽萍心里正嘀咕着，老师张嘴说话了。

"我想给你改改名：把中间的'丽'字去掉。这样，你的名字就不俗了；而且少写一个字，你这辈子会省多少力气。"

喻老师说着，也不等丽萍点头（她那时候还在发愣呢），就在报名册上写下"蒲萍"两个字。并告诉丽萍这就是她的姓和名，姓一个字，名也一个字。丽萍认了认自己落到纸上后的模样，觉得怪顺眼，就问喻老师：

"老师，我小妹妹叫丽荟，舅舅说是会不会的'会'加草字头。她的名字也俗吗？也得去掉一个字吗？"

喻老师想了想，干脆利落，说：

"既然是亲姐妹，名字还是保持一致的好。去了吧。"

喻老师随手拿过一张小纸片，写下"蒲荟"两字，并在"蒲荟"顶上写上"蒲萍"两字。丽萍兴奋地拿着那张小纸片一溜小跑回家，急不可耐地告诉家里大人，说老师说她的名字不好听，俗，把中间那个字去掉就好听了，不俗了，还省力气！

耿志勇刚巧在，他对老师擅自给外甥女改名很不高兴，这几乎是否定了他的文化，篡夺了他的权利。他对喻老师的话大不以为然，说多写一个字就得多花力气那是瞎扯淡。那能花多大力气？比背根毛竹下山还费劲？

耿志勇把他刚抽完的八分钱一盒的"经济"牌香烟盒外包装纸小心翼翼地

撕开，抚平，命丽萍找出砚台、墨和毛笔，把墨汁磨得浓浓的、稠稠的，然后在那张纸片上写下姐俩的名字——是去掉‘丽’之前和之后的名字。字写好后，墨汁未干，耿志勇拿起略为卷曲的纸片，走两步到天井。天井呈长方形，3×2 米大小，檐边紧靠一根横梁和竖梁的三角区有个燕巢——朱采兰说她嫁进蒲家时就有了。此时正有光线从天外射来，耿志勇拿纸片对着阳光看——不知是想尽快晾干它，还是想透过它看出点名堂。他看到的不仅是他刚写上去的那十个字，还看到烟盒的正面图形、"经济"及生产厂家等字样，他还看到那张简陋的纸片被阳光透射后的变形模样以及如光线般变幻莫测、抓不住逮不到看不出想不透的许多诡秘而不确定的东西。看完后他心下发凉：他以为两个外甥女的名字本来就够贱的，这两个贱的姓名中间原本有一个"丽"字作平衡，像一副肩膀挑着担子，担子两头孰重孰轻自有肩膀来调整——可是这一改，"丽"字一去，等于砍掉了肩膀，失去了依托；连姓带名，两个草字头相连，"草草"，真是贱得不能再贱了！

耿茶梅见哥哥沉吟不语，知道他心里不爽，说：

"明天就跟老师说，名字是她们太太起的，不能改。"

蒲兆光说：

"丽萍刚上学就不听老师话……这老师新来，我们还摸不着她脾气。万一……阿猫阿狗，叫个啥名字不行？"

耿志勇说：

"妹夫说得极是。老师发了话，就得听老师的。往后我这俩外甥女的学名就叫蒲萍蒲荟。是嘛，女孩子，叫啥不都一个样？"

叫你金枝玉叶，你就真能成金枝玉叶？喊！耿志勇在心里大不以为然。

于是就这么定了。那时蒲兆光还在，蒲兆光在时耿茶梅和方粟米的眼里还能看见这姐俩儿；蒲兆光一走，耿茶梅和方粟米连目光带"心光"就没有这姐俩儿了，她俩的分量在这家中变得越来越轻。

改名后还闹过许多次笑话，比如有一次蒲力荣问朱采兰：

"太太，蒲萍呢？"

朱采兰努力睁开眼睛，说：

"蒲团？在我屁股下坐着呢。你要蒲团干啥？"

"我说的是蒲萍！我姐！"

朱采兰还听不明白，她耳背，像这样能抓住一两个音节就算不错啦。但方粟米认为婆婆是装的，她说只要一喊吃饭，无论你说得多轻，离她多远，朱采兰准能听见。

朱采兰嘟囔道：

"什么浮萍野草，到处不都是。自己找去。"

蒲家人后来才知道喻老师给丽萍姐俩改名儿的原因：喻老师名丽荷，喻丽荷。耿志勇恍然大悟状，瞪大了眼睛半天不眨一下，嘴张开着，舌头僵硬着不打弯。他又喝多了，他的脸颊、鼻尖、眼睛、耳朵、脖子全像涂了那种方粟米采来治跌打损伤、淤血肿痛的"血见愁"① 根，除了鼻翼和额头全都红红的。耿志勇说：

"一个老师，名字，跟学生，听起来，像姐妹，像话吗？不像话。改！不能让老师改，得学生改！改，把命，也顺便改喽……"

因当时丽萍脑子里没装弟弟力荣——嬷嬷和姆妈要她时刻想着弟弟，心里装着弟弟，但一背过身，她就想把他忘掉，也习惯把他忘掉，有时心里明明有这个弟弟也会装出没有的样子。蒲萍说其实她想起弟弟来着，至少有过一闪念，但"闪念"是什么？它没有手也没有脚，趴不住，一晃就没影了。朱采兰叹息这个曾孙女在小事上心眼像太湖石一样多，一遇大事就跟坚硬的花岗石那样没了心眼。比如在对待弟弟力荣上，她习惯当两面派或多面派：当着大人面事事、处处让着弟弟，有啥好事先轮他；私底下则与弟弟寸步不让、寸"利"必争，好事更没他份。蒲萍把喻老师给自己改名当做一件值得骄傲的、了不得的好事。她觉得老师才有文化；假如老师站在最高山的山顶，那么舅舅最多只是站在半山腰。站在山顶须抬头看才能看见的老师给改的名，比站在半山腰的那个十七货② 舅舅起的名好，这几乎是无庸置疑的。而且，她因终于有件事把弟弟撇开、没弟弟份而高兴。耿志勇庆幸亏得没把外甥的"力"字也"嚓"地砍掉，蒲萍却得意洋洋跟弟弟炫耀：

"我和妹妹的名字跟你的名字不一样。你的名字多一个字，俗死了！写还费劲，要多花好多好多力气。"

后来耿茶梅听信哥哥把儿子改为耿姓，但经不得婆婆天天和她闹，又改回蒲姓。耿志勇听说后仰天长叹：

"唉，为一个姓氏而丢掉一条性命，值当吗？"

耿茶梅听了哥哥的话后又生哥哥气，和兄长第一次生分，睡不着吃不下，连喝的凉水里都像长了刺，刺她嗓。耿志勇的话明摆着她儿子是要没命的。

说到名字，只是人与人彼此得以区分的符号，耿志勇和喻丽荷当初大可不必为某个"符号"耿耿于怀。比如那个"蒲丽荟"或"蒲荟"，它们作为符号存在的时间何其短暂。因为有这个符号的人要被送走了，这个符号便注定要消

---

① 茜草。
② 雾城方言，意为半瓶子醋，比喻对某种知识或技术只略知一二的人。

亡了。而从喻丽荷这个角度讲也如此——她只在不谷村呆了半年就调走了，因为她丈夫当了官。

后来，蒲荟脑子里曾闪现这个念头：难道每到一地，喻老师就要为和她名字类似的学生改名？她改得过来吗？或者她只在那一时一刻在意自己的名字，过了那一刻，全中国哪怕有千千万万"丽"＋"艹"的名字组合也与她无关。就像耿志勇，过了对自己权威遭质疑和侵害的不快和对"草草"的那声叹息，他还有没有把外甥女的姓名和命运紧密联系起来看？

朱采兰照旧在屋门口暴日头看风景。有时太阳偏西了也不挪窝儿，原因之一是此时风景偏重于"人景"、"情景"、"声景"，最有看头和听头；原因之二是她压根挪不了，坐久了，她简直变成了一个老木雕。她的儿媳孙媳想起来就把她架到床上，如同搬竹椅子似的。上了床，她还是那般僵着，就像刚出生的婴儿两腿还习惯性保持在娘胎里的姿势。这时，朱采兰会悄悄叫蒲荟过去，说她的老腿最喜欢荟荟的小胖手，她的老腿一遇荟荟的小胖手就像干裂的土地遇着水一样。蒲荟卖力地把朱采兰拳起来的腿慢慢揉软、押直。每一回，蒲荟都担心太太的腿再也抻不直了，再也不能下地走路了，可第二天，只要门口出现一小片阳光，有一丁点人声鸡啼狗吠，太太便又拄着拐杖走到阳光里。那张石凳是长条形的，茅草垫是圆的，它们构成一个和谐的整体；朱采兰是衰老僵硬的，而阳光能催生、复苏万物、照亮万物；门口的山、树、小溪对别人而言只是一个生活的环境，也许令人厌烦，对朱采兰而言却是风景。

一天朱采兰叫过蒲萍蒲荟，把姐妹俩的手放在自己手心。这种显而易见的深情似乎把蒲萍感动了，她安静地让朱采兰握着手，并不急于抽走。这在蒲萍是反常的。平时蒲萍学方粟米的样儿，看见朱采兰就皱眉头，在她身边多呆一秒钟都不愿意。朱采兰抚了抚蒲萍的手背，说：

"往后，别再咬指甲盖了。多好看的手啊。"

蒲萍反应剧烈——太太多扫兴！蒲萍的反应是因朱采兰识破了她；她以为咬指甲的事只有她自己知道。蒲萍一把甩开朱采兰的手，一跺脚跑了，边跑边嚷嚷：

"咬，咬，就咬！管得着吗？"

朱采兰含糊其辞地说：

"咬，咬，咬烂了，还咬。自我糟践嘛。"

耿茶梅擦干蒲荟的头发、身子，用一件平时舍不得穿的半新夹袄把她一裹，抱到床上，抖开被子拥住她，开始给她梳头，梳完头剪指甲。耿茶梅做这一切既仔细又庄重，像在举行某种仪式。蒲荟降生时接生婆洗她时都不可能如此仔细和庄重。接着，耿荼梅给女儿穿衣服。因为看蒲萍糟蹋新衣服，耿荼梅把它们锁进了樟木箱子里。不过几天，包袱已经熏染上了樟木香味，在蒲荟的嗅觉里那樟木香味里有了姆妈和家里的气息。遇到每一个褶子，耿荼梅都要停下来拽一拽抚一抚；又给她穿上袜子和皮鞋；披上披风，戴上帽子，系牢带子——光这根带子耿荼梅就系了两三遍，她努力地想把蝴蝶结系得最好。

也许刚洗完澡她浑身的血都被泡热了，也许新衣服热量大，也许确实穿得太多……蒲荟感到浑身燥热，冒汗。耿荼梅拿手往蒲荟后脖子一伸，一摸，说："呀！看捂出病来。"

耿荼梅忙忙地解下蒲荟身上的披风搭胳膊上，又反复捏蒲荟衣服的厚度，可能觉得还是多了，遂把她外套的扣子逐一解开。

一切准备停当，接蒲荟的人还没有来。耿荼梅此时已经无法用忙碌来回避自己，回避自己的眼神和心，回避骨肉分离的事实；她终于把目光结结实实地落到小女儿身上，左左右右上上下下看她。耿荼梅的眼神显得硬，像石头也像木棍竹棒，像蒲力荣伸到小妹妹碗里的那个饭勺，像蒲萍拧她的手指头，反正不像水，不像阳光，不像棉花，更不像缎子，好像她是个陌生人，她从未见过她。耿荼梅抬手小心翼翼摸了摸小女儿的头，头发已经干了，显得蓬松起来；又摸了摸她的脸颊。刚才洗澡穿衣时耿荼梅的手始终接触着蒲荟的肌肤，那是对自己孩子的接触，可是就这一会儿工夫，接触仿佛变了味儿，耿荼梅俨然已经在抚摸别人家的孩子了！

耿荼梅像是自言自语，又像是对蒲荟说话：

"我没有本事，连自己的孩子都护不住。姆妈是为了你好。你是享福去的。"

"姆妈，我不走，不走。不要离开你。不要享福呀！"

"不兴说这种话！用草纸擦擦嘴！"

耿荼梅说。说完后，还想笑一笑，可是没笑出来，眼泪却滚落下来。耿荼梅硬硬的眼神因为充盈了泪水，突然变柔软了，就像尖尖的、看上去高耸云端的岩石被云雾缭绕一般。耿荼梅一把将蒲荟搂进怀里，母女俩顿时哭声震天。

"姆妈，来了！他们来了！"

蒲萍冲进房间，带进一股冷风。她脸色煞白，神色惊慌。

"来了，来了！陈仁和的独轮车来了！接妹妹的人来了！"

蒲力荣冲进房间，踢倒火篮，灰底的炭火显露出来，暗红的炭火即刻像粘住稻叶的蝗虫，紧粘在篾条上。

娘儿俩的哭声一下子都给噎住了。耿荼梅一眼看清眼前情形，"啪"一下打在蒲力荣头上。这是耿荼梅第一次打儿子。耿荼梅厉声呵斥：

"慌慌楞楞干啥？要把屋子点着哪？赶紧把火扑了！"

说完，抱起蒲荟往屋外走。

"姆妈，不要去，不要去！"

蒲荟搂紧耿茶梅的脖子，一种生离死别的感觉——这种感觉之前一直麻木着，蒲兆光下葬时瞬间涌现过的——如今又涌现在心底。好像哑巴突然张嘴说话，一串串车轱辘话从蒲荟嘴里蹦出来。

"我乖，听姆妈话。我不跟哥哥争吃的。我去捡柴，挑野菜，拾地木耳，摘野果子，吃茅根知了。我不巴巴看哥哥吃鸡蛋。哥哥剜饭不生气。不要别人做我姆妈。不要走。不走！我乖，听姆妈话。我不跟哥哥争吃的。我去捡柴，挑野菜，拾地木耳……"

门口停着那辆独轮车，车上绑着两把竹椅子。陈仁和一边擦汗一边拿装水的毛竹筒往屋里走，熟门熟路的样子。男人不知何故走出老远，背对他们站在一处高坎上，一会儿抬头看看绵延重叠的山，一会儿又低头写着什么。女人又拎来一包袱东西，此时听到孩子高一声低一声的哭和断断续续的话，脸上表情讪讪的，还有内心夹杂着一种把别人东西抢走的不忍和同情。她把包袱放到朱采兰常坐的石凳上，伸手来抱蒲荟。包袱里是些旧衣服和两张十元面额的钞票。那时，连自由买卖鸡鸭肉蛋都被禁止，更别说买卖孩子，连往这方面起个念想都是种罪过和亵渎。可是女人实在不愿意占一个受苦受难母亲的大便宜而不给人一丝安慰，所以就想出了这么个办法——把肮脏、俗气、烫手又那么美好可爱的钱包起来，卷得紧紧的，把它的好和坏、美与丑、雅和俗都尽可能缩小，外面包上块纯白手绢，手绢外系上牛皮筋，再捆扎进包袱中最黑暗的衣服里，就像把一个恶魔捆绑起来关进黑屋子心里又对恶魔充满敬畏一样。

蒲荟仿佛粘在耿茶梅身上了，谭雅蓉扯她不动，蒲力荣此时扑了火追出来也开始放声大哭。旁边几只家禽支棱着翅膀，叽嘎而去；住在天井檐下的家燕不忍回巢，停在屋脊叫唤；柳树山茶树和毛栗树上的一群麻雀"呼啦"一声飞起来，像得了口令一般；看"景"的邻居从自家屋子里拥出来。谭雅蓉显得更慌乱了，脸上表情尴尬，额上渗出了汗。男人的心并没有全在看山上，这时见情形被动，一纵身从坎上跳下，差点撞倒蒲萍。蒲萍不知从啥时候起一直在打量男人的背影，一脸疑惑表情。男人直奔过来，蒲萍和耿茶梅这才发现他不是上次来时那个男的，这个男的要年轻得多，简直还是个孩子。他就是谭平，想来看看山，画画山，就跟着一起来了。谭雅蓉再扯一下扯不动。她肯定扯不动，因她仿佛面对一个纸糊的孩子，一扯就要碎了似的。谭平在一边尴尬地搓着手。陈仁和灌好水出来，对耿茶梅说了句话——"别把包袱里的钱弄丢了！"

陈仁和把竹筒往车辕上挂好，招呼谭雅蓉和谭平都坐车上去。谭平说不想坐，坐车跟受刑一样，自己走舒服，还可以随时停下来多看两眼。陈仁和嗓门很高，说：

"那你头里走，赶紧的！"

陈仁和利落地搬起路边的一块大石头往独轮车一边一放，说：

"谭医师您上车。"又扭头对耿茶梅大声喊："紧着抱过来！"

耿茶梅更使劲地抱住女儿，仿佛要把她楔回到肚子里去，仿佛此刻才想起这是她的骨肉，是她的孩子，仿佛要把对她长期的视而不见作个补偿，但她的脚步却并不懈怠，直照陈仁和的吩咐去了。谭雅蓉脸有些红，张开双臂的姿势有些不自然，却呈欢迎和接纳的姿态。

耿茶梅走过去，把蒲荟往女人怀里放。耿茶梅一松手，把蒲荟的两只小手一扯、一甩，蒲荟像只雏鸟，一离开巢穴，离开可以依托和信赖的姆妈怀抱的护卫，就忽忽悠悠往下坠——下面是很深很深的山谷，是笔直幽深的井，是个没底的黑洞。长大后蒲荟常做坠落的梦，坠落的感觉令人恐惧，坠落的过程总是那么漫长和孤独，惟有耳边呼呼的风声和坠落时撞击、撕裂空气时发出的"嘶嘶"响声。

楚郁后来常常想，这个坠落的梦最早是因为离开生母的怀抱，离开姆妈怀抱是她最初的坠落，这种坠落，就像乌鸦的影子和尖叫，像被故意饿死的汪家小七孤独的小身体在山野中腐烂的情景给她的惊骇，始终压在她意识深处。是啊，任凭她挣扎，那陌生女人的手，虽说略显僵硬，小心谨慎，却像钳子似的，坚定地把她钳得死死的。这边陈仁和早已推起车子，健步如飞地走了。她越来越哑的哭声，在山路上扬起来，又落下去。邻人散了，鸡鸭鸟儿重新聚拢来；耿茶梅的身影小了，家渐渐退出她的视线。蒲萍和蒲力荣沿小路追来，可一会儿，便像两粒尘土，看不见了。

2

泱泱的水，清湛碧澄得像偌大一块不含杂质的翠玉，莹洁温润，泛着幽光——从水底冒出几串水泡，又恍惚不是水泡，是由翠玉串起的项链——水泡过处，一条金色的鲤鱼凌空腾跃，尾巴一甩，甩出一道道霞光——霞光霎时把碧波浸染得色彩斑斓……

她飞起来，在霞光中穿梭，像翻底牌似的翻开每一缕到她手边的光，她要找到那只金色鲤鱼。可是霞光像鲤鱼，鲤鱼像霞光；远看像鲤鱼，近看是霞光，它们似乎在跟她藏蒙哥儿①。她手一垂，说：

"不找了。什么东西都这样，不找它就来了。"

明丽醒过来，发现这只是一个梦，她的双手正捧住小腹，而梦境清晰，历历在目。这时明丽正值孕早期。明丽把这个梦境说给婆婆和丈夫听。英碧若听完后略一沉吟，说：

"像是个胎梦，你怀的应该是女孩儿。"

"为什么？"

"因为你梦到的是条金色鲤鱼，听老家儿②说梦到鱼主生女孩儿。"

那玄默心里不信，但嘴上凑趣：

"我支持母亲的观点。曹雪芹说女儿是水做的骨肉，撇开鲤鱼不说，光这泱泱的水就很能说明问题哟。"

英碧若也不太信，现在计划生育，她希望儿媳能生个男孩，但她的话也凑趣：

"既然只让生一个，我看女孩儿更好。"

那玄默喜滋滋地说：

"明丽，咱妈的话准不准，可全靠你了。你一定得争口气生个女孩儿，我可等着做咱家的珍稀动物呢。"

许明丽抿着嘴光乐不说话，英碧若心想摊上个不怎么爱说话的儿媳妇的确不是件坏事，否则有时候哪有自己说话的份儿？她嗔怪地瞥一眼儿子，说：

"美得你。你算啥珍稀，跟你岳父当年比可差远了。"

"我岳父当年……"

"六比一。"

明丽接了那玄默后半句话。当年明丽的奶奶许彭氏健在，许长兴被老老少少六个女的包围着。同事说许长兴惜话如金。许长兴摇头，说：

"没辙，话都让家里那帮女的说了。我少说，力求平衡。"

明丽又把这个梦告诉父母和姐姐。于福来听完后猛地一拍大腿，说：

"这是啥？胎梦！是个女孩儿嘛。"

"我婆婆也这么说。"

"又是金色又是霞光，这孩子以后大富大贵，钱多了去了！"

只有艾丽意见相左：

"B超都会出错，更别说什么胎梦，有的B超照的是男孩生出来的是女孩，

---

① 北京土话，意为捉迷藏。

② 北京话，指父母。

有的照的是女孩生出来的是男孩。要不，我帮你找个大夫照照再定夺？"

明丽明白艾丽"定夺"两字的含义，她的脸有些红，说：

"不。不管男孩儿女孩儿，我就要他！"

艾丽还想说什么，许长兴的长烟斗这时拐过来"啪"一下敲在她手上。

"当年把你'定夺'了才好！"

艾丽叫起来：

"老爷子您说话过过脑子，当年哪有 B 超？再说啦，咋轮也轮不上我——这可是我奶奶说的。"

艾丽起初对明丽的福气总有点酸不溜丢的。她们姐妹四个，艾丽和明丽长得像许长兴，都有一双大眼睛和挺直的鼻梁，是公认的美人儿，只是艾丽个儿高出半头。艾丽说：

"妈生我时多年轻，有的是劲儿。生明丽时多老了？没办法，那已是强弩之末了。"

正丽卫丽则长得像于福来，单眼皮，鼻梁有些塌，脸型有点扁。卫丽自嘲那是典型的烧饼脸，没法儿看。艾丽个性要强，又总觉得自己"国色天香"，该过得最好才对，尽管她明白漂亮与幸福并不一定成正比，一个胡同里平民百姓家的闺女难不成能蹦出胡同和大杂院，蹦到红墙里去？她连想都没想过。可是她总可以跟身边的人，比如自家小妹比吧？然而无论从学历、工作、丈夫到住房、家境等，她哪样比得过？只一样小妹永远强她不过，就是她生的孩子比小妹生的孩子多出一样东西，可别小瞧了这样东西！艾丽深受许彭氏影响。于福来生下明丽后，许彭氏把自己关在屋里不出来，不吃不喝光抽旱烟。烟从窗户缝里往外挤，浓得让人以为里面着了火。许长兴把门踹开，许老太太却已经被烟醉倒了，大家七手八脚把她抬到院子里，又是掐人中又是按合谷，总算把她弄醒了。许彭氏醒后的第一句话是：

"不让我进祖坟，硬把我赶回来了哇。"

艾丽的看法和许彭氏的看法一样：女孩像一池水，男孩像一条河；池面再宽，池水再深，仍是一池水，而河流却滔滔不绝，永不枯竭；池水一目了然，只占空间而不占时间，缺少历史感和纵深感，河流却给人"子子孙孙无穷匮"的无限遐思。

所以艾丽总喜欢抓住自己强的那点不放：

"明丽呀，咱姐妹四个你最有福气了，大福气。生的又是闺女——你生个小子试试，光那感觉就完全不一样。小子自然而然给你一种压力，无形的压力；生来就让你操心，操不完的心，哪像闺女哟，非但不让你操心，没准反过来还会替你操心呢。"

明丽捕捉到艾丽说"光那感觉就完全不一样"时在脸上乍现的自豪感。明丽先羡慕、遗憾——是啊，自己注定无法直接体验生儿子的感受了；继而不服气——有啥了不起；随即感觉怜悯——咳，只有那种最没出息的人才把自豪感搁这上头。

可是艾丽却看不起有三个儿子的正丽，因正丽不在旁边，艾丽说话就有些无所顾忌：

"她就是觉得自己丑才甘愿呆在乡下，连进小城当工人的勇气都没有，更别说回京了。人家都是削尖脑袋往回挤，她可好，宁愿呆在乡下。"

诋毁正丽，卫丽听着像在诋毁她。心想，说二姐丑难道就不是说她丑？她允许自己埋汰自己——自嘲是种本事甚至是高级幽默，却不允许别人来埋汰她及她那么尊敬的二姐。

卫丽从小崇拜艾丽，以她为傲，觉得她这个大姐不仅长得漂亮，而且聪明机智，能说会道。小时候艾丽尽管从来享乐在前吃苦在后，可是既然有许彭氏罩着，谁也奈何她不得。四个孙女儿，许彭氏就认艾丽一个。她说了，艾丽底下假如三个都是弟弟，那么四个她都认，可是既然不是，那就别怪她跟那三个不亲。所以卫丽对艾丽的崇拜也跟许彭氏的权威有关。结婚后，艾丽既把丈夫管得服服帖帖，挣的钱一分不少地交给她，又把儿子调教得温顺听话，学习优异，让卫丽不得不服艾丽。因此，平时卫丽随时随地附和艾丽，甘愿让自己做扶持红花的绿叶。但有时卫丽也不是那么好惹的，尤其她觉得大姐不在理或她不同意大姐的观点时。她的神态语气延续平时的习惯，显得有些小心翼翼，但话句句透着反驳和不以为然。卫丽说：

"二姐说，她是为了二姐夫和孩子们才不进城的。塔拉、牧仁和阿古拉①一个赛一个地聪明，又都那么懂事。二姐夫巴根②真像一根顶天立地的柱子，骁勇剽悍，光看他纵马驰骋的样子女人就会心窝发热，四肢发软。歌还唱得那么好听，舞跳得也好。最重要的是他对二姐好，他那种好可不是只做表面文章，是真的把二姐当心肝宝贝的。还有那些学生。二姐说她走了，谁来教他们？也对呀，在哪儿过日子有什么要紧？爱在哪儿，心就在哪儿，家就在哪儿。"

艾丽斜睨着卫丽，脸颊有点儿发烫。

先是"骁勇剽悍"的话。当年艾丽代表全家去西甸子梁看正丽，回家后作了详尽汇报，为了使父母理解正丽的选择并放下心来，的确用了不少溢美之词。

---

① 蒙古族名字。塔拉意为原野，牧仁意为江河，阿古拉意为山岳。
② 蒙古族名字，意为柱子。

艾丽的丈夫鲁进军长得矮，满脸是年轻那会儿喜欢在脸上抠搜留下的疙里疙瘩、坑坑洼洼；和正丽的丈夫比，简直一个是小猫，另一个是老虎；一个是癞蛤蟆，另一个是青蛙。当年在琴厂，艾丽嫁鲁进军被公认是一朵鲜花插在牛粪上，许多琴厂或别的单位的帅小伙见美人儿这么容易就能追到手几乎个个扼腕长叹，说什么"好汉无好妻，美女配野兽"，"饿死胆小的，撑死胆大的"，"人有多大胆，地有多大产"，"不是做不到，只怕想不到"——他们平时都把许艾丽看得太高，没敢下手，就像挂在树梢的一个最大最红的果子，自己根本够不着，只有抬头仰视低头念想的份，想不到一个麻乎乎的土鳖倒会想辙，拿根挑衣杆一挑两挑就把果子给弄下来且"正中下怀"，连弯腰捡拾的劲儿都没费。

其次是"心窝发热，四肢发软"那个话，那是艾丽私底下跟卫丽说过的玩笑话，玩笑话哪能当真？当然内心那个真实的自己从不否认曾有过这个念头，但那只是一瞬间的事，只有傻瓜才会把这种念头拉长，变成一种恒久的、类似信念的东西。艾丽内心无法否认的还有一个细节：每回做一些"花"梦，跟她幽会的一律是潇洒无敌的高个儿汉子，隐约有着巴根的神韵。可是有再多诸如此类的梦，再多诸如此类的闪念，这些虚无缥缈的东西，能和实实在在的生活相提并论吗？艾丽就是无法理解正丽，一个这么普通平凡的男人如何抵得过自己从小生长的家园？抵得过都市生活的绚烂多姿？她断定是正丽懦弱，既然回京不可能找到更好的丈夫，过上更好的生活，她就只好继续呆在那个风声鹤唳的穷乡僻壤。不过这个马大哈三妹把她当年的话记那么清楚倒让她意外。

最后"做表面文章"那几个字更是扎着了她心窝。卫丽好像在讽刺鲁进军对她不是真好。怪她自己嘴把不住门，曾跟卫丽说鲁进军存私房钱、看到别的漂亮女人就跟闻到二锅头香味似的流口水……

可是艾丽是谁？在这褙节儿①她怎肯让自己吃亏？艾丽奋起反击：

"真没瞅出来啊！我这个三妹还挺能说会道，还会讽刺人，还会把陈谷子烂芝麻给捣腾出来。那陈谷子烂芝麻都该被虫子蛀了吧？发霉了吧？那不是为了让正丽安下心来，让咱爸咱妈也安下心来才说的话嘛！概儿不论别的，就说那唱歌——那也叫唱歌？一点儿发声技巧都没有，跟草原狼差不离儿，只会直着嗓门儿干嚎。会跳舞就更谈不上，他那两下人人都会。哎，你这张嘴，当乘务员可是屈了你了，不就说了句正丽丑吗？这就伤着你了？"

卫丽不甘示弱，亮出她报站名的嗓门儿：

"就伤着我了。你说二姐丑，不就说我丑吗？就你漂亮，你是西施貂蝉杨玉环王昭君再世，是仙女下凡，行了吧？"

---

① 北京土话，意为节骨眼儿。

艾丽被平时像自己"马屁精"般的卫丽高门大嗓地诘问，脸上有些挂不住，但仍高抬头，同时不忘举起她调试琴键的手——那手显得修长但并不细腻，原因是她不是个弹钢琴的而只是个矫正钢琴琴音的。生活中，她只有不停地去拧紧一个个松动的螺丝钉，矫正一个个不谐和音，才有饭吃。艾丽竖起右手食指，往她饱满、红润的嘴唇上轻轻一碰。嘴唇是横的，掀开就是一扇门，门里面可以走出一串一串的话儿；手指头是竖的，是锁，是闩，把卫丽的话闩在门内，嗓子眼里。

婴儿不肯喝母乳，这恐怕是世界上闻所未闻的事儿。可是给婴孩冲上奶粉，她一气儿就能喝掉大半瓶，她喝饱了，对母亲的乳头更不感兴趣了。那玄默点着她的小鼻子说：

"小懒猫，一点点努力都不肯付出，看样子你很喜欢坐享其成啊。"

英碧若跟儿媳商量：

"不喝就不喝吧。可能是你的奶头大，她力气小，嘴又小，吸着费劲。再说产假一结束你就得上班，上班路那么远，工作那么忙，自己哺乳不现实。"

明丽尽管觉得遗憾，但也无可奈何。所以那边没喝过母乳，她不肯喝母乳，第二年许明丽便查出了乳腺癌。于福来不去医院看女儿，反而带着艾丽和卫丽第一时间冲进那家；冲进那家不先去看外孙女儿，而是找英碧若兴师问罪。于福来责问英碧若为什么不让明丽奶孩子？明丽奶孩子，也许就得不了这种病！

"我寻思你是成心呢。你打一开始就觉得我们家明丽高攀了，是明丽上杆子追着你家儿子，你从来没看好他俩呀！孩子的幸福缺了父母长辈的祝福能过得幸福吗？你在心里天天反对，巴不能够儿①他们过不到头，他们能不出事吗？你儿子强，能不压着明丽吗？出事儿的只有我闺女了！这下你英碧若称心了！我苦命的孩子，那么多好人家你不嫁，非要往火坑里跳！你要有个三长两短让你妈怎么活人？我作了哪辈子孽哇！"

于福来捶胸顿足、呼天抢地，白发人送黑发人的预感让她悲痛难忍。

艾丽非常配合于福来的情绪，说：

"还福窝呢，凶窝还差不多！"

得知明丽得了恶病，艾丽心里那点儿酸不溜丢的感觉骤然消失了。但她伤心之余又得意，觉得自己有先见之明。当时她是如何反对这桩婚姻来着？表面看虽是嫌那玄默配不上妹妹，追根究底还是觉得他俩不般配，不般配的两个人硬在一起哪有个好？艾丽还在说：

---

① 北京土话，巴不得。

"不嫁到那家，明丽也许啥事都没有，她原本那么健康！"

卫丽在旁边急得团团转，一会儿安抚母亲，一会儿又扯艾丽的衣服，可是她们俩激愤、伤心之余谁都不听劝。

英碧若也哭了。她无话可说，她也想找个地方好好发泄一下，好好的一个人，说有病就有病了，而且还那么严重。她当初是反对儿子和明丽好，原因和于福来说的却正好相反：她觉得儿子配不上明丽，怕他耽误了她，委屈了她。她也是这么跟许长兴和于福来说的。可是于福来在这件事上出人意料地通情达理，几乎不像是她的作为。

于福来说：

"我们家明丽认准了的事儿，别说十头牛拉不回，来十辆大卡车也拉不回啊。小时候过家家，明丽就说长大后要嫁给玄默哥哥。你瞧，她一直没忘了自己说过的话。除了你儿子，她眼里哪还装过别的男人？"

英碧若没有去较真明丽是在啥时候说的这个话，也没有如于福来指望的那样对她感恩戴德，她内心里没有丝毫这样的感觉，相反她总感觉不安，不踏实，即便两个孩子结了婚，这种感觉仍挥之不去。于福来的话虽然难听，却一针见血，扎破了英碧若原先一直回避的那个创口，她不踏实，不安，也许还有不舒服等感觉完全因它而起，也许这个念头比她自己想象的还要固执：她不想和于福来结亲家；尽管她很喜欢明丽，但这个"喜欢"只限于许明丽是于福来的女儿，明丽只管她叫"英阿姨"的时候。她相信儿子并不爱她。

对于于福来的另外那个指责，英碧若也是有口难辩且追悔莫及，她怀疑孙女儿不肯喝母乳的时候儿媳就已经有病了，那是孩子给母亲的一个提醒，可是明丽疏忽大意，大家也疏忽大意。谁会想到她年纪轻轻就得这种病？

英碧若怕火上浇油，没有把她的怀疑说出来。

于福来在英碧若跟前的那句无心之语却恰恰道出了她的心里话。有段时间于福来觉得是自己作了孽，报应到小女儿身上。

当年那家大院"对外开放"，许家一家七口和其他八户也是拖儿带女、有老有少的家庭呼啦啦一下子拥进大院，把那家大院的每一间屋子都挤得满满当当。后来在前院后院的空地上又搭建出许多"违章建筑"，把那家大院变成了一个大杂院。

本来，住也就住了。可是，只一眼，英碧若就成了于福来眼里的沙子。眼里真进了沙子尚且能冲洗掉，可英碧若这颗沙子却永远冲洗不掉，永远硌她的眼，硌她的神经和心脏。

搬到那家大院没几天，于福来就对许长兴发牢骚：

"不就是个小老婆吗，她臭美啥？"

许长兴问：

"谁？臭美啥？"

"就院里原先那女的。头发整天梳得溜光光的，苍蝇站上头都得打滑摔死。狗改不了吃屎，一副资产阶级臭德行！"

许长兴不吭声，撩起眼皮看看于福来，心说像你一样整天披头散发邋里邋遢就好？就无产阶级？

"穿列宁装，腰掐得倍儿细。列宁是谁？是咱共产党的领袖对不？轮得到她穿列宁装吗？"

许长兴照例不吭声，心想不让她穿列宁装难道让她穿旗袍？穿旗袍你更来气哩。

"件件衣服都掐腰，就想显摆她的水蛇腰。哼，只下过一个蛋，腰能不细吗？"

这时许彭氏抬起头来，她平生惟一的遗憾就是没抱上孙子。她声明，她活着就是要监督儿媳生个儿子，可是于福来生完明丽后再不生了，这让她越来越怕死，她说她死去的老头肯定不会放过她，因为儿媳妇是她挑的。许彭氏狠狠剜了儿媳一眼，慢吞吞地说：

"下得多又怎样，有啥用？"

于福来被婆婆的话噎住，做声不得。许彭氏也不看儿媳的脸色，顾自挪着小脚走开了，边走边嘀咕：

"啥时见你腰细过？当姑娘时那腰就粗得跟水桶似的。就会捡软柿子捏哩，啥本事没有。生个带把儿的给我老太婆稀罕稀罕哇。"

英碧若的长相及不合时宜的馊菜剩饭般的行为举止，也不招许彭氏待见，她那劲儿好像别人没年轻漂亮过似的，而且她也已经徐娘半老，就像秋后的蚂蚱，美不了几天啦。许彭氏年轻时就是个美人，否则生不出像许长兴这么帅的儿子。艾丽就有当年许彭氏的风韵，所以许彭氏最偏爱她。不过尽管如此，在许彭氏眼里英碧若还是比于福来强。人家只生了一个，却生了个儿子；一个顶一万个夸张，一个顶四个却富富有余。

许长兴面无表情，于福来却觉得从他脸上捕捉到了一丝笑意，这丝笑意更让她心里撮火。她认识到：让女人厌恶的女人肯定讨男人喜欢，她不会冤枉许长兴。她和许长兴是同时见到英碧若的，那时他们一家正往那家大院搬东西，那里有划给许家的两间房子，其中一间还是正房。正丽毛手毛脚，把一摞白瓷碗碎在当院，一个囫囵的都没剩。于福来心疼得扯起嗓门呵斥：

"叫你别逞能你非逞能！你把碗碎了往后拿啥盛饭，把你脑袋拧下来当碗使你干吗？找抽呢你！"

于福来正骂骂咧咧时，突然张口结舌愣住了。从一床湿漉漉的白床单后面猛不丁站起一个女人。她刚才一定在弯腰抖床单，大家才没注意到她。她身材高挑，丰满，大眼，高鼻梁，鹅蛋脸，肤若凝脂，头发松松地挽在脑后，看上去三十不到。她朝他们看了一眼，似笑非笑，点了点头，弯腰拿起一个搪瓷脸盆，转身走了。这就是英碧若。

与其说于福来忘不了看到英碧若第一眼给她的震撼，不如说她是忘不了许长兴像看见仙女下凡般的那副傻样儿。他微张着嘴，好像气都喘不上来似的，眼睛直盯着那女人看——从她的脸直看到她的背影。于福来气不打一处来，大吼一声：

"你干吗，眼珠子掉裤裆里了吗？走哇！"

许长兴这才回过神来，和她一同把一张八仙桌抬进屋子。

所以于福来的戒备之心并非空穴来风，而且她相信自己能看透许长兴。别看他在人前从不正眼瞅那女人一眼，可背着人不定怎么看她呢，和自己办事儿时不定怎么想她呢。自从搬到那家大院，虽然许长兴呆在家的时候比以前多，休班时也不像以前那么爱往外跑，可是她感觉他像个游魂，更不爱言语，对她更冷淡，离她更远，和她办事的次数也越来越少。有一次于福来忍不住和婆婆抱怨，说她剃头挑子一头热，这么多年，她都能把石头给焐熟了，却焐不热许长兴一颗心。许彭氏说：

"怨谁？怨你自个儿肚子不争气。生不了儿子的女人能有多金贵？"

于福来不怨自己，她怨许长兴，怨那个女人。她眼睁睁地看着一件自己使着的东西却装了别人的灵魂，人虽在跟前却看不见自己，偏偏自己又抓不住把柄出气！于福来有时候很大度，心想自家萝卜只要不是真埋人家坑里，想就让他想呗，想想也少不了她一根毫毛。可是每当她想丢开硌心的那颗小石子儿时，许长兴那一眼就会跳出来警告她，他对自己爱答不理冷若冰霜的样子就会跳出来气她。这时，于福来就觉得窝心和冤屈，男人心底对那女人那份浓浓淡淡似有若无的情愫，也许比萝卜埋坑里吭哧还坏呢，埋过了就知道那土啥滋味了，吭哧完了兴许就丢开了，可是他的这种念想，简直比拿钝刀子割她的肉还要难受！

于福来决定要和英碧若作斗争。她天生就会发动群众，依靠群众——院里其余那八家女人及站在她们身后的后备力量——她们的孩子，总共有二十三个。胳膊肘儿总是往里拐的，哪家的孩子不听妈妈的话？有三个女人工作忙不能亲自上阵，但派了她们的婆婆或小姑子来。于福来的动员报告直截了当，不上纲上线，没有政治气息，直接和人世间最好玩的地方挂钩。最有煽动性的是以下三句：

"听说那家女人是个狐狸精，最会勾引男人。"

"看好你家男人。男人天生没出息，看到漂亮女人裤裆就动。"

"咱得团结起来跟她斗，别让她的狐骚味儿带坏了咱孩子，熏着咱爷们儿。"

这九家大人小孩之间有层出不穷的矛盾和斗争，常常会闹得大哭小叫，鸡飞狗跳，但这些斗争都属人民内部矛盾。和英碧若的斗争性质则属敌我矛盾。有的女人心里并不反感英碧若，也不觉得英碧若有那么大能耐和胆量带坏她们的孩子，勾引她们的男人，但这种斗争和从中引出的好戏，光想想就觉得澎湃人心，所以她们对于福来的号召几乎是一呼百应。

于福来们对付英碧若花样层出不穷，明、暗招都有。明招诸如臂膀上箍起个红袖套就去开批斗会，老头那逸书来不了就由英碧若代替，反正她们的目标不是老头；推门就进人家家里，最喜欢在饭点去，这是突击检查。暗招有点儿上不了台面，比如把英碧若用来生炉子的柴火泼上水，用破布堵住她家的烟筒，在她贮藏的大白菜堆上撒狗屎，把她屋子的纱窗划开，在她要走的台阶上泼上水冻住好让她摔跤，甚至连英碧若丢掉的垃圾都不放过，要翻翻找找。周家女人米玉叶最配合于福来。米玉叶是回民，有一次找英碧若理论，说英碧若炖的猪肉味儿熏着了她，让她恶心，使得英碧若后来再也不敢大张旗鼓地做红烧肉，有肉也往往化整为零和别的菜炒一块。看英碧若这样，于福来很得意，和她的姐妹们说：

"咱这么做的目的是啥？就是让她狗急跳墙，公开和我们对抗，那样就用不着咱指桑骂槐，就可以跟她对打，扯下她的头发，撕破她的脸皮，看她还骚狐不？"

但英碧若像一坨没去籽的棉花，拳头打上去只硌一下自己的手，连点响声都没有——她惯于忍气吞声，多大的事儿都能忍下来。有时她们指望从老头那逸书身上做做文章，但也无济于事。那逸书是被管制的对象，但她们从没觉得他是个威胁，相反，她们觉得他只是一截朽木，悄悄地在一个屋子的角落发霉风干。女人们嘴上不承认，心里对他都有种说不上来的敬畏感外加一些不着边际的想象。走过他的窗下，她们会不知不觉放轻脚步，压低嗓门，不是为了偷窥他，而是怕惊扰他，哪怕老头儿当时只是陷在一把藤椅里啥也没干。

不久于福来发现，许长兴和其他几个爷们儿一个都没有被英碧若偷得，倒是霍家男人搞了米玉叶，米玉叶嫌不过瘾又去勾蔡家男人。米玉叶丈夫绰号周蔫儿的还没咋呢，霍家男人倒不干了，偷偷找蔡家男人理论。于是霍家娘们联手蔡家娘们把米玉叶一顿好揍，原先准备对付英碧若的扯、拽、咬、撕、踢、打、拧、抓等手段全用在了米玉叶身上，她们边打边说：

"你们家蔫儿不收拾你我们收拾你！省得你屁痒！"

周蔫儿一家后来搬出了那家大院，原因是米玉叶心性不改，又把媚眼抛向了许长兴。据此于福来又有了一个新的认识：漂亮女人不一定是威胁，不要脸的女人才是真正的威胁，因为米玉叶长得并不比她于福来好看，只是比她年轻一点儿而已。但认识归认识，于福来仍然一天也不放松对英碧若的警惕，偷人身子的女人固然可恨，可偷人心的女人更可恨。于福来在那家大院住了十一年，和英碧若斗了十一年。

于福来越和英碧若斗得凶，许长兴的心离于福来越远，尽管这并不意味着他能离英碧若近，也不意味着他能过没有于福来的日子。他知道他这辈子命中注定的女人就是于福来，就跟他命中注定没有儿子一样，他有什么可抱怨的？他也知道他和英碧若是两条轨道上的人，永远没有合拢的一天。可是这并不妨碍许长兴内心产生一些梦幻的感觉，这种感觉对于他来说是新鲜而温暖的。过去，家里惟一的亮色是孩子，刨去孩子的因素，回家并不让他向往，相反会感到压抑。压抑的原因一方面来自许彭氏抱不上孙子的念叨，尽管老太太念叨的对象是儿媳，但既然这是一桩夫妻两个人的事儿，他就撇不开，也就不知不觉增加了内心的负荷，增加了自己没本事的感觉；另一方面来自于福来，来自两人个性、脾气、禀赋、为人等差异带来的不和谐感，这种不和谐不仅时时提醒着这桩婚姻的遗憾和无奈，也常使人产生窒息感。不过现在好像有点不同了。在班上，只要许长兴想到能回到那家大院，走她走过的路，摸她摸过的东西，呼吸她呼吸过的空气，或许运气更好一点儿能遇见她，听到她说话，甚至能让她看他一眼，他便在心底涌起一种虽有些缥缈却是实在的快乐，觉得日子过得还不算太糟。

在许家，还有一个人不仅仅被英碧若、还被那逸书父子吸引，这个人就是许明丽。许明丽先是被这一家三口的生存状态挑起了好奇心：许家都搬到那家大院俩月了，可是她却从来没有听见过这一家人的声音，他们仿佛都是哑巴，只有动作而没有声音。于福来的种种禁令加剧了这种好奇心。

因为好奇，只要有机会，许明丽就不放过偷窥那家人尤其是英碧若的机会。因为英碧若最吸引她。她喜欢看英碧若的脸，看她的发髻、背影，走路、做事的样子。她一会儿跟自己打赌她永远不会开口说话，一会儿又打赌她肯定会说话。有一次于福来去居委会了，英碧若在水池边洗大白菜，许明丽躲在廊柱后面探头探脑看她。英碧若把菜帮菜叶一片片掰下来洗，一直掰到菜心部分，这让许明丽觉得稀奇。于福来从来不这么洗大白菜，最多把根部和外面几片菜帮

初　日

拿水冲冲。于福来说卷心菜和大白菜自己都长着脸皮护自己，不脏。明丽认为，这是个和自己的母亲截然不同的女人，她和姐姐们要是像这个女人这般干活准被母亲呵斥，骂她们磨洋工。英碧若洗完拎着菜回家，走到半道，却突然拐个弯朝她走来。明丽躲闪不及，被英碧若逮了个正着。英碧若脸上浮起笑，弯下腰问：

"孩子，你干吗老看我呀？我脸上有花儿吗？"

原来这个女人会说话，而且嗓音那么轻柔、动听。许明丽像着了魔似的说："因为阿姨长得好看。"

英碧若脸上的笑意更浓了，抬起湿乎乎的手摸了摸她的头，说：

"你是许家的孩子吧？叫明丽？你才好看呀。"

"您怎么知道我叫明丽？"

"我听你奶奶、爸爸妈妈，还有姐姐这么叫你呀。"

"哦。"许明丽恍然大悟，又说："我打赌输了。"

"打什么赌？跟谁打呢？"

许明丽的脸突然红了，她低下头，难为情地说：

"我跟我自己打赌你会还是不会说话。"

"我长着嘴，当然会说话。"英碧若几乎笑出了声，"你没输，另一个你赢啰。"

"阿姨您姓什么？"

"英。不是老鹰的'鹰'，是英雄的'英'。"

这一幕，正巧被刚回到家的许长兴看见。明丽回家后，许长兴问：

"你将将儿①跟谁叨叨呢？"

明丽说：

"英阿姨。"

"yīng？"

"不是老鹰的'鹰'，是英雄的'英'。"

说着明丽跑开玩儿去了。过一会儿她跑回来对许长兴说：

"爸，我和英阿姨说话的事别告诉我妈。"

"好。"

"以后我可以去她家玩儿吗？"

"可以。"

这父女俩有个共同特点：不爱说话也是因人而异。许明丽跟父亲的话就相

---

① 北京土话，刚才之意。

74

对多一些，许长兴也是，跟孩子的话会多一些。有时候于福来看到许长兴和孩子说话比跟她说话多会生气，诘问许长兴是不是女儿拴住了他的手脚，否则他早颠儿了。许长兴不理她，但她非要他回答是不是，早上问一声是不是，晚上再问一声是不是，睡醒一觉想起这个话题没准还要问。许长兴一急，低吼一声：

"我颠哪儿颠儿！"

于福来吓得不停地抚胸口，骂许长兴蔫人儿发火，吓死人。但于福来并不会吃一堑长一智，下一回会换个话题，比如问许长兴是不是看中了哪个女人。许长兴不理她，但她非要他回答是不是，早上问一声是不是，晚上再问一声是不是，睡醒一觉想起这个话题没准还要问。许长兴急了，低吼一声：

"有你挡着，我看上谁管啥用？"

于福来气得不停地抚胸口，说兔子急了还咬人，这话果真不假。我不就随便问问吗，值当拿话噎人？值当跟我扳杠？看样子你是真看上谁了，没我挡着，你是不是就要上了？可是我偏挡着！想让我让地儿，门儿都没有！

总之于福来的"下一回"像滚动播出的电视节目，循环往复，不仅磨糙了她自己的神经，也磨粗了许长兴的神经。

打那儿起，许长兴和许明丽心里似乎拥有了同一个秘密。由于父亲的准许，许明丽果然会趁于福来不在家时偷偷去那家串门，她想好了，假如被于福来逮住，就说是爸爸同意了的。明丽由此获得一些那家的信息，什么那玄默在学校受了同学欺负——有一次同学画了一幅画，偷偷贴他后背，画面上一个小男孩骑在一个白发老妖和白骨精的肩上，回家他怪爸爸，不跟那爷爷说话了；那爷爷看外文版的书比看中文版的书还溜，他有一张站在什么自由女神像前的照片可神气了；英阿姨给我吃绿豆糕了，这是英阿姨给梳的五股一根的小辫，英阿姨哭了，眼睛肿得像桃子，诸如此类，事无巨细，回家后明丽谁也不告诉就只告知许长兴。许长兴的快乐因此又添加了如怜悯、担忧的感觉，他对她缥缈的感觉也因此变得具体而丰厚起来。

其实，明丽的做法根本仅是基于对那个共同秘密的营造和维护。假如她窥破了父亲的心思，也许早就听从母亲的禁令对英碧若退避三舍了。

俗话说世上没有不透风的墙，于福来还是知道了明丽和英碧若的交往。于福来没有生就一双火眼金睛，对孩子的关怀只限于吃饱穿暖。一大家子要她操持，自己的烦心事又多，她哪顾得过来？明丽的事是米玉叶告的密。那天她俩正在公用水池边洗衣服，有一搭无一搭地聊天。米玉叶突然凑到她跟前儿，用一种很神秘的口气轻声说：

"于姐，那女人对你家明丽真好啊，给吃绿豆糕，还给梳小辫儿。"

于福来直起腰看米玉叶，像是没听懂她的话，两手的肥皂水滴到衣服上也没注意。米玉叶见她这样，看看四周，把嗓门儿压得更低，重复了一遍刚才的话，接着说：

"我以为你准了呢。我对你可有意见，叫我们提高警惕，小心她糖衣炮弹的进攻，自己却偷偷和她来往。这不是'明修栈道，暗度陈仓'吗？"

于福来终于明白过来，她起急了。

"你卖弄啥呢，快给我说清楚咋回事！"

米玉叶把她所了解的事一件一件娓娓道来，这些事儿都是通过她偷窥、听壁脚及通过女儿得知的。她女儿周玫和明丽是同班同学。周玫和米玉叶一样，善于察言观色循循善诱，明丽和英碧若的往来她几乎件件知晓。所以，米玉叶所说的句句属实。

"明丽约我们家玫玫一起去，被我死活拦下了。"

"这臭丫头，看我回头怎么收拾她！"

于福来回去继续洗衣服。她很生气，但她的气一遇到小女儿就会瘪掉，就连她刚才说的那句话也只是狠话，她是舍不得收拾明丽的。她最宝贝这个小女儿，老大老二老三都挨过她揍，惟独明丽没有。于福来并不怎么感激米玉叶跟她说这件事儿，她想，交往就交往了，一个孩子和一个女人在一起能有啥事？吃块绿豆糕能变质？梳个小辫能咋地？就想让我揍我闺女一顿，你好看笑话。于福来不知道米玉叶包袱还没彻底抖开呢，那包袱最里层端坐着许长兴，她言之凿凿地指证明丽，目的是把许长兴提溜到太阳底下来暴晒。米玉叶说：

"明丽平时胆小，又听你的话，没人准她敢去？"

"没人准她。这孩子，蔫有准儿①呗。"

"我看蔫有准儿的不是她吧？"米玉叶看于福来如此不开窍，只好直说了，"那天我亲耳听到你家小闺女跟她爸说：'爸，我上英阿姨家玩会儿。'她爸说：'行，早点儿回来。别让你妈撞见。'敢情都是趁着你不在家的时候秘密行动哇。"

于福来被一点儿一点儿预热着的火此时"噌"一下蹿到顶，头"嗡"的一声响，像爆炸了一样，脸变了色，嘴扭曲着，浑身都颤抖起来。我的天，这个幕后指使竟然是他！我还被蒙在鼓里！他这是把孩子当跳板！

于福来把正洗着的衣服狠狠一撂，回家抄起一把笤帚就去找明丽。明丽正在写作业，于福来一把抓过她摁到床上就打，边打边骂：

"叫你腿欠，把妈的话当耳旁风！说！谁准你往那姓英的女人家跑的？不说

---

① 北京土话，指外表虽显得不精神不活泼，但心中有数，有算计，有主见。

我打折你的腿!"

明丽一边挣扎一边疼得吱哇尖叫。母亲下手这么重,打消了她原先要拿父亲当挡箭牌的念头,尽管她相信搬出父亲来就会免受皮肉之苦,但她还是忍住了没说。明丽虽小,却能感受到父母亲之间的那种沉闷、冷漠甚至敌意。平时于福来嗓门儿大,气头上往往不顾及孩子的感受,什么话都会说出来。这些话难免会飘到孩子耳朵里。比如有一次于福来说跟许长兴车的售票员年轻漂亮,瞅他的眼神不对,而且她为什么给他递水杯?难道你自己没有手吗?莫非水也是她打的?她为什么给你打水?除了打水,她还干过什么?于福来一定要让许长兴换人,最好换个男乘务员。明丽把这事儿听到耳里记在了心上,第二天就去总站找父亲,特意去看那个阿姨是不是真像母亲说的那么年轻漂亮、瞅父亲的眼神到底怎样不对——当然她什么也没看出来;她既不觉得那个阿姨年轻漂亮,更没觉得她眼神不对。于福来和许长兴不和是这个家庭公开的秘密,他俩打打闹闹,早就在孩子心底刻下了不安的划痕。就像为了保护母亲去暗暗观察那个乘务员阿姨,明丽这回本能地要保护父亲。保护父亲就是保护母亲,保护母亲就是保护父亲,保护这个家,保护她自己,保护她们姐妹,这个道理她懂。所以笤帚打在皮肉上尽管很疼,明丽就是不说谁准她去的。她越不说,笤帚落在身上的次数就越多并且越重。

艾丽不在家,正丽卫丽闻声而动,她们都过来劝阻母亲,卫丽想去夺母亲手中的笤帚,挨了一下打,正丽去护明丽则挨了好几下。

于福来住了手,气喘吁吁的。

"妹妹不好,是你们当姐姐的错!你们各顾各,不给我盯紧着点儿,眼皮子底下就给人家钻了空子!"

正丽说:

"串个门有啥大不了的,值当发那么大火,值当动手?"

卫丽小心翼翼地说:

"我看那女的挺好的。吃块绿豆糕又毒不死人,还能解馋。"

正丽说:

"妈啥时给我们编过这么漂亮的小辫儿?"

"就是。"

"妈您别生气,其实是我准她去的。"

"我也知道这事儿。"

这姐俩一唱一和。于福来说你们俩算老几?于是又追着打正丽和卫丽,俩人又各挨了几下,都不疼,但都夸张得嗷嗷叫。这时许彭氏颤颤巍巍走过来,边走边擦口水。她刚才本来窝在椅子里打盹,梦见早已去世的老头子喊她名字,说"走喽，回家喽"。她回答说：

"你头里走。我再玩会儿。"

梦到这，就被那娘儿四个的动静给闹醒了。许彭氏用拐杖重重地点了点地，对于福来说：

"狠狠打。本来这几个都多余，打死了算。一个都甭留！"

而后她又嘟嘟哝哝的，说了一句让大家都没听懂的话：

"将将儿咋不应承？应承了才省心呢。"

于福来把笤帚一扔，丢下抽泣不已的明丽，冲出门找许长兴算账去了。

直到后来有一次，于福来撞见米玉叶一边叫着许大哥，一边扭动腰肢两眼放电勾引许长兴时，她才回过味儿来：那次打明丽是被米玉叶既当了猴耍又当了枪使。

于福来推测得没错。米玉叶自打搬进那家大院就看上了许长兴，只一眼就敏感到许长兴和于福来的婚姻生活不美满，他那儿的情感空出好大一块让人去填补呢！尽管米玉叶看上谁，跟别人婚姻美满与否没多大关系，但她觉得自己还是讲原则的，她宁愿去做女娲补天的工作也不愿把人家好端端的天空捅漏。许长兴外表看着也蔫，但他的蔫和自己丈夫的蔫是两码事。许长兴是一座沉默的、内里却在不断涌动的火山，丈夫则是座真正的死火山，永远别指望还能喷发。她无法想象一个真正的男人情感长期得不到满足会积蓄多大的能量，一旦爆发出来会有多大的威力！她每想起这个，浑身的肉特别是紧要部位的肉就一阵阵发麻发紧，好像已经在这股像原子弹一样的威力下销魂。她开始时刻留意许长兴。一个女人一旦专注于某个男人，就会收集有关他的所有信息，会把这个男人的一举一动尽收眼底，别人忽略了的细节都会被放大了来看。很快米玉叶就发现情况对她不利：许长兴感兴趣的不是她而是别的女人，那女人尽管美得让人嫉妒却是只过街老鼠，那女人便是英碧若。这个判断跟她一眼就看出许长兴和于福来婚姻不幸福一样，来自于女人的直觉。米玉叶认为自己的直觉从来不出错。她很快又发现许长兴对英碧若感兴趣和对画中女人感兴趣差不离儿，因为人家对他没感觉。别的事儿那女的还顾不过来呢，哪还能顾上风花雪月的事？米玉叶乐了：您瞧好了吧，一个巴掌使多大劲儿都拍不出响来，还必须得有另一个巴掌凑上去才能拍出响儿来不是？她要做这个巴掌。米玉叶有许多经验，比如世上没有不偷腥的猫儿；女人主动，没有攻不破的堡垒等等。可是她发现自己使出浑身解数，人家许长兴仍然像大山一样岿然不动，正眼都不瞅她一下。自己的经验不是放之四海而皆准，米玉叶很受挫折，一面去搭霍家男人并大获全胜，一面继续留意许长兴同时又对英碧若充满厌恶感。留意的结果是她发现了许长兴的阴谋——在这点上她和于福来认识一致，他是拿女儿当跳板去够她。

　　于福来和许长兴大闹了一场。这场大闹导致了至少四个后果：和许长兴的婚姻濒临破裂，许长兴对于福来的夫妻情被妻子抽丝剥茧，仅剩疏疏落落的几丝，勉强连系着而已；英碧若知道了许长兴喜欢自己，虽然她不需要这份感情，但这并不妨碍她的生活，偶尔想起来心里也会暖融融的；于福来在院里女人心目中的地位骤降，其临时组织基本上作鸟兽散，以后她不仅要单枪匹马和英碧若斗，还要和别的不怀好意的女人斗，她最终联手霍、蔡两家女人把米玉叶搞得比破鞋烂袜还臭，最后米玉叶实在呆不下去，只好搬出那家大院；于福来终止了许明丽和英碧若的交往，当时明丽腿上的淤青还在，九岁的这个小女孩儿当着全家人的面宣布：

　　等我长大了，要嫁给玄默哥哥。

第三章

1

蒲荟的嗓子哭哑了，她哭累了。睡意阵阵袭来，可是她强撑着不睡。她怎么能睡着呢？

首先，被一个陌生女人抱着，这个女人刚刚把她从姆妈怀里夺走，她恨她还来不及呢，如何能在这样的人怀里安然入睡？而且女人身上还散逸出第一次朝她俯下身她就嗅到、警觉并记住了的气息。这气息不是耿茶梅身上通常有的汗味、油烟味、猪食味、泡菜味、皮肤被太阳晒后烤玉米般的焦香味。尽管耿茶梅常常忙得几乎忘了她，累得连多跟她说句话的气力都没有，尤其蒲兆光死后，耿茶梅、方粟米的目光和心思似乎都集中在了蒲力荣身上。有蒲力荣在场，别人就休想吸引大人的注意力！蒲荟有时候不得不对自己说：那时的她是个多余的、被姆妈厌弃的孩子。尽管如此，耿茶梅身上所有的气息她都觉得亲切熟稔（尽管她脸上失去了笑容），毫无阻隔和障碍。在耿茶梅身边，犹如鱼儿在水里，在水里的鱼儿怎么可能感到呼吸不畅？除非它被猎食它的更大更强壮的鱼追杀，因紧张而觉窒息。而女人身上的气息在蒲荟最初的印象里俨然像妖怪，张牙舞爪，她本能地反感和排斥——说实话，哪怕这种气息是世上最高级的香水和最美丽、善良、成熟又成功女人的混合体，只要她不习惯、不喜欢、不接纳，又奈之何？所以说，若不是女人的胳膊像藤条一般紧紧把她箍在怀里，没准她早就跌下山崖了。

其次，这实在是蒲荟期待着又恐惧着的一个壮举，她怎么能够把自己轻易交给睡眠，而使这趟旅程在记忆里成为一片空白？让自己像一件行李一样，从一个地方被带到另一个地方，自己却稀里糊涂，以为此处即彼处？这个家就是那个家？这个妈妈就是那个妈妈？她至少得把过程——她是如何从大山里一步一步走出来，如何把别的女人叫做妈妈、把别的男人叫做爸爸的过程在自己脑子里过一遍，至于以后还能不能回忆起那些细节，那就看那些细节有没有在自己大脑这片肥沃土壤上播下种子，长大后有没有适宜的阳光雨露把这些种子催发出来，给予重新的思考和本质的定义了。

想一想耿志勇答应带蒲力荣出山后的情景吧！蒲力荣得意非凡，神气活现，早十天就把这事嚷得满不谷的人都知道了。

"我舅舅要带我去柳镇啰！"

"舅舅说，没准还带我上雾城转一圈！我乖，就给我买酥糖、棒冰吃！"

而且还大言不惭，装出一副英雄气概，说：

"我不怕出蠓蚣岭！不就是个蠓蚣精吗？看见我它就该吓跑了！"

平均一天说两遍，十天说了二十遍啦，把人的耳朵都磨出茧子来啦！蒲萍跟弟弟撇嘴，翻白眼，骂他是个啰嗦鬼讨厌鬼牛皮大王。她自然得背着方粟米骂他，否则嬷嬷准给她吃大嘴巴子。过些天耿志勇真的带小外甥出山。而蒲萍料事如神：蒲力荣是在耿志勇背上过的蠓蚣岭。过后，舅甥俩约定不把蒲力荣的这件糗事说出去，可耿志勇酒一喝高了就把约定丢至九霄云外，且把事情描摹得活灵活现。耿志勇说蒲力荣当时吓得小脸煞白，差点没尿裤子，脚蜷缩着不肯沾地，嘴里一个劲儿嚷：我怕，舅舅您千万别撒手……

蒲荟不敢跟蒲力荣撇嘴翻白眼更没胆量骂他，在心底里骂还怕被嬷嬷一眼识破了。她虽有一丝不服气，但更多的是敬畏和羡慕。她盼着自己快快长，像哥哥那么高大、健壮，能走远路，最好一觉醒来就变得又漂亮又结实！这样，她就可以跟着姆妈或姐姐出山。当然别指望耿志勇带她，耿志勇像所有的山民一样重男轻女。蒲荟听朱采兰和所有人说山外边的世界没有山，叫平原，阔得望不到边。没有山的地方是啥样的呢？平原是啥样子？望不到边是一种什么样的概念？有很长一段时间，蒲荟想象中没有山的地方就是一大块平整的地，地盘跟一个比较正规的中学操场那么大小。就这个想象，还是她把村里复式小学的小型操场在脑海中扩展出去数十倍得来的；这是一个五岁小女孩想象所能到达的极致。

这真是个第二天醒来就实现了的梦啊！这么快就轮到自己出山了，可是瞧瞧自己，还是那么瘦弱、矮小，胳膊腿儿像柴火棒一样；一层皮包着的胸腔，只赶过了蒲力荣编的蛐蛐笼子。可见有些事儿并没有定规；所有的定规只是各家大人规定出来制约自家孩子的。

竹椅子"吱吱扭扭"响，独轮手推车也"吱吱扭扭"响。深秋的天空那么清澈、蔚蓝，偶尔在头顶飘过或浮现的几朵白云，仿佛是蓝天特意让它们走走过场，用以衬托和显摆自己的纯净似的。深秋的山风那么清凉，把山林成熟、馨香的气息阵阵送入她鼻子，再由鼻孔进入到心肺，这是蒲荟熟悉、让她觉得安稳的气息。深秋时节的树如五针松、刺柏、山杨梅、板栗、山油麻、柘树、千金藤、山苍子、山梅、乌桕、藤梨树、柞子树①、油茶、箬竹显得比以往任何时候都要亲切，要么微微点头，要么挥动它们略有些枯萎的手掌——这像朱采兰皱巴巴、燥轧轧②、硬邦邦的手掌，那双手总是喜欢摸一摸蒲荟！每当朱采兰摸她脸时，她总觉得皮肤被锉锉的，总要别过脸去。手不太怕锉，她就不抽走。朱采兰常握着她的手，喃喃地说这句她听不懂的话：

"藏财哩，藏财哩。"

有一次她问太太：

"太太，什么叫藏财啊?"

"藏财——阳光呀，花呀，笑呀，米饭呀，大肥肉呀，福气呀……"

蒲荟越听越糊涂。

深秋时节的水塘一般在山脚下，天然形成，或被阳光照着，反射着千万点金光，里面残存的水浮莲、荷叶，悠然自得的豆雁、绿翅鸭、斑嘴鸭也披上了金丝彩衣，倒映着的山、树和云彩老老实实地做着陪衬；没被阳光照着的水塘，则显得格外平静、清澈和透明，就像是一面面或圆或扁或方或三角或菱形或说不出形状的镜子，照得周围的山、树、天空格外清晰，分不清游弋其上的水鸟水鸭，是游在水里，还是游在天上、山上或那棵树的树梢，此时此刻，倒映其间的一切，都仿佛从背景中突出来，由配角做了主角。

深秋时节的飞鸟，它们一般是松鸦、翠鸟、寒鸦、黄腹山雀、黑枕黄鹂、丝光椋鸟、山树莺、云雀、山斑鸠，蒲兆光那样一个好猎手，要捕获它们都极不容易，它们都是飞翔的高手，它们如此活泼欢快，几乎是叫一路跟一路。云雀小得像蝴蝶，它的特点是一边欢快鸣叫着，一边如闪电般飞到极高处，然后敛声屏息，像粒石头子儿从高处跌落般快速俯冲而下，隐到草丛或树林中——但它绝非偷懒，只是稍事休息，来酝酿它的另一次起飞。而山斑鸠比云雀个大，羽毛美，论飞翔，却不见得能比过云雀。

蒲荟像小鸟一样起飞了，可是她的起飞是没有归路的，没有她所熟悉的草丛或树林等她回去。她那么小，那么幼嫩无知，像一张白纸，一块柔软的捏啥像啥的橡皮泥，她注定会把当下那么熟悉和亲爱的人遗忘，把那些天天看见、习以为常的事物，天天用着的如山道般纯朴、跌宕起伏的语言统统遗忘，扔进幽深的谷底，再也捡拾不回来！甚至姆妈的气息，在将来的某一天（假如有那么一天的话），她也有可能像现在一样，会觉得陌生、无法容忍而警觉并加以排斥！"永不相见"——她懂得这几个字的含义，这是一种彻底

---

① 雾城方言，即橡树。

② 雾城方言，干燥之意。含贬义，音为：sāo gége。

的、不留有丝毫念想的切断，就像活人和死人一样，她和蒲兆光一样——永不能相见！

许多感受是成熟的画家楚郁赋予幼年的蒲荟的。山道上那个睁着眼不肯睡觉、事实上被亲人抛弃、对山外边的世界和"享福"毫无概念、下意识地要把那个妈妈和这个妈妈联系起来、把过去和正在流走的现在尽可能多地装在脑瓜里带走的小女孩和后来的楚郁是同一个人，只是小女孩太小，还没有足够的语言、确切的思想把自己的感受表达出来；这双眼睛还是那双眼睛，那双眼睛像摄影镜头，把她的所见所闻摄到脑子这个并不太保险的胶片里，而她虽混沌却丰富的感受，虽隐约却正确的直觉，却像永不模糊的旁白、永不消散的气团一样，一直漾在楚郁心底，供她以后拿出来反复回放——记忆不像真正的胶片，回放越多磨损越快，而是常放常新，并对过去的那一段有许多重新的认识和感受。

被强行带离自己的亲人和熟悉环境的感受是刻骨铭心的，多亏了这些东西，才共同组成了记忆里的"难忘"。蒲荟出山的"难忘"大致包括食物对味觉的刺激、景物对眼睛的刺激以及关注和赞美对心灵的刺激这三个方面。

可别小看了吃呀，那时候人活着，惟一的目的似乎就是吃，把胃囊填饱，免得它空空荡荡挖心，其他所有的一切都围绕吃打转转；为胃囊拼搏、奋斗、抗争，便是人生的全部意义！

"吃，吃，吃，就知道吃！"

这是蒲家大人用来责备贪馋孩子的、口气极重的用语。这种话用在你身上多了，你就会觉得"贪吃"是一种耻辱、罪过。可是胃囊并不因为你的忏悔而变得饱满，你仍然觉得饿，仍然想吃东西，这时候"饿"也成了一件耻辱和罪过的事。当然这种感觉蒲荟到了养父母家就彻底颠倒过来。长大后为了给深植于自己童年心底对"饿"和"吃"的耻辱和罪过感"平反昭雪"，楚郁找了许多古人的话，就像写议论文时给论点找论据似的。比如"饮食男女，人之大欲存焉。"①；"食，色，性也。"（这句话几乎妇孺皆知）；"仓廪实而知礼节，衣食足而知荣辱。"②；人应"贵生"、"重己"③；"王者以民为天，而民以食为天"④；"穿衣吃饭即是人伦物理"⑤；"人非利不生"，"欲者人之情"⑥，等等。

---

① 孔子语。
② 管仲语。
③ 战国时杨朱观点，杨朱又叫杨子、阳生。
④ 《汉书·郦食其传》。
⑤ 明朝思想家李贽语。
⑥ 北宋思想家李觏语，认为道学家不许谈"利"欲的道德观念是虚伪的。

84

而自古以来人们去庙宇拜神会供上吃的喝的，去上坟也会供上吃的喝的，这既是对鬼神、祖宗先人的膜拜，也是对食物的膜拜，甚至是对人味觉的膜拜（假如人没有味觉，是不是有许多人就不愿做人了呢），这样，她为自己的口腹之欲找到了合理的理由。

蒲荟曾跟蒲萍开玩笑，说早知道离开家离开姆妈能吃上那么多从未吃到过的东西，我笑还来不及呢，何必哭成那样！

为了哄她，谭平——蒲荟那时候不知道他叫谭平，感觉他像个大哥哥——把一颗淡粉色像纽扣又像药片一样的糖放到她嘴里，说不要嚼，含着。他的眼睛可毒，似乎看穿了她的心思，蒲荟一起"大哥哥"的念头他就拿眼看牢她，说：

"啊，可爱的小不点，千万别叫我大哥哥，要叫我舅舅哦！"

她把那颗"纽扣"含在嘴里，并不敢嚼，只一会儿，一股带着芬芳的沁凉从口腔向四周弥漫，好像用毛竹筒子往火热的灶膛吹风似的，一股凉洇洇、甜丝丝、香喷喷的风，在那儿舒服地鼓来鼓去，往下，从口腔蹿到嗓子眼，又由嗓子眼蹿进胸腔；往上，则蹿上了脑子、眼睛。她顿时觉得神清气爽。

谭平一字一顿告诉她：

"这是薄荷糖，记住了吗？薄——荷——糖。"

她记住了。薄荷糖特有的辛辣味和在嘴里蹿来蹿去的本事，这个其他糖都没有的本事像胶漆一样牢牢粘着在蒲荟记忆的一隅。

此外，香蕉的绵软香甜，小蛋糕的松软可口，尤其味觉对一种过去从未触碰过的食物的好感和惊奇及由此奠定的蒲荟几十年对它们的偏爱，一直让她觉得匪夷所思——有时脑子的记忆敌不过味觉的记忆；脑子的记忆常常会有一层薄纱般的遮掩，味觉的记忆却会准确告诉你是或否。

这个正告她是舅舅的"舅舅"让蒲荟想起自己的亲舅舅耿志勇。

耿志勇一到家来，耿茶梅肯定要给他温一壶酒，而一壶酒一碟花生米或凉拌一盘蕨菜、香荠儿①、侧耳根②、香椿芽什么的就可以让耿志勇消磨掉半天时间。大多时候，耿志勇会自己带酒菜来。酒大多是黄酒，偶尔是白酒，灌在竹筒里，没准他一路走来便拿它当水解渴或拿它当火暖和来着。那时人实诚，酒虽低劣，却也低劣得货真价实，比如谷糠烧，就是用谷糠或秕谷没准还掺和着稗子烧制出来的一种最低级的白酒，但绝不兑水，更别说是工业酒精勾兑。用

① 即荠菜。
② 即鱼腥草。

85

耿志勇后来的话说，他幸亏没赶上如今这个好年头，否则，他这条命不被假酒毒死几回也得因喝假酒慢性中毒、得个肝硬化啥的。

耿志勇带来的下酒菜是蒲家孩子高兴的源头和喜欢舅舅的原因之一。下酒菜一般用油纸或干荷叶包着，外边用撕成条缕的棕榈叶系得板板正正、结结实实，活像战士的行军背包。不知耿志勇从哪儿弄来这些东西。有时是些猪耳朵猪尾巴猪肺猪心猪肝猪肠子类的熟食，油汪汪香喷喷的，卤得味儿都进了骨头。多不过半斤，少也就二三两，三两口就能吃完。他把油纸或荷叶包交给耿茶梅，让她切切拿来下酒；耿茶梅为了使肉的片数多，让筷子多享受几次夹的快乐，切得几乎比复写纸还薄。有时油纸或荷叶里包着的是花生米或茴香豆——虽不如肉类诱惑大，但同样让孩子们眼睛发亮。油纸或荷叶耿茶梅通常也舍不得直接扔掉，得先在准备熬粥的温水里涮上一涮，尽可能把沾在上面或已渗入纸张、叶脉的油涮下来。涮完后，假如锅面能浮起一个个美丽的小油花（就像一群小天鹅在冰面上跳舞），耿茶梅不仅不会为自己这种太小家子气的做法感到羞愧，相反会觉得快乐、值得。

通常蒲荟都会含上一小块猪尾巴或抓几颗花生米、茴香豆就远远跑开了。猪尾巴圆圆的像个小车轱辘，外圈像车胎般柔软筋道、里面像钢圈般坚硬脆嫩。朱采兰笑话蒲荟像逮到老鼠的猫。蒲荟起先不懂太太的话，后来有一回亲眼见猫戏鼠才恍然大悟。猫逮到老鼠，不把猎物逗弄到半死不活不下嘴；猫儿把老鼠一放一扑的过程，就像她把肉含嘴里，在尽可能地延长享受时间。待玩儿够了——此时老鼠多半已奄奄一息，猫儿叼起美味跑到僻静的处所，独自享用。

耿志勇是蒲荟小时候生活中一个明媚的亮点，尽管他重男轻女，但一想到他，蒲荟口中就会无端生出好些涎水，仿佛等待着消受那些美味；若轮不到尝一点儿，闻闻味儿也好。那时候，能吃进嘴的都是好东西，比如蒲力荣爱嚼的茅根和知了；能吃进嘴让牙齿享受咀嚼快意、嗓子眼享受下咽时刹那的满足、胃享受饱胀的幸福，也不能算"坏东西"，比如观音土。"观音土"是个多么慈眉善目、充满佛性、让人信赖的称谓呀！它的诱惑力犹如庙宇里的观音像，总有信徒上供，顶礼膜拜，使香火袅袅升腾、不绝如缕，让饥饿的人前仆后继，只顾胃的饱和而不计后果，把由观音土揉和制成的"馒头"、"大饼"之类饕餮下去。山堰就有人因"多吃了几口"排泄不掉送了命的。人劝他少吃两口，他说那像老虎吃蝴蝶——不过瘾……那人下葬后耿志勇说起这件事，朱采兰叹息，说：

"唉，吃那东西好比到老虎头上抓虱，寻死呢！去拾点儿雁粪吃也别吃观音土啊！"

方粟米横一眼婆婆，说：

"用荷叶包铁钉——天上人！如今哪还有雁粪拾？雁儿刚撅腚，人就等着把屎接走了！"

原来年景好的时候，人也去湖边或河滩拾雁粪，但那是用来喂猪的；猪好糊弄，吃那东西净长膘。

因为自己喜欢，蒲荟就断定一家子都喜欢耿志勇来；耿志勇几天不露面，他们便会念叨。耿茶梅锁着眉头说你们哪是盼舅舅来，你们是盼舅舅弄吃的来给你们解馋吧！然而有一次蒲荟无意中听到耿茶梅和方粟米的话，才发现原来嬷嬷她是不喜欢舅舅来的。

方粟米不喜欢耿志勇！她嫌他来勤了，吃多了，耽误工夫了，影响孩子了。真奇怪，这世上竟有人不喜欢舅舅！除了带来男人味，带来吃的，耿志勇还常给他们说山外边的事，那些事在除方粟米之外的蒲家人听来几乎件件新鲜。比如，在柳镇抓到了一个隐藏下来的国民党特务啦，雾城广场召开了万人公判大会啦，柳镇的卜百布脖子上挂着泥瓦刀游街啦，山背的"假洋鬼子"长藤他娘李药香①被人剪了"梯田"头啦等等。舅舅来家里多好呀，蒲荟巴不得舅舅天天来！可那天耿志勇刚走，方粟米的话就紧撵着他去了；舅舅耳朵若长点，嬷嬷的话他准听了个八九不离十！方粟米脸色很不好看，用蒲荟后来初学画时谭平告诉她的，那是复色，一种间色之和，是一种较高级的混合色。可是这种较高级的混合色呈现在人脸上真难看，可谓是"低级"。方粟米说：

"他大舅来得可够勤。也不嫌烦，一趟趟往这跑。"

"来了就弄酒给他喝，一喝就耗小半天工夫。耽误你做活路，也耽误他自己做活路。"

"一年到尾从没见他耿志勇正经干活挣分，活得倒有滋有味，又抽烟又喝酒又闲又有钱。"

"我一会儿就去找广华他爹，让队里管管他！"

耿志勇家住的山堰从不谷还要往山里进大约一公里，总共十来户人家，隶属不谷生产队。广华即汪谷华的弟弟、"小七"的哥哥，是汪家六个孩子（那时小七已死）中惟一的男孩。这时汪广华的父亲汪家垄刚当了队长。新官上任三把火，肯定不会饶了他！听方粟米这么说，耿茶梅不得不接腔了。

"我那两个大侄子都能干活挣分了。可是光干活挣分有啥用？倒是我哥偷偷倒腾些山货去镇上卖能换回几个钱。上回您攒的那些笋干，不就给卖了一块五毛钱回来吗？还给家捎回了酱油、盐、醋和一斤古巴糖。再说了，酒菜可回回都是他自己带来的。"

①　梁解茹小说《太阳雨》中《山背男人和女人》人物。

87

初 日

"也经不得他老来吃饭哪——麻脸搽粉，填不满洞。他大舅能吃你不是不晓得，得赶上四个太太的饭量。他吃一顿，三个小的加起来也足够吃一顿了！"

耿茶梅不说话，隐忍着。隐忍是表面上看着若无其事，没准还笑眯眯地迎合着，内心却噼里啪啦爆裂和挣扎。耿志勇的胃像个无底洞方粟米看在眼里，耿志勇常往家里送米面她则视而不见。耿茶梅平静了一会儿，可说出来的话还是像冬天晾在屋外被冻得硬邦邦的湿衣服。

"得，不叫我哥来就是了！"

"我没说不让他来。我的意思是别来得太勤。不对，来了别耽误工夫。咳，这话说了也白说，他大舅哪回来不耽误工夫？就算他自个儿带着酒菜提着米面来，工夫却耽误大了。我们是能耽误起工夫的人吗？还有，离家那么近，他干吗不回家吃喝去！"

方粟米嗓门很高、很亮，已经摆出了一副好斗的架势，就像公鸡争斗前总要把羽毛支棱起来。这表明她真生气了，她不真生气的时候少。老货①和儿子全死了，就剩了那个老不死的老活着——每天、每时每刻，光想着这个事实，方粟米就生气。

方粟米有理由生气。她自己是个从不舍得耽误工夫的人，一天到晚除了吃饭睡觉，总是手脚勤快，没有片刻的安闲。甚至吃饭时间也舍不得多耽误，总是第一个吃完；有时站在锅台前，稀里呼噜一阵，碗筷一搁，一手抓笠帽背篓一手拿农具，就又上山了。其实她完全有时间背上背篓戴好笠帽捎妥农具再出门，可是她偏不，她偏一边匆匆走路一边背背篓戴笠帽捎农具没准还要咀嚼一口还未咽下的食物。她本来希望自己的行为像檐头水滴滴落，起个上行下效②作用。可事与愿违，家里人该挑不动担还是挑不动担，该暴日头的照暴日头。鉴于此，那些坐在桌前慢慢悠悠享用饭菜的人全不入她眼，更不用说跷着二郎腿嗑着牙花子慢慢悠悠喝酒的耿志勇了！简直罪过（她忘了当年蒲炳山也是这么慢慢悠悠喝酒的）！她心里有个朴素的想法：惟有不停劳作，老天爷才不会跟你过不去，坡地的玉米、洋芋、花芋才能长势良好；山上的竹菇松蘑野果子才会被你找着；才不会把笋拿来当饭吃，吃得你直倒胃口。此外，方粟米不想再穿那套跟树皮一样板结的棉袄棉裤过冬了，她盼着做一套既柔软又暖和的棉衣裤已经十多年。而这一切，是要一点一滴干出来，一分一厘挣来的！

一句话，方粟米最恨游手好闲之人，她把他们统统看做坏蛋和流氓；她认

---

① 雾城方言，老头子。
② 檐头水滴滴落——上行下效，为雾城民间歇后语。

定人越嬉越懒，嘴越吃越馋。她把耿志勇也归到这类人里面。最为严重的是，耿志勇可能把她的孙子带坏了！俗话说"人要心好，树要根牢"，她觉得耿志勇心眼很坏，他怕带坏自己的几个儿子，却不怕带坏小外甥——这可是蒲家的独苗！这棵独苗要打根上起就烂，还能指望长成参天大树？

耿茶梅曾告诉方粟米她哥不敢在自家喝酒是因为她嫂子曹笑金泼辣，耿志勇一喝酒她就开始骂他，他喝多久她就骂多久。

方粟米又何尝不知儿媳说的是实情？可是一个醉鬼碍你眼，也碍我眼哪！方粟米有时候恨不得像剁猪草似的去剁了曹笑金。什么东西！一个"带着肚子"回家的丈夫在曹笑金眼里就顺眼得多，哪怕他浑身上下散发着酒气，只要他一句"我吃过饭了"撂过来，她就会容忍他。这也是耿志勇在妹妹家喝完酒吃完饭再回家的原因之一。耿志勇省下的饭，她可以匀给几个孩子吃。而且耿志勇几乎每回都要吹大牛，通常是某某村的某某某请我喝酒吃饭来着，我不去，硬给拽了去。曹笑金并不相信有那么多人请丈夫吃饭，你算老几？老末都算不上！但既然她把每两木耳茶叶笋干桐籽每个鸡蛋鸭蛋每一分一厘都算得那么清楚，既然她百分百相信男人算计不过自己，既然她自信这个家由她说了算，男人只是牵在她手里的一条狗——十里八乡的，谁不知道这家男人怕老婆？有时耿志勇也凶凶老婆，但那是拿天萝①壳打人，做做样子而已。既然如此，曹笑金也宁愿相信丈夫说的是真的——他没破费一分一厘，就混了个肚儿圆。无论是事实或虚构，虽不至于让她心花怒放，却也让她快乐无比。再怎么说，自己的男人也挺有本事的，在这个年头，能混吃混喝，不是本事是什么？

方粟米重复多遍的两件关于竹笋的故事让蒲荟印象深刻。两件事方粟米都从小时候说起，让人感觉"源远流长"，而且方粟米喜欢用提问的方式抓住人心。

"你们说人最难受的是什么事？"

蒲萍、蒲力荣、蒲荟异口同声回答：

"饿！"

方粟米说：

"是呀。饿最让人难受。我小时候有一年雨水太稠了，哪里的什么河又决口，又闹蝗灾。蝗虫吃光了青苗、树叶、连草帽和那些茅草、稻草屋顶都不肯放过，被咬得稀烂；光秃的树枝上密麻麻黑压压的全是蝗虫哇。前几年闹的饥荒也很厉害，连做梦都在找吃的。恨不得把什么都放进嘴里嚼了吃掉。可是除了笋什么吃的都没有，就只好把竹笋拿来当饭吃了。多老的竹笋拿清水煮煮就

---

① 雾城方言，即丝瓜。

吃下去，最多往里面撒点盐。肠子本来就少油水，哪经得起笋在那儿一趟趟过？那种感觉呢就像拿瓷汤匙刮痧，刮得肠子、胃都青紫了，难受哇。到最后，每个人的小腹都像一个坑似的凹进去；摸着前胸，就真的跟摸着自己的后背一样。瞧你们嬷嬷，到现在肚子还没撑回去哩。"

"不说这个，这个笋的故事不好听。说那个！"

孩子们知道下一步方粟米就要撩开衣服用事实说话。方粟米的腹部比"破口缺"的肚皮还丑陋，不忍卒看。方粟米叹息一声，停止动作，说另一个有关竹笋的故事。据说方家从前家境不错。每年立夏那天，方家都要炖一大锅竹笋给孩子们吃，俗称"接长脚骨"，说吃了以后孩子就会像竹笋一样节节拔高。

"那笋里搁的是什么呀？"

方粟米又用提问的方式紧抓听众的心。这个问题几乎百问不烦百答不腻。蒲荟小，差不多回回都没她的份，但有一次例外。蒲萍和蒲荟抢着说完了答案：熏肉、腊肉、牛肉、羊肉。蒲力荣只好说雉鸡肉。

蒲萍戳一下蒲力荣，说：

"傻瓜，什么雉鸡肉。笋吃油，雉鸡肉太瘦，炖笋不好吃。"

他们这么吵吵着，随后把眼睛齐刷刷地射向方粟米，因为他们知道方粟米接下去会说什么。她接下去说的跟他们全有关系。

"雉鸡肉炖笋是不行。"方粟米先维护了蒲萍的说法，接着说："那笋呀，做得也讲究，先用柴火煮开了，再用炭火慢慢煨上两三个小时，连骨头都煨酥了，嚼嚼能咽下去。赶明儿我们养几头猪，杀了留着自己吃。腌上一大缸，熏上一大缸，再做些风肉，等立夏那天，给你们熬接骨汤喝，喝了个个长高个。"

等孩子们欢呼完，方粟米就派活，说：

"好了，想要喝接骨汤，萍萍带荣荣去挑猪草。荣荣不准在背篓底放棍棍。"

于是蒲萍和蒲力荣背上背篓拿上镰刀挑猪草去了。蒲萍为了或不为那个"接骨汤"都能尽心尽意干活，蒲力荣则背过身就忘，上了山不是找地石榴野山楂就是追松鼠和野兔或拿着弹弓射鸟儿玩。有时为了打马虎眼，他在背篓里竖着放些树枝，把挑的一小把猪草放顶上，装着满载而归的样子。

方粟米的诺言从未兑现。有时候猪养大出栏了，整头拉到收购站，连猪肉的影子也没见着，听到它被绑到独轮车上时高一声低一声嚎，几个孩子总是眼泪汪汪地看着。偶尔宰杀了，最多把板油、花油、猪头、猪尾、猪血和部分猪下水留家里吃。原来方粟米说的只是一个愿望，但它老也不来。它和别的老也不来的愿望形成岁月的一个个结，一起抻长孩子们的童年，就像一条弯曲波折、多礁石的河流流速总要慢一些，相应的，沿路的风景也要多一些。

　　蒲荟后来对笋和竹子有了进一步的认识。但方粟米的"笋"在她记忆里却是两个极端：一个笋像魔鬼，另一个笋像天使。这种感觉好比普通观众对待同一个演员的两种态度——因他的反派角色厌恶他，又因他的正面角色喜爱他。

　　方粟米到底有没有过那样的童年后来曾让楚郁疑惑，可那时人人似乎都需要点儿什么东西安慰自己、说服自己、点亮自己，于是方粟米就编了这么个故事让她自己和孙子孙女有盼头。也许，方粟米确实有过那样的童年，方粟米说，老天爷是很公正的，给每个人的好日子坏日子都差不多，就看先给的是什么；先把好日子过完了，接下来就必须准备过坏日子，就像吃甘蔗，先把根部甜的部位吃完了，留下的部位就必定寡淡寡淡的了。

　　沉默了一会儿，方粟米又开始大声说话：

　　"瞧他大舅给孩子们带什么头？把酒当水喝，活儿不干吃喝不愁。给孩子们的那点儿东西连塞牙缝都不够，却把孩子们的嘴带娇了，把馋虫子给勾出来啦。看看荣荣吧，逮着知了往火塘里一烤就吃，多恶心都不嫌。屎壳郎是从大粪堆里钻出来的吧？他说味道和肉一样！这样下去，我看往后他连苍蝇、蚊子、蝎子、蜘蛛、猫肉、鼠肉、蚂蚁、蚯蚓都敢吃！造孽哟！"

　　方粟米适时住了嘴，因为她看见儿媳突然脸色苍白干呕起来。这就是结局，每回都一样！本来，方粟米准备好要和耿茶梅斗一番——她的对手不可能是老婆婆，只能是儿媳，可是儿媳不跟她过狠招，因此她就没有了对手。或者说，对手是如此强大、蛮横，她这个无依无靠的老面根本就无法和它抗衡。它不是某个人，不是儿媳，是目前一家子的生存境况给人的压力，是不得不把小孙女送给别人的没有办法的选择！这一切不仅仅是因为失去了儿子，失去儿子只是使原本的生活雪上加霜。即使老货在，儿子在又怎样？他们能改变这个现实？不能！这个现实便是无处不在、无时不在的贫穷！贫穷，才是压得他们直不起腰、透不过气的强大而蛮横的对手和恶魔呀！既然如此，她对一个刚死了男人、比她更懦弱光晓得哭泣的女人高声大嗓说话有什么用？真的干一场架又有什么用？

　　方粟米凄切地转过身，拿上镰刀背篓准备上山。

　　还是老货和儿子轻省，一个个走在了她前头，早死早投胎去了。她不生他们的气，她无法和死人生气并抱怨他们。那么，她真的生孩子大舅的气？孩子们的舅舅嘴馋，可是这年头谁不嘴馋？公正地说，大舅对这个家有用；他的有用就在于脑子活络、人头熟。儿子在时，去柳镇或雾城卖个山货，还得靠着这个她看见了碍眼看不见又念叨的大舅！他大舅确实是个有本事的人。这是她无法理解的又一个现象和事实：在她观念里的坏蛋和流氓往往比那些诚实苦干的山民活得好。老实巴交的山民有时候好不容易攒一篮子鸡蛋去卖，还要被当做什么尾巴割掉。这个尾巴孙子孙女跟她解释过几次，可是她记不住，也搞不明白。她自己就有过两次这样的遭遇：头一次，码放得齐齐整整的一篮子鸡蛋被没收，连篮子都没还给她！那可是她走了几十里山路，哪怕磕破自己的脚，也舍不得磕破一个的一篮子鸡蛋！小孙子想吃鸡蛋，她都没舍得给过一个呀！她纳闷：割尾巴，到底割谁的尾巴？人没有尾巴用不着割；而天上飞的、水里游的、地上跑的，割谁谁都不行——鱼割了尾巴游不了，鸟割了尾巴飞不了，割了牛尾巴牛只好让苍蝇蚊子吸它的血，还能干活使力吗？第二次她又被"红袖套"截住了，这次她豁出去了跟"红袖套"理论：

"这不是猪尾巴、牛尾巴、虎尾巴、狼尾巴、狐狸尾巴，也不是什么燕子、麻雀、老鹰、喜鹊、鱼儿尾巴！难道世上真就长着这样一种怪物，能把它尾巴割下来？你们把这怪物牵来给我老面看看，真有，你们就把整篮子鸡蛋都拿走；没有，你们就把上回割掉的鸡蛋和鸡蛋篮子还给我！"

结果围观者越来越多，都起哄让"红袖套"把那头叫"资本主义"的怪物牵来，当众把它的尾巴割掉，也好让老面心服口服，不再胡搅蛮缠，扰乱治安。最后，尴尬至极的"红袖套"们违背原则，放了方粟米一马——让她提走了鸡蛋。旁人啧啧赞叹老面装傻装得像，给别人出了口恶气。而方粟米刚走进一条弄堂，一个中年妇女就把她的鸡蛋连同篮子一块买走了，说是儿媳刚生了孩子，正等着鸡蛋补身子下奶水呢！

但从那以后，方粟米再也不敢去柳镇卖山货而把这事全权交给了耿志勇，尽管她总觉得他碍眼碍耳碍心。至于那个什么的"尾巴"，方粟米并没装傻，她至死都没搞明白到底是怎么回事。不过她的认识达到了这一步：这天上飞的、水里游的、地上跑的，任谁的尾巴也由不得人来割，那么这割的还是我们人自己的尾巴，一条人没有长出来却被人假想出来的尾巴；这尾巴一割，他们的孩子就会吃不上肉，就只好去吃屎壳郎！总而言之一句话，这人哪，就爱折腾人自己！

也许，她真正该生的是她自己的气，她老了，脑筋也老了，跟不上这世道和形势的变化。过去，她总以为不停地干活就有饭吃，可如今不知怎么搞的，这种朴素的想法似乎失灵了：哪怕她把睡觉的时间也搭进去，该吃不上还是吃不上，该穿不暖照样穿不暖！也许，这就是命运，命运是神秘奥妙的，凡夫俗子无法理解，就像蒲家的男人总是不到四十岁就死去，哪怕前一秒钟还好好的，哪怕个个身强体壮。这不是命是什么？

可是日子还得继续：油盐酱醋，书本铅笔，暖和舒服的棉袄棉裤，还得靠着那些不务正业的人啊！想到这，她不由得深叹了口气。她本来已经走到天井，突然改变主意，转身回去，口气完全缓和下来。方粟米对耿茶梅说：

"我攒的松菇，拢共一斤二三两。听说上好的松菇能卖到六毛一斤，跟肉价差不多；差一点的，也能卖到四五毛！下回他大舅来，你让他捎去卖了吧。顺便看能不能换点布票来？荣荣的鞋都露脚指头啦，棉袄棉裤硬得能当锣鼓敲，不絮层新棉可过不了冬啊！"

在方粟米和耿茶梅那次婆媳过招时，蒲荟正躲在一席地垫①后面。地垫是篾条编的，用来晾晒地瓜干、萝卜条和各种刚收下的粮食，所以就有干燥竹子和各种食物混合后释出的好闻气息。蒲荟躲在那儿比置身两个暗含敌意戗来戗去的女人间感觉安全得多。那会儿，用耿茶梅的话说，他们三个孩子的鼻子比猎犬的鼻子还灵，眼睛比鹰眼还亮。什么吃的东西都逃不过他们的眼睛和鼻子，尤其是蒲力荣，不仅有一双火眼金睛，灵敏嗅觉，还有极敏锐的感觉，他感觉哪儿有可吃的，八九不离十就一定会有。可惜他年龄尚小，力气不够大，技巧不够多，经验不够用，当他发现猎物，手拿家伙屏住呼吸蹑手蹑脚朝猎物靠近，觉得立马要手到擒来，眼前已浮现那白生生红粉粉的肉，嗅觉里也充溢着猎物烤熟后的香味，甚至口水都像被杂草淤泥壅塞的泉眼，只消稍稍一拨拉，泉水就汹涌而来时，猎物却往往像流星一样"哧溜"一声遁了形踪，最多给他留下一个肌肉饱满、精壮矫健的印象，而这印象仿佛在向他炫耀：瞧瞧，这就是我！我浑身是肉，你来呀，来呀，来逮我呀！蒲力荣气得咬牙切齿，发誓下回下手一定要又快又准又稳又狠，像闪电一样，不，比闪电还快！一定要逮住，决不手软！然后拔它的毛，剥它的皮，喝它的血，吃它的肉，嚼它的骨头！

蒲荟发现，每次方粟米和耿茶梅戗声，都是由方粟米挑头。她开始很为耿茶梅着急：姆妈不说话，就证明嬷嬷可以不停地说话，不停地抱怨和指责姆妈。然后她又否定了自己。姆妈不说话可以让嬷嬷少说话，若姆妈也像嬷嬷那样没完没了，两人的话会一直扯下去，扯到山外边也扯不完！而且姆妈这样做一点儿也不吃亏，比如姆妈甩出不让舅舅来的话，嬷嬷反而主动要让舅舅捎山货。

她迷惑不解的是：连她都能发现的真理，嬷嬷为什么就没发现？就是说，嬷嬷不知道她多说无益这个事实吗？为什么她还要说？她费那个口舌干吗？难道仅仅为了表明她作为婆婆的立场，或者用这种方式打发日子，和姆妈进行婆媳间的交流？可是她为什么要选择这种方式？这是所有方式中最累人累己伤人伤己的一种，难道嬷嬷没觉出来？

不过眼前这个"舅舅"跟亲舅舅比简直太不一样啦！这个"舅舅"自己还乳臭未干！他长得很漂亮，无论面容、肤色和身材都和女人相像；尤其有一双

---

① 雾城方言，即晒簟。

黑亮又顽皮的大眼睛，眼睫毛又浓又密又黑又长，他闭眼睁眼时，她就下意识侧一下脸，仿佛他眼睫毛扇起的风会把她刮跑似的。这一路上他不停地看她，正面看看，侧面看看，还把头歪过来扭过去的。一会儿跟女人说她眼睛大睫毛长，一会儿说她鼻子尖，一会儿说她是个典型的黄毛丫头，一会儿来摸她的大脑门说这脑门可以当大伞使了，一会儿惊异地捻她的小手指玩，说为什么这小家伙那么瘦，她的手却胖乎乎的，手背上净是小肉窝，这不成比例嘛……

许多年以后，蒲荟还会常常不由自主地想起谭平对自己和对自己身上各个器官的近距离的、细致入微的观察，乃至欣赏。他对她的评头论足一点儿也不让她反感，也不让她紧张，相反，她觉得惊奇并高兴，仿佛过去她只是一个符号，这个符号只是一个叫蒲荟的名称，是蒲家一个最微不足道的孩子，她潜在的命运还可以是汪家小七——不喂哺，让其"自然"死亡。小七后来有了自己的大名，一个响亮、绚烂的名字：灿华，汪灿华，并且有了一个属于自己的、相对于那个小身躯而言硕大无比、豪华精致的坟墓。汪家姆妈临终前特别吩咐汪广华要给小七修个墓，否则她死不瞑目。为了不辜负那块黑色大理石墓碑和"汪"这个姓氏，汪广华请村小的老师给小七起了名并动员所有的姐妹依老母指点掘遍了那片山，但小七的遗骸杳无踪影——莽莽山林，到哪儿找去！而且那么柔嫩的生命本身就像一捧水，洒下去就被大地吸收了。所以小七"汪灿华"的墓只是个空壳子，里面埋了据说小七用过的一双小鞋和一顶帽子。墓的形状颇有些像一个躺倒、趴下的问号。

蒲荟比"汪灿华"幸运多了。蒲家没在她刚出生时即把她溺毙，也没让她"自然"死亡，蒲家给了她生路；耿志勇左推右撞，把其他小女孩挤对掉（也许这些小女孩中就有因没人领养、没有吃喝饥饿而死的），把漂亮的姚家小女孩挤对掉。所以，那个过去像符号一样的孩子便有了许许多多生存的机会。此时此刻，是在眼前这双好奇、欣赏的目光下由符号变成一个具象的东西，变成了一个人；眼睛、鼻子、嘴巴仿佛这才长出来。而它们的主人这才知道，原来她不是丑八怪，不是荏弱得一无是处，而是漂亮可爱、讨人喜欢的小女孩。

人的眼睛往往只看见别人和外面的世界却看不见自己，只有通过别人的眼睛和语言才能把自己看清楚了，尤其是在蒲荟那么幼小的年纪。在这儿，"看见"和"语言"需结合起来，否则一切白搭。蒲家有许多双眼睛，他们是蒲荟至亲的亲人，对她长相的熟悉是理所当然的，可是他们谁都没有像谭平这样看过她；他们缺乏看她的心思，更缺乏赞美的语言。

许多年以后蒲荟还在惊叹这种感觉：仿佛原先她只是个躲在阴暗角落里，

面目模糊的影子，是他把她拉到了近前。他乌黑闪亮的大眼睛像阳光一样上下、前后、左右一照，于是她就突然清晰地显现了——蒲荟在谭平目光的刺激下复活了！

耿志勇本来说好来送外甥女的，可直到临走也没见着他的影子。蒲荟的遗憾是回忆的产物。她断定耿志勇一背过身去就会忘掉她的长相。因为他跟其他人一样，从来没有认真打量过她。他对她的长相不感兴趣；他夸她长得俊，那也是一种笼统的说法，敷衍而已。耿志勇平生只喜欢两样东西：酒和男人。他喜欢蒲力荣，因为蒲力荣总有一天会变成男人；他喜欢妹妹，因为妹妹是变相的"酒"——耿茶梅给他提供盛酒的杯子、热乎的下酒菜、宽松的喝酒场所。在妹妹家喝酒，耿志勇感觉最愉快、身心最放松。妹妹打心底里敬佩他，对他的本事佩服得五体投地，尽管妹夫死后妹妹对他的依赖使他有压力，可是他喜欢这种压力，这种压力让他觉得自己像个真正的男人！那个整天被老婆骂来骂去、盘问来盘问去、抓挠来抓挠去像一条小狗一样的男人是谁？他简直不认识他！此外，妹妹是个最好的倾听者，他说话时她从不乱插嘴，她只会把他说话的欲望激发出来，这俨然也像是道可口的下酒菜……

谭平把"粉纽扣"夹在他又细又长又软又凉的手指缝里，让蒲荟猜，猜着了就让她把舌头伸出来，把糖搁在她像小勺子一般卷起来的淡粉的舌头上。她并不太配合——既不说话，也没有太多的动作，她整个人显得有点木呆呆的。可是她的眼睛会说话，而谭平善于捕捉她的眼神。只要她用目光看住他的这只手，他就决不把另一只手掌打开。

眼泪风干在蒲荟面颊上，黏黏的，像有一层面糊糊在了那里。她不哭了，因为她不想哭了；她想笑。笑靥先在她眼睛里出现，然后在她颊上闪过，最后挂在了嘴角。女人始终环绕着她的胳膊，女人身上若有若无散逸出来的那种气息也没有刚才那么令人无法接受了，相反，它似乎有了某种暖意。

2

许明丽的右乳从腋窝起整个摘除了，医生告诉她和那玄默说癌症不可怕，术后延年十年二十年甚至永不复发的有的是。不过医生背过病人就说两样话，他对那玄默说，你妻子的病还是很危险的，三五年以后复发也不是不可能，复发了就麻烦了，所以要按时吃药，定期复查，注意饮食，保持心情愉快，切忌过度疲劳。

因明丽的手术正值八月中旬，学校还在放假，正丽带着塔拉、牧仁和阿古拉都来了。正丽后来终于不再执拗，去小学当老师，她去当老师开始是为三个儿子着想，后来是为所有的孩子着想。她把三个孩子交给父母，自己在医院照顾明丽。艾丽为父母担心，说三个淘气包太闹腾，拆不着屋顶也得拆了墙，没准还不如呆在医院省心。但三个孩子都很懂事，自己能照顾自己，小的又都听大的，卫生习惯差点儿，比如便后忘了冲厕所之类，但说过一两回就都记住了。于福来说不亏是正丽调教出来的孩子，要换了巴根姑爷来调教，兴许一辈子不洗澡也不觉得脏。许长兴不爱听于福来说巴根不好，和年轻那会儿一样，他不爱听的话就不吱声，这也是避免呛声的最好办法。他不接话茬儿，于福来叨叨几句感觉兴味索然也就住了口。

四个姑爷，许长兴除了不喜欢大姑爷鲁进军，其他三个他一个赛一个地喜欢。

大姑爷鲁进军有点儿咋咋呼呼、牛皮烘烘，喜欢把表面文章搞得花里胡哨，说的永远比做的好，许诺十件事兴许连半件都办不了；不是他能力不到，而是他压根儿说完了就忘，没忘的也懒得去做。他只对吹牛、喝酒、追女人感兴趣。看到这个姑爷，许长兴就会想起当年姓霍那小子，人长得不咋地，本事不咋地却偏喜欢拈花惹草，完了还生怕别人不知道，故意要露点蛛丝马迹给人看。鲁进军就这德行，三两二锅头下肚就会跟别人——比如连襟宋朝——吹嘘搞女人的事儿，谁谁谁的，说得有鼻子有眼；哪儿哪儿的，打一枪换一个地方；如何如何的，过程详尽，不由得人不信。他说搞女人一点儿也不难，也不费事，拉开裤拉锁就上，把人弄爽了就行。他说宋朝死心眼儿，一辈子就那一女人，况且那花儿本不算娇艳，又经岁月摧残，早就色败形枯、味同嚼蜡了。

宋朝看鲁进军这么说自己的老婆有点不快，但也并不太较真，他深知鲁进军那没溜儿的品性。女人的味道如何，不一定非得和姿色挂钩，何况自己老婆味道如何关他屁事儿！但宋朝仍把鲁进军的好色告知了许长兴，因觉得难以启齿，说得支支吾吾。许长兴不吭声，他能说啥？做啥？撺掇艾丽离婚？这违背他的正统思想。而且艾丽和鲁进军挺搭调，过得也凑合，离了婚艾丽也不见得能过得更好。许长兴吩咐宋朝：

"这小兔崽子，灌点儿猫尿就分不清东南西北，大嘴叉子一张就瞎白话，牛皮吹破了天。宋朝你甭信他的。"

但宋朝忍不住又跟卫丽透了那么一两句，卫丽不信，她更信艾丽的规矩和威严，在艾丽的规矩和威严下，谁还敢乱说乱动？但后来她也有些信了，说通过观察，发现姓鲁的姐夫是有些色。她把后半句话"连对我都色迷迷的"咽了回去，一怕宋朝吃心①，二怕制造矛盾，三是卫丽并不太相信自己的判断。她

---

① 北京土话，意为多心。

总觉得只有像艾丽明丽那么漂亮的女人才会让男人想入非非，要是说有男人对自己色迷迷，说出来甭说别人不信，自个儿也不信哪。

只于福来和艾丽蒙在鼓里。于福来蒙在鼓里情有可原。鲁进军挺会哄女人开心，于福来哈哈一乐，大姑爷的其他缺点就通通开溜了。

艾丽则是被自己的感觉哄骗了。她觉得自己嫁给鲁进军已经大大便宜了他，他该知足，一辈子对她俯首帖耳，一辈子把她当女王待。这种自视甚高的感觉恰巧把她的俩眼珠子提溜到了头顶，看到的净是高处的风景，蓝天白云啥的，却看不到低处的、丈夫下半身整出的景色，这为鲁进军大开方便之门，使他得以创造出一片又一片广阔的新天地。

二姑爷巴根是个真正的蒙古族汉子，粗犷、豪放，唱起歌儿来高音部分直冲霄汉，许长兴头一回体验到余音绕梁三日不散的感觉，尽管艾丽拿出权威人士的派头说那不叫唱歌，是凭天生的嗓门儿瞎嚎，但许长兴还是认定那也是唱歌。听巴根唱完歌后的头几天，他的耳朵、嗓子眼、大脑、心脏等部位仿佛装满了那些他虽听不懂但能感觉到的乐曲，只要想到巴根，那些旋律就从那些部位哗哗地流淌出来，好像巴根是台收音机的按钮。

尽管巴根来北京的次数没超过三回，翁婿俩单独喝酒聊天只两回，许长兴听他用蒙文唱歌只一回，许长兴却觉得和这个姑爷很投缘。于福来说那叫啥投缘？离得远，见面少，彼此就客气，一客气就觉得好，好就认为是投缘。许长兴心想你懂什么？男人之间投不投缘并不在距离远近、见面多少，而在当时酒喝得是否尽兴，聊天是否坦诚，感觉是否舒服，创造出的氛围是否快乐。

巴根算不上能说会道，也没有绘声绘色的本事，但他谈骑马射箭打猎放牧挤奶，谈烤羊腿手把肉炒米莜面，谈草原蘑菇牛蒡狍子山羊时，许长兴不仅听得津津有味，还引起一种豪迈感。这种豪迈感为当年正丽不顾家人反对硬要嫁给巴根新添了一条理由。

此外，西甸子梁的景色也很难令许长兴忘怀。他后来琢磨主要是正丽的描绘给闹的，因为他和巴根的对话很简洁。许长兴问：

"正丽说北面是森林，南边是山峦，中间才是草甸子？"

巴根答：

"是啊，都老大哩。"

"草长得高？"

"高。总有半米到一米深。"

"闹风沙吧？"

"很少有。"

正丽信写得勤，快乐向上的性格和对家人报喜不报忧的习惯，使她把自己生活的地方写得如世外桃源一般，而生活的艰辛、远离家人和北京的孤独和苍凉感全凭有心人从字外去体会。有一封信中正丽是这么写的：

> 草甸子南怪石嶙峋，重峦叠嶂，悬崖兀立；草甸子北森林莽莽苍苍，野兔、山鸡、狐狸、山羊、狍子神出鬼没；南北夹击处则是平坦的草甸子。夏秋时节，草甸子一望无垠，无风时像一块硕大的花毯，花毯的底色是绿的，上面点缀着五彩缤纷的野花；风乍起，宛若万顷波涛汹涌澎湃；天地一体，蓝天化入碧草，碧草融入蓝天，白云扑入羊群，羊群奔至天际……

有一年正丽回京，明丽买了部傻瓜相机和十筒胶卷送她，说你生活的地方那么美，拍些照片来馋馋我们呀。正丽回去后不久果真寄了些照片来。除了一张全家福之外，其余都是动物、风景照片。景色比正丽信里描述的还美。于福来感慨：

"风景是真好，都可以上挂历了。可就是瞅不见一个人影儿，没一点点儿人气，弄得心里怪恓惶地哇。"

巴根还有细腻、体贴的一面。比如明丽在信上刚提一句母亲腿疼，巴根给丈母娘特意做的羊皮护膝就马上让人给捎过来了，给许长兴特制的皮毛一体的大衣暖融融地裹住他，陪他度过一个又一个寒冬。正丽的话印证了这一点：

"爸，您说得没错，巴根心细着呢。每回进城，都记着买我用的东西。他说他一个人高马大的汉子让售货员拿卫生巾回回都觉得不好意思，可尽管这样，一回都不落。"

三姑爷宋朝更像是许长兴的儿子。因为先有师徒这层关系，所以跟亲家宋锦程的关系也非同一般，俩人两礼拜没见面就挂念得慌。有时起大早一个由城东往西再往南，另一个由城南往北再往东，就为到豆腐池胡同一块儿喝个豆汁儿，当然少不了来几块炸得焦黄酥透的焦圈，再用老咸水泡、辣椒油拌的切得像铜丝般细的苤蓝酱菜配着，既解了喝不着正宗这口儿的苦，又解了彼此的"相思"之苦。有时也不怕远，你来我往到家里杀上几盘中国象棋，再叫老伴做几个下酒小菜，喝上几盅，天南海北侃侃，家长里短聊聊，孙子（外孙）的轶闻趣事说说，再吃下几两猪肉大葱馅或羊肉茴香馅饺子，感觉快活得跟神仙一样。

刨去师徒、翁婿这两层关系，许长兴仍会觉得宋朝好。这姑爷勤恳、实在，没花活儿，哪怕在一块喝个小酒也把每滴二锅头结结实实咽进肚里，不像鲁进军为了显摆自己酒量大，撂倒三两个宋朝绰绰有余，变着法儿把酒往茶里、开水里吐，还一口一口往纸巾里吐，反正旁边有什么他都会当工具用上。有一次翁婿仨吃火锅，鲁进军得意忘形，把吐了酒的纸巾推到了宋朝左手边，结果靠酒精炉近了，轰一下像团火球一样着起来，把宋朝的左手烫红了，燎起一溜小泡。幸亏宋朝反应快，手缩得也快，否则后果会更严重。卫丽挺撮火儿，说：

"就知道拔份儿，欺负我们家宋朝。要不出这事儿，被鲁姐夫欺负一辈子也都说不准哩。"

许长兴觉得不该轻饶了这小子，宋朝却说：

"得了，爸，都是一家人。大姐夫不就是爱玩儿，孩子气嘛。我可舍不得跟他逗磁儿①，咱还得一块喝酒呢。"

"还喝！"

卫丽瞪他。宋朝说：

"少喝点不就行了嘛。"

小姑爷那玄默就更不用说，许长兴不仅喜爱他，更是欣赏他，高看他，内心深处几乎有一种对他的敬重和崇拜，就像当年他敬重、崇拜那逸书一样。许长兴觉得家族里出个博士比出个部长还难，他对鲁腾飞和宋天桥说，你们要学小姨夫，那满腹经纶绝非一日之功，是实实在在头悬梁锥刺股刻苦用功得来的，就像得道高僧，不打坐不修行不多念几声南无阿弥陀佛永远都不能开悟，永远只能做个扫地挑水撞钟的和尚。

姥爷的话宋天桥并非句句都懂，但他知道"头悬梁锥刺股"是咋回事儿。宋天桥迫不及待要到小姨家玩儿，那个周末扔下书包就催卫丽带他去，进了那家大院就直冲那玄默的书房，连那条巧克力色小沙皮狗皮皮扑过来跟他玩儿他都拿手拨拉开了，因逆着毛拨拉，它那小短毛还刺了他手心呢。原来宋天桥想看看小姨夫书房屋顶是否真有根绳子长长地挂下来，抽屉里是否真有个锥子，锥子头是否残存着血迹。不是宋天桥喜欢锥子和血，他实在对它们厌恶透顶，平时打个预防针都会把肌肉僵硬起来抗拒针头的。他是想让妈妈学一手，也布置这么一个场景，然后用这个办法治自己。宋天桥这时刚上小学一年级，除了吃饭睡觉，他的屁股很难和椅子亲密接触十分钟以上，哪怕被课堂纪律拘在椅子上，那屁股和身子却像着了火似的前后左右晃个不停。为此老师也已经找了许卫丽和宋朝好几回，说这孩子太调皮太好动了，站没个站相，坐没个坐样儿，已经严重影响到别的孩子。宋朝为此下了死命令，让他在课堂上做到两个"不动"：老师没叫他站起来回答问题时"坐如钟，纹丝不动"，老师叫他回答问题时"站如松，岿然不动"。可是宋朝的这道死命令要求太高，宋天桥很难做到。

① 北京土话，意为闹别扭。

结果老师对他最后通牒：

"宋天桥，这是老师找你谈最后一次话，你那个好动的毛病再不改过来，就回幼儿园去吧。"

这话把宋天桥吓得够呛，他对卫丽说他不想回幼儿园，那些小屁孩儿多幼稚。

当然对小姑爷的喜爱许长兴也不排除爱屋及乌的成分。

明丽是许长兴最珍爱的，英碧若他喜欢了半辈子，尽管年纪大了某种感觉日渐削弱，有时候想起来就像是一场梦——它的确是一场只和他自己产生联系的梦。1974年那逸书去世，英碧若四十四岁，但在许长兴眼里她仍像天仙那么美。他一度忧心忡忡，生怕她改嫁走掉。来给她说媒撮合的人不少，包括那逸书和前妻所生的两个女儿那澹兮和那栖心也跑来当说客，据说她们托人介绍的人里面有一个老红军老革命，身居高位，英碧若跟了他，她和儿子的颜色立马可以由黑变红。但英碧若没有答应，她连见都不去见一面就婉言回绝了。尽管许长兴明白英碧若的这个态度跟他无关，却让他高兴和感动了许久。

假如 → 代表爱，那么就有以下这个公式：

∵ 许长兴 → 许明丽 → 那玄默
　　　　↘ 英碧若 ↗
∴ 许长兴 → 那玄默

许明丽的病让许长兴的头发忽然之间像下了一层霜，多半变灰白了。女儿手术期间，他也没有心情像过去那样带着外孙满北京城瞎逛，但他还是约了宋锦程一块带着塔拉兄弟仨和鲁腾飞、宋天桥去了趟动物园和香山。看到生龙活虎的五个外孙打打闹闹，许长兴强烈感受到生命一代一代生息、繁衍的那种顽强不息，心里感觉些许慰藉，沉重的心也仿佛轻松了许多。

明丽出院回家，正丽和孩子们也该回去了。一家人刚刚经历了死别的恐惧和威胁，又要品尝生离的痛苦。于福来自打知道正丽娘儿四个的行程后就开始不自在，想起这事心里就会"咯噔"一下，这在以前可是从来没有过的。以前，平时家里没人，于福来嫌冷清，家里有了人，她又嫌闹腾；老二在外地让她牵挂，真的在身边又觉得还不如在外地呢，眼不见心不烦。可是这回她却有点儿舍不得她走，尽管三个孩子闹得她整天头嗡嗡叫，像脑袋周围总有一群黄蜂追着转悠。老家儿说一个人性情改变是不好的，尤其对上了年纪的人来说。难道自己活不了多久了？唉，都是小女儿的病闹的。

许长兴买了些给正丽和孩子们在路上吃的水果和面包。他把水果拿厨房去洗，说回头他们想吃就不费事了。洗完放菜筐里沥水，到客厅餐桌旁抽烟。于福来对许长兴说：

"瞧瞧老二，看上去比老大还要老十岁，眼瞅着要在那个地方过一辈子了。"

话题涉及闺女，许长兴还是乐于回应的，他说：

"过呗。"

"过过过，你在这儿吃穿不愁，吹不着风晒不着太阳，她在那儿过的啥日子！"

"我看挺好。是个老师，也是吹不着风晒不着太阳。"

"就你觉得好！"于福来说，"甭说老师，是个校长呆在那儿也憋屈！"

许长兴"吱吱"地抽烟，客厅挤巴，一会儿就烟雾腾腾的了。于福来厌恶地拿手赶烟，烟不但赶不走，还死乞白赖往她鼻腔和嘴里钻。于福来咳咳了两声，说：

"嫌死得慢，你就使劲儿抽！"

许长兴把烟头往一个剪成小花篮形状的、里头装了水的空雪碧瓶里一扔，烟头"嗞"地蹿起一缕白烟，灭了。这是正丽特意给许长兴做的烟灰缸。

于福来口气缓和下来，说：

"四姐妹里就数她倔、数她傻，吃亏受累最多。哪怕她有老大的一点点滑头，老三的一点点顺从，老小的一点点聪明，也不至于这样。"

"老二的脸是皱的，手是裂的，但我看她过得最平静，知足，幸福。"

于福来一直怪许长兴没本事把正丽弄回来，恨他凡事听天由命、顺其自然的态度。所以一听这个话她又激动了。

"她平静？我怎么一丁点儿都没看出来？那不是平静，是麻木！知足？是啊，不知足又能咋地？这是她最大的毛病，不思进取，得过且过。这样的人哪怕过讨饭的日子也会知足。还幸福呢，沾得上边儿吗？气不死我。"

"我记得咱小姑爷说过，最大限度地实现自我是真正的幸福。我觉得她实现了她的理想、抱负……"

"扎根草原一辈子的理想和抱负？"于福来打断了老伴的话，"放屁！她啥也没实现，就是生了仨儿子。"

"这个理想有人一辈子也没实现啊。"

许长兴的声音也提高了，说完站起身，不看于福来突然变了色的脸，倒背着手，打开门出去了。于福来朝许长兴的背影嚷嚷：

"你这是故意气我呢死老头子，你就嫌我没给你生个儿子。这是我一个人的事吗？"

艾丽认为正丽回北京的态度不积极是在跟父母和她这个做大姐的赌气，她总觉得自己冤，委屈，是个被遗忘的人。艾丽把这个臆测当做一个事实加以强化和肯定，弄得自己都信以为真了。当年本该轮到艾丽去上山下乡，可是有老奶奶护着，谁敢提这个事儿？假如真让艾丽去，许彭氏准定骂儿子儿媳狠心，存心夺走她的命根子，好让她闭眼。结果自然是正丽去了。正丽走后不到俩月许彭氏就去世了。于福来说老太太死到临头还要护艾丽一把，看来她爱艾丽的心是真的。既然艾丽也是她于福来生的，她就原谅婆婆过去对三个小的不公正的做法。

艾丽卫丽和明丽对正丽当年不参加高考、不进厂，现在不回京、不接受亲友金钱帮助等做法一直没停止提起，她们除了心疼正丽，对她有程度不同的惋惜外，其他看法则不尽相同。

一次艾丽给正丽汇去一百元钱被正丽退回来了。艾丽很生气，恨不得当天就坐长途公共汽车去找她当面理论。她打电话叫卫丽明丽晚上来家吃饭，顺便说个事儿。卫丽明丽听艾丽口气严肃，问她什么事儿又不说，下班后都匆匆往她家赶。艾丽招呼两个妹妹先坐下歇会儿，说待会儿就开饭，家常饭，熬了小米粥，买了机制大馒头，已经在蒸锅的箅子上馏着了。鲁进军听说两个小姨子要来，特意下厨炒了盘葱头羊肉，用足了料，下足了工夫，炒出来的羊肉颜色酱红，香气扑鼻，上面横竖搁着几根香菜；一条红烧鲤鱼，煎得焦黄，整条地盛在椭圆形平底盘里，上面撒着葱丝，外加一个剁椒炒鸡蛋、凉拌黄瓜及油炸花生米。卫丽带了只烧鸡来，鲁进军拿到厨房切好，码放得很艺术地端上了桌；明丽带了好几种水果来，艾丽说真不错，咱的餐后水果也有了。鲁进军喜上眉梢，搓着手，说：

"你们瞧稍稍捣鼓捣鼓，就弄出一桌子好菜来。该叫上岳父和宋朝的，否则我一个人喝酒多没意思。"

明丽不清楚鲁进军的一些事，卫丽告诫宋朝说，鲁进军的那些龌龊事可别让明丽知道，怕熏着她。所以明丽和鲁进军相处跟过去一样，轻松随意。明丽听鲁进军这么说，调侃道：

"怎么单单落下我们家那口子？"

"你家那口子我可不敢指望，跟我们不一路人。"

"不一路人？你搞分裂嘛。"

"不是我搞分裂，而是鸿沟在那儿明摆着。妹夫学问忒牛，我一个工人大老粗，看见他就肝颤，喝酒准噎着。"

艾丽不耐烦地挥挥手制止了他，说：

"鲁进军你少贫，今天没你的事。"

吃饭时，卫丽很想问艾丽是啥事，但被艾丽使眼色制止住了。饭后艾丽叫鲁腾飞去另一个屋写作业，让鲁进军刷锅洗碗，说她们姐仨要聊天。鲁进军颠颠儿地忙去了。在外人尤其是小姨子跟前，鲁进军总是笑嘻嘻的且特别听艾丽的话。等鲁进军一进厨房，卫丽说：

"大姐，不年不节的，吃什么饭。叫我们来什么事？"

艾丽从衣兜里掏出一张纸，"啪"一声拍到桌上，说：

"我心疼她，可她这是啥意思？蔑视我吗？"

卫丽拿起汇款单看看，又给明丽看。卫丽说：

"就为这个叫我们跑一趟啊。本来我没空过来。桥桥今天又在学校闯了祸。"

明丽问：

"桥桥怎么了？"

"他往一个女生的汤碗里放蚂蚁，女生不知道，把汤喝掉了。等女生喝完最后一口汤他就跑去告诉她，'你将将儿把蚂蚁吃掉了'。女生哇哇哭。她能不哭吗？换了我我也哭啊。你听宋天桥说什么？'你吃下去的是高蛋白，又不是毒药，嚎啥呀！'"

明丽"扑哧"笑出声来，说：

"真有创意。"

"你还夸他！我叫宋朝去处理了。"卫丽拿手往脸上一捂，说："真的，我都没脸见老师了。想起这小子我浑身就躁得慌。"

"你别这么说。桥桥是淘气，可是你没发现他淘得很聪明吗？"

"唉，我是无奈了。我管不了他了。"

这时艾丽咳咳了两声。卫丽转脸看她，明丽晃晃那张汇款单，说：

"大姐，二姐又不是单不要你的钱，谁的钱她要过？爸妈给她钱她也不要啊。"

艾丽说：

"我知道她要强，有骨气。可是骨气能当饭吃？能当衣穿？能当钱使？就是跟我赌气，不可理喻！"

卫丽说：

"她干吗跟你赌气？犯得着吗？她最多是跟命运赌气，对吧明丽？她不信在乡下就过不好，她非要过一辈子给大家看看。"

明丽说：

"也许是接受命运的安排吧。其实我特佩服二姐，也更相信她是个有信念的人，是信念支撑着她一路顽强地走着。"

艾丽说：

"我可要说粗话了，明丽你别介意啊。信念算狗屁！就你们学问大的人爱上纲上线。"

卫丽说：

"大姐你没有信念吗？"

"老实说，我没有。你有啊？"

"我不知道，大概也没有吧。"卫丽说，"可是我讨厌自己没有信念或信仰，感觉没着没落的。其实应该让人死死巴住一样能让人巴住的东西，这样东西不能是救命稻草，应该结结实实的，像爬山虎巴着的山；美好无比的，像咱的地球巴着的太阳；给人温暖和希望的，像我许卫丽巴着的那两个叫宋朝和宋天桥的人。比如过去叫咱小老百姓巴住的共产主义，还有什么佛祖啊、上帝啊、安拉啊，就是别死死巴住钱，别巴住一直在前头引诱人的那些什么长什么席啥的。"

明丽已经忍俊不禁笑起来，说：

"三姐你的比喻真有意思，还挺深刻呀。"

卫丽扬手要打明丽，说：

"臭丫头，你讽刺我？"

明丽把脑袋一缩，说：

"我哪儿敢。"

艾丽说：

"我啥都不巴，我就死巴住钱。有钱就有一切。我们鲁腾飞用钱的地方多了去了。"艾丽压低嗓门儿，说："你们猜这一百块是咋来的？不是工资也不是奖金，是我利用休息时间给人调钢琴挣的外快。现在买钢琴的人越来越多了，新钢琴用段时间必须得调。我现在有回头客了！可是这个死心眼儿许正丽，我好不容易慷慨一回她还不领情。"

卫丽说：

"大姐那你学明丽，把钱变作二姐用得着的东西，比如书。明丽就老给她买书寄书。"

明丽说：

"买书就算了吧。大姐可能不太知道买什么样的书。"

艾丽说：

"那倒也是。瞎买了也许就是废纸。我本来觉得钱更省事更贴心，她不需要什么就攒着，需要什么就可以买什么。"

明丽说：

“这话没错。可是咱还是避免去挑战她的自尊，大姐您说是吧？”

“是呀，我以后再也不会拿胸膛去撞枪口了。”

正丽去看明丽，临走时，英碧若死活要给她六百元钱。英碧若说：

“三百是玄默和明丽的，三百是我的。我知道你的规矩，可是我想让你给我这老太婆破个例。”

“这么多钱，我们一年干到头也不定能攒下这么多。我不能要！”

“在北京钱不经花，你那儿经花。”

“您留着给明丽买点儿补品，或者给那那……”

正丽眼圈红了。

“买补品的钱有，那那啥都不会缺。老大还给我寄美元，把我当长辈孝敬呢。”

英碧若的嗓门儿也有些变调，她把装钱的信封往正丽的提包里塞：

“你有多好，正丽，你自己不知道吧？打你小时候起我就很看重你。台阶结冰了，你拿铁锹去铲冰，冻得硬，你一点一点地铲，记得吗？”

正丽点点头：

“我妈隔着窗骂我，说我狗拿耗子，多管闲事。老先生后来还是摔了一跤。”

“是啊，他上了岁数，幸好摔得不算重。我没有别的意思，你给孩子们买点文具书本啥的。这么多年了，你还跟英阿姨见外吗？”

正丽的眼泪滚落下来，她不再把钱拿出来，而是给英碧若鞠了一躬，转身一气跑出了那家大院。

回到父母家，正丽看到许长兴正默默地坐在客厅抽烟，于福来在厨房做饭。她叫了声“爸”，然后走到卧室把六百元钱塞到行李箱底层的衣服里，百感交集：正丽啊正丽，你咋就这点儿出息？哪能花一个老人的钱？你该孝敬她才对呀。她发誓一定要报恩。正丽平静了一下情绪，到厨房帮母亲的忙。吃完这顿饭他们就该出发了。过一会儿艾丽卫丽带着他们的儿子来给正丽送行。艾丽给孩子们买了糖果、茯苓饼，卫丽买了宫颐府点心和衣服，给巴根买的是T恤，买给正丽的是条蓝底小白花雪纺短袖连衣裙，还是泡泡袖，轻盈得像薄雾一样，几乎能团进两掌之间。卫丽把裙子拿正丽身前比划，正丽说太洋气了，拿回去你穿吧，我穿不出去。卫丽说已经是老师了，什么样的衣服都能穿出去。

塔拉兄弟见表兄弟来了都高兴得跳起来。宋天桥提议再到楼下花坛边玩会儿警察抓小偷的游戏，大家“嗷嗷”叫着响应，一拥而出。正丽追出来叫塔拉看好阿古拉，半小时后回家吃饭，别误了车。许长兴站起来，说他去看着点儿，误不了事。跟着孩子们下了楼。

行李不多，早就整理好了。正丽又把艾丽卫丽刚买的东西放进行李箱，边放边说我就知道东西会越来越多。这时于福来从厨房出来，说可以开饭了。正丽说等爸和孩子们上来再吃，妈您受累了，先坐下歇会儿。

娘儿四个在客厅随意坐着。正丽感谢了艾丽卫丽的礼物，又说一遍妈我走后你要多保重的话，又拜托姐姐妹妹照顾好父母和明丽，说自己是个不孝之女，也是个不称职的姐姐。这些话说完，大家一时都沉默了，客厅里的空气也凝固了。艾丽看着正丽，突然说道：

"你再考虑考虑。"

"考虑什么？"

"咬咬牙离婚呀，舍不得就假离婚，你和巴根来日方长，可是你回北京的事却迫在眉睫。咱先办回北京再说，好歹能把孩子带回来受教育，三个不行带两个，两个不行带一个。你看我们家现在是非常时期，爸妈和明丽都需要你。你在这儿我们都感觉踏实。"

卫丽和于福来都看着正丽，正丽说：

"哪那么容易啊。"

"事在人为。我看阿古拉的聪明劲儿不在鲁腾飞之下，设若在北京受教育，将来一准能上个好大学。可是……"

正丽不说话，只是深深吸了口气。卫丽说：

"二姐说过，她不愿塔拉兄弟仨分开，不愿厚此薄彼，不愿他们要么缺爹要么少娘。是这个原因吗二姐？"

正丽点点头又摇摇头，这个问题显然不是三言两语能说清说透的。她抬眼看于福来一副疲惫倦怠的样子，转移了话题：

"妈，看您老累的。这些天真把您累坏了。"

"身体累点儿倒没啥，就是心累。"

艾丽对正丽说：

"瞧你又逃避。"

"我不逃避又能咋地？我拖儿带女回来住你家去啊？"

"跟爸妈住一块就行了，这不现成的吗？"

正丽笑一笑，说：

"现在算了。等塔拉、牧仁、阿古拉考回北京我再回来，那时候我就做回北京人，再也不走了。"

艾丽心想就那个穷乡僻壤，教育资源匮乏得要命。还考回北京，就留那儿骑马放羊吧。但是艾丽把正丽的话当做她信念松动（假如她真如明丽说的那样有信念的支撑）的一个开始；信念就像螺丝一样，它一松动，其他的一切就会跟着松动。

那玄默遍访京城名医，寻名方给明丽调养身子。医生那句话像梦魇一样缠住他不放，但他发誓一定要击溃它。

正丽走后于福来不让那玄默请保姆，自己搬到那家来住，整天帮着英碧若洗洗涮涮，煎药做饭，端茶递水，忙得不亦乐乎。

于福来喜欢呆在那家大院，好像一住到那家大院她就恢复了活力，就有了战斗意志。自打有个港商开价三百万元人民币求购这处四合院，于福来更喜欢在这儿呆着，好像在这儿多住住，她的身子也会变金贵起来似的。也难怪，她在这儿一住十一年，虽不是那家大院最早搬进最晚搬走的住户，但住的时间却最长。她跟英碧若说，那家大院是她于福来这辈子住过的最漂亮、舒适、昂贵的房子。小时候住的土坯房低矮、阴暗、憋气，婚后住的大杂院里的小平房放个屁全家听响声闻臭气，现在住的楼房除了视野开阔没别的好。许长兴分到一套五十三平方米的塔楼，这房子像碉堡，在于福来眼里一无是处：朝向不正，南北不通透；夏天死热，跟蒸笼一般，于福来断定大热天楼道里的温度比地面温度还高；冬天贼冷，赶上刮风天你且听着吧，像有厉鬼环绕楼体，"呜噜呜噜"啸叫着耍横。还要坐电梯遭罪。电梯升降把她的血压忽悠忽悠往上抬，往下降，她跟许长兴抱怨总有一天她会死在电梯里头。所以，这火柴盒一样的塔楼哪能跟冬暖夏凉、地气十足的四合院比！她一闭上眼就浮现那家大院，油黑大门，连接垂花门和正房的抄手游廊，青石台阶，石榴树……尤其是大热天：阴凉宽敞的正房，厚实的墁地方砖，大热天睡觉用不着摇蒲扇，凉气噌噌儿地从地底下往外冒，那种通体的凉快，绝不是电扇所能给予的；她做的梦，凡痛快、舒心的梦肯定和这儿有关。当年同意明丽的婚事，几乎也和那家大院毕竟属于那家的一闪念有关，这个念头被于福来看做冥冥中老天的指点，她听从这个指点，通过女儿这座桥梁把许、那两家连接起来，得以在搬出后还能一次次回到那家大院"享福"。

明丽在亲人悉心照料下一天天见好，脸色白里透红，俩眼珠子黑溜溜的，显出一种从未有过的水灵劲儿。精神不错，性格似乎也有所改变，变得比以前开朗爱说笑了。她提出回去上班，那玄默同意了。于福来撤出那家大院，但时不时会过来看看。艾丽上班之余忙着调钢琴挣外快，来看明丽少一点儿，卫丽则得空就来。那玄默请了个安徽保姆帮着带孩子、料理家务。

女儿病好了，又生龙活虎上班去了，外孙女儿一天天长大，于福来把一桩最大的心事放下了。那种白发人送黑发人的想法有时想起来还觉得好笑，那真是自己吓唬自己；自己造孽的心思更是消散得不见了踪影。而且于福来掐去医生所告诫的别的话，只牢记着"永不复发"这四个字。福窝还是那个福窝，人却俨然换了一个，经历了一场生死，于福来相信女儿能把她的福气坐稳了，任何人、任何事都撼动不了它。

病后有两件事许明丽加倍地付出了心血和精力：一件是工作更加拼命，她总是步履匆匆，把别人的半步跨成一步，自己的两步并作一步，把一分钟用成两分钟；二是把女儿的成长过程记录得点滴不漏。她觉得这两件事都是她的本分。

只有一件事于福来做起来无法不亦乐乎，就是带孩子。她说那家就这一宝贝疙瘩，磕了碰了她负不起这个责任。其实有一个更重要的原因于福来没说出口，即外孙女跟她一直生分。那么小的孩子，按理说还没开始认人，可只要于福来一抱上手她就哭。于福来大声问：

"姥姥身上没刺啊，你干吗哭？"

小的这个哭得更厉害，于福来无奈，只好把外孙女递给她妈妈或奶奶。只要转移阵地，那边的哭声戛然而止。明丽说：

"可能是妈妈身上的气味不对。"

于福来说：

"气味有啥对不对的，她又不是小狗，能闻出味儿来？"

"可不能小瞧了孩子的嗅觉。"

"我进厨房多，是油烟味熏着了她？"

"有可能。"

于福来就从头到脚洗，里里外外换，可是那边一到她怀里，还是哭个不停。于福来点着那边的鼻子，说：

"你不让我抱，我还不乐意抱你。"

回家后于福来却跟许长兴抱怨，说这么小的孩子就是个势利眼，嫌姥姥没文化，没钱，长大后不定怎样呢。

稍大点儿，为笼络外孙女儿，于福来会采取一些"怀柔"政策，比如带那边出去买糖葫芦、冰激凌啥的。只有那边特别想吃的时候，她才会让于福来牵着小手去胡同口走一趟，这一趟会让于福来兴奋得颧骨飘红，但大多时候那边会抗拒诱惑，拿大眼忽闪忽闪地看着姥姥，说：

"不吃。"

然后转身跑开。于福来对外孙女跟她不亲这个事儿始终耿耿于怀并疑窦丛生，尤其看到那边亲卫丽和许长兴时，这个感觉便越来越浓，简直要凝结成块，成了心病。她怎么着总比他们混得脸熟吧？那边喜欢卫丽她尚且无话可说。不说卫丽变着花样给外甥女织各类毛衣毛裤、袜子手套围巾帽子，她只要一见那边就把她抢抱到手上，一秒钟也不舍得丢手。什么"三姨的小洋娃娃"，"姨的小美女、小心肝"之类，多腻味的称呼从她嘴里出来却一点儿都不感到肉麻。那种喜爱之情连皮皮都看在眼里记在心上，因而对卫丽身上散发的气息格外敏感，只要卫丽去那家大院，它老远就嗅到了，甚至她人还未进院门，它便警觉地抬起它那河马头，动动耳朵，缩缩蝴蝶状鼻头，皱巴巴的脸刹那间仿佛不是舒展开而是皱得更厉害了，然后颠着小碎步跑开了，它以最快的速度冲出去迎卫丽并在第一时间把她带到那边身边，哪怕小东西当时正在酣睡，它也要带她去看看她的睡姿，让她弯着腰在小床边眼馋地欣赏一会儿，赞叹几句"小可爱"、"憨态可掬"啥的，它则一边侧耳聆听，一边巴巴地歪着头盯紧她的眼神、表情、嘴巴的开合，好像它不仅要察言观色，还要听懂复杂的人话，而每次的结果都是如愿以偿——皮皮心满意足，像小辣椒样的尾巴摇得更殷勤，脸皱得也更滑稽。

可是许长兴他凭什么？那边见过他几次？明丽生病前，许长兴没事不去那家大院，只有女儿女婿请吃饭才会去。明丽工作忙，带女儿回家的次数也不算多。但那边却喜欢让姥爷抱，喜欢让他带她玩。要说味儿，许长兴身上的一股子烟草味不更臭？

于福来有一回说假如问那那要谁抱，她第一选妈妈，第二选奶奶，第三选爸爸，第四选卫丽，第五选许长兴，第六——假如皮皮能抱孩子，她肯定选它而不是她这个做姥姥的。

这究竟是为什么，于福来始终琢磨不透。难不成那个小东西跟她前世有冤近世有仇？艾丽安慰母亲，说：

"那那跟我也不太亲，这有啥嘛，人家姓那不姓许。"

有一天于福来在二十年前那逸书老先生滑倒摔跤的台阶上被绊了一下，也差点儿摔倒。她抚着自己惊魂未定的心，灵光一闪，恍然大悟：肯定是那老妖婆搞鬼，在她和外孙女之间挑拨离间，才让那那跟她这个做姥姥的生分。

她把这个怀疑告诉了明丽，明丽一听觉得好笑，说：

"妈您说啥呢，至于吗？"

"怎么不至于？别说她会搞鬼，即使不搞鬼，她对我的态度也会影响那那对我的态度。"

"我婆婆的态度怎么啦？我看她对您都好过头了。"

"你懂什么？那只是表面。背过身谁知道她做什么？"

"这话多膈应，妈您可千万别这么说。"

"膈应啥？我问你，骨子里的东西你瞅得见吗？"

"瞅不见。假如说骨子里有东西，我看那东西不在她骨子里而在您骨子里呢。"

于福来悲叹一声：

"唉，我说一句，你就急赤白脸的。嫁出去的女儿泼出去的水，胳膊肘儿已经拐向别人了，我这个当妈的还能指望什么？所以要生儿子呀。"

于福来骨子里究竟有些什么东西，许明丽还是能感觉到，并揣测个八九不离十的。她判断那些东西的标尺是自己为人的准则，平时之所以让它们隐而不见，除了女儿对母亲天性的包容，还因为那些东西并不涉及大是大非的问题，只是些人性上的小瑕疵，而且许明丽明白它们的存在有土壤、环境、教育、心性等因素的共同作用，就像人体那些与生俱来、往往会伴随终生的痦子，苛责无济于事，包容才会相安无事。所以许明丽宁愿"母亲"这座大山像丰碑一样高高耸立，遮挡掉大山背后的丑陋，也不愿推倒它。

那边降生后，所有人都说明丽的那个胎梦做得准。这孩子长得好自不待言，父母身上的优点她都继承并发扬光大，缺点则加以重新组合并改进。比如她有许明丽清朗秀丽的眼睛轮廓，又兼有那玄默深邃的眼神；既有那玄默棱角分明的嘴型，又有许明丽丰满的唇体部位；既有许明丽白皙的肤色，又兼有那玄默紧致细腻的肌肤质地；既有那玄默颀长优美的腿型，又有许明丽双膝并拢后不漏一丝光线的挺拔。总之这孩子不仅越了许明丽的美，大有赶超英碧若的势头。这些研究和预测一般在明丽卫丽和英碧若之间进行，但那玄默也会掺和进去，尽管"女大十八变"的道理他们个个都懂，"越变越丑"的可能性他们也并不排除，但却乐此不疲。不是他们无聊，而是小东西的魅力实在太大，她存在本身及所制造的快乐是如此纯粹和无穷无尽，他们几乎身不由己地被她牵着鼻子走。

不仅如此，那边聪明伶俐，堪称神童，所以更被视作每时每刻照耀着这个家庭、让他们感到阳光灿烂的小太阳。许明丽得病后更是如此。

身为母亲的许明丽几乎每时每刻都在为女儿骄傲。在她眼里，女儿的一举一动都是非凡的，哪怕这些动作全世界的孩子都会做。比如有一天她看见女儿在吮手指头，赶紧叫那玄默过来看，说：

"你瞧她在吮手指头，她才出生七天啊。"

孩子扳起自己的脚丫子啃脚趾——假如穿得少，大概也算不上是高难动作，许明丽却感觉了不得，忙着拿相机把它定格下来。其他诸如皱眉、打哈欠、玩唾沫吐泡泡、打嗝、跷二郎腿等谁都会做的动作，明丽一概感到稀罕。假如有谁质疑这些动作是个人都会，甚至是个动物都会，她反而会觉得别人奇怪：没错，是人谁都会这些"雕虫小技"，可她还那么小呀。

那玄默和英碧若都会积极响应明丽，觉得这个小不点儿确实非同凡响。就于福来心里嘀咕：我咋看不出来她有啥稀罕的？脚丫都啃，光看见她馋了。

随着那边渐渐长大，许明丽证明女儿"神童"的事例越来越有说服力。

比如那边刚学会说话就学会了命名——叫二伯父那思立为老伯。当时那边口齿还不太清楚，许多音发不出来，像把"姑姑"叫"嘟嘟"，把"遛遛"说成"拗拗（niù）"。

那思立有一次来北京开会，顺便回那家大院看看。这也是他第一次见这个小侄女。那思立的外孙女比那边大两岁，他对哄孩子并不陌生。明丽抱着那边，为了让女儿跟她学说话，一字一字说得很慢：

"这是你二伯伯。叫二伯，二——伯。"

那思立笑眯眯地看着她，手里拿着一个漂亮的芭比娃娃，显然她叫一声"二伯"，这个娃娃就是她的了。她不叫。她紧抿着嘴儿，歪着头，充满狐疑地看他。那思立当时大约五十五六岁，比英碧若大仨月，看上去比她老十岁都不止。这种老是阅历，是历史和沧桑感，而且所有的一切仿佛都凝在了那头耀眼的白发上，那是过去一些年幽禁岁月里困兽犹斗、思虑过度所形成的"精华"。这头白发足以让一个天生不喜欢人云亦云的小女孩提出质疑。那边张嘴叫那思立：

"二爷爷！"

明丽纠正：

"不对不对，是二伯伯，不是二爷爷。"

那边从明丽怀里挣扎着下来，谁也不理，谁也不看，颠颠儿地跑了，只皮皮像个忠实的侍卫一般跟着她。大约跑出十几步她突然站住，看着那思立和他手里的芭比娃娃，学妈妈的口气说：

"不对不对，不是二伯伯，是老伯伯！"

那思立走过去把芭比娃娃递给侄女儿，把她抱起来，对英碧若和许明丽赞叹：

"这孩子才多大，就有自己的思想了！我看得叫那景过来跟明丽学学，她把高子盈宠得太过分了。"

那思立的确是那逸书和前妻的老儿子，这么叫也没错。自此便把老伯的叫法固定下来了。

当时那玄默没在场，后来经明丽和英碧若一说，这个学富五车的博士居然也洋洋得意起来，把女儿的这次表现细化，形成"质疑三步曲"且逐个点评：叫"二爷爷"为质疑第一步，从自己的直觉出发，挑战权威，纠正妈妈的"误导"；从妈妈怀里下来跑开为质疑第二步，表示反抗并对那个诱人的芭比娃娃不屑一顾；质疑第三步是站住并学妈妈说话，这是经不住芭比娃娃的诱惑，部分妥协，但仍坚持己见，在伯伯前加了个"老"字。

　　还有一次，那栖心回娘家来了，她虽和英碧若辈分不同，却只比英碧若小两岁多，算是同龄人，因为历史的原因——她当年特别反感父亲再娶且娶一个和自己年龄相仿的人，并和当时健在的老祖母联手欺负刚嫁入那家的英碧若，说是给她下马威，并没有太把英碧若当回事。当年劝后母改嫁就是她的主意。那天那栖心主动提起了这个话题。

　　"我有一个疑问一直在心里放了十多年。小妈你当时为什么不嫁给那个老革命，人家一看你的照片就喜欢。多好的机会啊，你要嫁给他，兴许就一步登天了。"

　　英碧若不回答。那栖心又问了一遍，眼睛直视着英碧若，好像说你要不说，我就直接钻到你肚子里找答案去。英碧若见逃不掉，淡然答道：

　　"我答应过你父亲。"

　　"我猜也是这样。"那栖心叹口气，"父亲也是，生命都快走到尽头了，还霸着你干吗？"

　　英碧若责备地看了一眼那栖心。那栖心说：

　　"也许我的话有些不恭，可是父亲这是典型的对自己自由主义，对别人马克思主义嘛。"

　　"都过去这么多年了，说这些有什么用？"

　　"对您肯定没用，对别人就说不准了。"那栖心话锋一转，说："不过我姐说小妈有后眼，亏得没嫁那老头呢。"

　　"老头怎么了？"

　　"老家伙一年以后也一命呜呼了。看来是啥人啥命，还是小妈'八字'好。"

　　临走，那栖心问英碧若要走了一方清嘉庆年间的砚台，说是小时候用过，有感情，睹物思人，拿走作一纪念。那栖心走后，那边问英碧若：

　　"奶奶，什么叫'八字'？"

　　英碧若说：

　　"'八字'呢，就是一个人的命；一个人的命呢，从出妈妈肚子那一刻就定啰。那一年、那一月、那一日、那一刻，不早也不晚——你折腾了你妈妈整一夜，就等着那一日的那个时辰出来。这就是你的'八字'了。"

　　"那为什么叫'八字'不叫'七字'、'九字'？"

　　英碧若笑起来，夸她聪明，这么小的孩子就会寻根究底，并且赶忙把她的话转述给明丽听。在有关那那的问题上，英碧若和明丽总是立场一致，看法一致。明丽笑眯眯的，看着婆婆把女儿搂到怀里，一边亲，一边啧啧称赞：

"瞧瞧咱那家的孩子，哪像个三岁孩子说出来的话。你说是不是明丽？"

明丽开心得早就把自己空荡荡的右半边胸抛到九霄云外了。因为受到赞扬和大人们笑的鼓励，那边把那句话又重复了一遍——是有所改变的重复，是进一步的阐述，目的是想得到更多的亲吻和夸奖。这种小孩子的伎俩大人同样玩儿，比如那玄默的一篇学术论文得了奖，就会写第二篇、第三篇；比如英碧若的某一种汤得到过别人赞赏，她就会常炖，让你喝得下辈子也不想再喝。这回那边问的是明丽：

"妈妈，为什么叫'八字'，不叫'七字'、'九字'、'六字'、'五字'、'三字'、'二字'、'一字'、'零字'？"

果然，明丽开心得大笑。一本正经的表情、一本正经奶声奶气的问话、加上胖乎乎手指头做出的配合数字的动作，全是笑的源泉。客厅的欢声笑语把那玄默从书房吸引出来。到厨房指点阿姨干活的于福来来了。随后阿姨扔下厨房的活儿也来看热闹。安徽的阿姨后来被发现有偷窃恶习，英碧若去中介换了个陕西籍的保姆。看到那玄默、姥姥和阿姨，那边更来劲儿，接着问：

"奶奶，你的'八字'好，我和妈妈的八字好不好？爸爸的八字好不好？"

"当然好！你爸爸妈妈的'八字'比奶奶好，那那的'八字'比爸爸妈妈好……"

那边打断英碧若的话，举起手里那个芭比娃娃，大声说：

"我知道啦，娃娃的'八字'比那那的'八字'好！"

引得哄堂大笑。

孩子诸如此类的表现给了明丽莫大的安慰，她坚信女儿日后必定是个可造就之才，那玄默偶尔会跟许明丽说些"小时了了，大未必佳"之类的话，说孩子成才需要有一个高远的理想，坚毅的品格，需要时间打磨，需要天时地利人和等等的因素相互作用，但许明丽的这个信念从来不变。为了更好发掘和平衡女儿的聪明，许明丽从孩子四岁起就给她请了钢琴老师，还是中央音乐学院的老师，用明丽的说法是科班出身，起点高，不走弯路；然后又陆续让女儿学起了心算、英语、绘画、围棋。明丽一个人的工资几乎都撂了进去，她连眉头都不皱一下。英碧若自然支持明丽。这婆媳俩认定孩子学什么对她都有益，不仅陶冶性情，开发智力，更是培养孩子一种坚持的性格。只那玄默有些担忧，叫妻子别剥夺孩子快乐的童年。明丽说：

"我没见她不快乐呀，她学什么都跟玩儿似的。"

事实也是如此。就像学钢琴，学完了，那边常常并不正经练习，只在回课的头一两天认真练上一两个小时，她在这一两个小时不仅能把曲子弹得滚瓜烂熟，还几乎能背下来，回课时基本能做到盲弹，弄得老师满心欢喜，不仅次次奖她棒棒糖或小贴画，还把她当得意门生来培养。

对女儿的骄傲和由女儿引起的快乐太满，明丽不仅不厌其烦地把女儿的表现记录在《宝宝成长日记》里，还不免满溢到别处，比如啰里啰嗦说给父母家人听。许长兴会悉心倾听明丽的讲述并时不时流露出欣赏、会心的微笑。只要看他瞅外孙女儿的那种眼神、抱她的那个姿势、给她制作小玩意儿的那份耐心，便可知道他有多爱她了。卫丽也是。假如是跟于福来说，就会出现这种情景：于福来和许明丽各夸各的女儿。于福来的女儿就是许艾丽姐妹四个，有时明明夸的是明丽小时候，她却既不感兴趣也不领情，反而委屈得要命，在心里嘀咕：哼，您的孩子，有啥了不起。好像就您的孩子最聪明，自高自大、自以为是的妈妈。您就不能哪怕随便附和一声，这可是您外孙女儿，是您闺女的闺女呀！

明丽的这点"奢求"无法从于福来那儿得到，她就会把于福来渐渐推远，或自己渐渐往后退去。这时她几乎把母亲当成一个和她没有血缘关系的女人，一个处处和她暗中攀比、较劲儿的对手，就像部里有些女同事，表面跟你亲亲热热嘻嘻哈哈，可是一背过身，就把你闲聊天时说的一些话当谈资说给第三者第四者第五者，像电波一样无限地传播出去……退到一定距离，在明丽的视线里于福来变得模糊朦胧了，随后，于福来在许明丽眼里又变成了母亲，显得可亲可敬可爱起来。而她不知不觉重复一个渐渐向于福来靠近的动作——这动作看不见，它是许明丽的一个心理历程。

于福来过去为了保卫自己和自己的家庭和英碧若斗，和米玉叶斗，和许长兴单位的乘务员斗，后来有段时间，为了女儿和外孙女，为了保卫那家大院及财产，于福来又和那玄默那些同父异母的哥哥姐姐斗，和所有破坏或试图破坏那家大院一草一木的行为斗。

那逸书生前留下了遗嘱，遗嘱本身简明扼要。但老先生在遗嘱里附了三份附件：一份为那家大院房产证复印件，附那家大院平面设计图和立体效果图；二为重要古籍、字画、古董、家具清单，包括名称、年代、规格、出处、收藏时间等；三为一份那逸书留此遗嘱的亲笔解释书。这封解释书写得几乎有些诙谐，写明大儿子那无语在美国杳无音信，生死不明；二儿子那思立在国内杳无音信，生死不明；大女儿那潸兮和小女儿那栖心均早已出嫁，平时少有往来，故这四个儿女均不参与那家财产的继承。又写到现任妻子英碧若以二九花季开始陪他这个老朽，小儿子那玄默虽至今在草原改天换地却仍心系父母云云，目前那家大院虽被外人分住，古籍、字画、古董等物品被抄、被毁、被拿、被烧，所剩无几，但有朝一日若能拨开云雾还他那逸书清白和公道、归还祖上留下的房产和未损坏物品，悉数由妻英碧若和小儿那玄默继承，其他人等一概不得染指。

英碧若把这遗嘱看做一纸空文，看做是老先生对自己和儿子的精神慰藉，连那澹兮姐妹也都觉得父亲在做白日梦。那栖心甚至要英碧若立马把遗嘱毁掉，说这个东西太反动，跟变天账没啥两样，被外人知道，只怕会引火烧身。英碧若嘴上答应，但她没有销毁，偷偷地藏了起来。

那澹兮姐妹当初劝英碧若改嫁，除了想在政治上尽可能寻求一点儿庇护，别的压根儿没敢奢望。可谁曾料到她们不敢奢望的事、父亲遗嘱里如梦呓般的"有朝一日"真的降临了——多亏了那思立，那家大院归还给了那家，部分当年被抄走又没被损坏、遗失的家具、古瓷、字画、古籍也陆续归还。再后来，那家大院差点儿被规划掉，还是多亏了那思立才成了个挂牌保护院落，彻底免去了后顾之忧。

对于父亲的遗嘱，那无语没说什么，他说自己没有发言权。可是他爱那家大院，那里有他生命的根。所以修缮那家大院的时候，他慷慨地拿出了两万美元并说他什么也不要，只要那家大院在。

那思立觉得孝还表现在儿女能否遵照父母遗愿去执行这个环节，他说自己对父亲的遗嘱无异议，而拿回那家大院和物品，只是政府政策好，他只是尽了他作为一个那家子孙应尽的责任。

那澹兮姐俩却觉得父亲的遗嘱既荒诞又有失公允，而且要回和护住那家大院的是她们的亲兄弟。那思立自己不来争，还告诫姐妹不要去争，他和那无语的说法一致，说那家大院存在本身就是那家的最大胜利，但她们还是觉得不平衡。那澹兮的不平衡主要是为弟弟那思立，觉得他为那家立下了汗马功劳，而且假若刨去大哥那无语那三个混血儿子，那思立的儿子那军是那家惟一纯正的血脉，这股纯正血脉在那玄默这儿却断了——他没有儿子。那栖心的不平衡则是为自己，她丈夫季博通当年被打成右派去了密云山区，她和孩子们吃了不少苦，那家财产算她一份，也可算是对她受伤的心灵的一些补偿。

所以那澹兮姐妹突然常回娘家看看了，尤其是那栖心。那澹兮比英碧若大五岁多，当年父亲再娶时她已经出嫁，跟后妈的纠葛比那栖心少，日久天长，对那家大院的感情也没有妹妹深，但假如那栖心约她一块去她也是乐意奉陪的。那栖心说走亲访友也是要看心情的，当年很少回家看父亲一是不想看到他的境况，二是不想让父亲看到她的境况。但那栖心每次回那家大院，于福来说她"两只眼睛都发出绿光"，总要寻摸点儿东西走。这个事于福来看在眼里，急在心上。那栖心拿走砚台那天于福来正好也看见了，她自然不会像外孙女那样问一些"八字"、"九字"的话，她的话是要伤筋动骨的。于福来对英碧若说话直言不讳：

"亲家，人家稍稍白话①你几句，你就面软心软，东西就白白让人概搂②走了。"

"啥东西？"

"那方砚台啊。"

"又不是啥值钱东西。"

"那可不一定，听说那算得上是文物了。"

"栖心不是说她小时候用过、有感情嘛。难得她这样。"

"概搂人东西，下巴颏儿底下打滴溜儿③，甭说编些个好听话，就是跪下求也值呀。"

英碧若脸色一凛，于福来已经在干涉他们家内政了。于福来不是没长眼睛，她看见了，虽心里稍稍有点儿打鼓，怕两人现在还算和顺的关系被她弄蹭了，但该说的话一句不落。

"对好东西有感情算咋回事？该对人有感情嘛。当年老先生在时，就没见她来家，我开始以为姑爷没有兄弟姐妹呢。"

"当时她不也难吗？"

于福来气得直打嗝。在她看来，开导一个没心没肺的二五眼④，比开导皮皮还难。

"东西反正拿走一样少一样。"

"要没有她哥，啥东西能要回来？他又什么东西都不要，还命令那景那军不准来争。"

"老二的确是个难得的好人。可是对那栖心你可得多留个心眼儿，她可事儿啦。我敢说，她肯定要到老二跟前挑拨离间，拿玄默没有儿子啥的说事儿，你瞧着吧。"

明丽后来知道了母亲和婆婆的这次谈话，心想幸亏婆婆素来了解母亲，否则自己该多跌份。明丽求母亲以后别多管那家闲事。于福来说：

"我多管闲事？我这是为了你和那那！就你这温吞性子，对啥都无所谓，能守住啥？值钱东西被老妖婆送光了你都不知道！"

---

① 北京土话，忽悠。
② 北京土话，意为聚敛东西。
③ 北京土话，意为有所仰求于人。
④ 北京土话，指人的识别能力差。

于福来对那家大院的爱惜，连少不更事的那边都有记忆。

那时那边在幼儿园上大班。有段时间，她特别爱拿石笔或刻刀往院墙、石阶、廊柱上刻字、画画，于福来每回看见了就得剋她一顿，说刻刻画画，就像在人的皮肤上划口子，皮肤划破了会出血，会疼；砖墙划破了就该经不得风吹雨打雪压日晒，就该朽了。于福来管教外孙女和港商出的那个"价"有关，而且当时北京开始实行房改，那家大院更值钱了。

于福来说：

"这房子以后就是咱那那的，你要像爱惜自己的眼睛一样爱惜它，知道不？不能搞破坏——阶级敌人才搞破坏！"

那边问：

"姥姥，什么是阶级敌人？"

"就是坏蛋。"

那边带着强烈不满的表情瞪着于福来，尖着嗓门嚷道：

"不，我就要在墙上敲敲打打刻刻画画！"

"傻孩子，这可是你的东西，值好多好多钱呢！"

"我的东西——才好呢！我爱怎么着怎么着，您管不着！"

说完，转身跑了。撂下于福来一个人在当院站着老半天回不过神儿来，她自己的四个闺女都不曾这么顶撞她，谁要顶撞了就得挨揍。自己的外孙女儿，那么个小不点儿，竟敢顶撞她。时代真是不一样了。可是她又想到这个没大没小、无法无天的小不点儿是这处跟金塔一样宝贵的那家大院的惟一继承人（这几乎无庸置疑），心儿马上像土坷垃遇着水一样，软化下来。她略带责怪的话里却没有用真正责备的语气，相反有着珍爱和自豪，最多夹杂一点儿叹息。她说：

"瞧这孩子！这是怎么说话来着？傻丫头！有钱人家的孩子就不知道心疼钱。谁叫她有钱呢。没辙呀！"

于福来打小报告，把这件事说给明丽听。明丽听了以后说：

"妈，你随那那去吧。这是她自己的家，爱怎么折腾怎么折腾。"

于福来说：

"我寻思值那么些钱的房子，一砖一石可不都像金子一样齁贵？"

"写写画画的，能糟践了什么？"明丽几乎带点儿恳求的语气继续说，"妈，以后别再跟那那说那些话好不好？她一个小孩子，哪懂得了这些？再说啦，这房子属那那或不属那那有什么要紧？只要她……"

于福来高门大嗓打断女儿的话：

"就是咱那那的。别人又带不走！"

听着母亲把"别人"两字说得咬牙切齿，针对性那么明显，许明丽哭笑不得，"那可不一定"这几个字差点儿脱口而出。尽管母亲巴巴为自己好，帮自己和女儿说话，明丽却忍不住想刺激她一下。她的心情遗憾又有几分无奈，就像母亲跟她及她的姐姐们争谁的孩子更聪明更漂亮更懂事一样——母亲的个性是绝不允许别人的东西比自己的东西强，哪怕这个"别人"是自己的亲闺女，是亲闺女生养的孩子，是亲闺女包的饺子、烙的饼、炖的汤……母亲是个轻易不赞美别人的人，哪怕她心底里已佩服、赏识、喜欢得要命，也一般不表露在外；她像个内科大夫，专瞅人毛病，对其他地方则一概视而不见。这个"毛病"以她的眼光和判断为准，由她说了算。

对于于福来，许明丽还有一个更大的遗憾和无奈：在母亲心目中金钱的分量总比不涉及金钱的东西重，比如亲情、人的尊严、人精神上的自由和快乐之类。假如每个人都有一个一头装着物质、另一头装着精神的天平，那么对于母亲来说，物质这一头重得已然压到地面，凡抬眼低头、举手抬腿所能瞅见、触碰到的，都是这些，物把母亲的双眼塞得满满当当，轻的那头因空无一物高高翘起，消失至天空。也许，她不能太苛责母亲，只看见大地的丰富多产，却看不见天空的博大深远，这应该是母亲这一类型人的现实，因为有许多这样的"现实"存在，母亲只是其中一分子而已。做姥姥的光看到外孙女儿在墙上写写画画有碍观瞻或像她说的那样对墙体造成损害，却没有看到孩子从中得到的乐趣。假如孩子晚上睡觉时笑出声儿来，大概不会跟她在钢琴课上的表现和她所学的知识有关，一定和她真正的玩儿，比如拿着石笔到处写写画画有关。尽管她跟丈夫说过女儿学什么都跟玩儿似的，但随着学习的一步步深入，学习渐渐成了负担，有负担的好玩就不是好玩而转化成了一种痛苦。

许明丽没有坐稳她的福气，神奇的中医中药在神速复制的癌细胞大军浩浩荡荡的大举进攻下，也只能丢盔弃甲、望风而逃。术后四年零五个月，许明丽乳腺癌突发被紧急送往医院，抢救无效，溘然长逝。

第四章

1

一切的缘起在于那轮圆月，那团能够把她从睡梦中唤醒、在暗夜里显得格外冷寂明亮的光，在于月在她似睡非睡和清醒状态中由绚烂到平淡、由贴近到遥远、由息息相关到与己无关等感觉的变化，在于那个闹哄哄寻找太阳的梦境，在于冷眼观看世事的小女孩的明眸，在于蒲荟和楚郁的角色转换……没有这些，大概就没有从山道上朝楚郁走来的那个小女孩蒲荟的显现……

山道上，蒲荟舍不得睡着，睁大一双懵懂的眼睛，各种感觉、知觉甚至味觉器官均处在一个紧张、亢奋、接纳的状态。这是一种要把生命初始的每个"第一次"铭刻下来的无意识。没有蒲荟天生的好奇、对新鲜事物积极、投入的态度，就没有楚郁记忆深处诸多的"铭刻"，也没有楚郁对事物、人、食物细腻而个人化的感受。当然，若没有离开给想象创造的空间（离开的功能就像用板擦擦掉黑板上的字、扔掉房间里乱七八糟的物件、清空回收站），若是没有随后的生长环境和家庭、学校教育，蒲荟初次的看见也许就是看见而已，只是外界对眼眸的短暂停留，譬如火车和汽车玻璃对两边景物瞬间即逝的映照，到头来玻璃上还是空空如也。而这种"看见"的后果是以后多少次看见都会和第一次一样，甚至因为见得多了，视觉、听觉、嗅觉、触觉和感觉进入麻痹状态，不管多么强烈而新鲜的"第一次"也会磨灭殆尽，就像耿荼梅、方粟米、朱采兰和那些从未离开过大山的人对大山的感受一样。大山，对于耿荼梅们来说，只是一个客观存在，与他们朝夕相伴，给他们提供吃、喝、穿及其他用度，同时暴发山洪冲毁梯田和房屋、出没野兽毁坏庄稼乃至伤人性命，阻挡他们和山外的交流，让他们祖祖辈辈过与世隔绝的日子；大山，是他们的家园也是他们穷困、无知、愚昧、受苦受难的根源。对于大山，他们爱恨交加；贴近了怨、恨，离远了想、念。这是对自己生存境况有所疑虑时才会引起的感觉，连耿志勇这类"文化人"都不见得能想到这一层。极大的可能是，他们中的绝大多数终其一生，对大山和自己的生存境况并无知觉。他们不可能有太多知觉，他们生活闭塞，孤陋寡闻，见识短浅，没有横向比较的条件、能力，他们只会纵向比较，和祖辈、父辈比。比较之后发现，他们的日子没好到哪儿去，却也没有下降。或者，他们的生活就是祖父辈生活的翻版、承传和延续，这种翻版、承传和延续是合理的，能让人接受，祖父辈过这样的日子，他们又如何过不得？因此他们往往思想纯朴，老实诚恳、任劳任怨地过着那俨然没有尽头的苦日子。他们也许会觉得能用地瓜干和玉米糊糊填饱肚子就是一种福气，这年年成好，他们感天谢地；年成不好，他们咬紧牙勒紧裤腰带，习惯性地默默承受，并不怨天尤人。他们压根儿不是大自然，不是日月水火、风雨雷电，不是有权有势人的对手（所有的人都可以呵斥他们，把他们踩在脚底下）。承受不了生活压力，便找对手发泄；有本事的到外头找对手，没本事的"窝里横"，只拿家人出气。所以那些年邻里间为一些鸡毛蒜皮的事吵嘴打架，夫妻、婆媳、兄弟不和斗殴，甚至脾气暴烈的家长拿孩子出气，打得他们抱头鼠窜哭爹叫娘的场景随处可见，像不定时上演的肥皂剧。

方粟米试图释放压力，把不满、抱怨、愤恨等情绪发泄到儿媳头上，但耿茶梅一般息事宁人，不跟婆婆过招。方粟米最后总是恍然大悟，发现自己那样做没用，就像猫对躲在洞内的老鼠、黄鼠狼对关在笼里的鸡无奈一样。方粟米把这归结为命。被生活碾压、无可奈何的小人物到最后总把在现世无法解析的困惑放到来世，把无力改变的现状归结为命，声称一切皆有定数。

对蠓蚣岭的期待和恐惧，也是蒲荟不肯睡着的一个原因，而且是重要原因。恐惧缘于传说，期待则有用自己的亲历检验的成分。想想蒲力荣对蠓蚣岭所表现的"英雄气概"吧，尽管只停留在言语上，她在敬畏和眼红的同时是不是也有种不服气隐在其中？

"就你能，啰嗦鬼讨厌鬼牛皮大王！"

蒲萍骂蒲力荣。蒲力荣通常并不还嘴，只是朝蒲萍翻白眼伸舌头。蒲力荣的白眼能翻到不见一丝黑眼珠子。被蒲萍骂多了，有天晚上蒲力荣去灶台捉了足有两打油葫芦。油葫芦白天躲在砖缝里、盐罐油罐醋瓶酱油瓶底下，晚上则集体出动，在灶台、锅盖和各个铁锅间穿梭、游玩、觅食、鸣唱。第二天早晨趁蒲萍还没起床，蒲力荣把笼子里活着的油葫芦全放进了蒲萍被窝，还美其名曰"放虎归山"……

多亏了这次亲历，楚郁以后每想到蠓蚣岭，眼前总呈现它最初的形象，这形象牢牢占据她脑际，任何别的形象都不能将其打败。二十世纪九十年代初，从不谷出去在杭州发迹的企业家全旺①把蠓蚣岭修成了漂亮的盘山公路，各种车辆出入自如，仿佛山民们都蹬上了"风火轮"。可是这不是楚郁印象中的蠓蚣岭，它和她记忆中的形象是冲突的、悖逆的。楚郁怅然若失。这种感觉就像我们执著地爱一个人，觉得自己无时无刻不在思念他（她）；这种思念虽苦却甜，因苦而甜，其高潮就是对相逢的幻想；我们会千百次设计重逢的情景（仅这个幻想就能让我们食不甘味、激动不已）而绝无腻烦之心。可是某一天当他（她）真的站在跟前，我们却仿佛对着一个全然陌生的人并大梦初醒：原来我们思念的只是曾经的某一段！时光飞逝，他（她）早已经不是原先的他（她）；自己也不是原先的自己；而情境——赖以生成那种情愫的情境也一去不复返了。

是的，被全旺的金钱修造的蠓蚣岭已经不是楚郁每每想起的那个蠓蚣岭了，它们俨然是两处不同的景致。一处常来入梦，每每想起便怦然心动；另一处即使眼见着也心如止水，这情景就像觉浅的老年人，来入梦的多是儿时伙伴，哪怕这伙伴几十年没有相见，以后相见的可能也是微乎其微，他（她）却清清楚楚站在你跟前，朝你微笑，同你玩耍。而新近结识的人再怎么亲近、熟络却从不在梦中显现。多少年以后，有关蠓蚣岭的那种阴森诡谲已经没有了它的来处。因为传说没有了，原始森林没有了，盘山公路上车辆行人往来穿梭，虽说不上多热闹，但也绝不寂寞；即便有蠓蚣精，也应该早早迁徙，因为这个蠓蚣岭已经不适宜它盘踞，不可能是它安宁、快乐的家园了。所以此处除了一个有着和过去相同的名称外——就连名称也差点儿被改掉——已经不是烙刻在蒲荟记忆中的那一个了。

蒲荟凭感觉知道来到了蠓蚣岭入口。

拐过某个巉岩突兀的山口，突然卷过来一阵山风。这阵山风无论在强度还是深度上，都让人觉得诡异。强度大得好像要把人卷走，此时的风里突然伸出了许多只手，好像要提溜起人的双足悬空远离大地再拽到某个不可知的去处；深度深得像风里边长着无数张白苍苍的利嘴，要把人身上的汗毛逐一啄出来……

蒲荟的瞌睡虫挣脱开她，溜了；她的心溜不掉，紧缩在胸腔里瑟瑟发抖。有关蠓蚣岭的传说不可抑制地降临了！那是不谷、山堰及其他必得经过此岭的山民惯常给孩子使的撒手铜，它的威慑力甚于黄鼠狼，甚于暗夜里把姐姐手指头嚼得嘎嘣脆却骗妹妹说自己在吃炒黄豆的狼外婆，甚于蒲荟对小七在山旮旯里慢慢腐烂的想象，甚于那头害死蒲兆光的大野猪！据说，蠓蚣岭得名的原因

---

① 梁解茹小说《鸡血石》中的人物。

就是因为这里的岩缝和腐叶朽木间盘踞着一条蠮蛦精。亲眼见过它的人言之凿凿，什么它有个金黄色的脑袋，背部暗绿，腹部黄褐；什么它有一百七十三对脚，除第一对脚呈金色，其余的脚都是红褐色等等。

蠮蛦精最令人畏惧之处有两点。

其一是它能够像蛇一样抬起上半身，两根金黄的触角像雾剧雉鸡生①冠上那两根长长的雉鸡毛，抖动着耍威风，同时拿它的聚眼瞪人。不谷人迷信，说是人若劈面碰上抬起上半身的蛇就要倒霉。假如抬起身的蛇的高度高过你，你就得死；高不过你，你就得病。蛇已经如此厉害，更别说蠮蛦精了！

其二是它的每对脚长得都像钩子，像有锯齿的镰刀一样既弯又尖。它的脚不仅用来爬行，还是分泌和喷射毒液的武器。毒液在消散时雾化。人只要沾了它的一点点毒气就完了——沾脚烂脚、沾手烂手、沾着眼睛眼睛就成了黑洞。而且它阴险狡诈，人肉眼看不见它，它的嗅觉却比老鼠的嗅觉还要灵敏，老远就能闻到人气……

当时人们对于因各种原因缺胳膊少腿、独眼歪嘴、皮肤溃烂又确定没去招过黄鼠狼的都归结为被蠮蛦精所害，哪怕那人明明从娘肚子里出来即是个瞎子，因小儿麻痹症成了跷脚佾儿②，"火罐"的大伯"大眼佬儿"③因癌症被锯掉了整条右胳膊，另一个在自家茅坑被犁头扑④突袭锯掉了大腿，所有的解释却都是一致的。

进出蠮蛦岭有条不成文规定：不打赤脚，不在岭上逗留，不弯腰。露脚指头脚后跟脚背脚踝的草鞋、凉鞋绝不能穿；鞋带散了就让它散着；东西掉了别弯腰捡拾。蒲兆光过去每回进出蠮蛦岭，虽穿着草鞋出门，但耿茶梅总要让他带双胶鞋替换。后来，据说在修建蠮蛦岭盘山公路时，民工在岭下树丛和幽谷中拾到村民积年遗落的东西不下数十件，有箬帽、竹篮、扁担、麻绳、竹筒子、砍柴刀，甚至有女人的花头巾之类，被撕成条缕做了鸟兽的筑巢之物，蠮蛦精却了无"神"迹。也许它从来就只有"神迹"而无"真迹"，是山民的祖先创造出来，用来形容蠮蛦岭的崎岖难行，用来比喻过蠮蛦岭的风险和危险，然后为了让孩子听话，顺便拿来做做威吓孩子的武器。

但耿志勇例外。耿志勇穿草鞋出山是常有的事。而且他喜欢说真话，但大家一般把他的真话当醉话，连孩子都不例外。耿志勇背蒲力荣过岭累时让外甥

---

① 雾城方言，一般雾剧小生武将头上插雉尾，故称雉鸡生。
② 雾城方言，即瘸子。
③ 雾城方言，指鼓眼泡儿。
④ 雾城方言，即眼镜蛇。

下来自己走。他说压根儿没有蠓蚣精，这纯粹是"大眼佬儿"胡编瞎吹给整出来的"传说"，他只是利用了一个名称。"大眼佬儿"因缺一条胳膊没法干活，强记了几段《西游记》、《三国演义》、《聊斋志异》里的故事就到十里八乡说书混饭吃。他为了让人同情他，为了让自己的经历更有传奇色彩，更为了让人痛快掏钱，总说自己沾了蠓蚣精毒才丢了胳膊。在"大眼佬儿"绘声绘色的描摹下，蠓蚣精活灵活现，和他对峙的场面惊心动魄。"大眼佬儿"说：

"要不是我把它提溜起来摔到谷底，我这条命早没了！丢条胳膊，已经便宜我了！"

耿志勇说：

"把自己说得像气吞山河的英雄好汉，牛皮大王！不过蠓蚣的确跟他好，是他祖宗，他的救命菩萨！他把它们捉来晒干和别的草药放一块熬吃治他的病！要没了那玩意儿，他能活到现在？"

蒲力荣有一回爬上"大眼佬儿"家院墙头摘朴①吃，看到墙头整整齐齐晾晒着一排蠓蚣，它们的身子被竹签插着，故而一个个被抻得笔直，像被钉在十字架上的耶稣基督，在阳光下反射出幽冥的光。蒲力荣吓得差点儿从墙头滚下来。

真不能小看传说的力量，它总会深入人心；而且仿佛越神秘、虚幻，越无形、无影、无色，不知何时到来何时消散的东西越让人恐惧，比如蠓蚣精的毒液。而黄鼠狼就稍逊一筹；杀死蒲兆光，同时也被蒲兆光杀死的那头野猪则干脆被吃掉了，野猪的神话从此彻底消失。

那头野猪由汪家垄、火罐及其他两个精壮山民用粗绳索捆绑着，用两根粗杠子抬下了山，由熟练的屠夫剥了皮、开了膛，鲜红亮泽丝缕分明的肉显出慷慨好客的模样。猪下水刚一取下，就有几个勤快妇女把猪心猪肝猪肺猪肚猪肠子抬到雅溪里去收拾，屠夫把野猪一劈为二：一片切成若干块扔进主人家腌缸里，这腌缸已经空置好久了。方粟米不要吃凶手的肉，肯定也忘了自己对孙子孙女们立夏熬接骨汤的许诺，又把腌缸里的肉一块块往外扔，直到被几个妇女给抬到床上才住了手；一片切成小块放进箩筐，分次扔进临时搭建、那年大办食堂遗下的一口大铁锅里，和着猪下水一块煮，里面放上盐、姜、大蒜、茴香、桂皮、香叶、豆蔻、花椒、黄酒和红辣椒。野猪肉的香味那天充斥了整个不谷的天空，完全掩盖了在另一口大锅里煮着的白米饭。白米是各家各户凑份子来的，队长命令大家把过年过节才吃的精大米拿出来，果然大家都拿出了家里最好的大米一起享用。

---

① 雾城方言，即柚子。

初　日

本来，办丧事只该吃"豆腐饭"①，可是既然这头野猪是杀人凶手，啖之又有何妨？不啖之又岂能解心头之恨？

火罐娘给朱采兰盛半碗米饭，顶上浇一大勺炖得稀烂的汤肉，朱采兰呼噜呼噜一口气就落了肚，伸着碗瘪着嘴说还要。火罐娘把眼睛瞪得老大，再盛时没敢放太多的肉，背过身和别的妇女嚼舌头，说瞧蒲家那个老面的吃相，都没让肉和饭过牙齿！这老面太能活，成精了，成精了能有啥好事？让家里男人成鬼就是了！

不谷人那天都敞开了吃肉。蒲荟跟别的孩子一样，喜欢在吃饱后往嘴里塞一块肉，含着不嚼不咽，所以脸颊上总是鼓一个包。这个包还会满嘴跑动，一会儿从这边颊上鼓出来，一会儿从那边颊上鼓出来，说起话来含含糊糊。大人们没有饭后漱口的习惯，所以许多人的牙齿缝里，就塞满了野猪肉精瘦的肉丝；不谷人那几日排泄出的秽物气息也完全相同。有山民开玩笑，说用这样的粪去肥庄稼，秋后的玉米都能多结几个穗穗。

三天后，同样是汪家垄、火罐及其他两个精壮男子，用抬野猪的同样的粗索粗杠子抬着蒲兆光的棺木上了山。这两个生前的敌手殊途同归——蒲兆光被野猪杀死，被埋葬，回到泥土；野猪肉被人吃到肚里，排泄掉，回到泥土……

也许就是从这个时候起，蒲荟脑子里镌刻下一个跟随终生的认识，即快乐幸福和痛苦悲伤像一对连体婴儿，真正是如此贴近，密不可分。

蒲兆光被放在一块木板上，身上的伤被寿衣遮挡，脸上的伤也被一块白布盖住。乌鸦嗅到了死人味儿，在空中逡巡，叫声粗嘎而急迫，竹竿、弹弓全轰不走。入夜，乌鸦走了，猫着瘟儿②来了。"破口缺"紧趴在一旁，头朝下"呜噜呜噜"叫，好像为自己没能保护主人而伤心。它的右后腿不知被谁打折了，这是它没跟蒲兆光上山的原因。

蒲兆光的超然事外令人难以置信，他的沉默和僵硬引发了一家人越来越深刻的悲痛和绝望。耿茶梅一听噩耗当即昏厥过去，用短暂的死亡来逃避现实，她恨不得永远不醒过来。方粟米得消息后疯了一般，眼露凶光，抄起一把砍刀要去拼命，当她得知儿子的对手不是人而是野兽且这头野兽也死了时就开始干嚎。方粟米的干嚎被大山挡住、吸收又释放，显得此起彼伏，比夜晚山林里野

---

① 不谷一带民间习俗，丧宴忌沾荤腥，以素菜为主，因豆制品唱主角，故称"豆腐饭"。豆制品为煎豆腐、豆腐包、煮黄豆、豆皮包豆芽等。其中煮黄豆谓长寿豆，一般丧葬结束发来宾一人一小包，用祭祀用的黄表纸包着。用这种纸包着的煮黄豆让人敬畏，虽觉得有些无法下咽，然而吃了能长生不老的说法又让人无法抗拒。幼时的蒲荟吃过不少这样的长寿豆。

② 雾城方言，即猫头鹰。

兽高一声低一声的哮咆还要割裂人的神经。因为你无法相信那失了本真的声音就是从平时那个如此熟悉的人的嗓子眼里、从那个如此瘦削扁平的身子中发出的。

离灵床四五米的地方，两个木工——师傅带着徒弟——正在赶制蒲兆光的棺木，刨刀紧贴粗糙木板刨过的声音和蒲力荣嚼茅根的声音相似。木匠一只耳朵后别根纸烟，另一只耳朵后别根红蓝铅笔，手脚麻利，工艺娴熟，徒弟自以为刨得很平的一块板，他稍眯一下眼就能看出瑕疵并叫徒弟返工；他打制棺材跟打制姑娘的陪嫁箱子一样认真。

食物带给了村民口舌肚腹的享受，带给孩子们比过节还要多的欢乐。因为过节总是以家为单位，而这次的丧事却以生产队为单位，是几个村村民的一次集体大聚会！此时，大人尚且可以把快乐稍加掩饰——有些妇女刚饕餮下一碗米饭汤肉，转身即可到死者灵前哭得一把眼泪一把鼻涕；但孩子是不会掩饰的——他们在没有围墙的院子里打打闹闹，追逐嬉戏，快乐无比，死人根本无法阻止他们爱玩爱闹爱乐的天性……

传说把蒲荟的目光和各人所穿的鞋划上了连线。她和谭雅蓉穿的是皮鞋，谭平穿着球鞋，陈仁和是胶鞋，这种规范的穿着让蒲荟松了口气。可是没等她把心彻底放下，忽悠一下又提了上去——蟆蚣岭险要路段赫然出现，她和谭雅蓉偏巧坐在面临山谷的这一边！这半边，几乎是悬空的！

她惊出一身冷汗，小脸绷紧，更显苍白。她下意识地垂下眼去，却从独轮车车座小半拃宽的缝隙里一眼瞥见她刚才想避开的东西——深深的峡谷和那只不知躲在何处的蟆蚣精。一股阴风，从谷底往上旋转而来，钻过车的缝隙，冷丝丝凉飕飕麻酥酥地钻进她的裤管，就像是蟆蚣精钻进来一样。然后由下往上，贴住了她的前额和后脑，又从上往下沉下去，仿佛要把她的身子吸进崖底去。

她颤抖起来：陈仁和把不住车把怎么办？女人突然松手怎么办？

谭雅蓉却像对她的心有感应，搂紧了她，同时小心翼翼侧过身子，巧妙地转移了她的视线，此时映入眼帘的是那些她如此熟悉而亲切的事物：裸露的青岩、略显枯萎的地衣和葛藤、金黄或乌紫的小野果、龇牙咧嘴的金刚刺、瑟缩的禾草和芒秆、拧脖歪身的马尾松杜鹃和乌饭树……它们近在咫尺，几乎伸手就能触到；这种近得随时都可以的"占有"让她的心稳稳落下来，颤抖停止了。与此同时，谭雅蓉给她戴上了披风上的帽子，不仅彻底挡住了她面对谷底的视线，更把冷风也阻挡在外；在她的感觉里，她有了双重护卫。

蒲荟又一次闻到了那种气息！刚才的紧张害怕仿佛使嗅觉失灵了，这提醒了她——这个女人不是姆妈，正是她把她从姆妈身边带走！而她的灵魂这么快就向她靠近，这么快就要被俘获！

蒲荟眼前闪过亲人的脸，耳边响起哥哥姐姐的哭声……嘴巴一撇，又想放声大哭；心底随即涌上了一种反抗意识。她把帽子往下一拽，头猛地拧过去，拧到她刚才不敢面对的悬空的一面。可是，她一直不敢正眼看的一切多美啊！无论坡上谷底，因无人打扰，树木生长得格外茂盛；虽是深秋，叶子并未落尽，橙黄红紫，夹杂着常绿树种，林海波涛，绵延起伏，一眼望去，像是一幅幅色彩斑斓、厚重的油画。还有那些形状各异的花岗岩，像猢狲、像蛤蟆、像狮头、像鹰嘴，或庄严地寸草不生，或煞有介事地披挂着几缕葛藤类植物，有的卧伏于陡坡或谷底，有的突兀于树冠之上；卧伏着的俨然在卧薪尝胆，突兀其上的仿佛不愿被大树遮挡，要和树一同往高处生长。

难怪蟒蚣精要把这儿当做自己的家园！只是从谷底幽深、冥暗处骤然响起的一两声判别不出的鸟鸣兽吼略煞风景，听来简直有种误入别人地盘而遭追杀的惊慌、凄怆的意味，就像方粟米拌好食"啄啄啄"叫着鸡们来食，不想却招来邻家鸡抢食，她一帚挥去羽毛四散偷食者落荒而逃的情景；正是这一两声叫，更增添了此处神秘、阴森、诡异、怪谲之气。而追逐它们的，绝非像方粟米手中扫帚那么简单、粗暴、有形的工具。在这儿称王称霸的，莫非正是蟒蚣精？

后来，谭平狠狠嘲笑楚郁，说他在蟒蚣岭听见的那一两声叫美如天籁。而且他大放厥词，说也许人就这样，对于不了解的事物，我们就去传说，去编它的神话；编出来的神话又让我们自己去听、去遵守、去敬畏和膜拜。

太阳落山时，他们到达柳镇。柳镇那么大，那么多房子，那么多人！空阔的地方那么平整，简直望不到边！只有堆在收割完稻田里那一垛垛的稻草堆，才能稍稍阻隔人的目光！而他们刚刚离开的地方已经远远退去了，落霞把西南侧的青山染成五彩，重重叠叠，灿烂而壮美；南面落霞映照不到的地方则又是另一番景色，深黛、灰蓝、浅蓝，由近及远，颜色渐渐淡去，山形轮廓清晰，显得厚实而凝重。

真是奇怪啊，那些在感觉里翻不完的山，走不到头的山路，竟然有尽头！她居然来到了一个抬手摸不着山、抬头看不见山的地方；头顶的确不是山而是天空，脚底的确不是山地而是平原。原来这就是平原，跟她想象中的平原大不一样！她想象中的平原多么可笑，她简直是拿一只平底盘子去比作太阳，拿一面小圆镜子比作月亮，拿萤火虫去比作星星！此时此刻蒲荟哪里知道，她事实上把丘陵平地当做了"平原"，等到她见识到真正的平原，就会把这一次对"平原"的认识否定了，就像她进了城后很快就会把"大得不得了"、"宽得不得了"的柳镇及柳镇街道否定掉一样。头一回置身华北平原，楚郁惊异平原的广袤无垠外几乎有种错觉，仿佛自己置身于另一个天空，这个天空如此低矮！

这种感觉在她心中久久滞留，就像住惯南方过去层高很高的老房子，猛不丁到北方来，直觉得天花板很低，压得人透不过气。后来习惯了才把华北平原的天空还原到它原有的高度，觉得天有多高是不变的，只不过山高了，就显得天高了；地广了，没有了山的比照，天也就显矮了。

新奇感那么强烈，蒲荟简直舍不得眨巴一下眼，而离开姆妈姐姐哥哥太太嬷嬷的伤感，在这种新奇感面前，也像那些远山，退到它们该退的位置，显得有些微不足道了。也许离开时间短，也许她太小，对于分离的真实含义和残酷性没有足够的认识，就像亲人离世的最初时刻，人们总仿佛逝者会活过来，在某天早晨会突然推门进来，某顿晚饭会赫然坐在饭桌旁。蒲荟心里涌动着一个念头：尽可能把所见、所闻装进眼睛和脑子，以后要一样一样地显摆给她的亲人，尤其可以在哥哥姐姐跟前吹吹牛。

谭平又递给她一颗"纽扣"糖，她没有张嘴，而是接过来放进了衣服口袋。那一刻，她下意识地要把这颗糖给姆妈、姐姐、哥哥、太太、嬷嬷留着，让他们分享并认同她对这种糖的感受。

谭平抱起了她。

在家时，总是朱采兰有空抱抱她。不过朱采兰的胳膊太僵硬，被老藤条一样的胳膊箍着并不能算作是种真正的享受。而且朱采兰身上总有股鸡屎样的味，朱采兰说那是死亡的味。蒲荟对死亡如此恐惧和痛恨，更不觉得朱采兰的抱是种享受。尽管这样，她还是喜欢和朱采兰在一起，她的别无选择已成了习惯，而习惯也是让人欢喜的；朱采兰也喜欢有她做伴，说她比那只黄鼠狼强多了。这是朱采兰亲口对火罐娘说的。一天，她和朱采兰像往常一样，一个坐着不动身子只动眼睛和嘴，一个到处跑着玩。朱采兰身边已经有一大把她采来的野花，而她一旦跑出朱采兰的视线，朱采兰就会大呼小叫喊她回去。朱采兰的昏花老眼此时是牵系她、不让她丢失的绳索；朱采兰的喊声则是鞭子，驱赶着她"合群"。朱采兰告诫她，小小孩不能独个跑进密林里去玩，狗头熊①、花面狸、狗獾、黄鼬、青毛鼠姆妈最喜欢小小孩，看见了就想抱回去养。养着养着，小小孩就不会走路只会爬，不会说话只会吼了……

有些玩对蒲荟是禁止的，而她实在想玩就只好装聋作哑。在装聋作哑和被朱采兰找到之前有一个时间空当，也许光站起这个动作朱采兰就得费很大劲儿，花不少时间。蒲荟完全可以在这个空当里把她想玩的玩个痛快。所以那会儿她对朱采兰的喊声明明听见却装听不见。她正在墙的拐角处，用根细木条使劲捅洞里的一只大格宝。格宝的背上满是疙疙瘩瘩的疣子，像一碗长毛变质的汤，

---

① 雾城一带方言，即狼。

呈黑绿色，且在"咕嘟咕嘟"冒着大泡小泡——小蟾徐行腹如鼓，大蟾张颐怒于虎①。这是后来谭平教她的两句诗。它像块顽石，被那么用力地戳着却不进也不退，只拿两只圆眼瞪着她，肚子一吸一鼓，好像被她搅扰了睡梦正生气呢。朱采兰说格宝和猫着瘟儿、蠓蚣、蝎子、蟋蟀、萤火虫一样，白天睡大觉，晚上才出来捉虫子吃。她正玩得起劲，火罐娘过来看见了。火罐娘大叫一声：

"别捅！看它一泡尿滋你脸，你就成麻子了；滋你头，你就成癞头了！"

她的手一哆嗦，忙不迭地扔掉了木条。

火罐娘过去和朱采兰打招呼，说：

"太太您快别叫了。你家荟荟正在墙角玩呢。"

朱采兰说：

"这孩子，一忽眼就不见了影；不见了影不打紧，理我一声哪。紧喊慢喊轻喊重喊都不搭理我。"

"正玩到兴头上，能听见你叫？听见了也舍不下玩呀！"

"这孩子！"

"有这孩子做伴，您老可孤单不着了。"

"那倒是。想想那只黄鼠狼。昨天还梦见它把我吃了呢，怪道的是一滴血不出！身上没血了，不是熬干了，就是老干了。说起我这重孙女，可强过那黄鼠狼！亏得她呢，这日子还多少像个日子，活着也还有些味道。"

那天晚上吃的是花芋粥，两个菜：腌萝卜条和炒青菜。听朱采兰说墙脚石洞里那只格宝足有半斤重，蒲力荣撂下筷子操起手电筒和细竹笼就往那跑。他说把手电筒光直打在人脸上眼睛睁不开，打在格宝田鸡脸上它就傻眼了，像被麻住一样动弹不得，这时捉它比瓮中捉鳖还省事，瓮中鳖兴许还把捉它人的手指头"嘎嘣"一下咬下来呢。格宝那张皮是有些丑不唧唧，可它的肉又白又细又嫩又香馋死人！

蒲力荣心急火燎到那儿一看，只看到一个空荡荡的小洞和格宝身上留下的黏液。朱采兰瘪起嘴乐，说被荟荟欺负了老半天，荟荟前脚走，它后脚不溜那就蠢到了家，何况这工夫它早忙着捉虫子去了，还睛等②着你傻小子剥它的皮吃它的肉？

蒲力荣不信邪，此后几天一直惦记着它，白天黑夜一天几趟往那跑，结果自然白费劲。

---

① 元好问《蟾池》诗。
② 雾城方言，干等。

谭平抱起蒲荟，姿势有些笨拙，不敢用劲，好像一用劲，怀里的小孩就会碎了似的。他心底涌起一种过去从未出现过的感觉，这种感觉新鲜而奇异。那是强大呵护弱小、渴望给予别人爱的感觉，跟他过去总是被别人呵护、爱的感觉截然不同，跟他呵护、爱小动物的感觉也截然不同。蒲荟累得不行，仿佛骨头都是软的，动弹不得，头不知不觉依到谭平肩上。她的脸紧贴着他的脖子，她的鼻息、哈气和温热柔嫩的脸蛋弄得那块肌肤痒酥酥的，这种痒酥酥的感觉又像水波纹样漾开，波及到全身各处。他过去从来不知道他脖子那块的肌肤会如此敏感且具有传导性。

她像懂得了他的感受，扭个头，脸朝外边。此时蒲荟眼前朦朦胧胧一片火红色，原来是谭雅蓉臂弯里的披风挡满视线之故。简直不敢相信，她刚才一直披着它；它像挂在山尖的落日，那么辉煌绚丽可望而不可即，却是属于她的！这是她的披风！

她一激动，又清醒过来。这时谭雅蓉让谭平去看看买到票没有，欲把她接过去，她不乐意，一拧身下了地。谭平往售票口走，她和谭雅蓉在空地上等着。谭雅蓉弯下腰来，问她饿不饿渴不渴累不累。她不吭声，也不胆怯，只拿一双眼睛看她。

谭雅蓉微笑起来，似乎对她的不出声、对她老是拿这种眼神看她感觉好玩似的。她蹲下身子，她的眼睛看着她的眼睛，谭雅蓉的眼睛即刻也起了笑意，好像刚刚有两只田鸡调皮地扎入两泓池水中，漾起笑波，这是一种让人、尤其让一个在感觉上空空落落、无依无靠的孩子往里扑的笑意，就像炎夏时节看别的孩子在沁凉的溪水里嬉戏，自己心痒痒又不敢下去的感觉。蒲荟困累得几乎站不住脚，真想靠过去睡上一觉，可是她只是晃了晃身子。一旦离开女人怀抱，女人又还原为一个陌生人，这大半天被她抱着照顾着，她把鼻涕眼泪抹她身上的经历像是梦，显得那么不真实。

谭雅蓉期待了一会儿，见她没有反应，遂抬起一只手摸她脸。额头、眼皮、脸颊，大拇指在一白斑处反复摩挲，好像那只是一点沾在外面搓一搓就会掉落的脏物。谭雅蓉的手指头那么细腻，动作如此轻柔，所到之处皮肤感觉格外适意，一点一点活起来。

谭雅蓉感慨：

"瞧这眉眼、鼻子、嘴巴，长得多俏啊！"

谭雅蓉说的不全是真话，她的感慨也并非由蒲荟的俏引起。人内心思想的真实常常被唇齿间的话语轻易遮蔽。谭雅蓉并不十分认可陈仁和的话。小女孩夯儿头那么大，身子那么小，几乎不成比例；两条小细腿站着时罗圈，走路时打晃，怎么看怎么离漂亮远哇。不过这有什么要紧，紧要的是孩子的健康！谭雅蓉一眼就看出孩子营养不良，发育滞后，缺各种微量元素，体内有寄生虫——她像一只经验老到、眼睛毒辣的啄木鸟，锁定了树上虫子的位置，无奈此时她仍然只能眼睁睁地看着虫子继续在小树体内为非作歹而无能为力。

过一会儿，谭平和陈仁和一起回来了，原来刚才陈仁和买票去了。陈仁和买票用不着排队，他和售票员很熟。陈仁和总能和地位比他高且对他有用的人混得很熟。陈仁和边走边嗓门响亮地和熟人打招呼。

陈仁和说正好赶上末班车，车马上要开了。谭雅蓉说你回家吧，累了一天了。陈仁和说先送你们上车呀！谭雅蓉要抱她，她却把手递给了谭平。谭平又把她抱起来，谭雅蓉看看弟弟，谭平得意地冲她伸一下舌头。那边招呼乘客上车的哨子吹响，一辆破旧的客车正缓缓地从一个并不太宽、没有门只有门框的大门往外开，速度极慢，像一只乌龟从石头缝里往外拱，非常地努力且小心。乘客在哨子的招呼下排成长长一队。

谭雅蓉招呼谭平去排队。陈仁和说：

"用不着谭医师！都说妥了，车停稳了就上！你们挑俩最靠前最舒服的座位呀！"

果然，车一停稳，检票员就让他们先上，脸上的笑靥和陈仁和脸上的笑靥一样多。车子启动，说完再见和谢谢，陈仁和、检票员和柳镇一齐被扔进黑黢黢的尾气和越来越浓的暮色里。路坑洼不平，车摇晃得厉害，谭平的胳膊忽紧忽松地环着她。瞌睡不可抑制地又要降临了，甚至汽车这个第一次见面的庞然大物也抵制不了黏糊的瞌睡虫。蒲荟实在撑不住了，对自己第一次看见的东西也失去了感觉和兴趣。谭雅蓉从包里拿出个纸盒子，对谭平说：

"来，吃蛋糕。"

谭平拿一块吃起来。蛋糕的香味把蒲荟刚刚合上的眼皮又撑开来，她两只眼睛聚焦在那块颜色金黄、喷香、又松又软的蛋糕上。她刚才在路上吃过它。它长条形，中间颜色略深，两边颜色稍淡。这是世上最美味的点心。

谭雅蓉的眼睛一时半会都没离开过她，这时看见了，说小家伙你也吃一块吧。她困得浑身绵软，抬不起手来拿，也无法点头或摇头，眼帘像两道厚重的门又紧紧关上了；嘴巴却本能地张开，张得大大的。谭平见此情景乐了，掰一块蛋糕往她嘴里放，她的唇齿舌头一触到蛋糕，就美美地咀嚼起来。谭平一边喂她，一边饶有兴趣地跟女人谈论她。

"姐，你瞧她，像只跟鸟妈妈讨食吃的小鸟，连眼睛都不睁开。是不是喂啥吃啥？是不是表明她对我们的依赖和信任？她闭着眼把自己交给我们了哇！多了不起的开头！那会儿她哭、揪住她妈妈不放的样子，我看了直担心。"

"嘘！可能累坏了。"

"姐，她的眼睫毛刷子似的，好长啊！"

"你很喜欢她？"

"是，很喜欢！这下可好了，姐姐有一个真正的小毛孩去看着抱着管着照顾着了！"

"嫌我平时管你多了是不是？"

"我哪敢有那意思。您不总说长姐似母吗？我喜欢姐姐管还来不及呢。姐姐是阳光雨露，沐浴着我这棵小树苗苗壮成长！"

"怎么听怎么不对味。拿你姐姐开心哪？"

"正话反话全不分。不过我确实没想到小孩子会这么好玩，比狗狗强多了。比麻雀更强。您记得我喂过的那些小麻雀吗？怎么喂也不熟，翅膀硬了就飞走，临走前连个招呼都不打。哼！"

女人笑。

"怎么拿小狗麻雀和孩子比？她可是你外甥女，从现在起你就得树立这种意识。"

"'树立'没根，得先播种。我已经把种子播下去了，很快就能生根发芽。"谭平指指胸口，说，"种子就播这儿了，您大可放心。姐，我发现您就爱抠字眼儿。其实我说的这个'好玩'是指有趣、生动，我以前写生时老画小猫小狗什么的，我现在才发现，人是所有动物里头最生动有趣、变化多端的精灵。她就像个小精灵。我回去就要画她。把她当个小模特。她的眼睛很美；大夯儿头很有特点；她的各种神态，就连闭眼吃东西的神态我都觉得有意思，很有意思！"

……

蒲荟云里雾里听他们谈话，一边闭着眼睛吃蛋糕。吃几口，谭雅蓉用一个军用水壶喂她水喝。当最后一口蛋糕还没有完全落入咽喉，她安然地、几乎有些心满意足地坠入了梦乡。

2

许明丽去世时，那边不满六岁。

明丽要那玄默答应那一刻不要抢救她，那玄默答应了。她很想回家，可话到嘴边又咽了回去，她知道回家对她好，对家人尤其对女儿却一定是不好。单位的领导和同事一拨拨来看她，她和他们道别，不忘和属下交代工作。她坚持不见女儿，那玄默知道她是嫌自己的样子太难看太可恨，病房的那些器械和气氛太恐怖，会对孩子天真美好而幼小的心灵投下永久的阴影。这个恳求那玄默开始也同意了。可是许明丽瞳仁里最后的那点亮光、那丝渴望使那玄默改变了主意。他不想欺骗女儿，不想给母女俩都留下遗憾。病房里鲜花已经快堆成小山了，可是他还嫌不够，让卫丽再去买些来，又让艾丽去幼儿园接孩子。艾丽说：

"我去接可以，可是我不忍心告诉她实情。昨天她还问我：'大姨，妈妈出差怎么不给那那打电话？'我说：'也许不方便打吧。''那她怎么还不回来？'我说：'你妈妈这次要干的工作多呗。'她又问我：'那她啥时候回来？'我说：'快了。'她跟我嚷嚷：'我问奶奶说快了，问爸爸说快了。快了到底是什么时候呀！'"

那玄默深吸了一口气，说：

"你啥也别说，把她接来就行。"

那玄默相信女儿在这之前对她妈妈病情的严重程度一无所知，不过这几天家里的气氛和种种反常确实引起了女儿的怀疑，不过五天时间，她就一遍遍问妈妈去哪儿出差了，啥时候回来，为什么不给家里打电话，这在过去是从来没有过的。母女连心，她肯定感觉到了什么。想到母女相见可能会出现的情景，那玄默的心都抽搐了起来。可这是孩子必须得经历的，是她的本分，她不能逃避这个本分。

卫丽重新摆放了鲜花，窗台、床头柜、床头、地上到处是一篮篮一束束色彩缤纷、娇艳欲滴的鲜花，病房里充满了各色鲜花的馨香以及春天的气息、原野的气息。正丽给明丽化了妆、涂了口红，明丽虽然连头和胳膊都抬不起来，脸上却像鲜花一样绽放了笑意，她的这个样子让英碧若于福来和许长兴都感到了些许安慰，三个老人谁都不愿意回家。一会儿，鲁进军和宋朝先后来了。艾丽带着那边来了。艾丽把外甥女也打扮得很漂亮，梳了好几根小辫，系着花花绿绿的小蝴蝶结，身上的衣服是明丽买的——粉色毛衣，格子短裙，白色厚长线袜，红色短靴，外面套一件同样是粉色的呢子大衣。刚才回家时她没看见奶奶，皮皮呜噜噜地舔她却像在哭泣，阿姨眉头紧锁，一反常态，跟艾丽说话时嗓门压得低低的……这样的情景和气氛不是一天两天了。艾丽对她的一连串提问支支吾吾，一路上心事重重却又强颜欢笑。从出租车上下来，那边一眼瞥见了医院的大门，转身就跑。

"不！我不上医院！"

艾丽一把抓住她：

"不是给你看病。是你爸在等你。"

"我爸爸？"

那边的小脸变得煞白，她顺从地让艾丽牵着手走进医院，医院的气息陡然增加了她内心不祥的预感。

132

　　那玄默早在楼梯口等着，那边朝他跑来，扑进他怀里。那玄默把孩子抱起来，抱了一会儿放她下来，蹲下身子，握住了她两只手。孩子的脸虽然显得有些苍白，却是那么天真烂漫；眼神虽显出一丝疑惧，却是如此纯稚无瑕，那玄默感到自己哈出的每口气都像是毒气，吐出的每个字都像子弹：

　　"宝贝，现在爸爸带你去看看妈妈。"

　　那边的眼神一下子警觉甚至是僵直了，她盯着他，说：

　　"妈妈怎么了？妈妈不是出差了吗？"

　　"你妈妈又病了。她没出差。"

　　那边呆了一呆，突然瞥到走廊尽头一张长椅上坐着奶奶和姥姥姥爷，大姨夫和三姨夫一边站着。她甩开那玄默的手，凄厉地尖叫了一声妈妈，沿长长的走廊飞奔而去。她张着双臂奔跑的姿势，她在走廊上回荡开来的稚嫩而凄怆的哭喊妈妈的嗓音，使那玄默再也克制不住，浑身颤抖，泪流满面。那边哭着，叫着妈妈，像一只被冷雨打湿打折了翅膀的花蝴蝶一样一头扎在许明丽身上，她死死地抱住妈妈，说：

　　"妈妈你别死，你不是答应那那要活得长长的长长的吗？我们不是拉钩了吗？"

　　许明丽的遗容保持着那丝花儿即将绽放般的笑意。她不仅见了女儿最后一面，而且又一次证实了女儿天资的聪颖，只是她再也不能把对女儿的自豪感说给她的亲人们听了。

　　当悲痛和对逝者的惋惜渐渐沉静下来时，对生者的怜悯和心疼便渐渐占了上风，大家怜悯和心疼的对象自然是那个没有了妈妈的孩子——那边。

　　于福来说，没有了妈妈，一个泡在蜜罐里的孩子就变成了一个苦命孩儿。她这个当妈的虽说没文化，可是她讲理，不会撂下幼小的孩子头里走掉，也不会让老家儿承受白发人送黑发人的痛苦。

　　艾丽说她就知道那胎梦不祥，什么水泡啊，霞光啊，那些是啥玩意儿？一个一点儿用处都没有，破灭得飞快；另一个也是毫无用处，既够不着也抓不到手里。

　　卫丽开始根本不敢去那家大院，不敢见外甥女，因为她一见那边就控制不住流眼泪。在她看来，世上最最惨痛的事儿莫过于孩子在懵懂无知的时候失去妈妈。她恨不得把外甥女带在身边，抱她亲她，带她玩儿，给她讲故事，陪她弹琴画画，睡觉时给她摸背、唱催眠曲，总之做明丽曾做的所有的事，把天底下所有的母爱都给她。她对宋朝说：

　　"有些东西失去了就永远没有了，比如妈妈。可怜的那那，她那么小，失去的东西却那么大。"

宋朝说：

"你别老是哭。你不哭了，才能抽时间多带带她。"

"好。"卫丽说着，却又哭了，边哭边说，"我要是总过不了那个劲儿咋办？"

宋朝说：

"再等等，总会过去的。"

许长兴的头发全白了，高大的身躯仿佛缩了水，瘦了一圈，也矮了一截。

那栖心的话则危言耸听：

"小妈你看到没？你这个孙女儿心事太重，顾盼之间全是泪痕，被她看过的东西——不管是东西还是人——哪怕片刻之前还生机勃勃，即刻就会变得阴郁起来，好像全都要滴里搭拉流出眼泪。"

英碧若忍不住打了个寒战，强作镇定，说：

"她将将儿看你了。你也想哭？"

"是的，我也想哭。把纸巾递给我，我憋不住了。可怜的小东西，怎么就摊上她了呢？"

鲁进军找宋朝喝酒。宋朝已经很久没和鲁进军一块喝酒了，哪怕一起吃饭也是滴酒不沾。这一回他又拒绝了。鲁进军说：

"先别忙着拒绝弟弟，我是为咱小姨子伤心，好多天觉都睡不踏实了哇。那么好一个女人，那么年轻漂亮，我想着心就一剜一剜地疼。"

宋朝说：

"行，我陪你喝！"

结果鲁进军和宋朝都喝醉了。

许长兴找女婿谈话，说趁孩子小，还不太懂事，不妨紧着给她找个妈妈，兴许能多少弥合一点儿孩子心底的伤痛。那玄默说尽管岳父说得不无道理，可是他暂且还没有这个打算。只能让孩子接受现实，在磨难和缺损中成长。

于福来知道这件事后和许长兴大吵了一架，说他胳膊肘儿往外拐，姑爷再找个女人，就彻底把女儿的位置挤没了，女儿的位置没了，还有他们老两口啥事儿？外孙女儿用不了多久也会把他们忘了。于福来撕心裂肺地控诉许长兴：

"明丽留下来的不就是这一点儿血脉、这一丁点儿想头吗？你咋就吃里爬外呢，咋就那么狠心狗肺呢？"

于福来怀疑许长兴和英碧若商量好了，而英碧若不喜欢明丽的话题又老话重谈，甚至那件沉寂了许久的往事又翻江倒海兜上心头。她怪怨许长兴一辈子没把她放在眼里，更没把她放在心上；他心上装的也不知是啥样儿的女人。人就这么贱啊，一颗石子儿哪怕离得远也发光，越够不着越想够，越吃不到嘴越想吃；手边的哪怕是金子也是生了锈的废铜烂铁啊。最后，于福来放话儿，说那玄默敢给她外孙女儿找后妈她就敢把那家大院的屋顶掀了，只要她活着，这件事儿想都甭想！

于福来急火攻心病倒了，明丽去世时她都没有这样。血脂、血糖都高，血压更高得邪乎。医生警告别让老太太情绪大起大落，否则像她这样的病人很容易犯脑卒中。

一个不到六岁的孩子对这期间的生活到底有多少记忆？有多少记忆是确切还是模糊的？接踵而来的现在要把过去遮蔽多少彰显出多少？那些或确切或模糊的记忆会不会被重新丢进时间的黑洞，再也找寻不回来？

许明丽留下了六本写得密密麻麻的《宝宝成长日记》，时间跨度为从她去医院做尿检呈阳性证实怀孕始直到她去世前六天，其中她生孩子住院、出差、手术住院等还做了补记。这是许明丽给那边留下的永不消失的记忆，是她顽强地要活在女儿心中的一个虽无奈却是最有效之举。当然许明丽的初衷并非如此，她只是想用文字的方式留下孩子的足迹，这些足迹也许平淡甚至琐碎，却真实而自然，她坚信独属于她的孩子。明丽得病后的日记除了更为详尽，字迹更为工整，遣词造句和谋篇布局方面力求不千篇一律，涉及到的人物爸爸、奶奶、老伯、小姑、大姨、二姨、三姨、姥姥、姥爷等公正客观，栩栩如生。明丽对女儿容貌的欣赏和得意，对女儿天赋的惊叹和骄傲，对女儿任性的耐心和包容，以及对女儿未来的憧憬，比天大比地广的希冀等等，散落在每一篇日记、每一个标点符号中。字里行间，更是处处萦绕着一个母亲对女儿绵绵无尽的爱意。许明丽小心翼翼避开自己的病和不知哪一天就要降临的死神，总是乐观向上地记录着。她顽强地要自己活得久，越久越好，可又不敢奢望自己"永不复发"，因为她感到冥冥之中总有一个幽灵徘徊在她身边，猛不丁会跳出来，紧盯住她身体的残缺部分龇牙咧嘴，发出阵阵不怀好意的狞笑，所以，日记里还若隐若现着某种看不到女儿成长成才的遗憾，某种依依惜别的情愫。

许明丽弥留之际念念不忘她的日记。她清醒得让人心碎。她用虚弱的声音关照那玄默：

"日记，在梳妆台抽屉里。你可以看。设若可以，适当的时候，给那那。这是妈妈留给她的惟一的念想。"

正丽后来说明丽太用心了，时时用心，事事用心，凡事追求完美，遇到不顺心事儿也是隐忍不言语，哪能不招病？

艾丽说她哪是在写日记？肯定冥冥中有个鬼神知道她体内有了恶性肿瘤，指点她用这种方式来安排后事。命中注定，一切皆有预兆。

初　日

卫丽很服艾丽的话，说大姐说得在理。她们文化虽浅，但那些个字写写日记总是够用的，可是除了明丽，她们谁写那玩意儿？

正丽最不喜欢听那种"命"啊、"运"啊的说法，她相信事在人为，人定胜天，所以她说她写了，不过不是日记是笔记，有感而发，想写才写，内容很杂，有关于孩子教育的，有教学体会的，有人生感悟的，还有描写风景的呢。她看着卫丽，说：

"是不是下一个就轮到我了？大姐说妄语你也信！"

艾丽说：

"我这怎么是妄语？你往深了琢磨琢磨，是不是这么回事儿？"

那玄默没有整理妻子的遗物，也没有去翻看日记，甚至连抽屉都没去打开。女儿连小学都还没上，肯定还没到那个适当的时候。那玄默让妻子所有的东西都保持原样，呆在原位，好像她随时会回来，随时要使用一样。他甚至没去探究女儿在妻子跟前说的那句话里泄露的信息，好像他压根儿没听见似的。

那玄默一直以为女儿对明丽病情一无所知的判断是错的。那边知道的远比那玄默估计的要多。

明丽的胸部本来很丰满，右半边乳房切除后显得有点失重，走路做事总往左半边倾斜。时间一长，仿佛与左边相关的一切都大于、重于右边，比如左颊比右颊胖乎，左眼比右眼大，左脚落地的分量比右脚落地的分量重。

有一天，许明丽去洗澡，那边正在客厅和皮皮玩，阿姨在旁边看着。那边喜欢揪皮皮像贝壳样的耳朵，也喜欢摸它像老太太似的脸，她还常命令它吐舌头给她看，当然她也吐舌头给它看。他们舌头的颜色不一样，皮皮的舌头是紫色的，她的舌头是粉色的。许明丽去卧室拿睡衣，那边跟阿姨说我们找妈妈去就溜进了浴室。英碧若新近换了个陕西籍保姆，名吕月婵，口音重，说话慢条斯理，英碧若说看到她就不由得让人想起秦始皇陵的兵马俑，一个个既憨厚又敦实。那栖心一听这个就说，瞧瞧，又来了不是？又为自己不讲原则喜欢保姆找借口了不是？她毫不客气地批评英碧若，说她改不了这个毛病：对保姆不立规矩，太宽容和仁慈，时间一长保姆不是偷吃偷懒就是偷东西，偷吃恶心，偷懒烦心，偷东西窝心。那栖心说：

"您不是对皮皮都立规矩吗？对动物立得了规矩，对人怎么就不行？"

那栖心心说当年你嫁到那家时不对我立规矩，我才敢和老祖母一块儿跟你使绊子。给你权力不用，是你自个儿的错。所以让你当那家少奶奶是抬举了你，跟我母亲比，你可差远了！英碧若读不出那栖心的心理活动，笑了笑说：

"差不离儿就行。她们抛家别舍，也怪不容易的。"

吕月婵不知道许明丽从来不和孩子一块洗澡的事实，想着厨房还有活儿，就随孩子去了。那天浴室的大塑料桶里刚换下一堆床单被套啥的，还没浸湿，那边躲了进去。桶放在浴室一角，紧挨在洗衣机旁，正好能斜斜地看到站在喷头下的人。那边对紧跟在身后的皮皮打着手势，命令它噤声、出去。皮皮很听话，一声不吭地退出门，在门边趴了下来，活像一张皱巴巴没铺平的脚垫。那边这时的念头不是要偷看许明丽洗澡，也不是要探究妈妈从不带她洗澡的秘密，她只是想跟妈妈藏蒙哥儿。她和明丽平时常这么玩儿，比如明丽抖被子时，只要那边在场，就一定要躲被子里头去，而明丽睁着眼睛装看不见，从容不迫把女儿和被子卷在一起，卷好后，还一定要装出大吃一惊的样子说：

"咦，今天这被子怎么叠不好？里面肉乎乎的是啥？我来摸摸。"

明丽拿手去摸。摸着脑袋，说这是香瓜；摸着屁股，说这是西瓜；摸着身子，说这是冬瓜、南瓜或是哈密瓜？又否认自己的说法：

"不对，不是瓜。是小猫？小狗？"

这时那边再也憋不住，嘻嘻笑出声来，说：

"妈妈，不是小猫小狗，是那那呀。"

每次大同小异，百玩不厌。有时那边乐得在床上打滚，皮皮在地上打滚。英碧若从来不准小狗上床上沙发，皮皮也就遵守这个规矩，从不越雷池半步。

明丽刚才已经把眼镜摘下放在卧室，这时她更看不清东西了。那边从被单中露出眼睛。她的念头有了悄悄的转变，她紧张地看着妈妈脱衣服。

每到冬天，一家子除了明丽总喜欢去澡堂子洗澡。英碧若害羞在孙女儿面前赤身裸体，总是穿着一层衣服，给孩子洗好穿戴停当她才洗，弄得澡堂子里的人都像看怪物似的看她，给那边洗澡的任务也因此常转交给了艾丽和卫丽。她们和英碧若不同，从不避讳在外甥女面前裸体，别的那些不认识的女人也一样，所以那边对女性的胸乳一点儿都不陌生。姨妈们给她搓澡时或弯腰或蹲着，乳房总是一颤一颤的，经过澡堂热气和热水的蒸腾和沐浴像两只倒挂着的大桃子，红扑扑的，鲜嫩亮泽，不仅吸引她的眼球，还不止一次让她"犯色"——这是艾丽说的，让她渴望着去靠一靠、摸一摸，甚至去舔一舔、吮一吮。有一次艾丽见她眼巴巴地瞅着自己的乳房，笑了，说：

"小臭丫头，犯色呢。记得嗑妈妈哑哑的事儿吗？"

她摇摇头。艾丽说：

"你就压根儿没嗑，你这小坏蛋。"又逗她："现在想不想嗑一口？"

"不。"

她说着，眼睛却还往那儿看。艾丽突然一把把她搂过去，把她紧紧窝在胸前，她的小身子和脸蛋充分感受到了那个充满母性的身子传递给她的热腾腾、湿漉漉、滑溜溜的感觉及乳房的俏皮、柔软和弹性。艾丽说：

“小可怜，知道吗？你妈妈的咂咂长得和这个一模一样。”

卫丽也注意到了外甥女的眼神，但她和艾丽的做法有所不同，她警告她：

“小东西，别紧盯着三姨的咂咂看，羞不羞啊。”

“不羞。”

“谁说不羞啊？”

“大姨。”

“大姨说得不对。你现在已经是幼儿园的小朋友了，不能看这个了，知道吗？”

“不知道。”

卫丽叹一口气，说：

“你这个小精灵，真调皮。记住，你妈妈的咂咂比三姨的这个好看多了。”

“三姨的咂咂比大姨的咂咂好看，大姨说妈妈的咂咂长得和大姨的一模一样。”

“小傻瓜，妈妈的那个长得最好看，我们谁都赶不上她的。”

卫丽又叹一口气，心想本来明丽的乳房是最好看的，年轻，没哺乳，怎么不是最好看？想她自己哺乳时桥桥淘气得要命，净叼着奶头扯来扯去玩来着，还能好看了？后来卫丽还是有些不放心，把这事跟艾丽说了，说她担心那那是不是恋女性乳房，有恋母情结。艾丽说：

“这事儿没啥大不了的，你也别大惊小怪。那那才多大？要在咱爹妈小时候，兴许还没断奶呢！”

“那倒也是。这小家伙鬼精灵，她是不是对明丽的胸脯有所怀疑和警觉？”

“有可能。一个当妈的从不带孩子洗澡，她不起疑心才怪。”

为了不刺激明丽，艾丽卫丽一致决定对她保密。

孩子的视觉、听觉、嗅觉及直觉有时候比大人的还机敏，可大人常常忽略了孩子的这份机敏，口无遮拦。有一回于福来带着那边去买了巧克力豆回来，碰到贾奶奶正带着她的孙女贝贝和外孙聪聪玩儿，贾奶奶家住那家大院斜对过的大杂院里，那边和贝贝、聪聪一般大，从小常在一块堆玩儿，又上的同一所幼儿园。贝贝大名儿贾贝妮，聪聪大名儿巨资聪。见仨孩子跑到墙根捡石子儿，贾奶奶问：

“这程子①您家小闺女挺好吧？”

于福来说：

---

① 北京土话，意为这一段时间。

"您没瞅见她见天儿上班呢吗？承蒙您惦记着，好着哩。"

"我们聪聪他妈妈店里有个同事也得了这个病，可没您家明丽有福气。您猜怎么着？就溜溜儿两年，走了。"

"我们家明丽这个不一样，大夫说一辈子都不复发呢。"

"那敢情好。"

类似的话，也许在大人感觉里隐晦曲折，而且孩子的心都在玩儿上，哪儿就听见了？在意了？可诸如此类的话偏偏被那边——捕捉进了耳朵并牢记在心，越来越增加她心底的疑虑和恐惧。

此外，那家大院常年不断的中药味儿，许明丽灌进肚里的那一碗碗苦不英儿①黑乎乎的药水，那边不仅闻着，也——揪心地看在眼里。起初大家还想瞒她，后来大家就不瞒她了，只是告诉她妈妈吃药是为了身体更好，煎药时阿姨有时还用筷子头蘸蘸让她尝呢。不过许明丽的胸部越是个禁区，那边越想去探究个明白。所以明丽哄女儿睡觉时，那边的小手会试探性地往明丽的衣服里伸，她多么希望妈妈的哑哑长得和姨妈们的一样。但明丽一般不等她伸进去就把她的手拿了出来。

明丽把胸罩解开拿下。那边睁大眼睛，大气不敢出，心怦怦乱跳。灯光并不明亮，几乎有些昏黄，可是它的效果却像舞台的聚光灯，把许明丽的一只乳房衬托得格外触目惊心。饱满美丽和空洞丑陋的对照是强烈的：左半边乳房完美无缺，像一座山峰般高高挺立；右边一片虚无，像被雨水冲刷凹进去的墙面，疙疙瘩瘩。

这是那边人生中的第一个晴天霹雳，它就这么突然降临了，尽管那边并非毫无思想准备，可是她的预期一直是要看到比姨妈们更好看的哑哑。那边意识到结局无可挽回，突然"哇"的一声哭起来。明丽大吃一惊，刚打开的喷头想关上反而开得更大，水声哗哗的。她顾不了那么多，一边问着"那那你怎么在这儿？你怎么了？"一边顺着哭声奔过去裸着身子要抱她，毫无心理准备的情况下完全忘记了自己身子的存在。那边一边哭着一边叫着"妈妈"，却又把明丽的手推开了。那样一只乳房突现的妈妈让那边感到了丑陋和陌生，还有一种说不上来的委屈。孩子对美丑天生有种非常正确的认识，他们的心本能地抵制和厌恶丑陋的东西，何况经过了姨妈们和澡堂无数女人乳房的洗礼，那边已经在心中形成了有关女人胸乳美丑的认识，一只乳房再美也是一种残缺的美，事实上，丑的一半那么丑，完全把美的也给丑化了。那边哭得上气不接下气，这次的淘气行为使她付出了沉重代价：对妈妈胸乳的无限期待和美好想象被现实击

---

① 北京土话，苦涩。

打得支离破碎，同时被击打得支离破碎的还有她幼嫩的心灵。

许明丽突然什么都明白了，泪水盈满了她的眼眶。她退回去把水龙头关上，衣服刚才被水滋得半湿了，她一件件往身上套。浴室门从里面反锁着，皮皮焦急地拿爪子抓挠着门，呜噜呜噜低声叫着。明丽咬住嘴唇不让泪水往下掉，她的心比身子凉得还要透彻。衣服能遮掩掉残缺的身体，却遮掩不掉被眼睛看到的真实，遮掩不掉印象和记忆。她回到女儿身边，蹲下身去，却不是要抱女儿，而是要跟她说话。许明丽用平静、温柔、简直是推心置腹的语气说道：

"那那，咱不哭了，好吗？你是不是看到妈妈的咂咂才哭的呀？"

那边哭着使劲点了点头。

"咱已经是幼儿园中班的小朋友了，不是小小孩儿了，对不对？你听妈妈说呀，妈妈这里的左边和右边，原本长得一模一样，可是右半边被虫子咬了，虫子咬啊咬啊，像咬一只苹果，苹果被咬坏了，只好挖出来扔掉。"

那边渐渐停止了哭，却还不时有一两声抽噎。明丽耐心等着，那边睁开泪眼，那个熟悉的妈妈回来了。她叫一声妈妈，张开双臂往明丽怀里一扑，明丽一把抱紧了她。那边问：

"妈妈，坏蛋虫子呢？"

"被啄木鸟啄出来'啊呜'一口吃掉了呀。那些穿白大褂的大夫就像啄木鸟一样。"

"妈妈，你会死吗？"

"会啊。可是妈妈现在不死，妈妈要活得长长的长长的，长得你看不见头。"

"有马路那么长吗？"

"有。"

"有天空那么长吗？"

"有。"

那边笑了。她伸出手来要和许明丽拉钩。

"拉钩，上吊，一百年，不许变！"

母女俩的声音都很响亮。拉完钩，两人都笑了。这时，皮皮不再抓挠门，而是着急地在门口转着圈，它迫不及待地想进到门内，加入到母女俩的嬉闹中。

那边有了心事，尽管那件事那个话题母女俩再也没有提及。细心的许明丽发现，有了心事后的那边，与过去相比衍生出了两种行为表现。这两种行为看似矛盾，其实是一体的，总是滚动着来，一种行为过分了就用另一种行为来取代，以此做出调节。

她的行为一种是乖巧。那边常常趁明丽不注意时探究她脸上的表情、打量她的胸，有时突然把脸倚到明丽脖颈处一动不动，有时又突然跑过来亲她一下又跑开了，甚至去翻看明丽放在抽屉里的药，这些瓶瓶罐罐过去即使摆在她跟前，她也视而不见。她的眼神里也多了一丝翳翳之物，别人看不见，许明丽却看得见或感觉得到，因此起了懊悔和担忧之心。那件事儿要是发生在像桥桥这样的孩子身上，保准转个脸就忘，可偏偏发生在那那身上。知女莫若母，许明丽深知女儿聪颖且敏感。自打怀孕，明丽就坚信这个孩子不同凡响，她有无数个事例来证明自己的这个判断。比如别人家四五个月才有的胎动她三个月就有了，小东西在肚子里捣鼓来捣鼓去吓得她提心吊胆以为要流产；出生第一天晚上人家婴儿眼睛都不待睁的，个个呼呼大睡，她却睁开眼睛玩出了动静连护士看了都觉得惊奇；还不会说话呢，就会从上百张英语卡片里找出和读音相同的那一张，一点儿都不会错的；六个月大时会叫妈妈爸爸；十个两位数相加半分钟就能得出正确答案，计算器也赶不上她心算的速度；弹钢琴，不消几遍就能背下谱……

敏感的事例更是多如牛毛，几乎天天都有。比如那边常会说这样一些话：

"妈妈，今天吃饭时我把汤洒了，孟老师看了我一眼，她是不是不喜欢我了？"

"妈妈，昨天我叫贾奶奶她不搭饬①我，上次和贝贝聪聪玩儿我说她是老巫婆，贾贝妮肯定告她奶奶了，她是个告状鬼。"

过去，女儿的聪慧总让明丽引以为傲，至于敏感她也没觉着有啥不好，至少这样的孩子情商更高，内心世界更加广博丰富。可自从出了浴室那一幕，明丽第一次觉得孩子太聪明未必是好事，聪明加上敏感则更有可能造成雪上加霜的后果。

另一种是拧，有时简直是蛮横。这时候，连她看明丽的眼神都是犀利的，怨怼的，好像是在诘问她：你为什么只有一个乳房？为什么那半边要长虫子？为什么要被虫子咬烂了挖了扔掉？她的行为是逆反的，有时不肯吃饭，一生气就往地上摔东西，再也不肯跟姨妈们上澡堂子洗澡，不断违拗奶奶和妈妈。明丽让她练琴，她屁股在琴凳上扭来扭去，弹不了一支曲子就要撒尿；故意用胶水把钢琴曲谱的页码一张张粘在一起，揭了撕破了就是你的错，因为她自己从来不去揭。那玄默觉得惊讶，对明丽说人家小孩一般在青春期才进入到逆反期，咱闺女怎么这么早就进入了这个阶段？明丽说你闺女神呗。

不论是乖巧还是蛮横，许明丽都用千万分的爱去包容。你不吃饭，可以，

---

① 北京土话，搭理。

不吃拉倒；把东西摔地上，没关系，让它在那儿呆着就是了；曲谱揭破了，不要紧，妈妈借书来给你抄、一点点修补上。许明丽明白女儿的这些变化和任性举动不全是她的错，肯定是自己的病和残缺的身体刺激了她。事实也确是如此，那边是想用这个办法击溃那个时不时会跳出来的独乳妈妈的形象，以此来战胜自己内心的怨愤和恐惧。

但是许明丽对女儿的包容也是有分寸的。她一般在"此时此刻"做冷处理，"彼时彼刻"再去理论，英碧若说这是典型的"秋后算账"，没得便宜占。比如此时不吃饭待会儿又想吃了可以，但必须说清楚刚才为什么不吃饭，理由站得住脚可以吃饭，不批评；站不住脚也有饭吃，但要挨批评，尽管明丽批评孩子时态度是温和的，但是非对错分明，诸如她会说清楚不和大家一起吃饭的坏处：多费煤气热饭菜，多付出大人的劳动。

扔在地上的东西谁都不许捡，连皮皮都懂这个规矩，轻易不去招惹被那边摔在地上的物件，等孩子脾气过去了，明丽会牵着孩子的手过去让她自己把东西捡起来，没摔烂的归位，弄脏了的放水池里洗，摔烂了的扔垃圾桶里。有一回那边摔碎了老伯刚给买的一辆玩具吉普车的遥控器，明丽叫她扔掉，她舍不得扔。明丽说：

"你去试试那车还能不能动。能动，就没摔坏。"

那边去试了，本来前进、后退、拐弯、爬坡灵巧自如的吉普车纹丝不动，她几乎是眼泪汪汪地去找那玄默，问爸爸能不能把这遥控器修好了。那玄默捣鼓了老半天没弄好，告诉她：

"闺女，不好意思啊，你爸在修理这类小玩意儿上不在行。"

那边只好把遥控器扔了。

英碧若忍不住在那栖心跟前夸儿媳：

"一次就把这孩子手逮着什么摔什么的坏毛病给扳过来了。下回再摔东西，她就得掂量掂量那东西能不能摔，摔了以后她自个儿会不会心疼。"

撕破修补过的曲谱则坚决不买新的，那些"补丁"等于是铁证，明丽说让她看一回心揪一回惭愧一回，还得让老师至少质疑一回，以至下回再也不敢拿曲谱撒气。许明丽对孩子的教育方法英碧若的确心服口服，对那栖心和于福来都说过类似的话：

"真不知道明丽是怎么拿捏住孩子的，比我强多了。"

那栖心说：

"真没见过小妈这样儿的，哪能可着劲儿夸儿媳？您悠着点儿吧。"

于福来则心花怒放，满面红光，说：

"看那是谁调教的孩子啦。我们家明丽是个宝，谁娶了她谁福气！"

　　但是不论乖巧也好蛮横也罢，那样一个独乳妈妈的形象是无法从那边脑子里抹掉的。尽管她再也不肯去澡堂子洗澡，再也没见过一个年轻女性赤裸的双乳，可是女性的胸乳在她的心目中仍是最重要的部位，在她的视觉里相应摆在第一，不论在何种场合遇到女性，尤其是双乳高挺的女性，她的双眸总先落在那个地方——幸亏她是个女孩儿，幸亏她眸子里流露的东西和"色"不沾边，否则肯定会被女人们说成是"小色魔"，因为不可能没人注意到这个小女孩儿奇怪的眼神，那是几缕忧郁痛心缠裹着几丝羡慕和憧憬的强烈的一瞥。

　　有时，贾奶奶带着贝贝聪聪来那家串门，大人们自己聊自己的，孩子们玩孩子们的。他们和皮皮一起跑、跳、藏蒙哥儿、玩玩具、捏橡皮泥，总是玩得不亦乐乎。有一次捏彩泥，那边用模具做了个小猴和小熊猫，不用模具捏了一朵花、一串糖葫芦和一个小小人。小小人捏得很抽象，但其胸脯一边凸起一边凹进的细节是她着意刻画的，她塑身子用的是橙色，一只乳房用的是粉色。她拿着它久久地看，情绪突然一落千丈。聪聪心细，问那那怎么了，她把小小人推到他跟前，说：

　　"看，我妈妈。"

　　贝贝把脑袋伸过来，说：

　　"你妈妈？一点儿也不像。"

　　聪聪把小小人拿过去，揪了一块七彩彩泥，这是她刚才和在一起做糖葫芦用的，揉着、搓着、捏着，然后紧按在了那块高高凸起的粉色旁边，形成一对。

第五章

1

蒲荟被正式收养。

蒲荟的养父楚涵风时任市委宣传部部长，喜欢写写画画，在当时当地颇负盛名，时年三十六岁。这个岁数后来被蒲萍反复提起。有一次蒲萍把她能想出来的溢美之词一股脑儿用在楚涵风身上，仿佛她形容的是个翩翩少年。对蒲萍的话楚郁向来是随声附和，但偶尔也唱个反调。

楚郁一副不服气的样子，说：

"哦，瞧姐姐多会说话！那是我爸爸吗？让我们来算算姐姐第一次见他时他多老了啊。"

蒲萍一听急了，说：

"老？你才老。你比太太还老！"

楚郁对"三十六"的楚涵风外表印象模糊，蒲萍却相反，对楚涵风当年的印象清晰如昨，她边说边拿楚涵风当年的照片一对，完全吻合，"就是他"。比"他"强出百倍。照片上的楚涵风凝固在几十年前的某一瞬间，蒲萍描述中的楚涵风却是灵动的，充满了生命的活力和热力。加之蒲萍的描述带有一种主观因素，乍听像是一个病人的呓语，细想一下便知那是一个痴迷至狂热的崇拜者一如既往的情感宣泄。其实这很正常。楚郁对楚涵风的印象是流动的，总处于今日盖住明日、年老遮蔽年轻的状态，她脑子里浮现最多的是楚涵风年老时的脸，因为它离她近。若想回忆楚涵风年轻时的模样，她非得扎入记忆深处，非得用尽力气，非得靠着外力，比如相片、梦境、蒲萍的描述等的帮忙不可。而蒲萍的感觉是停滞的，虽说时过境迁，斯人已去，但她永远可以让自己停留在自己喜欢的那一刻。

"这么年轻！"

楚郁惊叹出声，忘了刚才自己说的是另一个对立的字眼——老。

蒲萍心满意足，手舞足蹈，说：

"我没说错吧？就年轻呀，好看呀，谁能比得上他呀！"

年轻到年老，是个体生命不可抗拒的宿命，它仿佛是一根甘蔗的两头，头里节长、娇嫩、水分多、不甜；根部节短、长满"胡子"、硬、水分少却甜。少与老，是对立统一的一体，这种对立统一不仅反映在生命由盛而衰的历程上，还反映在人的感觉中。这不是楚郁第一次算楚涵风的年龄，小时候刚学会加减法就拿养父母和舅舅的年龄做"实战演练"，但每次算都对楚涵风有"这么老"的感觉。之所以有两种截然不同的声音，是因为人都习惯立足于自己的当下，从自己的眼光出发看问题。当年不是养父老，而是自己小，那时她张望自己到楚涵风那个年龄时连它的影子都看不见，还以为自己永远到不了那个岁数呢。而"这么年轻"的感慨是因自己早过了这个岁数，那是一声回望的叹息。

楚郁搜索对楚涵风的最早记忆，的确无法在脑子里浮现一个"三十六"岁的爸爸的形象来。也许孩子并不善于从人脸上的皱纹、肌肉的紧绷度和皮下脂肪的饱满度去判断他们的年龄，在孩子眼中，除了老爷爷老奶奶明显的"老"和小孩子明显的"小"之外，大约五十岁以下二十岁以上的人在他们心目中都是大人，具有大人的威严和力量。此外，天天生活在一起的家人，"外貌"往往被隐匿，而脾气、性格、家庭角色和社会角色赋予的权威被突显，这些东西形成了别具一格的魅力和磁力，和情感紧密相联，美——哪怕在别人眼里是丑陋，也注定会在爱的土壤上蓬勃绽放出来。

蒲萍当年把楚涵风视为"天人"的感觉并没有错。他的确很英俊。

楚涵风中等个，四肢匀称，灵活，说话爱打手势，脸型秀气，上宽下窄，少年时代当人用瓜子脸、杏仁脸来形容他的脸型时，他体内的血就会往上涌，脸涨得通红——并非因被夸奖而兴奋，而是懊丧。他觉得男人的脸太过精致是种灾难。额头宽展略鼓，闪着健康的光泽。眉毛长得紧致不松散，有人说长这样眉毛的人心思缜密、滴水不漏；有人说这种人做事认真、不达目的不罢休；也有人说这种人追求完美，对人对己均严苛有余宽容不足。他上眼皮略鼓，在这"顶棚"下遮着的眼睛明亮、深邃、犀利又坚毅，仿佛天塌下来他目光一闪眼睫毛一翘就能形成高柱子高墙给顶住。鼻梁端正挺直，他自己曾调侃这鼻梁跟脸型一样，属"无特色"范畴。嘴巴偏大，嘴唇轮廓清晰、稍厚，下嘴唇略往外翻，显得性感，这是楚涵风最感得意的部位，幸亏有了这张嘴，他才不致陷入奶油小生的泥淖。他的头发总梳成三分头，一大绺贴着额角顶起一个大波浪往右耳卷起，一个小波浪至脖颈处往外卷起，一小绺在鬓角起个小波浪由左耳往下从脖颈处卷起。很多人都以为他的头发出自哪个理发师之手，弄得如此潇洒又如此自然熨帖。刚解放那会儿流行烫发，就有人拿了他的相片要理发师照弄；了解内情的却看腻了他那千篇一律的样子。他自己无所谓，他妻子无所谓，却有几个年轻女下属"有所谓"。

据说这几个下属个个爱他，而释放爱恋情愫的最好方式是说说他，说出来，心口窝着的东西就稀释了，就像往沸腾的浓汤里加水。他的头发自然在她们"说"的范围内，她们异口同声，一语双关，说烦死楚部长的发型了，也不知道换换口味，一辈子就一个，再好看，也会引起审美疲劳嘛！

只有文艺处的袁韵音不同。她从不和那些女人瞎掺和，认为那些女人对楚涵风的爱恋都是做戏，假得要命。那些女人反过来又说她假。袁韵音当年嫁给了一个从战场回来的英雄。英雄那个地方被弹片削掉了，据说袁韵音的处女膜是她丈夫周本安用手指头给捅破的。女人们私下里从不觉得袁韵音伟大，也不同情她，反而认为她爱慕虚荣，守活寡活该。更让她们开心和得意的是：周本安废了，袁韵音也就废了。因为别的女人的身体是自由的，属于自己；既可以属于丈夫，也可以属于别的男人。惟独袁韵音的身体不自由，独属一个空有男人外壳的丈夫，而且这个男人好吃醋到变态，老婆跟别的男人说句话他都会生气，会审问她，折磨她。袁韵音嫁的只是一个光环和名分。女人们都看出来了，男人们再大胆、再喜欢、再渴望，也不敢去招惹一个身上背着光环的醋坛子男人的妻子，她袁韵音再骚、再美，对她们也构不成威胁。不过随着周本安一步步往上升——他现在已经是人武部部长，有些女人的想法有所改变：袁韵音的选择看来也不错，有所得便有所失，这就是人生。

蒲荟的养母谭雅蓉是市医院的外科医师，身材修长而丰润。皮肤光润白皙，不过不是带着红润的白，而是少点血色的白；脖子长而圆，颇显优美和典雅，脖子的主人大概也清楚这个特点，总喜欢系丝巾，使脖子锦上添花；她五官匀称，尤其是眼睛和嘴巴，是偏向于古典型的美人。

谭雅蓉这辈子因工作而重复最多的一件事莫过于"洗手"，其次是"切割"和"缝合"。当地媒体后来称她是天生的外科医师，但谭雅蓉并不认可这一说法。她说她虽然打小就渴望切开青蛙、麻雀的肚皮一探究竟，但这就像挖开蚂蚁洞，是受好奇心驱使，享受探究的快乐。有次她想给一条辫结鱼开膛破肚，鱼儿被她逮住摁在搓衣板上，但刚下刀鱼儿就滑脱了，受伤的鱼儿水中析出的血丝斩断了她解剖鱼肚的念头。而上医学院的初衷是想给母亲治病。在学校初次看泡在福尔马林里未成形的胎儿她狂呕不止，后来不呕了，但她会浮想联翩，想象它在子宫里成形、成熟呱呱坠地做人会是什么样子。上人体解剖课时更是如此，她会想象此人生前的音容笑貌、爱恨情仇等等，感慨、叹息、恶心、害怕，什么样的感觉都出现过。渐渐地，所有的标本在她眼中就只是标本，一刀下去的果敢，变成了一种工作的享受和快乐，为病人解除痛苦的快乐，探究谜底的快乐！切除病灶的感觉仿佛是从革命队伍中揪出一个隐藏很深的美帝或蒋家王朝特务，或是发现了被埋藏了几百上千年的宝藏。"刺拉拉"划开病人肌肤和脂肪的声音，也变得像仙乐般美妙动听。有什么办法呢？只有赋予自己的工作以艺术的美和神圣的感情，才能做下去，几十年，乃至一辈子。

医院里有几分姿色又比较有个性的医生护士都不太敢系丝巾，偶尔经不起丝巾的诱惑系上，也大多选择没有谭雅蓉的场合。但谷小满护士是个例外。她像谭雅蓉一样爱系丝巾，尽管她不适合系丝巾。谷小满属丰满型，个子不高，脖子不长。诸葛鼎立医师毫不客气地批评她：

"皱眉捧胸口走路只属西施，有东施啥事？人家三分长相是爹妈给的，七分打扮是顺应自己的长相和气质；适合自己的，才是最美的。"

谷小满对诸葛医师的批评全盘接受。但她说她系丝巾一是为了追随谭医师，二是为了把谭医师衬托得更美。她崇拜谭雅蓉。这不仅是因为谭雅蓉长得漂亮，手上功夫过硬，还因为谭雅蓉夫妇有恩于自己家。姐夫赵良亭总是谆谆告诫妻女和小姨子"滴水之恩当涌泉相报"。

诸葛医师对谷护士的这些说法将信将疑。但谷护士的话不由得人不信。因为她真诚。她的这个特点讨大多数人喜欢。此外，谷护士还谦虚。有些女孩子喜欢把自己当圆心，张嘴即说"我"怎么样怎么样，谷护士也有这个特点，但她说"我"是为了调侃自己让大家哈哈一乐。比如有一次她这么说：

"谭医师的身板像衣架，我好眼热这种身板哩，穿什么都有型。可瞧我的身板，像不像发起的面团？我又爱出汗，所以这块发酵面团还没搁小苏打中和，还酸乎乎的哦。"

大家听得哈哈大笑，只诸葛医师不笑。他疑惑着说：

"谷护士这哪是贬低自己？是变相夸耀嘛。你并没长那么胖，也不爱出汗，还见天看你往澡堂跑。无端抬高别人贬低自己均为一种虚浮作风嘛。"

旁边的人围攻他，说你见天注意人家谷护士往澡堂跑，啥意思嘛。

诸葛医师说：

"我没注意。是谷护士捧着白脸盆、搭着毛巾、披着头发老在我跟前走来走去，想逃也逃不掉啊。"

蒲荟的舅舅谭平小谭雅蓉十多岁。他因为得了肾炎休学在家，准备过完年回学校去。他是个文科天才，理科却差得离谱，数学常考二三十分。他喜欢写作、画画、雕塑，除此之外一概不感兴趣。假如数学不拖他后腿，他准备毕业后考中央美院。他一直跟一个叫吴熹光的老画家学画。他叫吴熹光"师傅"，好像吴老是个手艺活的师傅。楚郁第一次听谭平如此称呼老人，回家路上和他逗趣，一路叫谭平"师傅"。楚涵风闲时也会对他的习作指点一二。偶尔两人对一幅画的细节争论不休时，沿袭对吴老的称呼"师哥"、"师弟"乱叫一气。谭雅蓉摇头叹息，说他不像她兄弟，倒像是楚涵风亲弟弟。楚涵风脸上露出一丝笑容，说：

"那当然，我是把平平当做儿子、侄子来培养的，从他的兴趣爱好就可以看出我们俩谁的影响力大。"

谭雅蓉一边说"乱七八糟"，一边抬眼看丈夫，她用看病灶的目光，充满探究、警觉和思考。尽管她的手无法把丈夫的话语团起来，掂量是良性还是恶性，但她却能通过说话者笑纹的走向、眼神的清澈和坚定程度触摸到"肿瘤"边界并判定其性质。话语和心声的真诚或虚伪简直一目了然！谭雅蓉迎住丈夫的视线嫣然一笑，他脸上乍然而起一种恍然大悟的神情，微张着嘴，好像在说，哦，原来你就是靠了这个才把男人牢牢拴在身边，使其死心塌地做你弟弟的兄长、养女的父亲？

蒲荟改名叫楚郁，这是谭平起的名儿。楚涵风给蒲荟起名楚独罕，谭雅蓉说：

"既'独特'又'稀罕'，好固然好，可怎么听也没有个女孩子味儿啊，还显得不合群。我可不想我们的女儿长大后没有女人味，只会孤芳自赏！"

楚涵风无奈地苦笑，他没想到妻子能从两个简单的汉字中解读出这等意思！他一边感慨自己的"杰作"遭遇了滑铁卢，一边答应谭雅蓉继续开动脑子，一定给女儿起一个最有女人味、最合群、最好听、最有意义的名字！

谭平也跟着凑热闹。他苦思冥想了三天两夜也想不出个结果。有一天对还不开口说话的蒲荟起急，他捧起她的头，煞有介事地检查她的耳朵，摸摸耳垂，又眯起眼瞅她耳眼，完了说：

"小东西，你有耳朵呀！为什么跟你说话就像跟墙壁说话？我要往墙上画一双你这样的耳朵，没准它还能听见呢！"

"郁"字就这样从千千万万个汉字里头跳出来。

楚涵风代表全家郑重其事告诉蒲荟，她名字的含义是香气浓厚的意思；也就是说，她是楚家一个香味扑鼻的孩子，一件香味扑鼻的宝贝。山里面那个"蒲丽荟"或"蒲荟"就这样消失了。

蒲荟生活的环境、氛围，她的吃、穿、住、行，彻底改变了！

楚涵风一家住机关一栋五层楼的三楼的宿舍里，三间屋，三个门，各自独立，全朝走廊开放。这是她去之前的格局。为了迎接她，楚涵风夫妇住的那间南屋门堵上了，改开在西墙上，目的是为了和原先谭平住的那间南屋相通，形成一体并方便照顾她。这一改，成了里外间。里间还是夫妻俩的卧室兼书房，外间是楚郁和谭平的卧房。

初　日

　　外间一分为二，也成了里外间。大约在房间三分之一处竖起了一堵墙，确切地说是一块薄松木板，为了采光并未到顶，靠窗那边做了她的房间，能摆开一张小床，一张写字台靠窗放着，还能容三四个人转身；靠门这边是谭平的卧房，他的床紧靠隔板摆放，写字桌放在床前，和床成等号。她的床和谭平的床成不粘连的"T"字形，他的是一横，她的是一竖；这个里外间没有门，只用一块布帘子隔开。谭平这大半间比她那小半间暗多了，若把布帘子放下，再关上门，简直"暗无天日"！谭雅蓉觉得这么安排理所当然。她的做人原则是：把享福让给别人，吃亏留给自己；弟弟是自己人，而养女尽管是当女儿来养的，却仍是别人，或者说还没由"别人"变成自己人。给房子"手术"前谭雅蓉征求了弟弟的意见。说是征求，其实就是告知，但大概因为觉得亏欠弟弟，她心里带了一丝忐忑和歉疚感，可是她把意思一说，谭平非但不觉委屈，反而两眼放光，高兴得要在屋里翻跟头。

　　外间的门对面，隔着条约两米宽的走廊，是间北屋，作为楚家饭厅、客厅兼楚涵风和谭平的画室。楼下院子一隅搭有楚家厨房，简单而简陋。靠窗放一张旧条桌，桌上有一个煤油炉子和一些装油、盐、醋、酱油的瓶瓶罐罐，锅铲子、菜刀、剪刀、砧板、筷子筒啥的在墙上挂一溜；靠墙放着一个煤饼炉子，炉子是冷的，炉子上坐着的烧水壶也是冷的。靠门这边的角落码着一堆煤饼，煤饼上落了一层灰，旁边地上放着三只小麻袋，一袋刨花，一袋斫成半拃长短的木条，一袋木炭——都是生炉子用的。

　　这也叫厨房？楚郁开始很疑惑。跟山里那个家的厨房完全不一样！那个家有一个大大的灶台，几乎占了小半间屋子；灶台上一溜镶嵌着特大、大、中、小四种型号的双耳铁锅。虽然那口特大号铁锅只用来当摆设或煮猪食，可正如朱采兰所说，只要灶膛有火，灶台冒热气，哪怕锅里只煮着猪食，只煮着花芋、毛芋、洋芋①而没有白米饭，心里头暖融融的踏实感就在。

　　打开刨花袋口、里面飘出干燥木材的香味，这让楚郁想起灶膛里柴火噼噼啪啪燃烧时发出的声响和释出的气息，那是植物最原始的气息，也是它们最后一声叹息。方粟米本事大，不仅能把不同的树叶变作笛子，吹出高低粗细长短各异的声音，还能从柴火各种不同的气息里一一对应其形象，浮现它们未被砍斫前，在大地上摇曳多姿、生机勃勃的样子。

　　许多年后楚郁了解到一个事实：楚家生炉子用的刨花、木条和木炭由陈仁和提供——陈仁和向耿志勇要——耿志勇跟耿茶梅要。就是说，家里每到周末就生起的炉子、由炉子上做出的饭菜都和耿茶梅有关，楚郁的成长和自己的姆

---

　　①　即土豆。

妈有关。除陈仁和，当时没有谁知道这个事实。但陈仁和有意忽略这点关联，只把这看做是他自己和谭医师之间的交情，是他内心对谭医师深情的体现。

耿志勇责备陈仁和不够朋友，连这么点小事都瞒着，害他妹子因为得不到小女儿的一丁点消息而常常泪水长流。陈仁和瞪大眼睛，反问道：

"不够朋友？我对你够朋友，就得对谭医师不够朋友。她可是我救命恩人哪！"

也许，那漆黑墨洞①的木炭正好诠释了楚郁和不谷那个家、和生母当时的关系。那仅仅是种黑色的、遮蔽着的关联。

几天后楚郁才弄明白：楚家不怎么需要厨房。楚家大多吃食堂，上班各吃各的食堂，下班去食堂打饭菜，装保温杯里带回家；连开水都是从食堂打回来。对谭平也一样，医院和机关食堂全像他家的厨房。医院和机关食堂的菜做得都不错，尽管捂在保温杯里的蔬菜时间一长会像腌过了似的，失去翠绿颜色，但他们并不太挑剔。机关食堂擅长蒸花卷、发糕、馒头、窝头；医院食堂包的粽子、饺子、包子可以当礼物走亲访友。能吃上这些东西，楚郁感觉天天像过年，不，比过年还要丰盛！

那才堵的墙和周围墙面比既不往外凸也不往里凹，颜色也和整体墙面一致，但它固执地显示自己原先门的地位：顽强开裂，裂缝恰好是一扇门的样子。

第一次睡自己的"闺房"，楚郁照例舍不得闭眼。从柳镇到雾城因为睡着脑子就是空白的，就像没打开镜头盖而又按了快门一样，消耗了一张底片却又空无一物。然而，夜色、寂静、松软的枕头、温暖的被窝，这一切不由分说便把她拽入了深深的睡眠。

她有了和以前截然不同的家。她被告知叫养父"爸爸"，叫养母"妈妈"，叫舅舅"舅舅"。她谁也不叫，也不说话。门变作墙都那么费劲，她能成为楚家的孩子吗？他们能成为她的亲人吗？

谭雅蓉那天晚上跟楚涵风感慨，说：

"空间大点儿，平儿真要翻上了。原来他一门心思要住回七间屋去，把这当成一次千载难逢的机会。"

"翅膀硬了，总要单飞的嘛。"

"关键是他翅膀没硬。那场病才过去多久？还没好利索不是？高中还没毕业不是？还要考大学呢。小时候他就怕在那屋子里呆着，不敢上楼，回回走到那儿腿肚子就抽筋。说楼梯口有鬼，黑黢黢的，刀条脸，穿长衫。我说那是你爷

① 雾城方言，黑乎乎之意。

151

爷和你爹，因为他们从没见过你，稀罕你，想看看你；他们看你是为了保护你。
他更吓得慌。害得我梅雨季节也只好陪他住楼下。"

"此一时彼一时。房子不是要回来了吗？我看得把它利用起来。打个报告给
房修委①，补补漏，换换朽了的木地板，刷刷墙，添点必要的家具。让大画桌
施展开腿脚，也不是件坏事。我明天就让赵良亭去办这个事。"

"原来嫌我弟弟占你地儿了？"

"瞧你这张嘴，像手术刀一样！他不去我去！"

"轮不到你！"

楚涵风笑。

"把孩子养大，孩子分家单过，母亲的失落感恐怕就这样吧？还没怎么着
呢，自己的心先揪紧了。"

"你没瞅见他那喜气洋洋的样子，好像他长大就等着这一天！"

"他还是个孩子嘛，孩子的特点就是沉不住气，就是不知道掩饰自己内心的
真情实感。我理解他。好男儿总渴望开辟自己的生活，顶起自己的一片天空。"

"好像我压迫他似的。"

"这是一种成长的渴望，跟受不受压迫有关系吗？"

七间屋是谭家祖上留下的私房，房主是谭平。它没有七间，仅有一间。称
"七间屋"只是个沿袭叫法，而这里的"间"只算大间，不算小间；只算一楼，
不算二楼，就是说只按当时造屋时所打的地基算。假如算二楼的房间和每个大
间隔出的小间，七间屋楼上楼下原本足有十九个房间。这处谭家祖产有五间在
解放前被谭家姐弟的父亲谭谦变卖抵债了，一间那年被社会主义改造掉了。剩
下的这间居东，南朝道上街，是螺蛳巷的西南入口。这间自留房四十多平方米，
假如算楼上那间，就有八十多平方米。相对于当时雾城人均不足六平方米的住
房现实，谭平简直阔绰得不得了！

七间屋为谭家姐弟的祖父谭利德建造。房子结构简单，大致呈 L 形，
"横"、"竖"均等，"横"向一溜四间，坐北朝南，紧邻道上街，当初造屋时道
上街还颇为幽僻，但正如当年谭利德的预测，它后来日渐繁荣，解放后则成了
雾城一条主要的商业街；"竖"向一溜三间，坐西向东。由这个 L 的一竖一横
包围着的，原先也是一个同样呈 L 形的、相对比较窄小的院子；因为邻居郝家
的南面、西面院墙深深扎入了 L 的怀抱。后来，谭利德花重金买进了那个碍眼
的"扎入"，使自己的家园成了个正 L 和倒 L 的方方正正的合拢，若不是后来
日军飞机不断侵扰雾城，谭利德原打算在东面和北面再造两排屋，一排坐北朝

---

① 雾城私有房屋检查修理委员会的简称。

南，一排坐东向西，围成个完整的"四面厅"① 的愿望就会实现。造"四面厅"的计划虽说流产，但谭利德年复一年完善的小花园——他叫它"陌园"——几乎到了美轮美奂的地步，这里曾是谭家姐弟小时候的乐园。

上二楼，从北窗往下看，当年陌园的景象踪迹全无，如今成了一个名副其实的"陋园"。那儿横七竖八、杂乱无章地盖了一些低矮的土木结构平房，整天烟熏火燎、鸡飞狗跳，惟有谭平这间屋北面还留有一块空地。这还多亏了赵良亭，不知他使了什么法子才不致使陌园被蚕食殆尽，要知道当时城市人口急剧增长，用赵良亭的话说是人都挤急了眼，恨不得盖空中楼阁，看到合适的空地就想筑几堵墙顶上铺块油毛毡住人。紧邻螺蛳巷那截院墙保留最为完整，那是当年谭利德的院墙。院墙上的常春藤又密又厚，盖满整个墙体，也是当年旧物。谭平习惯把常春藤叫做"百脚蜈蚣"②。谭平的这个说法让楚郁联想到蠓蚣岭。常春藤生命力顽强，虽经历了几十年风雨变幻，却仍年年冒新芽，每年深秋都要开出小伞般美丽的花朵，默默坐了果，毫不招惹人地长大，有时经霜见雪也不凋落，直到来年渐渐成熟，由嫩绿、品绿变作橙黄。虽没有苹果和橘子的香味，也无法像苹果和橘子那样入口，但假若膝盖上摔出肿块或淤青，就可以摘它来涂抹。有一次楚郁摔肿了膝盖，谭平便拿常春藤果来替她擦拭，她果然觉得肿块消下去很多，也不那么跳跳地疼了。

谭平得意，说：

"怎么样？不比你妈妈的碘酒、紫药水和红药水差吧？"

楚郁的膝盖肿消了，创口好了，谭平不承认是谭雅蓉用药、包扎的结果，而认为是百脚蜈蚣果的神奇功效。谭雅蓉在弟弟使过土办法后总要采取补救措施，相对于花花草草果果，她更相信西药。她说既然自己天天和西药打交道，就要对它有信念。谭平跟谭雅蓉做鬼脸，说：

"什么是西药？一堆让人头大的化学符号而已！"

紧靠院墙还摆放着一块长满青苔、显得嶙峋又玲珑的山石。这是当年陌园之物，但只是残留的一小半，另外大半块早已不知去向。

楚郁第一个开口叫舅舅。这个很自然。因为谭平年轻，因为他不吝赞美她的语言，因为他跟她呆在一起的时间最多，因为他有一个让她听来熟悉的名字。

起初，谭雅蓉和楚涵风每次叫"平平"、"阿平"或"平儿"时，楚郁便呆愣住，想起姐姐蒲萍，由姐姐想起姆妈、嬷嬷、太太、哥哥、舅舅，想起山里

① 雾城对四合院的叫法。
② 雾城方言，因有无数气根，会缘墙壁或树干攀爬，故曰"百脚蜈蚣"。

那个家。楚郁以为舅舅和姐姐同名，识字后才知道那是两个字。属谭平的那个字有男孩样儿，小平头，身子挺拔，干净利落；属姐姐的那个字像女孩，头上盘着辫子（艹），着花衣服，还爱哭（氵）。但听上去是一模一样的。有时楚郁害怕那个发音响起，她本能地知道对那个家、那边的亲人越早遗忘越好。有时楚郁又巴望楚涵风和谭雅蓉多叫谭平几声，因为那个发音会在她心里引起颤颤的感觉，好像她蔫头耷脑生病时耿茶梅一枚绣花针往炭火里烫灼、冷却，要给她扎——还没扎呢，心就开始颤抖了。鸡鸭生病，耿茶梅也拿绣花针扎；绣花针既是耿茶梅绣鞋垫鞋面必不可少的工具，也是她对付各种病毒的最拿手武器，其实它跟刮痧一样是个土办法，一个是把血的颜色浮至肌肤表面，另一个是把血直接放出来。给人放血要扎在手指头或虎口处，给鸡鸭放血扎在翅膀根处。紫黑的血滴慢慢涌出来，病毒也仿佛慢慢涌出来；耿茶梅凝视渐渐变大的血滴，像看见一轮初升的太阳冉冉升起，一脸的凝重和担忧便随之减弱、消散。

那天，楚涵风谭雅蓉上班了，只有楚郁和谭平在家，谭雅蓉说不把她养结实了就不能送幼儿园。不过才几天，谭平就把她搬到了纸上，画了两幅她不同角度的速写，一幅人像素描。他敝帚自珍，把素描贴到她这边板壁上，说是让她自己陪自己。她嫌丑——画得丑，她长得也丑，谭平往上贴她往下撕。他一"气"之下把它贴到板壁最高处，说：

"嘿嘿，小坏蛋，这下够不着了吧？叫舅舅，我就把它揭下来！"

她不叫，她宁愿让"她"高高挂着像镜子样天天照自己也不叫。

谭平给了她一盒蜡笔几张纸，让她在一边小桌子上随意涂抹，自己摆开架势画一幅素墨山水。他发誓今天要画出一幅不朽之作。他已经构思了半年，画了很多速写，用足了工夫！他不管她听懂听不懂，一本正经地说：

"知道吗，不说话的小不点儿，天才是渴望来的。只有你渴望着，你才能成为天才。你长大以后想干什么？像舅舅一样当画家？像你妈一样当医师？还是像你爸一样当部长？你想干什么，现在就得想着，看着，喜欢着，寻思着，渴望着，努力着。心里有了方向和目标，你就会往那个方向和目标奔，否则哪有动力一站好几个小时画起来就不吃不喝不睡觉啊！对不对小哑巴？"

他说完，捏了捏她的脸颊就开始作画。这其间，她有一回喝水，一回撒尿，两回把蜡笔掉地上，一回把板凳翘起玩时差点摔倒，她无数次抬眼看他，无数次故意把纸弄得"哗啦"响，把其中一张撕成一点一点的碎片。她看他的反应，果然没啥反应；他偶尔拿眼睛看她，却像没看见她，那一小堆极醒目的碎纸片也没入他眼。

楚郁后来也有过类似体验：在全身心投入创作或被某个想法纠缠不休的时候，所有外物都不入眼。你把目光投过去，因为它们总得有个落脚点；那目光其实落在了此时此刻你正在专心做的事上，落在了自己的脑子和心里。

楚涵风为此夸谭平，说他尽管贪玩，但做起事来却专注，这是成功者必须具备的品质。

谭平急匆匆出去了。楚郁猜是到走廊那头的厕所撒尿去了，他果然奔了那个方向。她想笑，想走过去偷看一眼他的"不朽之作"。还没等她把想法付诸行动，邻家一只小白猫"噌"一下跳上画桌，耸起背，蹑手蹑脚地迈开了四方步，仿佛也要"检验"一下谭平的画。突然，它右半边的前后两只爪子先后踩进了砚台，又先后踩在了谭平要"不朽"的、尚未画完的作品上……

这一切发生得那么突然，她的惊叫也是爆炸式的，猝然而来，带着明显的不谷人口音：

"舅舅——快来呀！"

谭平冲进来，一看眼前的情景全明白了，他扑过去想把猫逮住，可是它"喵呜"一声发力，耸身一跳，从敞着的窗口逃窜而去。

谭平顾不得去看那幅画，蹲下身子，一把抓住她，说：

"你刚才叫什么？叫舅舅！金口初开呀！哟，原来你不是个小哑巴！你有耳朵呀！再叫一声我听听，是不是我听错了？假如你从现在开始说话，叫人，我下午就带你去雾江钓鱼。我立马给你做个小钓鱼竿哟！我们去捉蚯蚓，把钓来的鱼都油炸着吃，炸得黄黄的嘎嘣脆，把鱼刺都炸酥了，咬一口满嘴滴油……不不，得谢谢小白，钓来的鱼都给它吃！"

"舅舅，小舅舅。"

她喊他。他连声"哎哎"着，把她抱起来往天花板扔。她觉得既刺激又害怕，又一句话蹦出来：

"小舅舅别扔我，我害怕！"

谭平把她放下，问为什么喊她小舅舅，她先是摇头不说，后来从嘴里又猛不丁蹦出几个字：

"你小呗。"

"我小？你这个小不点儿竟然说我小！太有意思了！"

谭平说着，捏起她两颊的肉，说：

"你那么滑稽，把它揪下来当鱼饵怎么样？肯定比蚯蚓好吃！"

她一甩头脱开他手，说：

"揪不下！吹牛！"

谭平哈哈笑起来，彻底忘记了那幅盖满了猫爪印的画。

楚郁叫谭平"小舅舅"是有原因的：是为了把他和自己的亲舅舅耿志勇区别开来。此外，谭平真给她"小"的感觉，不是他个子小，他比楚涵风还高出半头呢；而是他年轻的容貌，还未彻底成熟稳定的嗓子，以及和她一样的喜欢玩儿。他像啄木鸟敲击树木般敲板壁叫她起床，拿弹弓瞄准树上的麻雀，好好走着路突然跳起摸高把树枝拽弯，和她"顶牛"拽叶梗子玩，拿糖纸包小石子骗她是糖，捡奇形怪状的鹅卵石放满一抽屉，小金鱼死了伤心落泪，蹲着看蚂蚁抬苍蝇直到蹲得腿发麻一屁股蹲坐地上，让她去揉，并龇牙咧嘴说她手上长了千万根小刺刺他时，他就像一个淘气顽皮的大哥哥。哪怕他一本正经教她看书识字画画，他自己物我两忘沉浸在他要"不朽"或为不朽准备的创作时，都无法改变这个印象。在楚郁的感觉里，楚涵风和谭雅蓉是长辈，而谭平介于两者之间。

楚郁第二个叫爸爸。这出乎意料。楚涵风说"受宠若惊、受之有愧"。他差点儿跟妻子道歉，好像养女先开口叫他是他的错。

那天等楚涵风谭雅蓉下班回家，楚郁已经和谭平混得透熟。一家子在背后推测孩子接下来叫谁，当然是叫妈妈，楚涵风对此尤为肯定。因为之前谭雅蓉在情感和行动上几乎马上进入了母亲的角色：你就是我女儿，我就是你妈妈。

瞧瞧谭雅蓉对"妈妈"一职的投入！中午有半小时空闲她也匆匆跑回家，有时只为了看孩子吃饭；小家伙明明吃得很好，她却煞有介事地在一边伺候着。预备着的热毛巾是为随时给她擦嘴擦手用的；小勺为喂她吃饭先在手里拿着，不过得瞅准时机才能喂上一两勺……

晚上只要不值夜班，她就哄孩子睡觉，给孩子哼唱催眠曲。谭雅蓉做这些事也是一回生两回熟；头几回还生涩放不开，渐渐就很像那么回事了。最让楚涵风惊奇的是谭雅蓉有一副柔和甜润的嗓子，这副嗓子在他俩的婚礼上都没亮过相。她当时说自己五音不全，求大家放她一马；他也帮她求情，大包大揽一个顶俩替了她！一直以来楚涵风想当然地认为一个优秀的外科医师就该五音不全。

而且，谭雅蓉似乎天生就善于用歌声来传达母爱，虽说翻来覆去就那几首，却非常好听。有一首他印象很深，光听歌词就觉意境深邃、情感真挚浓郁。

> 睡觉吧，我的宝贝，小鸟儿早已回巢，花园里多么安静，小羊和蜜蜂已休息，天上月亮在笑眯眯，银色光辉照耀大地，你睡在月光里，睡觉吧，我的宝贝！

有一次楚涵风到图书馆查资料，脑子里突然响起了这首歌的旋律，查了查，原来还是莫扎特作的曲！他这个自称懂点音律懂点亨德尔、巴赫、海顿、肖邦、贝多芬、柴可夫斯基的人却不知道！他很好奇，问妻子啥时候学的莫扎特，她显得有些不好意思，说：

"哦，那是莫扎特的曲子吗？我不知道。是我小学音乐老师教的，那时候她新婚不久。我忘了二三十年，看见孩子却想起来了。五音不全吧？"

"不，五音俱全！"他说，"可见人的潜能是巨大的。多亏了这个孩子才把你这项潜能挖掘出来，我才知道你会唱歌！你还会什么？唱来我听听。"

然而楚涵风心里却想打击她：这个孩子已经过了听摇篮曲的年龄，再说，你"哗哗啦啦"给她那么多东西——你以为下的是喜雨，没准是雹子呢？即便是母爱给多了也会成灾。好比一株小苗，稍旱一点倒能顽强存活、生长，水浇多了倒要沤烂了！

当然他什么也没说，什么都没说不等于什么都没有。叩问自己的心灵，那里的叹息不绝如缕，像同一首哀歌总在墓地的角角落落响起。他的叹息不仅为自己，也为妻子。

为妻子的是觉得苍天不公，不该夺走一个女人最基本、最热切的做母亲的心愿，这种心愿轻易能实现不见得幸福，费尽心力仍实现不了或干脆丧失了实现的可能却绝对是痛苦和不幸的。尤其看到她在养女身上母性大爆发，这声叹息就更加真实和绵长。这种母性和她先前表现的妻性和姐性全然不同。楚涵风过去以为她对待谭平就像母亲对待自己的孩子，现在看来不是。他理解妻子，当一个人的情感和角色缺损时，最好的办法是弥补，补上了才会被遗忘，就像创口只有缝合才能和别处的皮肉长到一起、连成一片。她等得太久，渴望太深，才会喷发如此热烈的母爱。

叹息涉及到自己就复杂得多；这些复杂化成思绪，像幽灵一样在他身边飘来荡去，那是存在于他心底的阿喀琉斯的脚跟。

领养孩子是楚涵风和谭雅蓉共同商定的。可一旦变成现实，楚涵风却体会到一种类似"才下眉头，却上心头"的滋味，而且不论"眉头"或"心头"的任何感觉都得小心翼翼掩藏起，以免伤到妻子的心。

谭雅蓉曾三番五次提出离婚。有次半夜从睡梦中惊醒，她梦见许多血肉模糊的人向她围拢来，无数手指在掏她小腹……

谭雅蓉大汗淋漓从床上坐起来，推醒他，伤感至极、哽咽难言，跟他述说那恐怖而又让人肝肠寸断的梦境。

"是楚家人！祖父祖母、父母兄长，他们挖我肚子，向我要孩子！不行！我非离婚不可！我不能断楚家的香火！"

他陪她一起流泪，劝慰她，态度比她还坚决。他说楚家人要孩子应该问他要，他们谁都不认识她，怎么会给一个陌生人托梦？其实这种梦是她由愧疚凝成心结再由心结转化而来的，跟别人无关只跟她自己有关。他是那种经不起风雨考验，只能同享福、不能共患难的丈夫吗？

　　要命的是楚涵风在妻子和别人眼里扮演了精神和道德高尚的角色后，在用别人家的孩子来充当家庭三足鼎立的第三足时，那份坚定却变得柔软、波动起来；那种无怨无悔的感觉被抽丝剥茧，变得像蜘蛛网般无用易折；心有不甘、缺憾的感觉像乌云般越聚越多，而且他宽容乃至放纵这些感觉。比如看到别人儿女绕膝、尽享天伦之乐时，便会觉得人生其他事都是扯淡，生儿育女才是人生头等大事，而这样的事竟没他的份！每逢忌日去给祖宗上坟，那种感觉便会更加汹涌澎湃地向他袭来。就是说，他对得起自己对于爱和婚姻的承诺，就得对不起一个强壮、健康男人并不过分的要求和希望，就得对不起列祖列宗。这种感觉是个魔障，躲藏在他心底，由身体那个管用、蓬勃的器官向外发力，时不时跳将出来捣蛋，妨碍他做现成的爸爸。

　　尤其换个角度、从消极方面看人看物看人生时，就会觉得谭雅蓉不过如此，自己的爱情和婚姻不过如此。爱这玩意儿，向来虚无缥缈，说有就有说没有就没有。袁韵音的进攻是柔性的，她在表面装得冷若冰霜，却常在不经意间经由眼神、手势和身段把带着幽怨的爱欲电波击射过来。这种柔性的爱欲像水一样，浸润蔓延，悄悄泲①开。袁韵音自然没有孩子。也许是同病相怜，楚涵风对袁韵音常涌起一种怜惜感，但只到此为止。别的念头他连起都不敢起。

　　还有赵良亭那个小姨子谷小满也来凑热闹。

　　赵良亭比楚涵风年长三岁，一直视楚涵风为他的救星和福星。赵良亭祖籍河南中牟，有一年家乡闹灾，他父母一路逃荒要饭到雾城，栖住在一间四面透风的凉亭里。但那不只是个凉亭，离亭子百十步远的地方是当时雾城有名的一个行刑地，就像北京的菜市口。老百姓习惯叫它"砍人亭"。"砍"通"看"，那是官员、刽子手、看杀头凑热闹人歇脚的地方。赵良亭就在那儿出生了，他父母随口叫他'凉亭'。他母亲生下他不久就得了产后风死了，父亲拉扯他到十二岁也死了。解放后赵凉亭成了雾城人，十八岁进犁锅厂当工人，又进夜校扫盲班学习。房管会还拨给他一间十多平方米的公房，每月每平米租金0.09元。大跃进时赵凉亭所在的犁锅厂把原生产出来的四万口铁锅重新回炉炼钢，赵凉亭为了鼓舞士气写了几段快板词，通过曲里拐弯的关系找到楚涵风帮忙修改。楚涵风感喟他的身世和对汉字的那份真诚的崇仰，对他格外好，并建议他把名字中的"凉"改为"良"。赵良亭的勤奋和刻苦非一般人能比，又有些灵气和悟性，被楚涵风认定是个可造之材。楚涵风为赵良亭的进步付出了许多心

---

　　① 雾城方言，动词，音为 xìng，意为洇。

158

血，有人说赵良亭的每一首快板书或"豆腐块"真正属于他自己的只有一根筋骨，有时这根筋骨还是软的、歪的，多亏楚涵风的思想和妙笔才让那些文字生出花儿来。楚涵风听到这些后哈哈大笑，说谁生下来就会走路？后来，由于赵良亭所取得的成绩，他被破格调入文化馆专搞曲艺创作。

谷小满原在柳镇卫生院工作。小满母亲中风半身不遂，大小便失禁，因小满姐姐谷大雨刚刚分娩，小满嫂子手有残疾，于是照顾母亲的重担落在了小满一个人身上。为了她方便照顾母亲，楚涵风夫妇帮忙把她调入市医院。

楚涵风不准赵良亭把"福星"、"救星"、"恩人"之类的词用在他身上，赵良亭不小心说漏嘴他一般会正告他，比如他会说诸如"伟大领袖毛主席才是我们人民的大救星，共产党才是我们的大恩人"这样的话，或干脆告诫赵良亭此类话万万不可随便乱说，但保不齐有几回楚涵风太专注于别的事而忘了说，那结果就像让阶级敌人成了漏网之鱼。

有一次，赵良亭又来找楚涵风，原来谷大雨又要生了。家里添丁进口，现住的房子挤得让人连气都喘不上来，晚上睡觉个个都像被捆的"蜡烛包"，想翻个身都困难。他想再要间房子，便来找领导请示。

谈完房子的事又谈孩子。楚涵风问赵良亭现在有几个女儿，赵良亭说有四个，就等着生个带把儿的，使老赵家后继有人。不过再生个没把儿的也没辙呀，倒是凑足了五朵金花。赵良亭说：

"我那老婆呀，别看蔫不唧唧的，可是个牛脾气，咬牙发誓不生个带把的不收手！我凶她，说那是啥地块，净给我长雌苗，还要生生生！我老婆比我还凶，嚷嚷：'这关我事吗？没错，地是块老地，缺肥少力的，可怪谁？那是谁家的自留地？是谁在自留地里下种子哩？'啊……哈哈哈……要说嘛，楚部长正当盛年，从现在开始生五个十个都不成问题！就缺块能结果子的地吗不是？话说回来，您是啥人？您的境界是啥境界？我们俗人哪能跟您比呀！"

赵良亭借他故世的岳母还传递给他这类信息：一只不会下蛋的母鸡该杀掉炖汤；一个丧失生育功能的女人就该给别人让地儿，这听起来像真理般无庸置疑。只要谭雅蓉让地儿，自有丰茂的处女地让他耕耘和播种。

这之后谷小满突然亲近起楚涵风来：他感冒，家里明明有个医师，谷小满却给他熬汤药，说是偏方，喝三剂包好，熬好送到办公室，还要盯着他喝下去；他一件呢子大衣襟前渗块指甲盖大小的油污她一定要拿走清理，好像他是个没有老婆的鳏夫……

谷护士的脸红彤彤的，玫瑰花般娇艳，红双喜般喜庆；双眼脉脉含情，晶亮欲滴，像玫瑰花瓣上沾着的晨露。听他婉谢，谷小满说：

"谭医师不是忙吗，哪有工夫弄这个？"

　　导演这一切的是赵良亭。这像一出哑剧，只有动作而不出声，似乎酝酿着一个"阴谋"。但因其用心良苦，为他着想，所以他不怪赵良亭；非但不怪，还颇为感动，到底是自己带出来的人哪！赵良亭越叫谷小满亲近楚部长，对谭雅蓉越敬重。

　　有一件事楚涵风始终没弄明白，每次谷小满前脚来，袁韵音后脚必到，好像袁韵音有双千里眼。袁韵音的到来总让他如释重负。

　　但赵良亭的话字字在他耳畔回旋，谷小满的身子细想一想的确像一块肥田沃土。没错，妻子若真替他着想，就一定会想辙离开他，而不是被他冠冕堂皇的话魅惑住，以为世上真有一种其他任何外力都摧毁不了的伟大爱情。

　　通过这件事楚涵风明白了高尚与平庸是如何在同一个人身上相依相偎，崇高在某种根深蒂固的观念面前土崩瓦解的现实。他必须时时敛起那点近乎分崩离析的精神（它显得那么可怜和渺小）来和那个观念（它显得那么厚实、硕大！那是无数人在几千年沉淀叠加而成的一个观念之网，而他毫无例外被网其中）作斗争。斗争的结果是，他既驳斥了赵良亭的话，又委婉谢绝了谷护士的红脸蛋；既悲悯袁韵音的遭遇，恨不得给她一些温暖和关爱，又不肯越雷池半步。他不否认自己的怯懦，不否认习惯和现有秩序之网的束缚，但他更觉得这是自己坚强意志的胜利。在这种胜利面前，那个心有不甘的他总有一天会彻底遗忘妻子的子宫，会听从现实和理性的指引，彻底抛开那些转来转去、忽上忽下的小算盘。当他看着孩子那双清澈透明、天真无邪的眼睛时，他相信心底的那个"魔障"已经是强弩之末了。

　　旁观者清。小女孩尽管没开口叫妈妈，但妻子已经得到了回报：小女孩贴着谭雅蓉睡的样子，扑闪着大眼睛瞅她的神态，听到她回家脸上露出的兴奋神色，一出门就把小手递给她的自然而然的动作……都让人觉得是回报；女儿对母亲的信任和依恋都隐含在这些动作和表情里；母女感情的建立是行动先于语言的，只不过谭雅蓉当局者迷——那声"妈妈"在小女孩嗓子眼里滚来滚去，呼之欲出。

　　然而令楚涵风意外的是："爸爸"的那声叫，在他的期待还没有完全饱满的时候突然降临了。

　　一天楚涵风下班回家，刚跨进院门，就见谭平正领着孩子玩呢，俩人拿杨树叶梗子比赛——两根叶梗子交叉在一块拽，谁断谁输，输者挨罚——刮鼻子。那一刻，他看见养女拿着两截断了的叶梗子，仰脸闭眼，长睫毛不停地颤动，小嘴紧抿，一副既乖顺又紧张、既无奈又迷惑的表情，正准备受罚，她的脚边一堆树叶已择去叶片——看样子她输得很惨，妻弟则高举起手，做出一副要把

初　日

她小鼻子刮下来喂猫的恶狠狠的样子。

他不知不觉驻了脚，心说毕竟都是孩子，瞧玩得多好！谭平一眼瞥见了他，说姐夫你回来啦。然后拉着她的手走过来，说郁儿你爸爸回来了，快叫一声爸爸！边走边在她耳边悄悄说了句什么。她走到他跟前，抬起眼皮看了看他，又看了看自己手里折成两截的杨树叶梗子，好像这两者之间有什么联系似的，然后对他叫出了第一声：

"爸爸！"

楚郁最后一个才叫妈妈。

楚涵风的愧疚感是隐秘而真实的。他怎么配让那双眼睛扑闪扑闪地看着自己，怎么配得上那声脆生生的"爸爸"，怎么配让那么柔嫩的生命依偎在怀里，对自己充满依恋和信赖！

楚涵风是先在概念和语言上当了"爸爸"，才半推半就步入了"爸爸"这个角色，和谭雅蓉刚好相反。他那些潮起潮落、反反复复剪不断理还乱的心绪，尽管隐匿很深，掩饰很好，但仍偶尔会露出蛛丝马迹，谭雅蓉对此并非懵然无知，因为即便是她自己，尽管早就接受了事实，怅惘之情也会在不经意间袭来，会起一些疑问和宿命之感。但她和丈夫的感觉还是有区别。一个是"我为什么要把别人的孩子当做自己的孩子来养？"另一个是"假如她真是我生的孩子该多好！"

这就导致了两种结果——刻意的和真诚的。谭雅蓉在给人看病时喜欢追根究底，手术时下刀准确、利落，可在探寻人的思想方面却往往流于简单和表面；此外还有些想当然，她以为自己这么想、这么做，别人也会这么想、这么做；何况谭雅蓉这儿的"别人"不是别人而是自己的丈夫。她的这个想法是：既然事先说好了领养孩子，那么就得遵守约定、履行诺言；她这样，他当然也这样。所以当听说孩子叫了"爸爸"，她激动得眼圈都红了。她向他道贺，说：

"比叫我还高兴……"

楚涵风宽慰她：

"既然开口叫了爸爸，离叫妈妈也不远了！"

然而，对于楚郁来说，正如最大的快乐和最重的心事都不易说出口一样，谭雅蓉在她心里的分量最重；分量重了，就像有一块石头卡在喉头，那话在嗓子眼里滚着呢，却硬压着出不来。

此外，一个孩子的行为具有当下性，受彼时彼刻情境的影响，比如楚郁叫爸爸，就和那些金黄的杨树叶、谭平手里那根老也拽不断的"王"以及她当时

161

的挫败感和想赢的心态有关。谭平拉着她的手朝楚涵风走去时，俯下身来，悄悄地说：

"快叫爸爸，我把这根'大王'换给你。拽不断噢！"

那时候，楚郁已经输给谭平不下二十回合，她的鼻子已经被他刮了不下二十次，虽说他的刮只是点到为止，一点儿也不疼，但这种感觉比"疼"还难受。那一刻，那根杨树叶梗子变得无比诱人，完全值得叫一声"爸爸"来换取并占有。在楚郁叫完爸爸后杨树叶梗子即刻归她所有，可它完全失去了片刻前的四射光芒和无限魅力，因为她的兴趣点已经转移到楚涵风此刻从兜里掏出来的糖块上了。听楚郁叫"爸爸"，楚涵风笑容满面地把她抱起来，然后变戏法般从兜里掏出一把水果糖来。

那根拽不断的"大王"不知被遗落到了何处。谁会在意那么一根叶梗子？只有在某个特定的情境中，在游戏、尤其在你一输再输时它才有用。

楚郁后来才晓得谭平其实是用了技巧和指甲的帮忙才赢了她，用谭平的话说她使的是"蛮劲"而非"巧劲"。楚郁拿手指头羞谭平，谭平却丝毫不觉自己行为有何不妥，反而理直气壮，说他那是在给她进行挫折训练呢。她在谭平的行为里，看到了和蒲力荣、蒲萍的相似之处：他们逗猫、逗狗、斗蛐蛐、逗孩子，从中得到一种游戏的乐趣。

楚郁叫楚涵风还有一个原因，即自己的爸爸已不在人世，她对他的印象越来越模糊，感觉越来越淡漠，既然没有爸爸可叫，接受别的爸爸不仅不费劲简直顺理成章！

然而妈妈就不一样了。尽管妈妈会给她买好吃的，让她穿得既干净又漂亮；尽管妈妈会唱摇篮曲，妈妈的抚摸让她舒服，妈妈的怀抱让她觉得踏实和安宁；尽管妈妈有本事让她肚子不疼、不发烧、不咳嗽……那声"妈妈"还是叫不出口——她不能否认山里那个妈妈的存在。姆妈是当时真正鲠在楚郁喉咙的障碍；每次她想叫"妈妈"，耿茶梅就红肿着眼睛，眼巴巴瞅她，她那声讨人喜欢、能换回更多关怀和宠爱的"妈妈"就"咕咚"一声咽了回去，而要把它重新找回来，又得费一番工夫，就像小时候在溪里捞硬币，捞上的硬币又重新滑入水中，此时再要把它捞上来仿佛花去的时间更长，用的心力也更多（其实花去的时间和心力并没有比之前多，但感觉却如此。因为原先的期待是模糊的，甚至纯粹是个意外惊喜，而此时的期待却再具体不过，就是那枚已经到手又失去的硬币以及非把它重新找回来的那份坚定）……

与此同时，楚郁凭本能感到固执会对自己不利；也许她再不叫妈妈，她就要被送回山里去。楚郁越不叫谭雅蓉"妈妈"，在行为上越依恋她。这种依恋是网，把谭雅蓉和楚郁网在一处；是绳子，把这母女俩紧系在一起。

　　这时，谭平适时帮助了楚郁，解除了她心理上的障碍。

　　一天，谭平带楚郁去雾江边，谭平写生，她钓鱼。虽是一月的大冷天，但天气晴好，无风，下午一、两点钟的阳光没有风来搅和显出些许威猛来，晒得人浑身发热、发困。她看着江面，江水像被镶嵌了一串串色彩斑斓的宝石，在光与影的帐幔里也仿佛睡着了，为了给她提神，谭平让她教他说山里话，比如"吃饭"、"睡觉"、"我打你屁股"、"你刮我鼻子"之类。其实，城里语言和山里语言属同一类方言，只是在某些字上发音有差异，城里语言显得柔软、纤细、秀美、拐弯抹角；山里语言听着梗、硬，显得粗犷豪放，那是站在自家门口朝对面山上喊一嗓"吃饭了"，让山上那人听见所必须具备的特质。

　　他们一个教一个学，劲头儿十足，困劲儿没了。

　　谭平逗她，说：

　　"小郁儿，你想象一下，山里人和城里人换一种说话方式，山里人用城里人口气说话，城里人用山里人口气说话。会怎么样？"

　　她想了一下，这个"想象"好比让男人留长发、穿上女人的衣服，让女人剃光头寸头、穿上男人的衣服那么可笑。她笑个不停。

　　谭平说：

　　"不可笑！假如真那样，你也会觉得自然，原本如此嘛。对不对？"

　　她点点头又摇摇头，谭平和楚涵风的话常让她感到似懂非懂。

　　谭平问她在山里面"妈妈"怎么叫，她说叫"姆妈"。谭平叹口气，脸色也暗下来，说：

　　"我多羡慕你呀小郁儿，你有一个'姆妈'，还有一个'妈妈'，可是我既没有姆妈，也没有妈妈；假如有，我就一天叫一百遍，不，叫一千遍：妈妈——姆妈，姆妈——妈妈……"

　　楚郁知道谭平的妈妈死了。那女人的照片被镶在黑边镜框里，挂在七间屋的一面墙上，谭平说她叫严湄瑾，是他妈妈，也是她外婆。

　　谭平的话启发了她。对呀，"姆妈"和"妈妈"是不一样的。"姆妈"只有一个，谭雅蓉不需要楚郁叫她"姆妈"，只叫"妈妈"就行，楚郁的生母从称谓上就没有被侵犯，是独一无二的"姆妈"。可"妈妈"就不一定了。"妈妈"可以像"阿姨"那么多，就像她把满大街的女人个个叫阿姨都不会有大碍一样。谁都可以当蒲荟的"妈妈"！当耿茶梅决定把蒲荟送人，无数个不确定的"妈妈"就已经存在了；只不过蒲荟碰到的"妈妈"恰巧是谭雅蓉而不是别的女人。

　　叫，叫妈妈呀。谭雅蓉朝楚郁张开了双臂，眼神里满是温情、期待。谭雅蓉的眼神让她想起阳光：当你眯眼对着它时，它释放出千万根细丝，一头在它自己身上，另一头牵扯着你，慢慢把你拽近，拽近，你们之间没有了距离；你感受到了它传递给你的温暖，你有钻进去睡着的欲望。

楚郁靠过去，轻轻叫了一声：

"妈妈。"

谭雅蓉惊喜地哎一声，把她搂进怀里。谭雅蓉的怀抱楚郁并不陌生，可是从这时候开始，妈妈搂她入怀、她投入妈妈怀抱的意义才有了根本的不同。

那天晚饭，一家四口第一次去清香楼风雅阁吃饭。跨进风雅阁时，谭平跟姐姐姐夫做鬼脸，说你俩原来在重温旧梦哪。饭后一家子意犹未尽，又去看了场电影。谭雅蓉还送了个塑胶娃娃给女儿——原来她早买好了娃娃，就等着她"金口初开"呢。谭平问：

"郁儿，你那个漂亮可爱的小娃娃叫什么，妞妞？妮妮？兰兰？莎莎？甜甜？"

她觉得好笑，为什么要给一个只会吱吱乱叫的玩具娃娃起那么好听的名字？山里人给他们的女儿起名字也未必能想起那么好听的字眼呀！"小七"连名儿都没来得及起就死了。但是她的童心被搅动了，她顺嘴说：

"叫甜甜！"

谭平苦着脸，做出眼一闭、身子往后一倒的姿势，说：

"怎么着都忘不了个'甜'字！唉，糖一遇到那叫楚郁的小东西就倒了大霉——全化成了水，英勇献身了！"

那件楚涵风给谭雅蓉添乱的事由楚郁而起，楚郁一直把那事当做自己一大糗事不愿提起和想起，长大后不知为何却不断想起。

到楚家第二天，谭平带她上妈妈的医院检查身体，看咽喉听心跳验大便小便血色素还剪下一缕头发，说是为检测微量元素铁、锌、钙、碘什么用的。谭雅蓉给她吃下一种药，说她肚里的蛔虫已经无法无天了——这之前她常肚子疼就是虫子在捣乱。谭雅蓉特意买了一个白搪瓷痰盂，买来第二天就派上了用场。她感到身子里一切浊物争先恐后往外跑，可是到了出口处却堵塞了。她拉不出来，忍不住哭起来。那天正巧谭雅蓉值班，谭平学画去了。楚涵风一听哭声，马上过来看究竟，因为谭雅蓉上班前吩咐过他，他明白了怎么回事，戴上橡胶手套来帮她，可是忙还没帮，他却跑到厕所呕起来，他干呕的声音比她的哭声还响、还急，沿长长的走廊传出老远。谭雅蓉估摸着孩子该"有情况"，这时正巧回家来。她一路小跑着上楼，沉着冷静地帮她解了燃眉之急。

楚涵风一边愧疚一边忍不住恶心，此后三天没吃好饭，跟妻子说我一吃饭眼前就出现一堆白花花蠕动的虫子，就想吐。谭雅蓉说你把黄胆水都吐出来还吐什么？难道它们能把你吃了不成？不都已经死了吗？不是给你准备了橡胶手套嘛！帮不上忙不说，还净添乱！

楚涵风一脸委屈和无奈，说：

"没法子，我一看就……"

"你不会把眼镜摘了？"

"这我倒没想到！模糊了视野兴许……唉，天生的！我天生和美好事物有缘！"

"那我天生和美好事物无缘？"

谭雅蓉假装生气，反诘他。

"不是这个意思嘛。我只是说我和你工作性质不同，在这方面你已经是铜墙铁壁、刀枪不入了。而我看着人家的呕吐物都忍不住要呕吐的。你不是不知道。有一次平平受凉，还有一次赵良亭喝多了吐，我吐得比他们还凶。为此平平还撅嘴生气，说我故意学他呢。你是英雄，不怕污泥浊水的英雄！我们楚家有你这么个英雄就够使了，还要我干什么？不过我实在汗颜。我向你致以崇高的、革命的敬礼！"

谭雅蓉哭笑不得，骂他：

"这种话能活学活用吗？呆死了！"

2

那边上小学后，除了一应的学习用品，英碧若还着意给孙女儿准备了一个硬皮笔记本，封皮上有那边喜欢的动物图案—— 一片碧绿的草坪上，侧身立着一只尾巴蓬松的松鼠。松鼠扭过脸朝着大家，小眼晶亮，一副专注的听从召唤的模样，好像只要一声令下，它就会从那个压模的硬纸壳里蹦出来。英碧若给笔记本起了个名儿，为《采蜜集》，并写在扉页。她为起这个名儿绞尽了脑汁，一天在院子里看到蜜蜂在菊花丛中翩飞才找到灵感。英碧若写的是空心美术字，每一笔画的"心"里面又用各色彩笔涂了色，所以这三个字是以花朵、彩蝶的形式出现并在那边脑子里留下了深刻的印象。为了描这三个字，英碧若拿出了绣花的那份耐心和细心，整整花了大半天时间。英碧若把这本子交给孙女儿时说了一番语重心长的话，她说希望她的孙女儿做一只勤勉的蜜蜂，把好词好句好段落采集到本子里，也可以写她自己各种各样的感受，酿出一罐罐甜甜的蜂蜜来，只是那边当时无所用心才没觉觉到那番话的分量和心意的悠长。

英碧若的做法给那边留下了一个确定无疑的印象：奶奶接过了妈妈手里的接力棒，努力要完成妈妈未竟的事业，努力地要胜任母亲一角。

可接力棒是死的，她是活的。接力棒偶尔才会掉地，可她比泥鳅还滑。那边当面答应得很好，一转过身，就把《采蜜集》扔进书桌的抽屉里，很久，都没碰一下。她是故意为之，但这并不等于她不做蜜蜂。从一年级她就开始写话，一句两句的，不写不行，因为这是作业。有一次老师让写对冬天的感受，她写着：

　　　　冷，我们看不见它，却能感受到它。

　　诸如此类的语句，把英碧若得意得跟以前许明丽的做法一样，跟于福来艾丽卫丽那栖心那思立说，好像天底下数她孙女儿最聪明。别人或许是看她孙女儿没妈的缘故才随声附和着，可是她却以为别人的随声附和和她自己一样真诚。那玄默对母亲的做法感觉好玩儿并有些无奈，对母亲说不能老夸自家孩子，现在哪家孩子不聪明？更不能老当着孩子的面儿夸她，否则会助长孩子的任性和骄纵，坏性格一旦形成要改掉就难了。英碧若不是个糊涂老太，意识到儿子说得在理，但却收敛不住。那栖心一针见血，戏称英碧若为"孙女儿迷"。英碧若反击：

　　"我不迷她，难道迷你？"

　　那栖心说：

　　"你迷我倒好了，省得把孩子惯得像匹脱了缰的野马。"

　　"脱了缰的野马有啥不好？总是自由了，快活了，由着自己的心性发展了。"

　　"想不到小妈这么开明！一定是你自己这辈子拘得太紧，就想把自由、快活的理想实现在孙辈身上。不过由着自己的心性发展未必是好事，假如那种心性是……大人总是要把把方向的。"

　　那栖心没有说出来的是两个字，"邪性"，英碧若明白栖心话里面的意思，她几乎是轻蔑地看了一眼这个和她斗了几乎一辈子的人，说：

　　"我看我孙女儿的心性很好，用不着给她把方向。"

　　有一次那边开抽屉时被笔记本上的小松鼠吸引，遂拿起本子来"逗"它。她摸它的尾巴、捏它的鼻尖，像逗皮皮似的，说"来呀来呀，来和我玩儿呀"。可是松鼠只拿眼睛看着她，一动不动。那边点了点它的鼻尖，说：

　　"唉，你是真的，却躲在画里面。不好玩儿，我不理你了！"

　　遂打开本子看那几个美术字，并在那三个字底下写了一行小字：

　　　　这个本子属于一个叫那边的小姑娘，她没有妈妈。

翻到第一页，她又写了一行字：

　　自从没有了妈妈，那边的故事就开始了，那边的历史就改写了。

　　那边的年龄尚不足以写出这样的话来，但她从不缺乏一颗敏感的心和鹦鹉学舌的本事。一次那栖心和英碧若说"明丽走了，你孙女儿的故事就开始了，她的历史就改写了"这话无意中被那边听到，当时她的心被震了一下，这句话便深深印在了心里。然后，那边对着那一条条蓝色的不知通向何处的平行线，再也写不出一个字来。《采蜜集》再次回到了抽屉里。

　　那只是一个普通的本子，可是英碧若一笔一画所写的字，外加语重心长的一番话让它变得重了起来，使这个本子有了更多的承载。这类承载来自外部而非发自那边内心，是她二话不说就要甩脱的，所以本子的命运只有年复一年躺在暗无天日的抽屉里，哪怕有活泼可爱的小松鼠吸引眼球，也改变不了它被关"禁闭"的命运。

　　凭什么要听你的话？你又不是我妈妈——这是许明丽去世后头几年那边心底反复回荡的一个声音。这个声音那玄默和英碧若未必听不见，可是他们宁愿充耳不闻。时过境迁，逝者远去，本着一切为孩子着想的原则，他们希望孩子身心健康，一切朝前看。那家母子都有足够的自信，他们不相信自己的力量敌不过一个往生者。

　　这个声音对那边来说则是神奇的，不亚于唐僧对付孙悟空的紧箍咒，她把它抛出去，既箍死对方，让对方头痛难忍，又为自己的种种违拗行为找到一个最佳借口，使她总能理直气壮并心安理得。

　　事实上，那边身上那些曾被许明丽扳过来的诸如使小性、不吃饭、摔东西等毛病在许明丽去世后，被她变本加厉地发扬光大起来。用那玄默的话说，他女儿的"拧"，打这儿起全面开花，并贯彻始终。比如为她的名字，就跟他闹腾了好几年。

　　"那边"两个字在汉语里再简单不过，从字面上看，只是相对于"这边"的远指方位代词，"那"为去声。代表姓名的"那边"含义稍显复杂——首先"那"为平声；"边"在汉字里的意思是几何图形上夹成角的射线或围成多边形的线段，镶、画在边缘的条状装饰，或是指界限。

　　不过"那边"作为姓名却很少见，那边自己认定是绝无仅有。更要命的是很少有人能不经纠正就念对的，包括家里人，于福来就把"那那"念成"娜娜"，"娜娜"长"娜娜"短，叫得她耳朵都起茧。虽说那玄默从不念错，但他的"对"毕竟属少数，听着反而碍耳。久而久之，Nàbiān 成了正版，Nābiān 反倒变为假冒了。后来当她爱上自己的名字后曾调侃：

"'那'、'边'，两个多么微不足道的汉字！亏得拿来组成我的姓名，才有了非同寻常的意义！"

她赋予自己姓名的含义和魅力也和 Nàbiān 一脉相承。她常说：

"那边是'那边'的。"

"那边是这边的对应词，是这边的镜子和靶子。怎么着，你的名字能起到镜子和靶子的作用？"

或者干脆抛出昆德拉的一部小说题目：

"《生活在别处》。"

但诸如此类的潇洒大多发生在上了初中以后，这之前，那边和那玄默为此进行的是持久战，尤其是上了小学之后。

许明丽去世后约半年，那边上了皇城小学。那玄默本来想让女儿上京华大学附小，可是英碧若觉得皇城小学规模虽小，教学质量却不错，小升初时一个班二分之一人能上重点初中，离家近，便于接送，那玄默同意了。小学的同学和幼儿园的小朋友不一样，他们不但有了一定的"思想"，且有了找乐子的本能并具进攻性。那些调皮捣蛋的男生最爱拿她的姓名开玩笑，看她经过，他们就起哄，什么"厕所在那边"，"那边有个'吊死鬼'"，"我上那边坐一坐"，"'这边'，你过来"等等。好像她的名字是个球，可以由他们在手上任意地丢来丢去，在脚底下踢来踢去。只有聪聪例外。聪聪贝贝和那边在同一所学校，巨资聪和那边在一班，贾贝妮在三班。但巨资聪的例外对那边毫无用处，他比女生还女生。他奶油一样的肤色、泛着蓝紫色光的大圆眼睛以及说话爱脸红、上课回答问题像蚊子叫等特点同样会让其他男生取笑。

本来，同学之间玩笑来玩笑去很正常。逗乐嘛，哈哈一笑就完了，谁会去当真？假如感到委屈那就反击。可是那边蹦不出有力量的话来还击，又不会和别的同学一样来几句南腔北调的"娘希匹"之类的话，只好吃哑巴亏。本来，吃点儿哑巴亏也没啥，回家往妈妈怀里一扑，一撒娇一倾诉气就全消了。可是那边没有妈妈。没有妈妈的那边就会为这类小事生气，歌里面唱没妈的孩子像根草的感受无时无刻不在扩张她的委屈感无助感和孤独感。有段时间她特别痛恨那些男生，幻想去捆那几个小子的嘴巴子：她站在他们跟前，叉腰挺胸高抬头，命令他们自己掌嘴或互相掌嘴，不说停不准住手。这种幻想只有自己知道，就像血液在体内循环，只有身体知道，一时想，一时痛快解气。

那边很早就有这样的认识并觉得这认识很深刻：拿别人的痛苦寻开心，在别人的伤口上撒盐，让自己的快乐和别人的痛苦都更彻底，是人的天性。这种天性隐藏在那些小男生心底，或许他们自己并未意识到，却正是人性残忍的一面。

在学校惹了气，吃亏的是家里人。

那边生气的方式通常是不吃饭，这一招顶刺激英碧若，看着奶奶像热锅上的蚂蚁团团转的样子那边就得意，会偷着乐。活该！不过她才不那么白痴，硬跟自己的胃过不去。放学回家路上，没准她已经走一路吃一路：撒上孜然辣椒粉的羊肉串、香气扑鼻的烤白薯、粘牙齿的驴打滚或其他她爱吃的小吃，到了家胃囊早就被填得满满当当，哪还有地儿装下别的？英碧若在这方面忒弱智，其实，只要看她面色红润，说话底气十足，唇边油光闪亮就不该搭理她。那玄默比英碧若强多了！那玄默有双火眼金睛，一眼就能看穿女儿，他对英碧若说：

"您最好由她去，您越让她吃她越不吃，您不让她吃她就该上厨房找去了。"

英碧若还是急：

"那不把胃搞坏了。"

"搞坏了是她的胃，不是您的胃。"

最不喜欢自己名字的时候，那边会对其他女孩的名字油然而生一种羡慕，觉得那些从不招惹男生关注的名字几乎个个芳香扑鼻，这时，她恨不得自己也有这样一个名字，不会引起歧义、不给人逗乐，比如那君、那兰、那春、那秋、那花、那草、那景、那月、那色什么的。

她也曾梦想拥有个男孩儿的名字，音调铿锵，高亢，昂扬向上，读起来像小学生读"太阳"、"光芒"、"灿烂"、"盎然"之类的词语，嘴巴可以无所顾忌地张大，声带可以尽情震动，给人明快、闪亮、暖和、饱满的感觉；或充满动感，如飞、翔、游；或阳刚十足，如高山般雄伟，有钢铁般的意志和品质，如强、天、浩、壮；或胸怀远大，壮志凌云，气吞山河，如治国、统军、领航、安邦——同学中有的男生干脆起名叫"中国"，叫"亚洲"，叫"中华"、"共和"、"民主"的也不在少数；那思立的儿子叫那军，孙子干脆叫那浛（呐喊）。

那边常找那玄默"胡搅蛮缠"，有时抱怨：

"你不知道吗？我的名字常被那些讨厌鬼坐得又皱又扁，还把吊死鬼搁我身上！"

她有时用激将法，对那玄默说：

"还大学老师呢，连自己独生女儿的名字都起不好。"

有一回她告诉那玄默，那边这个姓名的可笑程度绝不亚于人家杜子腾、史克让、章朗、李凤子、刘芒、秦寿、宋秋波（还是男的）、卜道德之类。后来她不知从哪儿收集到一组人名儿：赖月金（也是男的）、刘产、姬从良、李昌富、杨伟、范建、范统、夏建仁、朱逸群、秦寿生（不知他父母咋想的）、庞光大，她把它们写下来交给那玄默，抬头写着：中国最爆笑人名，那边赫然在目。见那玄默无动于衷，她又信嘴胡诌：

"听说有个音乐老师叫管风琴，有个医生叫史拥衣，有个护士叫段珍，有个战士叫詹岗，有个开飞机的叫施轼……"

那玄默终于接话茬儿：

"编，使劲儿编，有点儿意思。"

那边跺脚：

"瞧人家爹妈，怎么着还有个先见之明！"

为这事，那边还郑重其事地给那玄默写了封信：

　　　假如爷爷在就好了，爷爷起名字的本事比您强多了。他给你们五个人起名字不仅有名还有字，加起来十个，不对，是九个，您的名儿是户籍警给起的，个个有特点；不仅有特点，还个个名如其人。这不是我胡诌，是您自己说的，我只不过鹦鹉学舌而已。请您在看信时别显出一副惊讶的样子。我亲爱的老爸，我不说您已经说了一万遍，但至少说了一千遍；一千遍夸张，一百遍总是有的，且回回说起来都得意非凡。奇怪的是，爷爷从古书上原模原样拿来的字也比您老人家绞尽脑汁给我起的名字好——既有文化，又有内涵！您是不是应该自叹弗如？

那玄默看完信后不禁莞尔，这种乐不是因女儿的诘问，而是女儿竭力使用的老气横秋的文字。那时候她多大？也就八九岁而已。

那玄默内心很在意女儿，可表面却常装出一副无所谓的样子，尤其判定女儿"无理取闹"时多半会这样。这是那玄默对女儿实施挫折训练的一部分，金属工件不反复淬火，如何能成器？尤其是在人人都在纵容溺爱这个孩子的时候，那玄默铁了心要做一个严格的父亲，尽管这并不是件容易事儿。所以在那边看来，那玄默只是装出一副耐心的样子听她说话，尽管嘴里"哦，哦"着，但她说的话，没准只有只言片语被他接收到。那玄默不在意女儿说什么写什么；那边要的也就是一种发泄，有时候，那边看那玄默不搭饬她也起急，据此断定爸爸铁石心肠，不在乎她。时过境迁，比如当她想马达为啥要失踪、并要捎带着别人失踪时，她便突然想起了小时候，想起自己那时多么任性妄为，而爸爸对她是何等宽容慈爱。

不过对那边的那封信那玄默似乎很感兴趣。那玄默说：

"知道吗，闺女？像爷爷那样给五个子女起名字容易，我给你一个起才难。好比五个花瓣才能合起一朵花，而花朵怎么着都是美丽的，一个花瓣变不成一朵花，丑陋在所难免啊。"

那边的反应很快：

"叫我认了，是吗？"

他还逗她：

"还有一件事你不知道，你两个伯父不仅有名有字还有别号，别号都是他们自己起的。你要乐意，就给自己改个名儿，叫啥都成，爸爸没意见。你改名，我负责去派出所申请，行不？"

她使劲儿一跺脚，说：

"您倒图轻快。改名儿多难，到派出所申请多容易！"

闹得实在不像话，那玄默就搬出许明丽来。那边的名字是那玄默起的没错，但也是许明丽认可的。凡事一涉及到许明丽，那边就顿时没了脾气。那玄默这一招也够狠，不亚于那边拿捏英碧若的那一招。

有一次期中考试后，学校组织开家长会。这是惯例，通常是老师向家长通报考试情况，再汇报后半学期的学习安排，兼谈孩子在学校各方面的表现。家长即为父母，对此应该是无庸置疑的，而且班主任老师特别强调"叫你们的爸爸或妈妈来，别叫爷爷奶奶或姥姥姥爷代替"。老年人健忘，又溺爱孩子，对老师在家长会上的要求经常并不能贯彻落实，故老师这么说。

那边情况特殊，过去老师会加一句"那边同学例外"，但这回老师忘了说。过去的家长会一般是英碧若去，艾丽卫丽偶尔代劳，那玄默回回都想参加但落空的比实际参加的多得多。这次那边搬出老师的话，一定要那玄默去开她的家长会。她说：

"爸，老师可说了，不能让奶奶代替。"

那玄默答应得很痛快：

"我最喜欢去开我闺女的家长会了，那是天底下最快乐的事儿。"

那玄默这么说是因为那边在学校表现突出，成绩优异。就说这回期中考试，那边语、数、英三门课考了三百分且是年级五个班里唯一的一个。他认识的那些孩子，像贝贝英语只考了六十来分，聪聪也只是数学一门考了一百。那玄默对现如今的学校教育唯分数论深感忧虑，但作为一个普通家长又身不由己，希望自己的孩子回回考试保持前三名，最好雄踞第一的宝座，让他心里踏实，面子光鲜，做一个被其他孩子家长羡慕、能常为孩子的分数感到幸福和自豪的父亲。

那玄默到底还是没抽出空儿来，结果又是英碧若去了。

家长会结束后，那边还没有"爆发"的迹象。像往常一样，英碧若领孙女儿回家，那边的书包在奶奶肩上，饭兜在奶奶手上。天有些闷热了，那边提出要吃冰激凌，英碧若二话不说给买了。她尽管不喜欢孩子在路上吃东西，但偶尔还是会放纵她一次；这次的放纵有明显的补偿和奖赏意味。老师的话像圣旨，全班四十来个孩子的家长果然就她一个是隔辈的家长，奖赏是因为那边的成绩。英碧若很快乐，这一路走来，她已经听到不止一个家长把孙女儿拿来当教育自己孩子的榜样：

"瞧瞧人家那边考多少分，你考多少分……"

英碧若知道这只是小学三年级的一次简单的期中测试，说明不了什么，可是她反过来又想，她为什么不能快乐？这些实实在在的小快乐构成了她晚年的生活，缺了这一块儿，幸福和充实感就无从谈起。

那玄默说好回家吃晚饭。自从他被提拔当了研究所常务副所长后就更忙了，除了日常事务，还要给本科生上课，又带研究生，要搞课题研究等。他最无奈的是尽管他分秒必争，每天的时间却还是不够用。

吕月婵在英碧若那玄默座位前的高脚酒杯里倒上了红酒，给那边倒了杯鲜橙汁。鲜橙汁是吕月婵自己榨的，冷藏过，杯口冒出丝丝凉气，那边弯腰去冰她的脸。她的脸滚热，玻璃杯冰凉，水渍渍的，她忍不住打了个寒战，抬起头，摸摸脸颊，感到颊上湿漉漉的，她叫起来：

"阿姨，以后别榨橙汁了。橙子哭了。"

吕月婵吓一跳，她虽然在那家干了好几年，熟知那边的脾气禀性，但仍时常被孩子的语言和行为吓一跳。她说：

"橙子怎么哭了？"

"瞧，沾了我满脸泪水，冰冰凉的。"

"那不是泪水。"

"就是。被榨汁机榨没形儿了，它能不哭吗？"

吕月婵知道那家的这个孩子是个"顺毛驴"，于是就用一种息事宁人的口气说：

"好好好，它哭了，以后咱不榨橙汁喝了。"

英碧若微笑着走进了餐厅，她刚才在门口听到了孙女儿和阿姨的对话。那边的这种连水果都体恤的品质虽说有些出格，却并不让英碧若担心，相反还有几丝欣赏。那边对花草树木和动物包括蜘蛛蚂蚁都满怀深情，会不知不觉去亲吻那些花草，夸它们长得棒，叶片儿绿，花开得美；会和喜鹊、麻雀、蝴蝶打招呼。在跑跑跳跳甚至在好好走着路时，一旦碰到花草树木，不管她急着要去干吗，这时都会停下脚步，上前轻轻地摸一摸，或小心翼翼捧起摇晃不已的枝叶，脸上一副不忍的表情，说我撞疼你了吗？我不是故意的，对不起啊……谁要是提醒她花草树木没有知觉，感觉不到疼，她反而会觉得说这个话的人奇怪。英碧若把孙女的这些自然纯朴的行为看在眼里，觉得有这样心性的人虽不免伤春悲秋，却重感情、懂感情、讲感情，会事事以"情"字为先，这比那些对万事万物都没感觉、不知情为何物的冷漠之人要好得多。

但于福来和英碧若的看法不一样。有一次于福来见那边要上厕所，莽莽撞撞碰着了客厅门口一棵散尾葵扇形的叶子，便马上停下来托住叶子不让它晃动，屁股不停扭动着。于福来说：

"看你急的，赶紧去撒尿！真是，这跟风吹了它一下有啥两样？"

"不一样，风是抚摸它，给它梳头，可我撞疼它了。"

于福来直摇头，心说好的不学，把老妖婆那点儿不好的东西都学来了，回头对许长兴说英碧若给了那边极坏的影响，已经把孩子弄得有点儿神经兮兮的了。许长兴不理她，她又打电话跟艾丽卫丽说。艾丽对母亲的观点表示认同，并说这也许是那那在失去妈妈以后的一种病态表现。卫丽则表示反对，说：

"妈，瞧您说的。什么神经兮兮，什么病态，您和大姐怎么不往好的方面想？那那这样多可爱，多有爱心啊！"

但于福来坚持认为英碧若给了外孙女儿不良影响，她说得有根有据。英碧若不仅喜欢养小动物还喜欢养花种草，凡是市场有卖的花木她几乎养了个遍。有培植得枝繁叶茂，该开花即开花的，比如袖珍椰子、巴西木、富贵竹、橡皮树、千年木、发财树、鹅掌楸、三叶梅、佛肚竹、月季、扶桑、文竹、君子兰之类。有培植到开花结果的，比如盆栽柠檬和石榴。石榴到裂了口也不摘，都下雪了，还在枝上挂着，摘了也舍不得扔；她培植出的柠檬只比乒乓球大一点点儿，她自己切来泡水喝，说比超市买的美国进口柠檬味儿还好。还有培植了多次都以失败而告终的，像杜鹃花、茉莉花、茶花、桂花、栀子花，不是养一季就死，就是阴死阳活着再也不开花。英碧若感叹这些南方花卉太娇气，适应不了北方的土壤和气候；"气候"这东西太强势，由不得她掌控。每年一到秋季则养菊花，说是养，其实是园林工人培植出了花骨朵儿，眼看就要绽放，她就打电话让工人往家送，一送就是数十盆。等最后一朵菊花谢了，她又叫园林工人把花盆收走以便来年再种再送。所以英碧若养菊实则是赏菊，不经历培植、呵护的艰辛，只享受成果。当然她也付出一定的劳动，比如浇浇水、掐掐黄叶、把菊花的缤纷色彩和千姿百态留到相机里。于福来跟许长兴说亲家真牛×，只拍她自己培植或养护的花卉，公园植物园里的花卉从来不拍。

当然，养花种草拍照片啥的于福来并不反感，也不是嫉妒英碧若有那么多闲钱闲时闲地儿来弄她的闲情逸致，她反感的是英碧若的某些做派，这些做派对于那边来说等于言传身教，外孙女儿不病态才怪！比如英碧若对花草拍拍摸摸的样子，那份温柔和体贴，好像它们是她的男人；石榴既然不能吃扔了不就完了吗？可她偏矫情，直到它们真正"香消玉殒"干巴得没了形儿才会扔，这时恨不得像林黛玉一样再吟首"葬果词"，洒几滴眼泪再把它们埋掉，顶上堆个冢好祭奠。更让于福来无法忍受的是她竟然还拍那样的照片！有一次英碧若拿她最近拍的一些照片给她看，说是用新相机拍的。这相机是老大让他小女儿特意从美国给她捎来的生日礼物。看着亲家喜滋滋的脸，于福来真是气不打一处来。显摆啥？你嘴里口口声声的老大，是你生的吗？他比你还老出十来岁哩，说出来也不怕人笑掉大牙！

相机很高级，清晰度很高。于福来戴着老花镜一张张看，的确是千姿百态、芳容各异，但看到一张时她吓了一跳：一个肉眼看不出啥名堂的花心，被拍得绒毛清晰，汁液淋漓，晶莹透亮，尽显不知羞耻的招蜂引蝶模样。于福来撂下那张照片，说：

"哎呀我的妈，我可真开了眼儿，怎么能把花拍得这么下流！"

英碧若一听飞红了脸，支支吾吾，说：

"这相机太好了，我也没想到洗出来会是这种效果。"

但于福来打这儿起，便再也无缘看英碧若拍的花卉照片了。

英碧若在餐桌边坐下。这是一张祖传的鸡翅木地网八仙桌，桌面木质肌理细密，花纹秀美，就像一只只雄鸡在上面展翅飞翔；颜色深浅紫褐相间，虽经时光磨砺，仍显得光亮闪烁，宛若禽鸟颈项羽毛般灿蔚。英碧若舍不得用这张桌子，打算把它放置一边。那玄默不同意，说他在这张桌子上吃饭香，又说人哪能做物的奴隶。英碧若听了儿子的话，鸡翅木八仙桌又被继续使用，只是英碧若在餐桌上铺上了一块方格桌布，那栖心说这倒给这间餐厅平添了一种苏格兰乡间风味。

那边问英碧若：

"奶奶，我爸怎么还不来？天都快黑了。"

英碧若说：

"肯定路上堵车。你饿了吧？饿了就先吃。"

"不！我要等爸爸来。"

英碧若看看那杯橙汁，说：

"你刚才儿和阿姨说的话我听见了，挺有意思嘛。"

那边撇嘴：

"我刚才说的话对不对，奶奶？人多坏。"

"我孙女儿真好！"英碧若满脸慈爱和赞许地看着那边，说："对于橙子来说，不论是被剥着吃还是被榨了汁喝，都是它的使命。橙汁富含维生素 C，维 C 是人体所需的必不可少的营养元素之一，你在长身体，更是缺它不得。这是橙子和其他各种水果、蔬菜及所有提供给人类消费的食物的伟大之处。你有没有想过橙子也经历了它的辉煌岁月？它站在枝头，由小小的花骨朵儿到花儿绽放，再到坐果、长大、成熟。它当花儿时多美呀，迎风招展，芳香四溢，蜜蜂蝴蝶趟儿赶趟儿去看它。没有花儿，蜜蜂怎么能酿出蜂蜜来？等它坐了果，脱掉它的花瓣裙子，阳光照着它，雨水润着它，小鸟儿在它身边跳来跳去，为它唱着赞歌；啄木鸟像忠诚的卫士，整天'捉捉捉'地敲着树干，为它抓着虫子；农民伯伯更是勤着除草、施肥，精心呵护它。它的一生就是奔着那个金黄的、又大又圆又香又甜的果子去的，就是为了变成一杯杯酸酸甜甜的果汁呀。"

那边听得入迷。英碧若丰富的养花种草知识，让她说起与之相关的事时简直得心应手。而且，她颇有说故事的能力。为了更好地胜任母亲一职，跟孙女儿有共同语言，英碧若戴着老花镜看了不少书，甚至连过去从未看过的《格林童话》也通读了一遍。英碧若说着，让吕月婵拿一个橙子来，她剥开橙子的一点皮，递给那边，叫她看。

"你看看，并不是每种水果都是皮和果肉颜色一致的，橙子是其中之一，它是表里如一的典范。"

"奶奶，真是一样的颜色！"

"你说说，还有什么水果皮和果肉颜色一致？"

"橘子、柠檬、小金橘、芒果、香蕉。"

"我孙女儿真聪明！"

正说得热闹，电话铃声响了。英碧若起身去接电话。是那玄默打来的，说他快到家门口了，却又被学校的事给提溜回去了。他叫那边接电话，她不接。电话铃声响起来的时候她就有"肯定是爸爸打来的，他不回来吃饭了"的预感，果不其然！失望的感觉涌上心头，一股无名火从脚底下开始快速往上蹿，滚烫地掠过她身子，"噌"一下冒上头，"轰"一声燃烧起来。她猛地站起来。皮皮原来在桌底的网格面上卧着，见她起身，也从网格上跳下来。怒火蒙蔽了她的眼睛，她没看到它，抬脚想踹桌脚，却踹到了皮皮身上。皮皮有些老了，动作迟缓，躲闪不及，结结实实地挨了一脚，低沉地呻吟了一声往后退了几步，却并不走开。非但不走开，还走过来靠到她身上，脸儿皱缩着，一双已不再清澈的眼睛巴巴地看着她，好像在说：你踢吧，踢吧，只要你能解气。

那边眼泪汪汪地瞥了皮皮一眼，拿手把它拨开，喊道：

"我不吃饭！我最恨吃饭了！"

此时此刻，刚刚还那么可爱的一切——满桌香喷喷的饭菜，那杯极具奉献精神的冰爽的鲜橙汁，奶奶慈祥、温柔、娴雅的举止神态和娓娓动听的语言，阿姨随时准备着展开笑容、有求必应的宽宽大大油滋滋的脸孔，在她腿上蹭来蹭去的狗狗，一下子全变作了她的对手和敌人。她义愤填膺地瞪着他们；他们则像一个个老皮脸，对她眨眼吐舌头皱鼻子歪嘴——存心要把她的情绪燃至沸点。

哼！说话不算话，表里不一，连橙子都不如！去你的！

那边抬手往桌上一撸：她跟前摆放整齐的筷子、不锈钢叉子、搪瓷勺子和小碟子以及那杯鲜橙汁"哗啦啦""咣啷啷"在瓷砖地上摔出一阵脆响。

"讨厌！"

她"噔噔噔"跑出餐厅，跑过前廊和月洞门，踢开自己房间的门，一头扎了进去。

天黑透了。英碧若又一次去敲孙女儿的房门。

"那那，乖宝贝，让奶奶进去行不？你开开门哪。"

英碧若的声音有些沙哑，这已经是她第四趟来敲孙女儿的房门了，好话说了一箩筐又一箩筐，可是那边就是不吱声，不开门，也不开灯。在这件事上，英碧若虽觉得那边脾气火爆了点儿，行为出格了点儿，却觉得是儿子有错在先：做不到的事儿，你瞎许诺啥？不是悠着孩子的心玩儿吗？这可不是荡秋千哪。

所以英碧若理解那边的委屈，因为心疼和担心孙女儿，晚饭吃了两口就再也咽不下去了。不过那边对英碧若这么做并不领情。她烦死她了！她屁颠儿屁颠儿跟过来哄她干吗？让她一个人呆着好啦。她一趟一趟来敲门干啥，犯得着那么紧张吗？一遍一遍重复那些话干啥，用得着那么啰嗦吗？那边有时候觉得阿姨都比奶奶强。刚才吕月婵旁敲侧击，说一些话儿给她听，比英碧若一味地批评儿子，夸大那玄默的错，纵容消泯她的错强多了。吕月婵说：

"奶奶您先去吃饭吧，要不饭菜该凉了。这孩子今天的委屈大了去了，不过要我说再大的委屈也不能和杯杯碟碟撒气不是？工人做一个杯子得费多少工夫！咱还得花钱买不是？橙子变成汁儿在哭，杯子碟子勺子成了碎碴碴也是在哭哇。"

英碧若并不心疼那些杯杯碟碟，她的心只在孙女儿身上：

"悄没声儿的，也不知道在干啥。真急人！"

"奶奶您甭担心。这样的孩子我见多了，我那小儿子就这样，脾气来得快去得也快。那那一会儿就开开心心、蹦蹦跳跳出来吃饭了，她啥事儿也没有。咱小公主可是个明白人，怕黑了把灯打开，不怕黑在黑地里想想事儿、消消气儿，气一会儿就跑没影儿喽。"

在黑屋子里，那边的心也黑洞洞的；门关着，窗也关着，别人进不来，她也出不去。她既然把自己关起来了，就不能轻易出去；更不能转眼就跟啥事也没发生一样，开开心心、蹦蹦跳跳地跑出去，像阿姨说的那样。假如隔着墙和门的外面有一个妈妈，那黑黑的屋子一定不黑了，门、窗和墙也就不存在了。可是她的妈妈在哪儿？

那边咬着牙不让自己哭出声来。她绝食，她就要在自己的"囚室"里关禁闭！英碧若说她住的这两间耳房许多年前是那思立住的，他喜欢这儿，这儿最安静。他当年就好把自己关房间里，有时还会关和他一般大的孩子。她问那时候老伯几岁？英碧若满怀柔情，像一个母亲回忆自己的孩子：

"他那年十八岁。"

她疑惑地看着英碧若，说：

"十八岁怎么还是个孩子？再说啦，您那年不也十八岁吗？"

但那时那思立住的是两间，两间的两个门都通向角院。那边住的是两小间，最东边的那扇门堵上了，里间卧室，外间书房，是后来装修房子时特意改的。她本来想学《红楼梦》里那些哥哥、姐姐、妹妹也给自己的房间起个名儿，可是琢磨来琢磨去也没想出个好名儿来。她跟那玄默叹息，说好字眼儿都被曹雪芹用光了。那玄默讽刺她，说：

"叫'囚室'就挺好，你不是动辄就把自己关里面吗？"

是的，她就是囚徒，不是被四堵墙囚住，而是被没有妈妈的感觉囚住。她是世界上最不幸的人，因为她没有妈妈。从来没有妈妈的手牵她的手，从来没有妈妈给梳的小辫儿，从来没有妈妈接送她上学放学，从来没有妈妈陪她学钢琴、看电影，从来没有妈妈给她买衣服鞋袜，从来没有妈妈陪她上公园划船、钓小金鱼儿，从来没有妈妈去开她的家长会，从来没有妈妈的手伸到下巴底下翻好窝着的衣领子、系上散开的鞋带、提好秃噜下来的裤子并用嗔怪的口气说"瞧你这孩子"——这是校门口的常景。

没有了妈妈，一切都没有了，她就"磨心"了，脾气坏了，就时不时要摔点儿东西听点儿响，要把自己反锁在屋子里吓吓人。此外，她还喜欢玩儿"失踪"——躲到家里某个角落不出来。六岁时她曾藏进某个古旧大衣柜的衣服堆里，那么怕黑怕鬼的她那回却特大胆，竟然在大衣柜里呼呼大睡。那栖心说那边肯定是被那些古老气息和依附于那些衣物、家具上舍不得走的灵魂催眠了。当时找到她是皮皮的功劳：它卧在大衣柜旁边，寸步不离。还有一次，那边带着皮皮蹑手蹑脚"转战"各个房间，找她的人前脚走，她和皮皮后脚躲进去，故意让自己"失踪"的时间延长，把家人的焦灼延长，直到英碧若那玄默他们忙够急够几乎要打电话报警时她才现身。不过这时已经雨过天晴，她哈哈大笑——别人找不到她和皮皮的得意已经把刚才的一肚子气抛到了九霄云外。

没有妈妈是个铁定的事实。关键是并非真的"从来没有"而是"再也没有"；六岁前妈妈对自己的爱像天边的霞光一般总会在她的心中乍然绽放，呈现出最斑斓的色彩。可是时间这个最无情的杀手已经把这抹色彩渐渐虚化，已经把现实转换成梦幻。有时候，那边真希望自己从来没有过妈妈。干净、彻底的无，也许就会造就另外一个那边，那个那边快乐乖巧、人见人爱。可是干净、彻底的无是不是等于她得像孙悟空一样从石头缝里蹦出来，像拇指姑娘般从一粒种子里长出来？沿着这样的思路想下去，注定找寻不到结果，她感觉更加寒意森森，因为那样的话不仅没有妈妈还没有爸爸。妈妈永远缺席，那边的心就会永远缺损，像一棵路边可怜的小草样的小女孩的形象就会永远立在她心间，推不倒赶不走，这也是那边和那玄默、英碧若之间持续不断"战争"的最根本原因。所以那边会理直气壮发出这样的声音：

"这是我的错吗？"

她还给那玄默英碧若撂下过这样的话：

"你们就知足吧，我这样已经够好的了，许多有爹妈的孩子比我还磨心，脾气还坏呢。"

英碧若十万火急地给儿子打电话，那玄默火烧火燎地赶回家来。他敲开女儿房门，把她搂进怀里，她所有的委屈刹那间烟消云散。其实她要得不多，她只要妈妈；妈妈要不来，就只要爸爸。爸爸多看她两眼，多跟她说说话儿，多回家吃饭，多带她出去玩玩，无论有多重要的事只要不是性命攸关就一定要出席家长会——就够了。其实那边一听到那玄默急匆匆的脚步声气就消了，肚子也开始咕咕叫，同时觉得自己对不住皮皮和奶奶。每一次都是这样，不管起因是什么，首先充当"炮灰"的总是英碧若。于福来说：

"她自找！我要那那跟我们过几天她都不肯，她霸着好啦。"

打这儿起那玄默吸取了教训：不轻易许诺。这样，反倒给那边一次又一次的惊喜。

周日，吃早饭时，那玄默对女儿说：

"老爸今天有空，带你去北海划船如何？划完船咱们去吃西餐？"

那边一蹦三尺高。可是上午有钢琴课。那边扭头问英碧若，钢琴课怎么办？英碧若笑眯眯的，说：

"不碍事，我帮你请假。"

"奶奶您去不去？"

"不去，我怕水，还怕吃西餐。"英碧若摇摇头，说，"那西餐也能叫美食？也不知道你爷爷当年是如何在美国呆住的，还有你大伯，一呆一辈子！"

这时候那边对那玄默的"阴谋"一无所知。那玄默不仅有补偿、犒赏女儿的用意，他还想借此机会跟她沟通沟通。他相信人在大自然的美景中，在一种快乐的心境下更容易接受一些平时不易接受的观念和提议。那玄默最想跟那边提他再婚一事，这个话题颇为敏感，向来是个禁区。此外，也想跟她说说她的这个火爆脾气，尽管他不希望让纯粹的游玩搀杂进别的东西。

他们要了一只手划船。那玄默说离了桨和手的动作，划船的意义就丧失了。那边也乐意要手划船，这种船与《鲁滨逊漂流记》里的独木舟的感觉更近一点，更接近那些遥远、神秘而美丽的梦幻的东西。那边对梦幻的东西始终有着超乎寻常的热情，当然许明丽被时光虚化，变成霞光和青烟这件事除外。

那玄默最想说的事不是由他先提起来的。那时他们让船在湖面自行漂荡，旁边不时有脚踏船和电动船经过；船速不快，却也能搅动起波澜，把他们的船诗意般地悠来荡去。那玄默抬头看看天，看看水，看看周围，颇有些遗憾地说：

"蓝天白云，和风丽日，鲜花绿柳，白塔碧水，真该拉你奶奶一块儿来的。"

那边顾自撩着湖水玩儿，装没听见。爸爸到底是弱智还是故意？她天天和奶奶低头不见抬头见，都腻味死了，好不容易和爸爸单独在一起，他却说这个！这时又有一艘手划船从旁边经过，船上有三个人，两个大人带一个小孩，显然是一家人。船上的小女孩跟她差不多大，马尾辫上系着一块搀有金丝的粉色丝带，在随风飘啊飘。妈妈和小女孩并排坐在一起，脖子上的丝巾和发带一模一样，也在随风飘啊飘。

她心里一阵难过，赶紧扭过头不看。她叫那玄默往另一个方向划，过一会儿，说：

"爸，您有妈妈，我没有妈妈，这不公平！"

"可是你有爸爸，我没有爸爸，咱俩扯平了。"

"妈妈跟爸爸不一样！"

"不一样？那给我闺女找个妈妈，行不行？"

"不行！我不要别的女人做我妈妈！您敢要我就打死她！"

那玄默不说话，风景中的谈话会更柔婉更易被接受的想法看来只是自己的一厢情愿，他内心有些悲凉。明丽走了有三年多了，而他年届不惑，却孑然一身。一定是她冥冥中知道他做了错事，用女儿始终如一的坚决态度来惩罚他。

那边抬眼去观察父亲脸上的表情：听她说出那么骇人听闻的话来他竟然在那儿微笑！阳光打在他的眼镜片上，光在那儿像两个调皮捣蛋的精灵一霎一霎地跳荡，使他的眼神显得有些杳渺。

那玄默张嘴想说什么，却突然有条脚踏船经过，一对青年男女四只强健的脚把船桨倒腾得飞快，船儿"嗖"一下从他们小船边经过，冲起的水浪使他们的小船跌跌撞撞地转了好几个圈。那玄默忙着调整方向，控制小船平衡。小船驶出浪波，平稳下来。

危机既已解除，那玄默又微笑起来。那是个有"问题"的表情，既有没达目的的无奈和尴尬，又有对她的理解和宽容，还有种狡黠和神秘的暧昧意味。这种神秘暧昧肯定和她无关而和那个"后妈"人选有关。小看孩子的智商是大人的通病，他们总以为孩子不懂大人之间的事。而且，像那玄默这样的大人很自信，也很有智慧，可是他们也许没想到：孩子的直觉和大人的智慧没有关系，和大人的自信更沾不上边。

有一件事很能说明这个问题。那边跟爸爸和奶奶去参加季风的婚礼，季风是季博通和那栖心的小儿子。季博通和那栖心有两儿一女，大儿子季夏、女儿季节和小儿子季风。酒席上，那边看到表姐季节和一个男宾眉来眼去，这个男宾后来得知是季夏的朋友，他们是特意从法国赶来参加季风婚礼的。别人——包括表姐夫端木，谁也没看到这个细节，或者看到了也没往心里去。可是季节和那个男人"梦里寻他千百度，蓦然回首，那人却在灯火阑珊处"的感觉，那种置身热闹场所却看不见别人只看到对方的感觉却让小小年纪的那边觉得新奇，因而印象深刻。果然，不久就听那栖心来和英碧若诉苦，说季节被鬼迷了心窍，铁了心要和端木离婚。那边插嘴：

"小姑，那不是鬼，是个男人。"

那栖心说：

"你小孩子家别乱说话！季节可不是那种人。"

英碧若也呵斥她：

"去，一边玩儿去。小孩子家懂什么？"

她急了：

"可是我看见他们了！表姐和那个人，眼睛亮亮的，脸儿红红的……"

那栖心和英碧若刨根问底，待弄清楚是咋回事儿，她们都乐得不行。英碧若说真是小孩子家，你以为男女之间的事，是你跟贝贝聪聪他们玩过家家游戏呢。那栖心回家后就把这事当做笑话告诉季节。季节哼了一声，说你们真弱智，还不如一个小孩。那栖心对那边所说的还是将信将疑。

季节到底和端木离婚了，而她新找的男友就是那个男人，那边一眼就认出了他。不久，季节就和那个男人去了法国。

哼，自以为是的大人，他们有时候比小孩还蠢笨！

那边又看一眼那玄默的脸，是的，她突然感受到了一种来自某个或某几个她认识或不认识的女人的威胁。她们躲在那玄默那个表情里，跟表姐和那个男人一样旁若无人，无视许明丽和她的存在。那边想，也许那天的"有事"是跟某个他要找来当她妈妈的女人约会？还有许多次的"有事"和"临时有事"是不是都隐藏着某种阴谋？那玄默的课很受欢迎。他的学生中流传着一句话——那教授一张嘴，听者就安静。这不仅说那玄默有着磁性的嗓音，热情、明亮而专注的眼神，潇洒的身姿和不羁的手势，更是因为他的课既形象生动、逻辑严密，又处处闪耀着哲理和思想的光辉。那玄默的学生常常下课后还"呼隆"一下将他围拢，七嘴八舌地向他提问。有的女生则双管齐下：既为了提问，又为了挨近他，让他看清她们"宇宙无敌地好"、"能吹弹得破"的皮肤——那边凭直觉讨厌这类轻佻媚俗的描写；或大或小或美或丑的眼睛；或柔韧修长或肉感肥腻的腰肢；甚至用她们或柔美或低沉的嗓音及年轻女孩子阳光、青草、小兽般身体的气息勾引他。

不行！她得旁敲侧击问问他，让那些女人露点儿狐狸尾巴出来。那边在脑子里竭力搜寻那些围在那玄默身边的女性脸孔，想起了一个。

"爸，小年姐姐怎么好久都不来我们家啦？"

贺小年曾是那玄默带的一个研究生，长相一般，但身材、气质一流，一度疯狂爱上了那玄默，发誓这辈子非那玄默不嫁。为了攻下那玄默这座山头，她还常来那家走动，试图走"老少"路线。那玄默怕贺小年玩得过火，自己招架不住，遂抹去所有的含蓄和隐在含蓄里的美感，跟她摊牌：一、他坚持兔子不吃窝边草的原则；二、他看透老夫少妻生活的辛酸和折磨，绝对不愿戕害她贺小年美丽而宝贵的青春。一番话将贺小年拒之门外了。

"哦，"那玄默淡淡地说，"她去美国留学了。"

"尚阿姨呢？"

尚春教意大利语，把意大利语里面的舌尖颤音发得无与伦比地好，本人个性浪漫，长相性感，大家都说她是被所学所教的这门语言长期熏陶成这样儿的，是个典型的剩女。英碧若倒是很中意尚春，对那玄默说抓紧时间，还来得及生个一男半女，那那有个弟弟或妹妹，也不会那么孤单。所以一度积极撺掇那玄默娶她。

那玄默瞪女儿一眼：

"怎么，你在审你老爸吗？尚阿姨找了个清华的教授，最近要结婚了。"

那边深叹了口气：

"看来您还是跟她们无缘。您只跟我妈妈有缘。"

"可不是吗？"那玄默调侃，"人命关天，谁敢跟你爸结缘啊。"

那边紧盯着那玄默的眼睛，绷住脸说：

"爸爸，我说的是真的，您要是给我找个后妈，我就把自己杀掉！"

"刚才还说杀别人呢。"

"我改主意了。杀别人太不厚道，杀自己总是可以的吧？"

那玄默"呵呵"笑了两声，这笑声那边听着比猫头鹰的叫声还难听。

"你这个臭丫头，真难缠。"

那边头一歪，得意地笑了：

"我就难缠，怎么着吧？把我宰了，扔湖里喂鱼？"

那玄默摇了摇头，说：

"这是不是你喜欢的说话方式？打呀，杀呀，宰呀，一个小女孩儿，怎么能张嘴就说这种话！你自己不觉得刺耳吗？"

"不刺耳！我觉得特刺激。过嘴巴瘾，犯法吗？"

"不犯法。"

"我们同学都喜欢这么说话。"

那玄默不说话——他无法说话，太当真了反倒会给她留下深刻印象。他的心仿佛一下子被浸到湖水里一般，冰冷，心一阵抽搐。他能说什么？个人的声音能穿透、刺破紧围着她的这层时代的"膜"吗？打打杀杀，就是这个时代的特征。虽说眼前没有了动乱和武斗，没有了战争，但真刀真枪的战争进入到了武打片、游戏软件、动漫书中。在这样的时代大背景下，个人的力量是微不足道的，他要做的肯定不是说教而是潜移默化地去丰富、教化她的心灵，让她在宽博厚德的引领下自动开启自己的心智。

那玄默操起桨慢慢地划着。那边坐到他身边也要划。他给她一个桨，她喊着口令和他一起用力，可是她的力量跟那玄默的力量合不到一处。力量不在一处，小船显出无所适从的样子，想走走不动，想停又停不下来。她一烦，索性双手举桨，"啪啪"拍击水面，像打人耳光似的，别提多来劲儿了。小船晃得厉害，水花溅起来落到她和那玄默身上、脸上。她放声尖叫，小女孩儿激越、昂扬的嗓音被湖面和天空传扬开来，吸纳进去。那玄默又微笑起来，但那是有些紧张的微笑，并竭力保持着船体平衡。

那边一边玩儿一边喊：

"爸爸，您说得对，要是奶奶来就好了，准把她吓个半死。没准我俩都会掉水里，这就会出现一个古老而又崭新的——先救她还是先救我的问题。爸爸，假如我和奶奶一同掉进水里，您先救奶奶还是先救我？"

"先救你奶奶，她不会游泳；你自救，你学过游泳，游得还不错。"

她把桨一扔，叫道：

"老爸，我再也不理您了！"

那玄默把桨捞起来，命令她安安静静坐到对面去，再闹下去小船没准真要翻了。她把嘴撅老高，坐过去，那玄默又开始划起来。他打消了要和她谈火爆脾气的念头。脾气禀性像深扎了根的树，说教倒像阳光雨露，只会让树根扎得更深。可是不说说闺女，母亲总首当其冲地经常被她折腾，他又于心何忍！他几乎是不出声地叹息了一声。那边敏感地盯住了那玄默的脸，他在心里的叹息，被她感觉到了。

"爸，您想说什么就说，叹什么气！"

"我说闺女，就你那酒精炉脾气，啥时能收敛一点儿？"

那玄默到底还是说了。

"哼，我就知道您要秋后算账。那天不是我故意要发脾气，是脾气自己找我来着。脾气说来就来，我有啥办法？"

"这不是耍赖嘛。"

"就耍赖！这怪不着我，那天是爸爸的错！您答应了去开家长会，说好了回家吃饭。"

"我已经跟你道过歉了。"

"我踢了皮皮一脚，还把奶奶弄得胃疼。您以为我高兴这样做吗？冤有头债有主，都是那个叫那玄默的人惹的。唉，可怜的英碧若，谁叫她是您妈妈呢？既然您是她儿子，她是您妈妈，她活……她受着好啦！"

那玄默不说话，有时候沉默最有力量，最能表达自己的观点。他抬手看看表，见已经过十二点了，就往岸边划。船到了岸，工作人员伸出长杆把船钩住，他们相继跳上岸，往公园门口方向走。那边心里有些发毛，偷觑一眼那玄默，她如此说话，爸爸肯定是要生气的。可是既然是自己爸爸，为什么还要讲究说话的艺术？她觉得那样说话不痛快，她刚才把"活"字后面那个"该"字咽了回去就尝到不痛快的滋味了。真的，她已经够不痛快了。

那玄默并没有生气，小小的沉默一会儿就足够惩罚她了。其实这是占了英碧若不在场的便宜。只要英碧若不在场，那玄默仿佛就缺少了发现女儿缺点的眼睛，乐于对她的出格睁一只眼闭一只眼，乐于看到她的闪光点。那边的漂亮、率真、聪明、机灵和老气横秋的样子甚至语言上的过激都让这个做父亲的如此钟爱，乐于顺着她，让她开心。

那玄默牵住了女儿的手，走了一会儿，他突然停下脚步，看着那边，说：

"闺女不同意，爸爸就不会再婚。可是我还是希望我的宝贝以后注意说话的方式，不能如此直言不讳，更不可杀气腾腾。打打杀杀应该从你的语汇里消失。对奶奶呢，要给予更多的保护和尊重，OK？"

那边点点头，抬起那玄默的一只手，伸出小指和那玄默的小指拉钩上吊一百年不许变，然后用大拇指"盖了章"——与其说是承诺，不如说是小孩的一种游戏，游戏是可以说话不算数的。那边和许明丽也玩过这个游戏，许明丽说话不算数，抛下她走了。不过，那"印章"虽说留不下丝毫有形印迹，却在那边心里留下了印迹，这比写保证书管用。有些那边做到了，比如那以后她再也不说"打打杀杀"的话；有些没有完全做到，比如发脾气摔东西时连累了英碧若之类。那边的"脾气"并非回回都有"冤头债主"，但英碧若和那玄默都理解她，她的那个"冤头债主"是虚空的，只是一种失去妈妈的后遗症。

第六章

1

我们走过一生，就像随波逐流的小水滴，只管跟着水流湍行，无法驻足回望；偶尔被带至河流拐角逗留片刻，也多半只在原处打转转，最多左顾右盼，却不知前瞻，也不懂回望；侥幸被带出拐角，继续随波逐流。

所以这是人生的一个事实：我们走过一生，多少真相被掩盖，多少谜底没有揭开；多少至关重要的瞬间被忽略，多少细节被遗忘；多少情感分不清真假，多少热切的呼唤、真诚的表白随风而去，视而不见，多少可能的相知交臂而过……就像谭雅蓉那小半拉装不住实质的"袋子"，永远也不可能兜起什么；就像楚郁沿路丢下的那些景色，那座山、那片树林、那弯曲险峻的山道，山风乍起时山林一阵紧似一阵的呼啸、那只飞远了飞高了仿佛融入蓝天的云雀——你走过它们，好像把它们全都装进了记忆的"行囊"，可装进去的只是那些风景和事物的极少极表面的一部分，也许离真实很远，因为你且装且丢且忘，更何况记忆并不可靠，它会歪曲和杜撰事实。重要的是，我们置身其中，往往一叶障目，多少假象被当做真相来对待，多少现象被当做本质来笃信！

所以人生注定会有许多遮蔽：你对世界的了解只是冰山一角，你对别人的了解只是冰山一角；我们自以为最了解自己，最清楚自己的来龙去脉，可我们对自己的了解往往也只是冰山一角。因为在你成长过程中，总有许多"别人"在你周围，他们的存在就像墙一样挡住你往外，往远处、别处看的视线。一个人就是一面墙，许多人就是许多面墙；他们的影子挡住你的视线，你的影子又挡住别人的视线；就这样遮来挡去，形成了人生许多的"黑洞"。这样，多少和自己有关联的事实被汇入时间之河，你理不清头绪，找不到线索，弄不清前因后果。于是就有许多人生的可能只存在于假设当中；许多人生的缺憾和困惑，至死都无法消解和释怀。

所以我们前行时，不仅要学会左顾右盼，学会观察、质疑、分析，也得善于回头一望——这是探寻真理必不可少的一步。

人生的遮蔽还有其他原因：由于年龄、角色、阅历、心境、期望值不同，便会有不同的视角和感受，得出的结论也会大相径庭，甚至南辕北辙！比如我们重新吃小时候吃过的那种蛋糕，走小时候走过的那条路，看小时候看过的那条小溪，却没有了小时候的那种喜悦。你变得宁静了，就像耿茶梅酿制的米酒，不再"作"个不停，而是冷了缸。

比如事件的遮蔽。

蒲荟被送走那天，耿茶梅的心像一只脆弱的玻璃杯子。那一刻，她多么需要一个支柱。丈夫一死，耿茶梅像揪住一根救命稻草一般揪住了耿志勇，可是这根救命稻草并不牢稳。这天耿茶梅望眼欲穿，耿志勇也没有来。

原来，耿志勇那天没去喝酒而是去了陈仁和家。他并非像耿茶梅那一刻认定的那样薄情寡义，有酒便忘掉一切，相反他此时显得心神不宁，并突然为自己替妹妹做的这件"积德"事自责；他的愧疚感在那一刻真实可信。

耿志勇作了个假设。假如他戒酒，拿花在酒上的钱去养活这个外甥女，大概也是绰绰有余的。可是愧疚感持续时间不长，陈仁和回家，把这一路的细节一五一十跟他道来，特别言及谭医师和她兄弟对他这个外甥女的宝贝，慨叹他这个外甥女命好，掉到了福窝里，有享不尽的福；他的眼神里满是不搀假的羡慕。这时，任桂娟拿一碟花生米过来。陈仁和点点老婆的肚子，说：

"瞧瞧这没用的女人，净给我添儿子，连个囡都生不出！我要有个囡，哪有你老耿外甥女啥事？谭医师和我的关系——好家伙！那是谁跟谁？"

任桂娟把碟子往桌上一蹾，说：

"生儿子是我有本事！镇上总生丫头片子的女人看见我就盯着我肚子看，我这个只生儿的肚子有多金贵你知道不？大桥头楼阿伙的老婆前天还拿十个鸡蛋来讨教我，问我平时都爱吃啥喝啥，那个是咋弄的，在上还是在下……得了便宜卖乖！我给你生一窠①囡试试，不被你溺到尿桶里才怪！还有，谭医师跟你啥关系？就会白屁拉天②。灌点猫尿就不知天高地厚，你到谭医师跟前白屁试试！"

陈仁和朝任桂娟怒目圆瞪：

"这臭婆娘，粪桶样的臭嘴！啥都敢说！当着别的男人的面也敢说！你本事？是我有本事！人盯着你肚子看是因为你的脸没法看！看了晚上做噩梦！去！重新泡两杯茶来！"

---

① 雾城方言，窝，含轻蔑意味。
② 雾城方言，意为吹大牛。

　　任桂娟横一眼耿志勇，嘴角下撇，好像说这也算是个男人？接着踢踢踏踏走开去泡茶，把杯子杯盖碰得叮当响，一边嘀嘀咕咕：

　　"野猫不晓得自面花①！亏得我嫁给你，你才不至于当光棍！才儿子满堂！"

　　的确不能小瞧了这黄酒的威力。两碗黄酒热热入肚，脉搏加速跳动，热血奔流，耿志勇的愧疚感霎时烟消云散。酒是他的命根子，是这世上最暖心窝的东西，他一天都离不开它。假如有一天他没喝酒，就会觉得没着没落、割心挖肺地难受，觉得这一天白过了；假如哪一天被老婆骂了、被老婆因很少修剪而脏污不堪的指甲盖抓挠并留下横七竖八的印记，被比他更有本事的人黑了，过蠓蚣岭摔了一跤心里疙疙瘩瘩、恓恓惶惶，只要想着明天还有一种叫酒的东西像个不离不弃的老朋友在某个不确定的地方等着他、冲他微笑、热辣辣地要抚慰他，他的心就会实实落下来，觉得啥事儿都不是事儿了。

　　耿志勇跟陈仁和掏心窝子：

　　"仁和兄你说，人有个活头，不就是因为世间还有酒这玩意儿？假如哪一天连酒都不想喝了，肯定也就活到头了！酒这东西，神哪！人躺棺材里头，都能把人馋得身子往上坐起啰，舍不得见阎王啰。酒哪，酒哪，好东西哟！"

　　陈仁和不认可耿志勇的话。他也喝多了，但他喝多了就厌弃酒，就像人吃多了，再看见珍馐佳肴也会像看见毒药般厌恶。他烦死了那碗中之物，但仍然停不住嘴喝，越不想喝越喝个不停，仿佛那端起酒碗的手不是长自己胳膊上，而是另有胳膊连着那手；简直就像别人把碗端起来把黄汤灌到他肚里！他还有个特点，就是酒喝多了就想一样东西。不是耿志勇说的那种东西，当然也不是东西，是人，女人；是女人身上那个妙不可言的洞洞，开启了就觉得深不可测的；他可以放进去，身子不再冷得发抖，甚至不会出酒，感觉万分安慰和舒服。陈仁和不酒后乱性——最多拿老婆出出火；大多时候只能在心里乱，思绪里乱。他多少次给自己找借口：反正这不犯法，只碍着自己，不碍别人。

　　他打着酒嗝，眼前老是晃悠着各色各样女人的脸孔，是那些跟他有点儿瓜葛或他想有瓜葛却畏葸不前、只在心里头惦记着的女人。这些女子有个共同特点，都是肤色苍白，身子骨柔弱。他一看见这种类型的女人就忍不住心生爱怜，热血沸腾，恨不能裹进自己身子，用自己身子的力量和旺盛奔流的血液把她们暖和过来、红润起来、活泛起来。谭医师那张白白净净的脸在眼前晃悠，她像一张被放在清水里的相片，单薄寒冷地被水涌着、浮沉着，让他心疼和着迷。陈仁和某次醒酒后为自己酒后无德——想入非非也是一种无德——懊悔万分，狠狠打了自己一顿大嘴巴子，结果留在脸上的印迹让老婆看出来了。桂娟问他：

---

　　① 雾城民间歇后语，全句为：野猫不晓得自面花——不自量。

"脸怎么了？谁打的？"

陈仁和不耐烦，说：

"我自己！"

桂娟骂骂咧咧：

"自己打自己？鬼才信！你最心疼自己啦，一个小手指头都舍不得碰！是拖婆娘被人家男人打的吧？贱骨头！狗改不了吃屎！"

桂娟骂得并非没有一丁点儿道理。陈仁和下回醉酒，谭医师那张脸又会飘飘忽忽浮到眼前。

不过今天多了一张新面孔。眼前这个男人那山里的妹子白撩撩①玉泽泽②愁云惨雾的脸突然"扑通"一声落到陈仁和酒碗里，溅起一片水花，麻住了他身体。陈仁和忍不住打了个寒噤，膝盖磕着桌面，桌上的杯盘碗筷"嗑嗑嗒嗒"晃动起来。

陈仁和心口一紧又一热，稳住身子，说：

"志勇兄，你说得对，也不对。世上还有一样好东西，你可没说。"

"啥好东西？钱？不算不算！这世上要没有酒，有钱有屁用！还是酒最好！"

"哈，错！你说错！是女人，女人！女人和酒，缺一不可！女人比酒，更好！好啊，那东西！"

耿志勇一听，"砰"的一声重重放下手中酒碗，碗里的酒洒出来他也顾不得心疼，嘴角浮起一丝冷笑，脸上做出一副不屑而鄙夷的表情：女人？好东西？没出息！世上哪有这种只会烦人、管人、骂人、抓挠人的好东西？妹子可怜兮兮，只会烦他，让他操心；老婆凶神恶煞，只会管他、骂他、打他，让他窝心。还有陈仁和这个黑面皮婆娘，一副尖利刻薄相，看着也不是盏省油的灯！他叹着气，摇着头，好像面对一个不听教化的顽固分子，说：

"你呀你呀，仁和兄，你喝多了，满嘴胡言。"

"你，你才喝多了！酒，总有个够的；女人，可没个够……好啊，好东西……暖暖和和的……干。"

"暖暖和和的……干！"

耿志勇举起酒碗，和陈仁和的酒碗响亮地碰了一下，一口干掉。

耿志勇问自己：外甥女是什么？假如她继续留在蒲家，那就是一棵小草，贱得不能再贱了，能不能长成"大草"还不一定呢！可是长大了又管什么用？

---

①　雾城方言，含贬义，意为苍白、没有血色。

②　雾城方言，含褒义，温润，玉色，呈半透明状。

还是草，更贱！是啊，女孩子，顶啥用？早早晚晚都是别人家的人，若在早先，再过个十来年就可以找户人家嫁出去，俗话说嫁出去的女儿泼出去的水，如今只是早点儿把这碗水泼出去而已！可是她挪挪窝，在别人眼里，兴许就不是"小草"了，就是金银宝贝、金枝玉叶了！所以说，怎么能拿世上最好的东西换她？他的愧疚感非但没来由，而且可笑！如今这世道，有了金窝银窝谁还恋自家的狗窝？

从此耿志勇再不作那类空洞无用的假设，他很实际，跟那时候大部分人一样，只以物质优劣来衡量一个人的生活质量，有吃有喝有穿的日子就是好日子，反之就不好；其他一切都无所谓。叫人一声爹换口饭吃、跟人下跪叩头换得几个硬币这种事见得还少？人穷志短，有奶便是娘！你人穷志不短试试？路只有一条——死路！人往高处走水往低处流，大自然的现象和人类社会的现象看似相悖，其实是一致的，且亘古未变；他若拿酒去换取外甥女和家人在一起才犯傻！肯定是天底下最傻的傻瓜！若是那样的话就会毁了两个人：他没了酒喝，没了盼头和奔头，没了人生的希望和乐趣，没了阳光朗朗的感觉；外甥女被断了吃好喝好穿暖和，健康快乐成长的大好前程。说到底，人过的是自己的日子，自己的肚子饱了才叫饱，自己穿暖和了才知道暖和的惬意。

事件的真相不难探寻。耿志勇第二天下午到蒲家来，他故弄玄虚，压根儿不提头天的事。耿茶梅忍不住问他：

"哥，昨天你去哪儿了？也不来送送！"

耿志勇说：

"来干吗？你晓得你哥眼泪孔浅，见不得那种生离死别的场面。我喝酒去了。喝了酒就快活了！"

耿茶梅心想果真如此，那毕竟不是他的亲骨肉啊！耿茶梅心里难过，眼圈一红扭过脸去。耿志勇把妹子的表情全看在眼里，他心里乐得像刚刚灌下肚一碗黄酒，脸上笑眯眯的，慢吞吞地说：

"到陈仁和家等信不比来这儿强？"

一听这话，耿茶梅猛地转过头来，定定地看着哥哥，眼睛骤然亮了，怪怨哥哥的心思一下子烟消云散。耿志勇得意洋洋，添枝加叶说了一通外甥女出山的过程和那俩人对外甥女千宝贝万宝贝的喜爱，"陈仁和说，那女的一路抱着孩子，片刻也没舍得丢手哩"，直把耿茶梅听得又哭又笑，而且突然起了以后要讨好陈仁和的念头。似乎巴结好陈仁和，她和小女儿之间的脐带就会永远连着。

耿茶梅说：

"马上要入冬了，你把我刚攒的那麻袋炭捎给陈仁和。让他送城里去呀！"

　　心灵真相的探寻比不得探寻事件的真相，因为心灵的翳障比缭绕在不谷山尖的雾霭还要浓郁飘渺，灵魂的曲折幽邃甚于蠓蚁岭山路和沟壑的曲折与幽邃。比如楚涵风当年对养女情感的纷乱复杂，楚郁何曾知晓！楚郁后来还常常庆幸自己当时年幼无知，正因如此，心思才不会那么复杂，而是用一颗纯真、敞开、阳光的心去感知父爱，记忆深处楚涵风的形象也随之变得阳光灿烂。有时，楚郁对楚涵风对自己的关爱提出反驳，而且证据确凿，但另一个自己便会找出更多理由替他辩护，甚至在梦境。跟楚涵风在一起的梦境，楚郁总是快乐的，不是笑就是"嘎嘣嘎嘣"嚼糖吃，有时睁着一双懵懂的眼睛听他说话——那不是话，仿佛天籁。

　　楚郁对楚涵风爱她有着信念支持，她需要并看重这份爱。要没有了这份爱，她的人生就是缺损的。

　　有一次做梦，楚郁梦见自己跟一个男人说"我也爱你"。这是男女之间那种爱意的表达，只可惜能忆起的梦境从"也"那儿开始，"也"之前的可能让人心潮澎湃的情景无法再现和追忆，经过推测和想象，楚郁吃惊地发现：那男人竟然隐约是谭平的形象和气质！

　　楚郁把自己喜欢过的男人，比如前夫陆地的照片和谭平的照片作比较，结果是：虽说不上外貌有多少相像，但总有几分说不清道不明的相似——神似，譬如果园里同一类型的果子。她自己不愿正视，她一直喜欢和欣赏的那种类型男人一律都是"谭平型"的。这类男人哪怕在蠓蚁般多的人流中也会在楚郁的眼中"脱颖而出"，显得"鹤立鸡群"。

　　人的确应该感激自己的记忆，更该感激和庆幸的是有关记忆的排他性和独有性——人不可能留有别人的记忆，哪怕知道自己记忆有误亦喜欢将错就错，专属自己的记忆总是牢牢盘踞于脑际，就像用以威吓人的大蠓蚁精多少年来一直盘踞在蠓蚁岭，赶不走，挤不掉，比获得过专利证书的发明创造还保险，且固执得像死认自己巢穴的家燕。假如巢穴连同它所依附的屋檐、楼角，甚至整幢房子都不见了，家燕就会显得恓惶悲戚，绕着"旧址"盘旋鸣叫，不忍离去。

　　楚郁亲见过这样的情景。

　　冬去春来，远道归来的燕子看到自己头年的巢穴毁了，但只要巢穴的印迹还在，就会在旧有巢穴上或在旁边非常耐心和快乐地再筑新巢，并不介意原来的家园被毁。蒲力荣淘气，有时会趁燕子不在、耿茶梅不留意的时候把巢捣毁以满足自己的好奇心。他钻研燕巢的构造、用料，还想看看燕子第二年回不回来、生不生气，等等。这是蒲力荣捅燕巢时刹那而起的好奇，等来年开春后家燕回来，于燕巢——天井——树梢——山野——天空间来回穿梭，甚至等到了乳燕孵出，张着小扁嘴边叫边等着喂食时，蒲力荣才会想起自己头年冬天某个下雪子①的百无聊赖的阴冷下午瞬间的"好奇"和错过的对"好奇"的揭示。蒲力荣看着燕巢和里面快乐的一家，显得万分懊恼和不甘，那种感觉，就像错过了自己某次生日而没吃成荷包蛋和长寿面。

记忆经过岁月的淘洗，想象力的改造，有意无意的取舍，也许显得并不十分牢靠和确切，而且因人而异。比如小时候蒲萍拧蒲荟屁股、蒲力荣剜蒲荟竹碗里米饭的事，楚郁记得清清楚楚，蒲力荣和蒲萍却忘得一干二净。有一次楚郁半开玩笑似的对蒲力荣说：

"你不知道你小时候多霸道，总到我竹碗里剜饭吃。"

蒲力荣瞪大眼睛，说：

"怎么会？是你耍赖剜我碗里的饭吃吧？你比我小，全家人可不尽让着你啦！"

她不怪姐姐，她终究是个病人；也不怪哥哥，人总是倾向于记忆自己的快乐、幸福、成功、辉煌，而倾向于把关乎自己的"恶行"丢掉，就像丢弃旧衣服、旧物品一样。我们惯常说：不，我不相信！于是就真的不相信事实和真理而只相信自己牢不可破的记忆，而这个记忆其实早就被心愿矫正到"这个可以有"的程度。

山里来的那个小姑娘蒲荟变了，健康了，漂亮了，聪明了，快乐了。当然，吃好了、穿好了、住好了、被"看见"了、呵护了、重视了，体内那些虫虫卵卵被赶尽杀绝了，细菌病毒被控制了。健康与否她自己感觉不到，聪明和漂亮她看不见、体会不了；快乐却像具体的物，看得见、摸得着、嗅得到，能像薄荷糖一样含到嘴里，让那种甘甜、香味、凉意在周身蔓延，充盈每一个毛孔和细胞。

快乐是彻头彻尾，由里到外的。不过在她最初的感觉里，所有的快乐集中在一处——嘴，一个字——吃。这既是从不谷那四代人的观念里沿蜿蜒险峻的山道随身携带出来的一种根深蒂固的认识，同时也是她另一种崭新体验。那时楚郁一天总有一多半时间惦记着自己的胃、嘴；总是不住嘴地吃，吃什么都津津有味，一副想掩饰但掩饰不住的贪馋模样。想掩饰是因为不谷生活留下的后遗症，是因"贪吃"而产生的可耻的罪过在心中尚留有烙印；掩饰不住是因她实际处于一个不知"掩饰"为何物，明知看别人吃东西没羞没臊，却要偷觑上几眼甚至忍不住要做些舔嘴巴吞咽口水动作的本真年龄。从那以后，她再没有

---

①　雾城方言，即霰，是一种细小的冰粒子，一定在冬季才下，落在瓦背上，叮叮当当作响。

吃得那么快乐、放松、幸福，那么无所顾忌——后来为了健康为了肤色为了保持体形，"吃"变得那么有所顾忌！

楚郁的这种感觉是被娇纵后得来的。楚涵风谭雅蓉和谭平在吃的方面都先让着她，尽管她不久就明白：这个家的物品并非应有尽有，许多吃的东西需凭票购买。楚郁随谭雅蓉和谭平去买过几回，排过几次长队，经过几次"哄抢"般的"战斗"，就全明白了。

然而楚郁却有一种想吃什么就有什么的奢华感觉，或是错觉。之所以产生这种感觉和印象，其一是不谷的那个家和新家的对比；其二是因为全家人都尽着她，这是让她产生"奢华"感觉的最重要原因。让着她的理由是"她小"、"她需要"。楚家人对"吃"的理解是纯粹的。吃就是吃，是保证肌体热量、能量和生长所必需的一种行为，和"可耻"、"罪过"毫不沾边。他们并未觉得她能吃有什么不好，相反能吃是个优点，多吃一口他们都觉得是一种欣慰似的。他们用这种纵容的目光、惊叹的表情和语言鼓励了她这种"馋"，几乎彻底扭转了楚郁心底对"馋"和"贪吃"的看法，甚至把饥饿的烙印，把蒲力荣偷剜她碗里饭而家里大人装看不见的创伤一点点抚平了。楚郁后来仍偶尔做做被蒲力荣剜饭的梦，梦的性质却改变了：碗里的饭总不见少，剜掉多少又变回多少，老也剜不完，总是有的吃。难道梦境也会受故事影响？谭平跟楚郁说过一个格林童话，说是一张神奇的小桌子，当你饿了，只要说一声"小桌子，开饭吧"，桌上即刻摆满了山珍海味。会开饭的桌子和老也剜不完饭的小竹碗在楚郁梦中神奇地融为一体。她的利益既然并未受损，心就仍然快乐。所以剜饭、本能地用手捂住碗这个动作就仿佛演变成了两个孩子之间的游戏，那只捧在楚郁手里却总被抢掠的饭碗则演变成了一个游戏的道具！

在对待楚郁的"吃"上，谭雅蓉就像蠓蚣岭经久不息的传说，立在那里岿然不动，屹立在楚郁心间；像在公共汽车上她所享用的那块颜色金黄、松软香甜的蛋糕——有一回她梦见了蛋糕制作的全过程，原来这么简单啊，只是把不谷家门前那条窄溜溜的两边长满千人踏①、毛檑檑②、香丝草③、蒲公英、开着黄白紫色的小野菊、紫花地丁的田塍横过来，摆上案板，切成一块一块，放进烤箱烘烤五分钟，就成了。在梦中，她不去想回家的路被切断了她该怎么回家，只管拼命嗅寻那搀杂了野花、青草、鸡蛋、蜂蜜的蛋糕的香味。

谭雅蓉是权威，是食物之神。

---

① 即牛筋草。
② 即谷莠子，雾城人也叫它毛毛草或狗尾巴草。
③ 即苦蒿。

　　在楚家，谭雅蓉握有经济大权，司管物质，安排一日三餐。休息日谭雅蓉会去买鱼和肉，把煤饼炉生起来。那个玩具般的炉子上做出的饭菜似乎比食堂做出的饭菜更加美味可口！

　　谭平不放过任何机会，言语间总是"你妈妈"如何如何（而不是"我姐姐"如何如何），说得天花乱坠。楚郁认定谭平是想让她快点儿叫"妈妈"之故。

　　谭平说：

　　"你妈妈过去很会做菜啰，她做的菜好吃得不得了！有啥稀奇的，手巧的人做啥都巧！但是自你妈妈做了那个破手术……我一直怀疑医师没把手术做好，诸葛医师还去了呢；他是你妈妈的助手，什么左膀右臂，三脚猫功夫，帮凶还差不多！唉，你妈妈为什么不会分身术？她为什么不能给自己做手术？做完那个手术后，你妈妈就开始讨厌厨房啦！最不喜欢炝锅，炝锅时冒出的味儿她闻了想吐，发出的响声听了头筋脉就跳。你爸爸说幸亏只是不喜欢闻厨房的味，若是你妈妈讨厌手术室的味儿，现在兴许就做不成医师了；你妈妈做不成医师，你就不是个医师的女儿了……晓得不，小不点儿？你妈妈现在做菜没法恭维，人家学老三篇，她用老三样——只有蒸、煮、炖，跟过去比差木佬佬①哩！"

　　她掰了掰手指头，谭平一共用了八个"你妈妈"。他再用八个她也不反感，反而听得心里暖洋洋的。真的，只有蒸、煮、炖没关系！差木佬佬也没关系！谭雅蓉说她做的菜最大限度"挖掘"并保存了营养。谭雅蓉最拿手的是炖芋芳，假如能买到红花毛芋，特别是母芋芳身上长出的子芋芳，去皮，不切，炖熟后盛到盘里，上面撒些细葱花，看上去就像一窝剥了皮的水煮山鸡蛋，别提有多诱人了！红花毛芋的特点是头部一圈呈淡粉色，像谭雅蓉脖子上系的淡粉色纱巾；去皮后芋身白里透着不规则的淡红斑纹，像白色印（红）花布一样。有时谭雅蓉刚说这种芋芳最好吃，陈仁和就把这样的芋芳送来了。要是能买到排骨，那炖起来更香，骨头都能炖软了。这让楚郁想起方粟米的话。方粟米的身影在她的记忆里越走越远，越来越小，越来越模糊，就像飞远了的萤火虫，只剩一点点光亮；但她的话却清晰明确，在另一个女人嘴里复述了一遍。谭雅蓉鼓励楚郁和谭平尽量咽下炖软了能嚼烂的骨头，说是能帮他们长个儿、强壮身体。

　　周日里，按惯例吃食堂，晚上这顿饭从食堂买回来吃。楚涵风每天早上临出门前总要一本正经地重复这句话——

　　"雅蓉，晚上吃什么？"

---

　　① 雾城方言，意为许多、很多。

这时谭雅蓉通常表现得有些无奈或不耐烦，嗔怪道：

"楚涵风，你怎么天天问？"

楚涵风脸上堆满笑，声音简直怯怯的：

"到底想吃什么嘛，老婆大人不指示，我岂敢擅自做主！"

谭雅蓉拿眼狠狠"剜"了丈夫一眼，嘴里说：

"呆死了！"

然后干净利落地下达"指示"。

楚涵风"噢"一声，松一口气，有时抬头看看天，得意地甩甩头发。被妻子如此抢白他并不觉得难堪，相反还像是种享受，然后提上他的公文包和保温杯踏踏实实地走了。下班时肯定装回妻子早上的"吩咐"，要么一样不差，要么退板①一点点，比如把蒸糕改为花卷。因为蒸糕卖没了。

每当这时，谭平就在一边把嘴撇得奇形怪状。有时像猪嘴，有时像猫嘴，有时像老鼠嘴，或扁或圆或尖或鼓或歪或皱；或者翻白眼、放"鼻屁"，说一些阴阳怪气的话：

"老一套！"

"毫无新意！"

有时还说"打情骂俏"、"游戏"、"消遣""腻心"或"撒疯"② 等一些楚郁听不懂的词汇。有一次他让她"把耳朵堵上"。她还没反应过来，谭平已经拿两个手掌捂住了她耳朵。

她笑：

"堵不住！堵住了也能听见！"

其实谭平也会"毫无新意"的来"老一套"，只是他自己感觉不到。比如在谭雅蓉上班时说这类话：

"姐，中午我想带郁儿去吃馄饨（或松菜肉饼、粽子、千层饼、面片、麻糍、芝麻桂花糖炒年糕）。"

谭雅蓉爽快地说：

"好呀，早点儿来。要吃得饱饱的啊。"

谭雅蓉回话快不是宠弟弟而是宠她。谭雅蓉很爱她这个弟弟，但爱得比较严格、克制，跟那些偏于理性的妈妈对已经长大了的孩子的爱类似，想纵容，但又清楚纵容的后果；谭平对姐姐的感觉是儿子对母亲的感觉，有着显而易见的依恋和逆反。所以谭平是沾了她的光；凡是有她在场，谭雅蓉总是无比宽容，

---

①　雾城方言，相差之意。

②　雾城方言，矫情、撒娇之意。

有求必应。若是有人胆敢就此提出疑问，她反而会瞪大眼睛，不解地反问：

"怎么？她还是个孩子呀！"

谭雅蓉后一句话是对她说的，因为她不仅把头转向楚郁，还弯下身子在她颊上响亮地亲一下。

谭雅蓉的权威体现涉及方方面面。

由赵良亭起草打给房修委的报告很快批复下来，同时批复下来的还有青瓦、木料、水泥、石灰、铁钉等一应所需物品。谭雅蓉一声号令，七间屋朽烂的木地板被撬起，后来被搁到厨房当引火材料。散发出木料馨香、纹路多样的原木地板被"乒乒乒乒"换上，还没刷漆，就像耿茶梅在床单上打着的补丁，因为针脚细密、平整，倒也不难看。只是新旧对比明显，她又叫木匠打制了一些家具：脸盆架、小方桌和两个床头柜。

有一天楚郁和谭平去看木工干活。他们在刨花堆里扒拉，想寻找一块合适的细木条做"巴子儿"①。谭平给木工师傅敬烟，年长的那个点起来抽了，年轻的那个不抽，把纸烟别在了耳后，他另一只耳朵别了根红蓝铅笔。师傅继续刨木板。刨刀贴紧着木板一下下地刨，刨花像纸花样散落下来。这样的情景、声音、气息，一师傅一徒弟的工作模式似曾相识，使楚郁不由得愣住了，好像脑壳的某个地方被凿了个窥孔。从窥孔看到了过去，久远的事物被拉近——蒲兆光停灵、师傅带着徒弟赶制棺材的情景清晰如木匠在床头柜门上雕刻的牡丹花图案。

见她突然发呆，谭平以为是没找到合适的木条而心里不高兴，逗她说：

"我们把这些家具当做小郁郁的嫁妆好不好？"

"妈妈说家具是给你打的，那是舅舅的嫁妆！"

谭平笑，说：

"你这只小狸猫，你不能顺着别人的口气说话。难道舅舅需要'嫁妆'吗？"

"需要需要就需要！"

她一边嚷嚷一边冲出门去。

那天晚上谭平画了只小狸猫送她。狸猫的脸和身子，却梳着她那样的发辫，系着她那样的发带，穿着和她一模一样的衣服和鞋子。这张滑稽有趣的简笔画

---

① 雾城方言，即抓子儿，长条形，麻将牌大小，通常由竹子或小木块做成。竹制巴子儿本身有篾青篾白之分，故不必特别加工；木头做的假如正反两面一个色，通常把一面涂成黑或红色。是那个年代女孩子最爱玩的游戏之一。

没把她逗乐，反把她逗哭了。她生气的原因和谭平所理解的相去甚远。难道她会为他那句玩笑话生气吗？平时比这逗得更狠的时候她都不真哭。有一回谭平把吃过的糖纸包上小石子逗她，她一颗颗剥开，发现没有一颗是真的。她咧开嘴闭上眼用小手捂住脸就哭——可那是假哭，是用来吓唬、抗议谭平的。过去，吃不饱饭，冻得难受，被蒲力荣、蒲萍欺负，她尽量能忍就忍，绝不吭声，哪怕蒲萍冷不丁拧她屁股，她也是能不出声就不出声，能把后半个音咽回去就尽量不往外吐。因为她深知"哭"对自己一点儿好处没有，非但博不来同情，反而会更加讨人厌烦，没准下回被拧得更狠。而在这个家里，哭，包括假哭却是一种管用的武器，只要运用得当，就会给自己争来更多的好处和关爱；尤其在谭平跟前更是管用。

果然，见她这样，谭平也许觉得自己玩得过头，也许觉得闹够了，一边乐一边把一块真正的水果糖剥开放进了她嘴里；而她的舌尖一沾上甜味，马上就"破涕为笑"了。

谭平羞她，说：

"好啊，你假哭，一滴眼泪也没有，还骗了舅舅一块糖。快把它吐出来！"

她把糖拨得"咔啦咔啦"响，说：

"我偏不！我就假哭——笑着假哭。这是一种本事，你会吗？"

谭平说：

"我当然会！"

说着便学她的样子，捂上脸"鬼哭狼嚎"起来……

关键是她好像无法说清为什么哭。谁能把像浸了水汽的云朵般的思绪和情绪说出来，说清楚？尤其在她那个尚缺乏语言的年龄？那大概是楚郁第一次有了这种感受的雏形：自己和妈妈、爸爸、舅舅之间有时候是不能真正融合在一起的，这不仅仅是血缘，还有彼此过去的被遮蔽以及无法相互走进和无法言说的感觉等，这是一个多么让人遗憾、伤感的事实啊！

过两天谭平送她一副打磨得极为光滑的木质巴子儿，是他叫木匠师傅刨平、锯匀，他自己在沙皮纸上打磨而成的。每颗背面都画着图案相同的花纹，比从机器模子里出来的还要精准；一个由崭新的黄白蓝格子布做的小布袋，小布袋针脚细密，不漏一点儿缝隙，里面装着小米，这是巴子儿用的。谭平把小米袋扔起接住，眼睛跟着小米袋一上一下。谭平说：

"我保证小米漏不出来。它比长城都结实，孟姜女的泪水都哭不倒。为了筑这'围墙'，我的手被针扎破了好几回。瞧，手上净是窟窿眼！"

他把手在她眼前晃了晃。过几天楚郁放学在院子里碰到湛湛，看到湛湛穿了件黄白蓝格子的新衣服，感觉很眼熟，还没想起在哪儿见过，湛湛一把拉住她，说：

"小郁儿，告诉姨，你的巴子儿好使吗?"

楚郁乜斜了湛湛一眼，哼！想当姨，没门！湛湛是市委组织部部长赛赛的女儿，她爸湛向农在劳资科当科长。赛赛是个大美人儿，湛湛是个小美人儿。她和谭平、市长丁明义的儿子丁辰是同班同学。谭平休学半年，都是湛湛和丁辰来给他补课。丁辰喜欢湛湛，湛湛却讨厌他，说他长了张河马脸，不仅颧骨往外顶，两边的下颌体还硕大无比，下颌枝像副对犁的犁头，直往颈部耕。她每看到他那张脸就忍不住要打寒战，感到一种迫近的威胁。谭平批评她比喻太夸张，她嘴一撇，说：

"这不是夸张，是生动形象。"

谭平笑笑不说话。她却并不就此罢休，说：

"再说啦，夸张也是一种修辞手法，我用得多恰当啊。"

湛湛喜欢谭平，但谭平不喜欢她，说她是个娇小姐，爱臭美，凡事较真儿，一身的臭毛病。湛湛从不在意谭平说什么，谭平越这么说她越乐，越觉得谭平可爱。她说他口是心非，还说世上没有男人逃得脱美女的魔爪。湛湛鬼心眼多。她让楚郁叫丁辰哥，叫她姨。楚郁不叫，说你就是姐。

湛湛说：

"你叫我姨，我给你买糖吃。"

"我不！妈妈说糖吃多了会把牙给吃了。"

"你妈妈不是牙科医师，她说的话没道理！"

"我妈妈啥都懂。她比牙科医师还有本事！"

"那我给你买手绢、小人书！"

"我不！舅舅会给我买！"

"你舅舅买跟我买一样。"

她充满狐疑地看着湛湛，抱住谭平的腰，把头埋在他肚子上，轻轻地往那撞，说：

"这是我舅舅，不是你舅舅！"

湛湛笑得喘不上气。她用手指头点着他们俩，说：

"我知道这是你舅舅。我不会来跟你抢舅舅，我要拿这个人当我舅舅干吗?我不需要舅舅，我要……"她给谭平抛个眼风①，把头一歪，想了想，接着说："什么呢?"

谭平也笑，搂住外甥女，弯下腰，拿下巴点她头顶。

---

① 雾城方言，意为媚眼。

"瞧，你要把你湛湛姐笑岔气了。小傻瓜，谁能抢走你舅舅呀!"

湛湛在一边跺脚，大叫:

"臭谭平，让小郁儿叫我姨，别叫我姐!"

湛湛真的给她买了手绢、小人书，另外还有水果糖。她把水果糖嚼得嘎嘣响，弄得湛湛直担心她剩下的那几颗乳牙要"全军覆没"，每嚼完一颗糖都要掰开她的嘴看看。她烦极了湛湛，说:

"湛湛姐，我舅舅还要画画呢，没空陪你玩儿。"

"他没空，你有空。"

"我也没空。你在这儿，糖都变馊了，一点儿也不甜。"

"你这个小白眼狼!"

湛湛揪她辫子。她把头一甩，辫梢抽到湛湛脸上。

"你找丁辰哥哥玩吧，他有的是空!"

湛湛一边摸着被她辫子抽着的地方，夸张地喊疼，一边朝她做鬼脸。

"那张河马脸，我的天，看见就堵心!"

……

楚郁听着湛湛这话，又瞅一眼湛湛的新衣服，再想想自己衣兜里的小米袋，一切都明白了。她对湛湛说:

"我舅舅做的巴子儿又好看又好使。就是那个小米袋太丑了，我把它扔茅坑里了。"

湛湛急得脸都红了。

"小郁儿，那可是姨一针一线缝的呀，怎么把它扔了?"

她头一昂，说:

"哼! 吃力不讨好，黄胖春年糕①。我不要湛湛姐缝的小米袋，我要我舅舅缝的小米袋!"

那天以后直到家具做成，楚郁再没有去老屋看做家具。本来那是件很有看头并能从中获得乐趣的事，其魅力不亚于出城散步、钓鱼。但既然快乐会以悲伤为代价，她只好牺牲了她的快乐。

谭雅蓉在穿着打扮上也颇有品位。尽管那时衣饰单一，但谭雅蓉愣是能给自己和孩子穿出花样来;丈夫和弟弟一年四季的穿着也由谭雅蓉安排，她不安排，那俩男的就会"不知所措"——在谭雅蓉看来也属于"腻心"或"撇疯"范畴;不是不会，而是要享受"不会"。

---

① 雾城民间歇后语，原句:黄胖春年糕——吃力不讨好。

谭平直言不讳：

"连这个都不享受，那就更没得可享受的了！"

谭平说，谭雅蓉的"品位"仅限于形而上，仅限于"安排"或只在脑子里形成"念头"，典型的"君子"动口不动手。她从未给自己和家人织过完整的一件毛衣，通常是她刚织了一点点，科室的护士就像接接力棒似的拿过去织了，因为假如靠她一个人的力量就有可能永远也织不完，等着穿这件毛衣的人兴许下辈子也穿不上。

比如那件让蒲萍羡慕不已的缎子披风只是谭雅蓉花钱和布票扯了几尺内衬、买了一斤棉花，从箱底翻出当年她结婚时吴熹光夫妇送的一块绸缎料子，交给裁缝完成的。

家里缝缝补补的活儿各做各的。而这"缝缝补补"只限于钉个扣子，连一连绽裂的边边角角，活儿一复杂，她就交给裁缝了。

"我说得没错吧？"谭平说，"这就是你妈妈。谁让你妈妈是个医师哪！她那双手可是为病人生的！"

楚郁分不清谭平是抱怨姐姐还是为姐姐感到自豪抑或既抱怨又自豪。正如谭平所说，手巧的人做什么都巧。比如那件毛衣，肯定是谭雅蓉织的那截或那几截显得最均匀、服帖。这件毛衣假手几人，抖开看看便知。因为每个人手劲、脾气、个性都不一样，反映在织出的毛线活上也各有千秋，其中的道理和字如其人类似。的确，不是谭雅蓉不会那些事，也不是她需要像丈夫和兄弟那样享受"不会"，而是她没有时间。有时间也懒怠做，手术台前一站好几个小时，下来后光想躺着，吃饭时连筷子都懒得拿。一双外科医师的巧手——那巧手的十个手指头上仿佛个个长了精准的眼睛，能巧妙地切割坏死部位，剥离病人体内的肿瘤、结石，对待那些粗粗细细纵横交错的血管而不出差错——为病人服务得多，为家人服务得少。谭雅蓉也明白这个，内疚感偶尔会一阵紧似一阵地袭上心头，这时，楚涵风就会安慰她，说这么一双人民需要的手，不该在油盐酱醋锅碗瓢盆浆浆洗洗缝缝补补中变糙变老，应该发挥更大作用，作出更大贡献嘛。

楚涵风并不是光说不做，而是言行一致或努力做到言行一致。楚涵风极不擅长炒菜，用他自己的话说"对炒菜没感觉"、"不产生灵感"，或者"油盐酱醋跟我不亲"，可是为让妻子避开油烟味的侵扰，他却总要下厨"露一手"，而炒出来的菜总会得到妻子的称赞。明眼人都能瞅出谭雅蓉那话的真伪，楚郁怀疑谭雅蓉也常把这法子用在她身上。比如谭雅蓉正专注于某事，而她拿刚刚涂鸦出来啥也不像、自己却得意万分的"一幅画"乐颠颠地跑来展示给她看。她抬眼匆匆一瞥——也许画的是啥都没看清，嘴里却说"不错不错，很好很好，真棒真棒"。溢美之词对于前者是想让全家快点儿把那顿饭吃下去，对于后者是想快点儿把孩子打发走。而心眼儿还没那么多的孩子"领了赏"后兴高采烈地离开了；心眼儿不少但善于装傻的楚涵风则假装信了妻子的话。

就谭平不买账。谭平听姐姐那么说，不屑地撇嘴做鬼脸、嘟嘟哝哝。他说他的病没彻底好，小郁儿在长个，得吃好一点儿。好一点儿指不上，总不能太难吃了。有一次谭平忍无可忍，抗议道：

"真难吃！比猪食好不到哪儿去！"

谭雅蓉一听，照着弟弟的后脑勺"啪"地打了一下。谭平夸张地"嗷"一声叫：

"姐，把我打傻了！"

谭雅蓉说：

"打傻了活该，你得学会尊重！只有学会了尊重，你才会付出，才能真正长大！"

以后楚涵风再去"露一手"时谭雅蓉就把弟弟赶到厨房打下手。开始谭平不乐意，后来不用催促，他就自觉自愿围上围裙戴上袖套跑进厨房。对于他俩共同的"作品"，谭平再不说饭菜"难吃"，哪怕他只在边上看着，或只在锅里加了点儿盐或醋；过程由不耐烦到饶有兴味。结果，谭平成了"主厨"，楚涵风沦为"帮工"。由谭平主厨炒的菜比楚涵风炒的口感好，色泽艳丽，生熟、咸淡适宜，虽然刀工还显"粗糙、生涩、莽撞、倔头倔脑"——瞧楚涵风多会用词，他哪是在说妻弟切的菜？楚涵风一边对谭平做的菜"啧啧"叹赏，自愧不如；一边窃喜从今往后可找到了个"替死鬼"，部分地实现了自己"君子远庖厨"的人生"理想"。硬着头皮做自己不喜欢做的事，无异于损耗人生命；在厨房呆一两个小时，就像自己、至少是自己的灵魂在那段时间里死去了一般。

有关这些心理活动，楚涵风以为神不知鬼不觉，像一条满身黏液的泥鳅，连他自己都逮不住，而谭雅蓉却像在那儿安装了窃听器，布下了网，把丈夫那个如泥鳅般滑手的念头逮了个正着。

谭雅蓉瞭一眼丈夫，说：

"人家平儿呀，那是用了全心全意去做菜，'心'比哪样作料都管用，炒出来的菜才色香味俱全呢。"

楚涵风大觉冤枉：

"我也是用心做的！可我的手总不听使唤，咸了淡了生了熟了全不由我掌控！"

"哦，是吗？"

"那还有假？"

谭雅蓉哂笑，说：

"'君子远庖厨'——那天谁感慨万端说这个话并有意要写个条幅挂床头？挂床头不是给你自己看是给我看吧？"

楚涵风两手一摊，说：

"不就是顺嘴一说。"

"顺嘴一说？言为心声。没这种思想意识，就顺不出嘴来。还'用心'呢！"

楚涵风见"大势已去"，自己那根小辫子不经意间被妻子揪住，此时正捏在她手心，一点儿一点儿往回收呢！假如往相反方向硬挣只会拽疼自己，还是顺着辫子被揪的方向走吧。

他一副"可怜兮兮"的模样，显得那么无心与无辜，就差喊"冤哉枉也"了。他冲妻子眪眪眼睛，笑了。她瞪丈夫一眼，也笑了，放了丈夫一马。

和厨房的活儿相比，楚涵风更乐于干点儿针线活。他说别看针小线细，拿到手里就像握住了一根狼毫笔，那一刻，所有的心思、灵感和智慧全聚到了针尖。

楚涵风对谭平有足够的耐心，几乎是循循善诱：

"真不能小看了这个'尖'啊，它能让你恢复平静，哪怕片刻之前还心情激荡，这一针下去，就能把炉火熄灭；心灵宁静了，快乐、尊严、信心、勇气等诸如此类的东西也就恢复了，涌现了。"

而这里的"抽空"还包含主动、及时的意思，主动及时地从暗槽①里拿出针线包，穿上线，缝上，哪怕缝得并不规范平整。因为哪怕稍稍的拖延都有可能会被这家主妇看见，看见了而不干，有违谭雅蓉的作风和责任心，再累再晚她也会把那点儿活干完。楚涵风告诫妻弟：拖延等于向谭雅蓉抗议，等于给她增加负担。他推而广之，说拖延是个坏习惯坏作风，对于成就事业和人生毫无益处。他又说钉扣子的活最简单，连傻子都能干，因为扣子有现成的两个眼或四个眼让针线走，你按眼走线就行了。

谭平紧皱眉头，满脸痛苦的表情，说：

"按扣眼走哪那么容易，中间隔一层布呢！不透明又厚，眼还那么小，我总扎不进眼里去而扎手指头哇！我今天在一块布上试了试——乖乖，把手指头愣给扎成筛子了呀！"

楚涵风所认可的孟子的话在谭平这儿该改一改，为"君子远针线"。

谭平还是按楚涵风的要求做了。谭平第一次钉的扣子没有纯粹按扣眼走，

---

①　雾城方言，指抽屉。

他别出心裁，把扣面包在线里，就像给扣子穿上了一件网眼线外套。他把那件卡其布浅灰色外套上其他四颗扣子——完好的、常规的扣子全部拆了钉成他创造的那个模样。谭平见姐姐姐夫看到扣子目瞪口呆的样子，说：

"难道你们不觉得它是件艺术作品吗？"

楚涵风忍俊不禁，笑出声来。谭雅蓉哭笑不得，说：

"艺术你个头！"

说着拿来剪子，把谭平的"艺术作品"嚓嚓剪掉，重新钉成了"非艺术作品"。

谭平一边心疼自己的"艺术作品"被毁坏，一边得意地对楚涵风说：

"师兄，您瞧见了，我没拖延，是姐姐多事，怪不得我啊。"

2

许明丽的去世是对死亡涂的最浓墨重彩的一笔，它深深镌刻在那边的脑际，使她认定死亡是世界上最坏、最无法容忍的一件事。而且死亡确实像个无所不在的幽灵，只要是生命，它都要剥夺。

"死人的事是经常发生的"，"或轻于鸿毛，或重于泰山"，不过在那边这儿，所有死亡事件的发生都重于泰山。

那边的曾祖父在建那家大院时曾在角院植下一棵石榴树，到二十世纪九十年代中期，它已经活了近百年，活过了那边的曾曾祖父、曾祖父、祖父，一直活到那玄默和那边这两代，是当年那家大院被挤占和盖"违章建筑"时的"幸存者"之一，虽年已耄耋，但生命力顽强，眼看着要跨入二十一世纪。

这是棵玛瑙籽石榴树，那逸书去世那年它仿佛有预感，入春后疏疏落落地长出些花蕾，又陆陆续续地萎蔫了，愣是一朵花儿没开，一个果子也没挂。英碧若当时没往别的方面想，只当这棵树命当如此。自从那家大院搬进外来住户，这棵石榴古树就被当做了绑晾衣绳的定竿——于福来的晾衣绳一年到头在石榴树上系着，另一头系在楔入院墙的一枚钉子上。本来，当晾衣绳只是对树的一层束缚，于福来晾衣服从来不把衣服拧干，衣服的重量加滴里搭拉的水的重量总把石榴树压得弯腰驼背，气喘吁吁。还有第二层：石榴古树长年累月被受了污染的自来水涌着，树根底部中心部位渐渐腐枯变空，只外面一层树皮连着。之所以说那自来水受了污染，原因还在于福来。于福来往洗衣盆里放肥皂粉就跟往炒菜锅里搁盐一样，下手很重，洗完第一遍，将水往树根一泼了事。而且她漂洗衣服马马虎虎，滴下来的水看上去还白乎乎的，北京的自来水原本含碱性高，加上这样的肥皂水，更增加了水里的碱性，而石榴古树日日、月月、年年喝着这样的水，哪能不腐烂？哪能开出红红火火的花来？

但石榴古树拒绝开花那年，却是那逸书死了。

那逸书去世后石榴树更加疏于开花结果，好像在说"喜欢我和我喜欢的那个人去了，我的心也跟着去了"一般。后来英碧若叫许明丽帮忙在院墙上再楔入一枚钉子，把晾衣绳挪开，可是过不了几天，于福来又把晾衣绳挪回到原处，说是贴着院墙晒衣服不干净，衣服干得也不爽。直到那家大院被归还，这棵石榴古树才被彻底解除束缚，结束了它晾晒衣服和喝肥皂水的命运。许明丽因乳癌去世，于福来怪那家大院是个凶窝，英碧若还嘀咕这跟明丽从小穿那种不干不净的衣服有关呢。只不过于福来能大声说出她的怪怨，英碧若只跟自己嘀咕，别人谁也不知道。

后来，英碧若请教园林专家，对石榴古树采取起死回生术：施肥、剪枝、清创、打药，精心照料，百般呵护，古树或许感到过意不去，才逗人玩儿似的开几朵花挂几个果，跟它在盛果期时那种花开满树、果结满枝的情景差远了。每当这时，英碧若就把这当做一条特大喜讯向亲友"广而告之"，其欣喜之情只有那边的"一百分"能与之一比。等果子一熟，英碧若就把它们摘下来装到果盘里，供到那逸书遗像前，放一段时间再分给大家吃掉，澹兮栖心均有份；每次她都恨不得给在上海的那思立甚至美国的那无语邮去一个半个。英碧若说，这棵石榴树结的果虽然少了，籽儿却越来越甜——这是个好兆头。

从外表就能看出来，石榴树的确已老态龙钟，满身疮痍：树干底部的那个空洞有如一张掉光了牙齿的老人的嘴，只剩卷着的树皮支撑着树体；树皮呈苍褐色，满是疙疙瘩瘩的突起，犹如老人脸上的寿斑和疣子；枝条细弱、瘦骨嶙峋——缺少一种视觉的美感，却尽显一种苍劲古雅的感觉。

可别小看了这棵树，它给那边的童年带来许多快乐。

就说那个空洞吧，那边把它理解成张嘴大笑或大哭，喊叫或威吓，这由她心境以及当时的光线、视角等决定。那边还赋予它别的含义。只要她的想象力不匮乏，空洞的含义就是无限的，它也因此像穿上了一件神秘的外衣而魔力倍增。

空洞其实很浅，深不过一尺半。有一次那边想把皮皮塞到空洞里，看它会不会掉进去再也不出来，可皮皮胆儿小，死活不肯进去。她只好用木棍和胳膊去试探，却千真万确地听到了"笃笃"探到底的声音。可是当她抽出木棍和自己的胳膊，再看那个空洞时，它立马恢复其魔力：是时光隧道的起点，由此通向过去和未来，通向不可知的一切；是一扇门，打开，便可通向无限遥远的远处，比如通到大洋彼岸堂姐西塞莉（Cicely）·那家院子里的那棵高大的枫香树底下；是个无底黑洞，掉进去，就是一个美丽的仙境——那边多么希望自己

203

能像艾丽丝那样掉进某个洞去，也去经历一场奇特瑰丽的仙境漫游，结识一帮早就灭绝或罕见的鸟兽朋友，像恐龙、斑驴啥的，没准还能碰上妈妈——对于那边来说，妈妈死亡的残酷事实跟某类动物的灭绝没啥两样。

有一天，贝贝和聪聪来到那边家和那边一块儿做作业。做完作业自然是玩儿，那边提议装扮那个洞口。结果，他们给它粘上了五颜六色的橡皮泥假牙，用纸剪出两瓣猩红色的唇形，贴在它永远也合不拢的"上下唇"上。于是，空洞立马变成了一个面目狰狞的大嘴妖怪。

当天晚上，那边躺下睡觉，那玄默过来道过晚安，英碧若来关上了她房间的灯和门。可是她忽然想起了那个树洞，想起了玩儿时说过的话。那边对贝贝和聪聪说：

"我们就当它是个专吃小孩儿的大嘴妖怪。"

贝贝大声尖叫，但那不是真正恐惧的尖叫而是受刺激的尖叫。聪聪也乐得蹦高，说：

"咱给它起个名儿。"

那边说：

"就叫它洞妖。"

聪聪的调皮劲儿被调动起来，他背起书包，戴上小黄帽，拿根塑料跳绳一头绑在铅笔盒上，铅笔盒放进书包，一头绑在他的水杯上当步话机。聪聪把水杯紧贴住嘴唇，低声呼叫：

"0101（dòngyāo dòngyāo），我是007（dòngdòngguǎi）。007呼叫01，我方发现敌情，有个大嘴妖怪'洞妖'正向我方发动新一轮攻势，打算吃掉我们的一个小孩儿……"

那边和贝贝笑得前仰后合。聪聪看完《巴顿将军》的电影后很崇拜巴顿将军，发誓长大后也要当将军。看完"007"的电影后又崇拜"007"，"007"神出鬼没、铲除邪恶、伸张正义的本领直逼巴顿将军的魅力。

贝贝聪聪在家时常争论这个话题，此时贝贝见聪聪一副将军兼英雄的模样，表示不屑：

"还将军呢，胆儿小得连蚂蚁都不敢抓。"

聪聪说：

"不敢抓蚂蚁也能当将军！"

"'007'看见'吊死鬼'会哭鼻子吗？遇见多坏的坏蛋他都不哭！"

贝贝揭短，聪聪的脸涨得通红。贝贝见聪聪被她打倒了，很得意，补骂一句：

"面瓜！"

"你说谁面瓜?"

"你!"

聪聪气得伸出手狠狠地推了贝贝一把,贝贝没站稳,往后一踉跄,一屁股蹲儿坐在了地上,"哇"一声哭起来。

那边看不惯贝贝平时总欺负聪聪,就像英碧若看不惯贾奶奶总说自己的儿子局器①、有本事,而说女婿一副张八样儿②,一点儿本事都没有。贝贝的哭声已经惊动了大人,大客厅那儿已经有了响动,英碧若的脑袋立马要从支起的窗户往外探了。那边咳咳了两声,慢悠悠地说:

"'洞妖'生气了,说谁再哭就把谁吃掉!"

贝贝止住了哭,她看看怪模怪样的树洞,睖③了一眼那边,不甘示弱,说:

"妖怪都喜欢晚上出来吃人,白天不吃人。大嘴妖怪在你们家,当心它半夜过来,一口把你吞进肚里。"

想到这儿,那边吓得赶紧把头钻到被窝里去,怀里像揣了只小兔子,"扑通扑通"乱跳。可是她转念一想,那不就是个树洞吗,怕它干吗?说它是"洞妖",那不是自己给起的名儿吗?獠牙利齿不也是自己给安的吗?想到这儿,她把头伸出被窝,听了一会儿动静,觉得没啥异常,她仿佛看见"007"像火箭一样腾空而起。那边一阵冲动,热血沸腾,再也躺不住了,悄悄地起床,打开卧室门,又打开书房门,下几个台阶,来到石榴古树跟前。一地月光如水,"洞妖"龇牙咧嘴,狞笑着,好像立马要扑过来,一口把她吞吃到肚里。那边尖叫了一声,拔腿就跑,却被自己的脚绊了一下,狠狠地摔出丈远。

有一年,在过了一个严冬后,那棵给了那边的童年如此多快乐的石榴古树再也没有苏醒过来,头年几片曾经绿过的枯叶还在枝头挂着,向人述说它曾经的辉煌并不只是个传说。大家心里都清楚它已经完了,可谁都不愿承认这个事实,都在等待奇迹出现。然而,当白玉兰的花瓣落了一地,开始像张开的白帆一样,洁白如雪,轻薄如蝉翼,后来慢慢蔫了,白帆收拢了;当满院的树都抽出了芽儿,由芽儿变成叶,叶子的颜色由嫩黄、嫩绿变成青绿,可是石榴古树仍然毫无生命的迹象。石榴古树死后变成了一具美丽的木乃伊,英碧若宣布它寿终正寝并请来一个她认识的苗圃工人准备将它连根挖掉,在原处再栽一棵石榴树。英碧若没有选对时机,因为那天正好是星期天,那边还没起床。那边

---

① 北京土话,意为大方、仗义、豪爽。

② 北京土话,意为不稳重。

③ 北京土话,斜眼瞪之意。

蒙眬中听到了一阵奇怪的声音，好像大地在颤抖。她起床撩起窗帘往外一看，吓得她立即光脚跑出去，双手抱住树干，不让工人再下锄头。她对英碧若喊道：

"奶奶不要！"

"傻孩子，刨了再种。树苗都拉来了。"

那边的眼圈红了，带着哭腔，说：

"它都在这儿呆了一百年了，这是它的地儿！谁都不许占它的地儿！"

工人只得作罢。

古树死亡，英碧若比谁都难过。不，好像不只是难过那么简单，她内心有种恓惶的感觉。这种恓惶里夹杂着没好好守住那家财宝的自责，还若隐若现着一个不祥预感。她觉得古树枯死不是个好兆头，至少是某种暗示：死神在接下来的这一年里恐怕要在那家大院的上空徘徊了，也许它随时随地都会来敲响那家大院如意门上的那对黄铜门铍。英碧若觉得这个感觉不仅她有，于福来和那栖心也有，她们在看见这棵死树时脸上都掠过一丝阴影，只不过有关这个话题太阴暗太不厚道，她们谁都没有说破。

这个不祥预感沉甸甸地压着英碧若，远比孙女儿想象出来的那个"洞妖"有形而可怕。她担心的对象包括自己，还有儿子和孙女儿。许明丽之死给她一个启发：阎王爷有时候不论长幼，会闭着眼睛瞎抓一气。此外，她还担心那无语和那思立兄弟，怎么说他们也是那家嫡亲的血脉，不论走多远，都是。

英碧若和于福来那栖心一样，把这个不祥预感压在心里，跟谁都不说。她不跟那思立说，她知道那思立会怎么回答她：死了？这不很正常嘛。再种一棵。她不跟那玄默说，一是担心儿子笑话她怕死和迷信，在过去的几十年里，"破除迷信，解放思想"的口号已经深入到她骨髓，迷信的念头是种糟粕，总是被藏着掖着的；二是觉得儿子的事业广袤而丰饶，她的这点儿不祥预感比尘埃还微小，拿比尘埃还微小的感觉去烦扰正干着大事的儿子是不可以的。

没人倾诉，自己又消解不掉，所以有段时间英碧若表现得有些反常：精神恍惚，提心吊胆，没有食欲和力气，不是这里疼就是那里痛，突然变得消瘦。那棵枯树简直成了她的眼中钉肉中刺，尽管她明白掘掉枯树换来的只是视觉的平静，改变不了已经在心底深扎下根的那个预感；只要这个预感没有应验——阿弥陀佛，她只盼着这个预感应到她自己身上——否则她的心就不会安宁。

那玄默纵容女儿，忽略了母亲的感受，非但不觉得这棵枯树有啥不对劲儿，反倒觉得它像一件艺术品，夹在角院生机盎然、花团锦簇的花木中别有一番风致；至少和周围景色产生了对比、形成了强烈的反差。

"那那不叫砍，就先留一留吧。"那玄默看看四周景色，又绕着枯树走了两圈，对英碧若说："瞧这院子，平添了一份不和谐美。"

就这样，枯树一直在原地呆着，被旁边那些植物的生机和日益壮大的气势一衬一逼，显得越来越萧索，好像它也在为自己死了还占那么大的地儿感到难为情似的。蝴蝶、蜜蜂不愿搭饬它；家雀和喜鹊偶尔站上头叫上几声，拉泡屎；皮皮有时候去树根部蹭痒痒且把那儿划作它的新势力范围，成为它的新厕。最后几片枯叶不知何时在风中飘落，疣子样的树皮疙瘩干裂了，纷纷剥离树身，仓皇而逃。

有一天于福来来那家大院做客，她已经不记得自己把这棵树当做系晾衣绳定竿的往事，也不记得自己年复一年、日复一日往上潲肥皂水的事了。该记的事儿记着，不该记的事就忘掉。于福来见那棵枯树还在后院碍眼地戳着，遂忍不住跟那玄默说：

“还不紧着把那棵死树掘了，你以为它吉祥呢!”

那玄默说：

“那那她死活不让。”

“啥事都依着孩子，离天塌下来的日子就不远了。”

于福来当下就叫英碧若打电话给某苗圃。于福来建议换种枣树，说有一个品种叫龙枣，枣大味甜，比石榴树还好养活。英碧若觉得还是种石榴好，习惯了，而且它花红、果红，连新发的叶芽都是红红的。英碧若说：

“还是种石榴，红红火火，图个吉利。”

于是订了一棵石榴树苗，苗圃的工作人员给她报了一串石榴树品种名儿，什么冰糖籽、大马牙啥的，英碧若二话不说要了一棵状元红——它简直是特意为那家大院准备的。

第二天苗圃派了两个工人把枯树刨了，刨掉部分原土，给树坑和原土消了毒，又用他们事先准备好的富含氮、磷、钾的培养土和原土和在一起，再把“状元红”植上。这棵来自山东枣庄万亩石榴园的“状元红”枝繁叶茂，已有四年树龄，算不上是苗儿了，工人说侍弄得好第二年准定能开花结果，再过个三两年就会到盛果期。

“到那时，”工人对英碧若说，“满树红灯笼，个个咧嘴笑，籽籽甜如蜜，您老且乐和吧。”

那天放学后那边到角院看枯树没了，并没觉得有什么异样；看到新树，也只浮光掠影地瞄了一眼。活树替代了死树，似乎早该如此。大约过了三四天，那边才想起问这事。

“奶奶，新石榴树好漂亮！枯树去哪儿了？”

英碧若说：

“被你的洞妖‘啊呜’一口吞吃了。”

那边"哦"了一声，咯咯笑着。时过境迁，那石榴古树已然成了一段往事，对待往事的最好办法也许是交由记忆去处理。记忆说要把它留下，就留到脑子里；记忆说不必留，就让它随风而去，加入到死树的行列中。而直到这一年年底，死神也没有在那家大院的黄铜门钹上叩响，英碧若心底的那丝不祥预感也因此渐渐淡出了她的生活。

有英碧若和吕月婵做那边的坚强后盾，那边养过各种各样的小动物，什么金鱼、乌龟、小白兔、小仓鼠、鹦鹉等，她每回都想善始善终，可那些小动物并不怎么配合她，往往善始不善终——死掉的居多，也有失踪和被她送人的。那边养小动物还有个特点，就是无论是何种情况，她决不再养第二回，哪怕积攒了第一回的经验，第二回百分百能养好，她也不养。英碧若先以为是孙女儿怕触景伤情，后来发现这种感觉是她把自己的某些情感体验安到孩子身上，孙女儿注重的是体验的过程而不是结果且总是喜新厌旧——这说了归齐①是人、尤其是孩子的本性使然。

那边养的小金鱼开始还不错，个个色彩艳丽，游姿典雅，恬静端庄，这不是她喂养得好，是英碧若指挥得好：每次喂食的时间和量都由英碧若说了算。英碧若一再强调不能多喂食，否则金鱼会被撑死。过了一段时间，那边恳请英碧若放权，说她啥啥都门儿清了，想过把瘾，独立喂养小金鱼。英碧若只得同意，而且那边不让她在旁边看着，哪怕瞄一眼也不行。结果小金鱼由朝霞变成了晚霞，一条接着一条死去了。

在一篇写她和小金鱼的作文中，那边把小金鱼写得神乎其神：

> 小金鱼儿远远就能瞥见我，闻到我的气息，辨析我的声音，我一去，它们就花枝招展地簇拥到鱼缸旁，鼓着眼睛，吹着泡泡，摆着尾巴看我，好像在说：
> "我们饿了，饿了！"
> 我把鱼食撒下去，它们大口大口地吞着，嚼也不嚼，天啊，它们多馋！比我还馋！
> "吃吧吃吧，吃得饱饱的。"
> 我像撒花儿似的，又撒下了一把鱼食。

第一条死去的金鱼是条"绒球"，它的身子淡金色，大大的尾鳍金黄色，

---

① 北京土话，说到底。

边缘过渡到奶白色，头上鼓两个白色绒球。"绒球"翻着肚皮在水面漂浮，她的心也在漂浮。她不急于把它捞出来，她在观察那些活着的小金鱼会有什么样的反应。她想象它们会惊慌、哀伤甚至哭泣，她期待它们为死去的同伴举行一个葬礼。她想象的金鱼的葬礼后来在她的梦境中呈现过：鱼儿用嘴轻轻咬住死去的同伴身子，咬了一圈，将它缓缓从水里托起，这时从天空直射下来的七色光的最底端一弯，形成一个个钩子，钩起小金鱼的身子，光线一缩，瞬间把它送入天堂。这个梦境和某个现实中的场景合二为一了：鱼儿密密麻麻围住一块食物，比如围住她扔进金鱼池子里的一块饼干分享，就像波光粼粼的涟漪处绽放的一朵最亮丽的水莲——饼干像花心，金鱼挤靠在一起的身子像花瓣。

她的期待没有结果。活着的金鱼即便不小心碰到死鱼身上，也是漠然置之，照样优哉游哉。兔死狐悲，可是小金鱼不懂这个。

那边把死掉的"朝天眼"、"狮子头"、"肿眼泡"、"翻腮"等分开埋在后院的玉兰树、海棠树及角院的夹竹桃、石榴树下：用她的小铲子挖开土，将金鱼放进，在鱼身上搁几片月季花花瓣或三叶梅鲜红或黄色的叶片，再培上土，顶上插个树棍或放块石子儿做记号。她要阿姨别扫树底下，碰都不要碰。她不叫英碧若和吕月婵帮忙，不想让她们听见自己跟它们说对不起。英碧若问她干吗不埋在一起？多费事。她撅着嘴不说话。葬完最后一条小金鱼，她在《采蜜集》正文里写下了第二句话：

在一个鱼缸里游来游去只有一次的缘分，活着就爱答不理，死了干吗要埋在一起？

过些日子那边从学校老师那儿拿了半页纸的蚕卵，说是要开始养蚕了。英碧若最怕毛毛虫，蚕跟毛毛虫大概齐①，尽管她面对的只是些跟小米粒般大小的蚕卵，仍瘆得她起了一身鸡皮疙瘩。为了使孙女儿放弃养蚕的念头，英碧若建议再买几条金鱼回来。

"咱还养金鱼行不？一个人对小动物的兴趣点不能老变，固定一下，行不行？"

那边觉得英碧若的话好奇怪，说：

"我可不要像您一样只对皮皮感兴趣，好玩儿的小动物那么多！可是您最喜欢皮皮，皮皮却最喜欢我。"

英碧若无奈只有去那玄默那儿"告状"。那玄默找了个机会和那边说了很

①　北京土话，差不多。

多话，那边当时觉得都是废话。什么人在路上，不能一味地往前冲，要驻足，看看两旁的风景，两旁的风景有时候美不胜收，很值得细细看；人观察世界的眼睛最忌蜻蜓点水，要学会凝视，专注地观察某一件事物……

那边本来在无所用心听那玄默"训导"，差不多一个字都没入耳，这时却捕捉到了"蜻蜓点水"四个字，感觉有了空子可钻，遂眼儿瞪得溜圆，看着那玄默说：

"爸，您干吗小看蜻蜓点水？它点一下水，就把一窝小宝宝生到了水里。小宝宝长啊长啊，长出了翅膀，就'嗡'一声从水上起飞了，比飞机在跑道上起飞还厉害呢。"

那玄默不仅停止了他的训导，还反过来夸奖女儿知识点准确，联想丰富，结果只有沿袭"老的让着小的"的传统，这个传统被新时代千千万万个独生子女家庭演绎得更加到位，不由分说，只好委屈母亲，让那些蚕卵一只只破壳而出。

此后一段时间英碧若一面满北京城跑着给孙女儿找桑叶，这种树叶休想在私家庭院里找到，只有到公园、街头小花园或小区内才能一睹其芳容，摘的时候还忐忑不安，生怕别人看见了说三道四，同时她还要远远避开那边的房间，几乎一步不敢靠近——那边非把蚕养在自己房间里。半页纸的几百个蚕卵变成蚁蚕的不到三分之一，长到蜕皮的更少。后来有十来个蚕宝宝肚子透亮，开始吐丝结茧，可是那边没有经验，万能的吕月婵这回也傻了眼。那边看到有的蚕昂着头一动不动，不吃不喝，以为僵死了，着急地又去喂桑叶，又拿手去摸，结果它们就真死了。十万火急之下，那边只有求助许艾丽许卫丽。两个姨妈前后脚赶到那家，卫丽没养过蚕，艾丽懂一点儿，鲁腾飞小时候养蚕时她帮过忙。艾丽一看那惨不忍睹的现场，跌足大叹：

"哎呀呀，我的小祖宗，小公主，蚕宝宝一动不动要么在蜕皮，要么在吐丝，你瞎动，把丝扯断了，皮也蜕不出来了。它一看前功尽弃，伤心欲绝，就以死抗争了哇！"

卫丽说：

"大姐你别说得那么恐怖，看看咋抢救呗。"

艾丽拿来一个鞋盒子，用纸板分成一小格一小格的，就像白领的办公间，她把尚活着的蚕宝宝一只一格放好，嘱咐那边千万别动纸盒子。结果，有两只蚕宝宝终于修成正果，结出了雪白的蚕茧。

那边在《采蜜集》里添上了第三句话：

　　　　小动物碰到一个叫那边的小姑娘，它们就算倒了大霉。

那边养的乌龟失踪了。

那只乌龟椭圆形，背上有一点点鼓突，还有几道纵向的棱，像小山包上的几道沟壑。它的头顶、脖子颜色都一样，呈黑橄榄色。那边当着外人叫它"黑黑"，这些外人包括许长兴于福来艾丽卫丽鲁腾飞宋天桥那栖心那思立贾奶奶贝贝聪聪一干人等，当着家里人包括吕月婵的面叫它黑墨。那玄默乐了，说他这个女儿真是调皮捣蛋，给乌龟起的名儿咋像她爹的兄弟？那边说：

"活该！谁叫您给我起名儿叫'边'？这是报复，懂不懂？"

那玄默并不在意，可是英碧若在意。英碧若听孙女儿叫乌龟"黑墨"，很不高兴，头一回跟那边生气：

"哪能叫这个名儿？像什么话？"

"我这个'墨'是墨水的'墨'呀。"

"还狡辩！以后不准再叫！"

那边向那玄默吐了吐舌头，果然再也不叫乌龟"黑墨"了，但偶尔背着英碧若会犯犯规。那边不明白英碧若为什么要生气，她把养蚕事业进行到底的时候她也没这样啊。

那边养乌龟的时间最长，养得也最好，大约有半年多。尽管买肉买虾是英碧若的活儿，切肉切虾和清理黑墨的家是吕月婵的活儿，但那边干得也不少，比如逗它玩儿，给它洗澡，抱着它去院子里晒太阳等。但是，某天晚上黑墨却不辞而别，从它温暖湿润的家—— 一个青花瓷小缸中爬出去一去不返，不知所终，连皮皮都找不到它的踪迹。英碧若安慰那边，说：

"黑黑肯定正躲在那家大院的某个角落静静修炼。"

那边着急：

"这么多天过去了，它该修炼结束了，怎么还不出来？"

英碧若断那边的念，说：

"没个百年千年的哪能修成龟精？孙悟空在五行山下压了多少年，六百一十九年哪。没成精，哪就能随便现身了？"

那边哀叹：

"百年千年，我再也见不着黑黑了！"

英碧若后来私下里告诉那玄默，说乌龟失踪，有可能是皮皮捣的鬼，把它偷偷叼出去扔了。因为这半年来，那边老关注乌龟，对皮皮有些冷淡，皮皮因此闷闷不乐，都抑郁了。那玄默笑，说：

"狗儿还抑郁？"

"这可是狗大夫说的，还叮嘱我要多跟它交流，多和它玩儿，多抱抱它。

唉，皮皮假如因吃醋做出啥过激举动来，我一点儿都不觉得奇怪。它是看着那那出生，一天天长大的呀。"

　　英碧若的说法反而提醒了那玄默：他怀疑不是狗而是母亲把乌龟扔了，极有可能是她把它送了人。无风不起浪，他这么怀疑也是有根据的：乌龟失踪前最近一次那边不慎叫了一声"黑墨"，被英碧若听见了。

　　那玄默自嘲：黑墨就黑墨，怕什么？难不成把我叫成乌龟我就成乌龟了？再说了，做乌龟也不错，俗话说"千年王八万年龟"，它多能活啊。

　　这之后，那边还养过仓鼠，趁两只仓鼠还没被她折腾死，她把它们送给了宋天桥；还养过一对鹦鹉，出于同样的考虑，不久便把它们送给了聪聪。送给别人它们能活着，在她自己手里说不定哪天就会死掉。送鹦鹉时，英碧若有些舍不得，说：

　　"你爷爷当年养蝈蝈、八哥和鹦鹉啥的，有时出远门，还不是我替他照应着？也没见它们轻易死了的。"

　　她懂英碧若话里的意思，不过过去的经验证明：小动物的死或活，不由奶奶说了算。她说服英碧若：

　　"奶奶，您不是总说要把自己喜欢的东西拿出来与别人分享吗？"

　　英碧若无话可说，于是鹦鹉连同笼子便转到了聪聪手里。

　　那边在小学阶段最后养的动物是小鸡。

　　有天上学路过早市，路边有两只扁圆的浅竹筐，竹筐里你推我挤装着上百只黄绒绒的小鸡宝宝，小眼滚圆乌黑。那边以前从来没见过小鸡雏，这时看见一下子被吸引了过去，英碧若想拦没拦住。那边在竹筐边蹲下来。上百只小鸡雏张着粉色的小尖嘴，不停地叫着"挤，挤，挤"。因为挤，有的小鸡雏被挤得趔趄着站到别的小鸡身上，四顾茫然，孤独地叫唤；有的被踩到别的小鸡雏脚下，眼看要要呜呼哀哉。卖小鸡的人一点儿也不心疼它们，不时把手伸到筐里，把小鸡像撩水似的撩起来，又泼回去。她忍不住说：

　　"伯伯，您别这样，它们多疼啊。"

　　卖小鸡的人说：

　　"我这是给它们空气，它们太挤了。小姑娘，买几只回家养着？"

　　英碧若一看情形不妙，硬把那边拽起来，说再不走上学要迟到了。那边恋恋不舍地起身。路上，那边感慨：

　　"奶奶，我以前不知道，小鸡那么可爱！"

　　"世上所有的小生命都可爱，你刚生出来的时候也很可爱啊。"

　　那边听不出英碧若的话外音。

"奶奶，小鸡最大的本事是什么？"

"本事？公鸡打鸣，母亲下蛋，小鸡会刨土捉虫子？"

"会不会飞？"

"长出了翅膀，应该会扑棱几下。"

"奶奶，我把小鹦鹉送给聪聪有多久了？"

"哦，我看得有两个月了。"

"就是说，我很久没养小动物了是吗？"

"两个月算不上是'很久'。"

"奶奶，您给我买几只小鸡回家，我想养。"

"不买，养不活。"

"养不活也要买。在那筐里呆着，它们都快被挤死了。"

"死不了，你没见有许多人在买吗？买走了，就不挤了。"

"我要买。我还没养过小鸡。"

"你没养过的小动物多了去了，难不成见一个喜欢一个养一个？"

"是的，谁叫它们撞我枪口上了。"

"不行。"

"怎么不行？"

"它们跟兔子一样，骚臭。"

"臭也要买！"

英碧若忍不住叹气：

"唉，你这个孩子，真磨人！"

"奶奶，您答应了！您不买，我今天就没心思上课了。今天没心思上课，影响明天，明天又影响后天。"

已经走到学校门口了，那边使出了她的撒手锏。她一边往学校走，一边跟英碧若招手：

"奶奶，多买几只，买最漂亮的。"

英碧若又一次跟孙女儿妥协，买了五只小鸡雏回家，上供或祭奠用的果品点心，英碧若都习惯用这个数字——英碧若仿佛无意识地用这个数字提前宣布了小鸡们的命运。

一整天那边都心怀憧憬，她拿稳了英碧若会买。她想象着下午放学回家把小鸡雏放到院子里，观赏它们的小爪子如何刨土捉虫。结果令她伤心的是，英碧若买的五只小鸡已经死了三只，吕月婵说可能是冻死的。当时正巧遇上北京的四月天，乍暖还寒。她去看阿姨给小鸡做的窝儿：一只纸板箱，箱底铺着棉布，一块旧毛巾当它们的被子，顶上盖一块厚毯子。她把它们捧到手上，感觉它们奄奄一息，瑟瑟发抖。她跟英碧若急了：

"这两只再死了我就不吃饭。它们太可怜了。我不想让它们死！我想让它们长大！"

英碧若说：

"我也可怜它们。我也不想让它们死。我也想让它们长大。可是它们哪里会听我的？"

吕月婵见一老一少都眼泪汪汪的，虽暗自嘲笑城里人吃饱了饭没事干，滥施爱心，还是收起她冷眼旁观的心思，想出一个办法：像妇产医院把早产儿放温箱里保命，只不过这里的温箱是她的胸口，那儿既宽厚又暖和——吕月婵用毛巾裹住小鸡，像给婴儿裹褓褓似的，揦在自己胸口，只把两只毛绒绒黄乎乎的小脑袋露出来。小鸡在吕月婵的胸口变得异常安静，紧贴在那个地方闭着眼呼呼大睡；不再因恐惧而瞎叫唤了，偶尔发出一两声啼叫，那也是睡得有些迷迷瞪瞪的温暖幸福的呢喃。

吕月婵感慨：

"瞧这俩家伙啥待遇，我那小小子都没享受过呢！"

用了这种办法，加上英碧若的热水袋，精心准备的食物，以及一些类似于土霉素之类的消炎及助消化类的药物，两只小鸡终于活了下来。那边最佩服吕月婵给小鸡喂药时的利落劲儿：敲碎药丸，裹在一小片菜叶子中塞进小鸡嘴里，小鸡直直脖子，药就进了食袋。她怕小鸡噎着，总端一杯水在旁边等，手里还拿着一块糖——她自己吃药，总要事先准备好这两样东西的，可是水很少用上，糖则从来没用上。吕月婵笑话她：

"你以为鸡跟你一样？它们的命多贱。"

终于，功夫不负有心人，小鸡渐渐长大，褪掉黄绒毛，显现出了本色。两只小鸡正巧一"王子"一"公主"，性别比绝对平衡。"王子"的毛偏红，那边叫它"红毛"，雌鸡羽毛偏蓝紫色，那边叫它"紫衣"。

两只宠物鸡当初被揦在胸口的模式一直持续下来，常被人抱，不抱就硬往人身上跳，尤其爱黏乎吕月婵，吕月婵说它们是错把她当鸡妈妈了。它们吃香喝辣的一点儿也不比人差，稍一放松清洁卫生就闹肚子。那边盼着的刨土捉虫的动作却一直没有出现——只见它们在院子阳光灿烂的地方或阴凉地里把脑袋埋在自己日渐厚实和缤纷的羽毛里依偎着晒太阳或乘凉；和皮皮在院子里追逐玩耍；大摇大摆地登堂入室，在英碧若珍爱的栗色水曲柳实木地板上拉屎，吕月婵则拿着卫生纸揦在它们屁股后头擦拭；偶尔在石头上磨磨喙，是为了能更好地吃食，而不是为了方便刨土觅食；它们不敢往高处飞，也不敢往低处跳，若硬把它们放到高处如院墙或树杈间，它们的表现就像胆小鬼，老半天缩头缩脑，犹豫不决，若是硬往下赶，就发出惊慌而绝望的叽嘎叫声，扑棱着翅膀往地面落，跟不会游泳的人掉进水中瞎划拉一样。

那边问英碧若小鸡既然长大了，为什么不跳、不飞、不刨土、不逮虫子，英碧若无奈地笑说：

"养懒了，丢失了本性。从小圈养、从不给活物吃的狮子老虎，猛不丁看见一只活兔子，也会被吓一跳。"

有一天早晨，大家都还没起床，皮皮就在鸡舍门口狂吠，吕月婵第一个赶过去，发现"红毛"和"紫衣"双双僵死在鸡舍里。鸡舍和狗舍是许长兴和宋朝的杰作，很有点儿荷兰民舍的风格，油漆的活，则全是鲁进军干的。鲁进军自称"大材小用"的活的确给狗舍鸡舍增色不少。英碧若不让那边去招死鸡，只叫吕月婵戴着橡胶手套去验尸。吕月婵验完尸后，回来说没发现任何可疑的伤口，皮皮及其他来路不明的动物因此被排除了谋杀的嫌疑。吕月婵的表情非常惋惜，把这两只鸡养大，她付出的心血比任何人都多。她叨叨地和英碧若说：

"我在老家养鸡的时候，鸡也是会莫名其妙死掉的。我上礼拜怎么跟您说来着？趁早宰了炖汤吃肉，也好尝尝正宗的鸡肉味儿。超市的鸡都是用饲料催出来的，养个把月就出舍，哪能跟咱养的鸡比？可是您说不忍心，死了不更不忍心？真是怪可惜了的。"

那边顾不得去在意吕月婵的话，她脑子里突然蹿出了那只乌龟"黑墨"的形象，难道是"黑墨"饿了从修炼的洞穴爬出来找吃的，顺便吸了"红毛"和"紫衣"的血？"黑墨"既然在修炼，它的本事就不能低估！这么想着，那边已经不再心疼鸡，而是急不可耐地要去看死鸡。她恳求英碧若：

"奶奶，我想去看看。阿姨没准检查得不仔细。"

"死鸡身上有病毒。你以为好玩儿？"

"我戴上口罩和橡胶手套不行吗？"

"不行！"

英碧若断然拒绝了她的恳求。

在《采蜜集》里，那边又添了一句话：

神出鬼没的"黑墨"杀死了"红毛"和"紫衣"——一切皆有可能。

"红毛"、"紫衣"死后不久的一天，皮皮也死了。英碧若说皮皮和那棵石榴古树一样，是老死的。皮皮比那边大三岁。这时，正巧那思立来北京开会，看英碧若没有了小狗相伴，为表示孝心，便叫秘书去买了条萨摩耶幼犬送她。

因小狗是雄性，英碧若给它起名儿叫"白马王子"，小名"王子"。王子通体雪白，闪着冰样的光泽，只鼻子和嘴唇呈黑色；嘴角像两只上弯的钩子，严肃时也呈现一副笑模笑样；眼睛不大，却乌黑幽深，清澈透亮。它的这副样子把全家人、包括并不怎么喜欢小动物或者说喜欢却没有时间和小动物玩儿的那玄默一下子都给吸引住了。

　　打这儿起，那边不再养属于她的小动物。英碧若说，她是被那些不易养活的小动物给伤着了。

第七章

1

楚郁后来曾以楚涵风年轻时的照片为蓝本画过几幅画像。蒲萍对这几幅肖像时而表示不满，那不是他的鼻子、嘴巴、脸型、眼神，他不这么笑；时而又恨不得一天到晚搂到怀里，说这就是他，他的鼻子嘴巴脸型，他就是这样的眼神，就这么笑！

楚郁不会把蒲萍的话当真。楚郁画的楚涵风虽远没有他晚年的自画像到位，但这千真万确是他，就是他！是楚郁小时候记忆中的那个，长大后想象中的那个，比较过许多男人后，理想中的那个。

楚郁有足够多的事实支撑自己的看法，就像把楚涵风的肖像镶入镜框，挂到墙上，那枚钉子是她亲眼看着工人用电钻火花闪闪地楔入墙内固定，确定没有破碎的后顾之忧才悬挂上似的。

这里牵涉到一个老得不能再老、然而对于楚郁这个个体又是崭新的话题：吃好穿好住好玩好只是一方面，只涉及物质，涉及人的最基本需求；一个生命假如只满足于这个，像耿志勇那样只以物质优劣来衡量一个人的生活质量，那么就算活一千年、一万年又怎样？徒然增加物质的消耗罢了！楚郁最大的改变是心灵的改变——由几近被人遗忘的小草变成了全家的宝贝，由简单的生命维系变作生命和心灵的双重浇灌。别以为小孩子就不需要心灵浇灌，就可以像牲畜似的圈养大！他们同样需要！加倍需要！

首先改变的是"说话"。不仅在发音吐字上，还在说话的内容上。这是一种本质的改变，由简单的"说话"变成了有着丰富内容的"话语"。过去经常说的，差不多只涉及吃喝拉撒睡的一些话，像小溪里淌过的水，不再回来了——或许是变成了另一种形式出现，就像把蒲荟的旧衣服换下变作耿茶梅粘鞋底的材料而蒲荟又换上新衣服；而物质欲望（在楚郁主要是吃饱肚子的欲望）一旦能够满足就变得不那么重要，至少不再放到第一位，并加深她"不再

217

回来"的感觉。过去从未说过的话则频繁出现。这些话语在楚郁未听到之前，怎么能相信那是存在着的呢！怎么能相信人和人之间也可以拿这些话来交流、探讨，有时甚至争得脸红脖子粗，就像山里面邻人之间为了诸如我家的母鸡跑到你家鸡窝里下了蛋、你的羊啃了我家地里的苗而争吵一样？

　　一提到"说话"楚郁便会油然想起养父楚涵风，他顽强地站立在话语那一头，像雾城广场那根高高的金属旗杆，永远不倒，顶端飘扬着五星红旗，他对楚郁起着潜移默化的作用。楚郁后来教育儿子会不知不觉地运用楚涵风教育自己的方法：有时说完那些话，发现那是楚涵风很久以前对她说过的，才意识到那原来不是她的独创而是楚涵风的方式……

　　楚涵风的话语总是那么自然随意，像一幅素描亮面和灰面、灰面和暗面、暗面和投影的交接之处，过渡自然，不露痕迹。总是恰如其分地融合到寻常日子当中，融合到他作为一家之主，作为丈夫、父亲、姐夫的角色中，融合到他为她所做的每件事、每一点关爱中。

　　比如，他会给她买一些她如今想来是那么微不足道，但在当时的感觉里是那么了不起的小物件：本子、彩纸、小人书、橡皮、卷笔刀。

　　关键不是他买这些东西给她，谭雅蓉和谭平也常给她买；关键是他总嫌这些东西不够美、不够活泼，"配不上我们的小郁儿"而要亲自装点一下（他那么忙！）：小人书扉页总要写上一句让她似懂非懂、高深莫测的话；嫌小本子没有插图或嫌里面的插图僵硬、呆板，他会挑一两处空白页画上画，几朵小花、几块顽石、一笔连到底的小动物；压岁钱最多不超过五元，但拿来包压岁钱的普通红纸肯定是装饰过的，有时在红纸上用金色勾勒出来的纹饰，比压岁钱本身还能炫亮人的眼睛。而且，他总是用一种特殊的方式送她：要么把礼物放在她暗槽、书包的铅笔盒里，夹进书页，枕头底下，给她一次次的意外和发现宝藏般的惊喜；要么装着一副不经意的样子，啥话也不说，变戏法般把东西突然呈现给她，眼里闪着会感染人的、热情又狡黠的光。

　　这样，他给她买的东西总显得特别，因了他的用心而增加了分量，成了她感觉和心底里的无价之宝，就像谭雅蓉说谭平用心烧菜，那菜的味道便非比寻常一样。

　　楚涵风也给她买吃的。楚郁有个奇怪的感觉：谭雅蓉买的吃的就是吃的——鱼就是鱼，肉就是肉，饼干就是饼干，苹果就是苹果，糖就是糖……而楚涵风所买的"吃的"却总有点儿不同，仿佛不仅仅是吃的，还有另外的含义，有话语、色彩、气息，有工艺、背景、历史、遥远的地名、神秘的异域风情等等。

　　有一天楚涵风带回家一盒巧克力，说是老战友送的。他并不急于让她品尝，而是先让她看包装，打开看颜色，闭上眼睛闻味并尽量把那味描述出来，最后才掰下一块给她，告诉她吃东西不可以舔，但吃这个可以舔，并且只舔这一次；他之所以如此宽容，是想让她的舌尖识物。这是她第一次听说、看见巧克力。她犹犹疑疑，说：

"我不舔，它像鸡屎。"

"相信你的嗅觉！"

楚涵风说着，掰下一块先嗅一嗅又拿舌尖舔舔再放进嘴里。她紧盯着他的脸看，自己不自觉地皱眉蹙额龇牙咧嘴，这是为即将看到别人"受难"而预备着的表情。但见他抿紧嘴，眯起眼，一副因享受而陶醉的样子，跟他抿一口好茶好酒时的表情相似。这副样子诱惑了她。她松弛下绷紧的脸，拿起巧克力舔了一口，又舔一口，舔吃完整块巧克力就舔手舔嘴，声音"咂咂"响。楚涵风笑得那头卷曲有致的头发似乎要飞扬起来。他又掰一块给她，说今天放纵她，以后一天只准吃一块，最后拿湿毛巾擦干净她的嘴巴和手，把她抱坐膝上，告诉她这种"糖"的"来龙去脉"。楚郁对以下两点印象最深：一是这种糖是树上长出来的，那长出的果子长圆形或纺锤形，一个果子里有几十粒小籽，叫可可豆；二是位于南美洲热带雨林地区的某个拗口的地名。

唉，那时候多开心！爸爸多慈爱，笑得多开怀！后来楚郁发现她的判断有误，至少是有失偏颇。楚涵风在其作品里时时流露出一种孤独和忧伤——她理解这种自始至终的孤独和忧伤。她虽非楚涵风亲生，也没有楚涵风人生的跌宕起伏，但那种被人包围住成为目光焦点时的孤独，开怀大笑时的孤独，举杯畅饮时的孤独，父女俩的体会却如出一辙。这种孤独和忧伤占据着楚涵风心灵很大一块空间，却被他捻得很小，就像楚郁不谷家里用的美孚灯，灯芯大、火苗旺，方粟米、耿茶梅为省油总尽量把灯芯捻小。

至于楚涵风慈爱里蕴含着的感慨和失落，她又如何能感觉到！

就这样，楚涵风有意无意拓宽楚郁的知识。每一件寻常事物，他都力求给予意义，有时三言两语，平淡的事物就不平淡了，变得鲜活生动起来；寻常事物不寻常了，有了深刻内涵。在他的眼睛、听觉、嗅觉和语言里，连最常见、最普通、最简单的事物中都隐藏着真、善、美。他教她学会看待事物的角度、高度和思考的方法；他给了她另一双甚至另几只耳朵感受自然，另一双甚至另几双眼睛看世界，另一双甚至另几双手触摸外界。

只要哪一天谭雅蓉不值夜班，楚涵风有空，又赶上好天气，一家子晚饭后一定要沿雾江散步。谭平心里极想凑这个热闹，但自尊心会阻碍他，外甥女再三央求也不去。他朝她做鬼脸，言语讥诮，说：

"我可不像个别人哟，是个十足的跟屁虫！"

但若是谭雅蓉发话让弟弟带外甥女出去玩会儿，他答应得绝对爽快。假如他正巧在做学校的作业，就会把书本笔之类的一扔老高，且大叫一声"放风啰"，那种猴急的样子，谭雅蓉回回看了都摇头。

有时看时间尚早，一家三口就会过雾江来到桥那头的野外。这对楚郁来说，出来散步的快乐感觉加倍浓厚起来，且变得更加真切。因为田野的气息、泥土的气息、花草树木的气息是她喜欢闻的，蝴蝶蜜蜂蜻蜓麻雀喜鹊燕子、树木远山晚霞、江水渔火的身影是她喜欢看的，大自然各种各样的声音是她熟悉并喜欢听的，田间小径小沟小坎是她喜欢走喜欢跨越的。加之楚涵风总有那么多关于田野的话题，有那么多来自田野的灵感，使她这个出生在山野的孩子都感觉意味无穷，比如用柳枝加小野花给她编一个花环，小的套头上，大的套脖子上；用树叶或麦苗给她做笛子（方粟米的本事楚涵风有，方粟米的话则在谭雅蓉嘴里被重复），尽管声音单调，可是吹响了，在空中散开，经由其他声音伴奏，再传回到耳膜里，却感觉如天籁一般。

楚郁后来对比过养父和生父及哥哥的这类制作。蒲兆光尽管心灵手巧，可他的制作都是些实用的东西，给裂了缝的火篮子"穿上衣服"，是为了这个火篮子不再破下去；对他来说美是次要、附属的产物。蒲力荣偶尔会用棕榈叶、竹篾编个蜻蜓、蚂蚱、蛐蛐笼子啥的。可是他忘性大，比如他刚刚把一只油葫芦放进蛐蛐笼子里就把它忘了，就像他捅完燕巢就忘了自己捅燕巢的目的。更重要的是，既然没有恰当而美好的语言附着于那些制作，它们自然只是一个普通的制作，仿佛少女的美还在"酣睡"，尚未显山露水，因而也没有什么可稀罕的；又好比女人通常都需要男人对她们说"我爱你"来接收被爱信息，耳朵没有听到，就假装心感受不到。

在楚涵风眼里，大自然所有的一切都是真的、善的、美的。

"'天地有大美，'"楚涵风说，"这是我们的先贤庄子说的。美在自然界无处不在，因而都值得欣赏和赞叹，只有它具有永垂不朽、流芳百世的性质。它是我们人类真正的神灵，我们应该膜拜它，而不是膜拜别的东西！"

万事万物都有它的来处和去处、起因和结果，因而都值得探究，值得人对它产生一种永恒的向往。比如天上的一朵云，它也许不是云，而是其他任何你能够想象出来的东西；毫无疑问它有翅膀，会载着一个小姑娘的梦飞翔。比如一块普通的鹅卵石，它在成为鹅卵石之前是什么呢？它从哪儿来？它以后会变成什么模样？又会到哪儿去？

……

楚涵风给予楚郁的、用话语构成的这种带着诗意、梦幻，甚至包含了玄妙哲理的东西，引起了她对话语、思想、真理最初的、朦胧的敬畏和崇拜。楚郁凭本能意识到它不是从树上长出来的糖，不是漂亮的鞋子和衣服，不是会发出声响的动物玩具，不是布娃娃，不是雨后彩虹，它是更深一层的东西。假如说巧克力让舌尖、新鞋子让脚、新衣服让身子、动物玩具和布娃娃让她的感觉、雨后彩虹让眼睛快乐地颤栗，那么诸如此类的这些思想（尽管也许只涉及皮毛）却让人的灵魂颤栗。它们以润物细无声的方式，有意无意地、全方位多层面地浇灌了楚郁的心灵，深切迷醉了她，引导了她，滋养了她，譬如我们栽种盆花，为了供给植物长时期的需要，总要在盆底施用些基肥。楚涵风的这种教育方式，就是给她这棵"苗"——她的心灵施用基肥。

　　楚涵风跟楚郁谈天空、大地，谈飞鸟、蚂蚁，谈树叶、小草……却极少提到我们人自己。她后来猜测，爸爸肯定觉得跟她谈"人"为时尚早，或者他是有意识回避"人"这个话题。不过他有时在家里感慨人性的复杂时，偶尔会把只言片语灌到她耳朵里。

　　只有一次楚涵风跟女儿谈到了做人的意义。

　　那天楚涵风完成了一幅画，用几个竹制夹子将其挂在紧靠墙的一根铁丝上，自己左看右看，得意不已。谭雅蓉说他每当这时都像个孩子，需要人夸奖和表扬，而他不是孩子，就有"哗众取宠"之嫌。那天楚家人气不旺，谭雅蓉姐弟不在家，吴熹光夫妇没来串门，赵良亭也没有来。赵良亭最喜欢来看楚涵风作画，帮着研墨、铺宣纸、扇扇子、递东递西。谭雅蓉有一回出于一种怜惜，说道：

　　"回回看他扒天揎地①的样子真觉得难为了他。"

　　楚涵风听了妻子的话后笑笑，不以为意甚至有些得意地说：

　　"他自己爱来嘛。说是学习，还是一种莫大的精神享受嘛。"

　　楚涵风知道赵良亭在书画方面没有丝毫功底和天赋，先也觉得这个人纯粹在附庸风雅，甚至在巴结讨好他，在眼前碍手碍脚碍眼碍心。但渐渐地，楚涵风就不觉得赵良亭碍事了，反而觉得他的出现像夏天的弄堂风一样让人感觉舒坦。楚涵风的心理是：人不管走到哪一步、官职高或低，总需要一些忠诚的下属。赵良亭就是这么一个对他楚涵风忠心耿耿，他拿得稳的下属。

　　谭雅蓉自己并未意识到，她一个含贬义的用语暴露了内心的真实，尽管她说话的神态和语气刚好相反，透着一种不落忍。谭平年纪虽轻，看人看事却比姐姐准确，虽不及姐夫的锐利，但在赵良亭这件事上却坚信自己比姐夫看得清——赵良亭的老实殷勤只是外表，姐夫完全被这样的外表迷惑了！但谭平不敢太放肆驳斥楚涵风的话，所以只有拿姐姐的话来说事。他说：

　　"扒天揎地？姐姐真是一针见血。这个人一副奴才相，让人反胃。"

---

① 雾城方言，含贬义，意为殷勤、忙乱、巴结。

谭雅蓉批评弟弟：

"怎么这么说话？她赵叔可一点都不刁钻耍滑，是个实诚人。"

"明明比姐夫大，却让郁儿管他叫叔。这不是老黄瓜刷绿漆装嫩吗？听郁儿说，他还叫他女儿跟郁儿玩时不准赢只准输，赢了兴许还要挨打呢。"

谭雅蓉诧异：

"有这种事？这有点儿过分。"

"还实诚呢，就是条汪汪。"

楚涵风笑呵呵地说：

"平儿，你姐说得对，你是有点儿过分了。你换个角度思考嘛，还是实诚，对我们好啊。"

谭雅蓉夫唱妇随，说：

"就是。这世上难得有他这样的人，好人。"

楚涵风那幅画题为《雨竹》，其实是《雨后竹》图。就连楚郁这么个小孩子都从画中看出来风止了，雨亦停了，太阳重新露脸，把光慷慨地洒向万物。但见竹节苍幽、挺拔；叶脉清晰，鲜亮，叶尖尚挂着水珠，像是竹叶举起的一个个小灯笼，竹叶太软，承受不住重量，就垂挂下去，颤颤悠悠要往下摔。朝着太阳这一面，水珠又仿佛兜住了太阳，一滴裹住一个，不知是否贪心地想连同太阳一起风干在叶片上，还是要将太阳释放，自己则像熟透的果子般回归大地。而水汽迷蒙，馨香俨然，像是干箬叶泡过水或加热后散逸的气息……这片竹子刚刚经历了一场暴风雨的洗礼——片刻之前，狂风把竹子拨弄得左摇右摆、要把它拦腰折断或连根拔起；密集的雨点把它们抽打得喘不上气……

楚郁对竹子再熟悉不过。老家的屋前屋后，山前山后，到处可见成片的竹林；城里的竹园也不少见，吴熹光家院落那片竹子美轮美奂，每年春天新笋破土时，大家总要一起做几回"刽子手"——决定哪株笋掘了吃，哪株留下长成竹子。吴熹光说这是给竹子"间苗"，苗太密了，竹子就长不壮了。

她走近退远、睁眼眯眼、歪头正头、上下左右、前前后后"鉴赏"着这幅画，那神态仿佛是在鉴定文物。这时楚郁已上小学二年级，说话做事煞有介事，楚涵风在人前夸耀她：天资聪颖，悟性很高。在她"鉴赏"画时，楚涵风在笑嘻嘻地"鉴赏"她，直到她跺脚说"不准笑！再笑我就要生气了！"时他才把好笑的表情收敛起来。看完，她有条不紊地谈了她对这幅画的感受：

"爸爸，您画得确实不错。为什么这么说哩？因为我很想躲进画里去，抓住一根竹子轻轻摇。那上面的雨珠子会刷刷落下来，把头发和衣服都弄湿。看来，长大后像爸爸、舅舅这样当画家也不赖！"

楚涵风听了又高兴又不高兴。不高兴的是无忌童言离真实、真相更近——她想躲进去，还要去摇曳竹子，说明画得太写实了嘛；假如画笔跟拍的照片一样，那有啥意思？高兴的是她头一回说长大后要当画家。他不会把一个孩子的话当真，所以还是高兴居多。他一高兴便激情澎湃，话匣子大开，由《雨竹》而谈及"岁寒三友"松、竹、梅，"四君子"梅、兰、竹、菊，隐含其中的文化品格和做人道理，道来同样滔滔不绝。他信马由缰吟诵了一些咏竹诗句，楚郁记住的仅是以下两首。一首是郑板桥的《竹》：

　　　　一节复一节，千枝攒万叶。
　　　　我自不开花，免撩蜂与蝶。

另一首是苏东坡的《于潜僧绿筠轩》：

　　　　宁可食无肉，不可居无竹。
　　　　无肉令人瘦，无竹令人俗。
　　　　人瘦尚可肥，士俗不可医。

楚涵风说：

"郁儿呀，你一定要记住爸爸的话。其实呢，人在物质上所需甚少，能吃多少？有时腌萝卜条泡饭就能对付一顿对不对？躺倒了只占身体那么大一块地方，给你十张二十张床的地方有什么用，你能躺得过来吗？再好的衣服穿在身上只是一张皮。而人的欲望就这样：那衣服还在商店里挂着时你觉得好得不得了，一旦买来穿在身上又会觉得不过如此，眼睛又瞄上另一件了，又要想方设法据为己有——这样下去哪有个头？所以要适可而止，新三年，旧三年，缝缝补补又三年哪。要有这种精神。也许你现在还没体会到，物质带给人的快乐、享受是短暂并且是浅层次的，只有精神的满足才是真正的快乐，才是永恒的；人活着什么都不重要，重要的是心灵；心灵感觉高于其他一切，心灵丰富才是人生的丰富！"

楚涵风说到激动处，轻拍胸口，两眼放光，额上、颊上似乎都浮动着一层光，就像阳光给那竹叶重获生机的感觉。那是因创作带来的精神愉悦而焕发出的圣洁的光，是被他自己的话——这不是普通的语言，而是一种信念——点燃的。与其说楚郁忘不了楚涵风的话，还不如说忘不了他此时此刻的表情、神态和气势，这种内在精神状态的折射力量宛若在铁桦树和金刚石上的雕刻。这些话他只对她说过一遍，她却把它供上独属自己心灵的圣坛，像过去不谷人家家户户在堂屋正中位置悬挂毛主席画像，挂在她自己"心壁"正中的位置。楚郁还常拿这些话教育陆天，希望儿子也拥有精神至上的观念、情怀和追求。陆天起先说楚郁是个令人费解的妈妈，"跟怪物差不离儿"，后来才对这些话肃然起敬。

物质和精神，假如说前者提供给我们肉身的安居，那么后者则给予我们心灵诗意的栖居；它们就这样完美结合到楚郁的生活中。步入中年以后，她经常回眸一望，那是一种怀旧的、留恋的张望——看一看那个天底下最幸运的小女孩所走过的路。不仅衣食无忧，像陈仁和说的那样是"掉到福窝里"、享受了"享不尽的福分"，而且初尝了无穷无尽、无边无沿的心灵绽放的乐趣。

无穷无尽是从时间、纵深来说，是条悠长的时间之线；无边无沿是指广度而言，是个无限广阔的面。这线和面上构成的点——楚郁和楚涵风、谭雅蓉、谭平共同生活的点点滴滴，宛如晴朗夜空的繁星，或黯淡或明亮，或突显或归隐，始终在她脑际闪烁。在这无穷无尽无边无沿的"繁星"中，楚、谭夫妇营造的家庭氛围、给予家庭成员之间相处的模式，不仅永恒闪烁，还像楔子一样敲入了她的意识深处。这种"楔入"之深使她以为这是家庭模式的惟一最佳状态，偏离了这种模式她便怅然若失，以为远离了快乐和幸福。

楚郁也画过谭雅蓉，但她觉得远没有给严湄瑾画得好。谭平对楚郁说起严湄瑾时，沿用"你妈妈"的说法说"你外婆"，好像那照片上的女人确实跟她有密切关联似的。在楚郁看来，画笔和颜料一遇到严湄瑾就格外顺畅大胆，一遇到谭雅蓉就显得生涩胆怯。楚郁断定这是因为只在照片上的那个女人离自己远的缘故。这种远很彻底，时间、空间和血缘都让她觉得遥不可及，但这种遥不可及恰恰允许她展开想象的翅膀，无穷尽地去遐想自己要刻画的那个人物。而人对于距离——时间和空间太过贴近的事物，也许反而会看不真切，抓不住特点：谭雅蓉的此在约束了她的想象力和创造力，仿佛正是谭雅蓉本人挡住了她深入刻画谭雅蓉的视线。总之，严湄瑾的虚空可以让楚郁不停地往里填东西，谭雅蓉的真实满满当当，抑制了别的东西的进入。

谭雅蓉对每一幅画她的画都赞不绝口，一幅挂在卧室"养眼"，一幅挂在客厅"显摆"。她的本意不是显摆自己曾经的年轻美丽，而是想昭示女儿的出息。女儿的出息显而易见，比任何别的东西更能证明一个母亲的成功。谭雅蓉这种做法朴实自然。曾几何时，千千万万中国女人习惯把奖状特别是孩子的奖状贴在家里最显要的位置，比如堂屋正中毛主席像下方，既是领袖像的小点缀，又巧妙地利用领袖像突出了这个家庭的荣耀，这点儿荣耀也许是这个家庭惟一的梦想和光亮；耿茶梅也喜欢这么做。这是中国母亲某个特定时代的一个集体行为，是那个时代的一道风景。只不过耿茶梅拿自制糨糊把奖状糊到墙上就揭不下来了，最后成了方粟米绝好的引火材料，谭雅蓉用图钉往墙上挂一阵子后就取下放进一个专门的文件夹里保存说是给孩子留作纪念。

楚郁把谭雅蓉的行为理解为勉励，就像小时候考试不及格谭雅蓉也会以正面的语言和方式激励她。这种激励胜过批评，会达到意想不到的效果——她会加倍努力，争取下次考好，把她敏感到的差强人意的勉励变成心花怒放的赞扬。而无论是勉励、赞扬或其他，她最渴望感受来自养母的某种本能的爱，这种爱不假思索，源于血缘和基因，有种神秘莫测、无法言说的意味。尽管爱、包括本能和非本能的爱的界线模糊不清，但她却觉得自己能辨识其中的差别。假如在没有血缘关系的人之间也有那类爱的释放，那么一定是上苍特别开恩，额外赐予的。假如她感受到了那种爱，就会又惊又喜，感到无比幸福和满足，就像雷阵雨后天边赫然挂起一道彩虹（一定是天空为自己刚才的肆虐感到抱歉，才用彩虹来作补偿）。

所以楚郁觉得自己没有刻画出谭雅蓉的神韵很正常。有一回陆天接她话茬儿，说：

"当然啦，画笔浮光掠影，哪敌得过文笔！"

陆天这时正处于非常时期——脑子里每时每刻都装着一个人，所说的每句话、做的每个动作都下意识地往这个人身上靠。楚郁对儿子的话并不在意。一会儿，陆天却又来找她了，说：

"我收回刚才说过的话。母亲大人画的外婆兼有东方人物画的神似和西方人物画的形似，已经达到艺术的巅峰。本来嘛，文学和绘画如何能相提并论！"

楚郁说：

"这不像你呀，陆天。你有心事儿？"

陆天愣了一愣，说：

"是。我爱屋及乌才说那个话。"

楚郁笑了："我知道你这个样子和我无关。"

过些天，陆天跟楚郁坦白了他的爱，他直言不讳：

"那边可是我的梦中情人。我从初中起就开始喜欢她。现在她跟她的前任男友掰了，我的机会来了！姐弟恋是种假时尚，其实是种传统——咱中国家庭历来喜欢给流鼻涕穿开裆裤的儿子娶大姑娘做媳妇儿，是不是母亲大人？不过我还没考虑那一步，我只是想追求她，享受爱情的欢悦。所以您千万别反对，反对也没用。"

表面，楚郁并不反对陆天恋爱，甚至说爱也是种能力，能力是要淬火的。

可是背过身，她的心却沉甸甸的。她以为这是一个做母亲的正常的失落感。可是又不像。当她得知儿子喜欢的女孩姓"那"，又比他年长后，就像有一道乌鸦的黑影遮蔽了她和儿子未来的天空。她不断地想起那玄默，梦到那玄默，而那个姓"那"的女孩就像一个黑黢黢的影子，时刻跟在那玄默身后，让她胆战心惊。

爱屋及乌是对爱的对象的一种扩张和延伸，是主观和霸道的，它像空气，只要给空间，就无处不在；像水，只要有方向，就一路洐①去。

等下周末陆天回家，晚餐桌上，楚郁又提起了"爱屋及乌"这个词。不是她对这个成语有兴趣，而是被心底那个黑黢黢的影子压的。但她并不表现出这个，只表现出自己跟别的母亲一样有窥视孩子的欲望，明知这种欲望有些过，却又控制不住。那个有着一个各色名字的女孩给她烟波浩渺的感觉，好像陆天会被那浩渺烟波吞噬了似的，而她探寻那个女孩的目的无非是个警觉的母亲为保护孩子做出的本能举动。

楚郁一副漫不经心的样子，说：

"自从有'爱人者，兼其屋上之乌'的说法，后代文人墨客不知是跟风还是用典，也好拿乌鸦说事儿。就连杜甫也不例外，写过这样的诗句：'丈人屋上乌，人好乌亦好。'"

陆天很配合，说：

"好像有'怒移水中蟹，爱及屋上乌'②的诗句，忘了是谁写的了。"

"'时清视我门前雀，人好看君屋上乌'③。都一个意思。这种说法只说明了爱的状态和程度。想一想，连人家屋上的乌鸦都喜欢，可见爱得如何不分青红皂白了。"

陆天警惕地看了她一眼，说：

"怎么是不分青红皂白？这种爱最真挚、热烈。原来老妈醉翁之意不在酒哪。"

"我是在说乌鸦。我觉得文人墨客这种说法让乌鸦占了大便宜。"

"占大便宜？错。乌鸦招谁惹谁了，这么讨人嫌！乌鸦是益鸟，咱国人冤枉并厌恶了它几千年，看情形还得继续冤枉并厌恶下去，它真是比窦娥还冤，应该给它平反昭雪才对。"

---

① 雾城方言，动词，音为 xíng，意为洇。

② 宋·周敦颐《濂溪诗》句。

③ 宋·陈师道《简李伯益》句。

楚郁隐约忆起蒲兆光死后，乌鸦在天空盘旋的情景，直到把棺材放进她当时感觉深不可测的墓穴里，填上土、压上石块后，乌鸦才恋恋不舍地散去。

"不谷有句老话，叫'乌鸦头上过，无灾必有祸'。有一次你太外婆砍完柴下山，刚拐过一个山口，突然一只乌鸦'嘎'地叫一声飞过她头顶。你太外婆把担子一撂，双手叉腰，跳着脚冲乌鸦背影——天知道那乌鸦还有影没影——破口大骂，边骂边远远飞出一口痰。不是你太外婆好斗，她是用这个办法化解碰到乌鸦的晦气。陈仁和碰到这种情况时就念'乾元亨利贞'，念叨上七遍，一遍都不能少。那股子虔诚劲儿跟佛教徒念'南无阿弥陀佛'一样。"

"山里人真迷信。灵吗？"

"图的就是个心安。心安了，就算灵。"

说到这儿，楚郁并未忘记自己扯起这一话题的目的，几次想提那边，但话到嘴边又咽回去了。

爱屋及乌演绎得最为淋漓尽致的当推爱情领域。瞧瞧陆天！他因为爱那边继而爱"扯淡的"文学，继而初次下"笔海"转一些连他自己都觉得云里雾里的"朦胧"、"现代"和"后现代"的诗。他做这件事的目的就是为了搭一座到达彼岸——那边的桥梁，和文学及他自己的爱好并没有关系。

友情、亲情也大抵逃不出这个窠臼。楚郁继承了楚涵风和谭平的天赋和事业，这种继承跟遗传基因无关，是后天熏陶和她"卖力"的结果，是线条、色彩、意境等共同营造的磁场所释出的强大吸力紧吸住她的缘故，也是爱屋及乌所产生的效果。这种爱涉及到谭雅蓉则更加具体，诸如对来苏水由排斥到亲切的感觉变化，对天底下医师俨然与生俱来的崇敬，对挂在谭家旧宅那些老照片一如既往的探究热情等等，就连对描写谭雅蓉文字的苛刻也和楚郁对自己画作的苛刻如出一辙。

"那个谭雅蓉的形象是什么？是一幅几笔就能勾勒出来的人物速写，虽抓住了其本质特点，可是单薄呀，缺少肌肉、线条、表情等的细部刻画呀。"

这是楚郁看到前面那些描写谭雅蓉文字时的反应。她巴望文字里的谭雅蓉更加立体而丰满，就像把只落在纸上、只有一些复杂线条和数据的平面设计图纸变成一幢真正的建筑一般，从而不愧谭雅蓉在她心底的分量，不愧这些或平淡朴素或生动活泼或安静雅致或细腻柔婉或美妙瑰丽的不朽的汉字。

楚郁用文字来塑造谭雅蓉并不比绘画晚，而且文字里的那个人是确定无疑的"妈妈"，画中的"妈妈"则绝对抽象。

比如大凡有"我最喜欢（自豪、爱、难忘）的人"、"一件小事"等命题作文，她就好拿谭雅蓉做主角。有一次作文题直截了当，"我的妈妈"。写谭雅蓉自然是轻车熟路，难不倒她。但她想把谭雅蓉比喻成一种植物时犯了难。谭平好为人师，这次也不例外。他偷觑一眼她正写的作文，"嘁"一声，说：

"又写你妈，不嫌烦。下次写我啊。写我能用的比喻就多了。可以把我比喻成一棵参天大树、一只戏浪的海燕、逐云的雄鹰、一座待开采的金矿、一朵飞翔的白云。"

说着，问她对他师傅家那些雪白兜兰、碧玉兰、桃姬（墨兰）、寒兰、蕙兰、送春有没有印象。她说当然有印象，瞎子才看不见那些花。而且兰花是爷爷一生的最爱，他最爱画兰花。

"这不就结了。"谭平说，"你妈妈像兰花。"

于是，世上一种最素淡清婉、幽雅空灵的花卉被用在了一个女人身上。在谭平润过色的文字里，这个女人的美宛若蕙兰所开的花，呈现浅浅的绿，隐在扶疏的叶片中，比叶片的颜色稍淡、稍嫩，毫不招摇，再看一眼时才能看见，细细打量才会被打动；女人的品德诸如理想、忠诚、谦逊、朴实、敬业、执著等和那种美一脉相承，自己也拥有并看重这类品质的人才能发现，就像金子才能比较出金子的纯度和亮度。

谭平摇头晃脑，说：

"'空谷生幽兰'，这是何等意境！这写的哪是人，分明是个女妖呀！"

老师对她的作文大加赞赏，不仅慷慨大方地把像她某些衣服领口滚边样美丽的波纹线镶嵌在那些文字下边，还充满情感地在班上诵读了一遍。她拿回来给谭平看，谭平却撇嘴，说：

"哦，这女人是谁？你妈妈？我怎么不认识？"

气得她一跺脚，发誓以后再也不理他了。

楚郁认定不仅谭雅蓉，连楚涵风也有类似的品质，在这方面他们实在是铁板一块。这类品质淡然而又坚忍地融入到他们的生命过程中，搭建起了他们自己的人格之"品"（这是一个多么漂亮、稳定扎实、让视觉和感觉都舒服的汉字！）。这类"品"就像水融入水，空气融入空气，他们自己不会意识到或觉得有什么特别——人嘛，谁不该这样？就该这样！那仿佛是他们生活中一个自然的小习惯，而这种"自然"下的行为是不经意的，顺遂了这种自然的习惯，就会使自己的天空很晴朗，内心很舒坦；违逆了这种习惯，就会觉得别扭，好比匆忙于黑暗中穿反了鞋，扣子走错了扣眼。

谭雅蓉走了两趟不谷才把养女领出山。包括陈仁和，几乎谁都劝她用不着往山里跑两趟。

"跑一趟都多余！"陈仁和说，"我把小女孩儿往外一领，往您家一送——现等着就成！"

反正跟那家接触越少越好；最忌跟那家产生情感联系。这本来是让自己产生孩子是从天上掉下来、从石头缝里蹦出来、坐在一片树叶上飞过来，甚至是自己亲生的错觉最必要的遮蔽。给那家人钱物更是多此一举。他们应该反过来感激自己这个浮萍小草样的孩子有了活路。可这有违楚涵风夫妇的做人原则，尽管他们觉得大家说得都在理（那份"永不相见"的协议由此产生），但仍顺应了自己做人的原则和良心。虽说谭雅蓉也有过不该亲自把养女从山里面领出来的念头，但那念头转瞬即逝，后来反过来，她万分庆幸自己这么做。谭雅蓉质朴的话被楚郁当做做人的准则之一。谭雅蓉说：

"人只要按善良、本分的心愿做事，就会有回报。"

其实，楚涵风和谭雅蓉的个性多有不同。他们宛若长在同一丘田块上的两株风格迥异的植物。

比较楚涵风对色彩的丰沛感觉和对自然中哪怕是极细小、但由美主导的事物的多情和敏感，那种纵横驰骋的想象力和由此带动的风趣和浪漫情调，谭雅蓉就显得简单刻板得多。楚涵风只是对炒菜不产生"灵感"，谭雅蓉却是除了对"病灶"、"手术"产生"灵感"外，对其他许多事物都缺乏细腻的感觉，尤其缺乏去感知的兴趣。楚涵风说，兴趣是对未知事物的优先向往和注意；假如兴趣能长出触角，那么兴趣越浓触角越多、伸得越长，而兴味索然必定导致感觉逃遁。

有一次谭平让楚郁观察家里北屋的那面墙，并要她把从这面墙上看到的色彩说出来。他想培养楚郁对色彩的感觉。谭平自诩是她的"导师"，有一回他大言不惭地说：

"叫我师傅，我再教你。"

谭雅蓉听见了，嗔怪他：

"瞎胡闹，就不怕乱套。"

"乱不了。比如楚涵风既是我姐夫，又是我师哥。前者的关系形而下，后者的关系形而上。一个入世另一个出世，两者岂能混淆。"

谭雅蓉无奈地摇摇头，由着弟弟去了。

那是面白墙，墙脚有些脏，在一米左右高处被楚郁信手涂鸦，画上了几个小人几朵小花和几只"四不像"。这是家里有孩子的见证。这时，夕阳直接照射到了它的外墙上，越过这间屋子打在另一栋两层小楼屋顶。这栋楼建于二十世纪三十年代，原是某个有钱人家的小洋楼。这个有钱人后来带着家眷跑到国外去了，此时楼里住着市长丁明义一家。丁明义妻子高元红是某居委会主任。她每次碰到谭雅蓉总要屈尊俯就、主动打招呼并和这位外科医师聊上几句。高元红的观点是认识各行各业有本事的人就像给自己和自己家庭编织了安全网，是必需也是必要的。这栋小洋楼别具一格,处处抢眼,不过楚郁观察的只是小楼屋顶的颜色——瓦片是绛紫色的,虽经几十年风吹雨打,反复漂洗,绛紫色褪成了浅红色,但绛红的底子还在,并仍然散发着有别于其他颜色的威力。此时,屋顶接收着夕阳,又把它一部分光反射到白墙上,白墙接收到反射光的部分显得红彤彤的,看上去流光溢彩,变幻莫测;而没接收到的部分则显得发暗。

楚郁眯着眼睛看一会儿,说:

"我从白墙上,还看到了粉色、红色、紫色、黄色、绿色、蓝色、灰色、黑色……"

谭雅蓉惊叹一声,说:

"以前你爸爸教你舅舅,你舅舅也能从白墙上看到各种各样的色彩;现在你也是。可是我怎么看它还是一堵白墙,而且只能看到白色。"

这大概就能给谭雅蓉作注解了:对色彩感觉相对迟钝(谭平说这是被医院一水的白给闹的;甭说白墙、白床罩、白床单、护士帽、白大褂,连病人的脸色也是苍白的)——对感觉和想象匮乏(谭雅蓉说假如掉过来,她具备小说家的想象力,画家对色彩的敏锐感觉,对病灶的判断也许就"抓瞎"了)——形而上方面的天真和简单倾向——被楚涵风调侃为"板"。

楚涵风对妻子这个调侃和谭雅蓉称丈夫"呆"简直有异曲同工之妙。他们把"呆板"这个词拆开了一人占一个。虽拆开了,却仍给人整体或成双成对的感觉,就像那木质沙发椅是两张,那鸳鸯枕头是一对,大肚小嘴的紫砂壶是两只。

有一回楚涵风夫妇上吴熹光家去,那时他们已决定要领养一个孩子并私下委托了吴熹光夫妇、赵良亭、陈仁和等人。苏云卿颠着双纯三寸金莲来开门,院门打开的刹那,她好像不认识他俩,看看这个,瞅瞅那个,感慨道:

"俗话说'不是一家人,不进一家门',说的就是你们俩呀。"

苏云卿是楚涵风夫妇的月老之一,在这对夫妻结婚那么多年后她仿佛才发现这俩人因何进了一家门。老人的目光何其毒。这种"毒"是年龄、经验日积月累而成的,不仅道出了"一家人"之所以成为"一家人"那看似简单、其实复杂深刻的道理,还道出了家庭成员尤其是夫妻之间的"道",更道出了芸芸众生"你"和"我"而非"你"和"他(她)"注定相遇、结合、厮守的宿命。苏云卿还据此来判断一对夫妻是否恩爱、是否属神仙眷属呢。好像这是一把能度量的尺子;她用了这把尺子来度量,就会使自己成为"火眼金睛"。比如她总不看好侄女儿吴芮芗和侄女婿冯忠峻的婚姻,说他们两口子什么跟什么都是拧着长的,两人在外表、感觉上一看便不对劲,不属一个空间和气场,让人不安。俩人果然一直以来都别别扭扭,从未在精神上过到一处。至于在楚涵风和谭雅蓉身上，苏云卿也并非没有长着双观看的眼睛，以前之所以没这么说，是因为他俩身上在那会儿还浮动着一种不稳定、不凝结、不一致的东西，如今那些飘浮、散落的东西突然凝固，似乎能从这张脸看见那张脸，从这一个的举止窥见那一个的举止，从这一个的气息嗅见那一个的气息——多亏楚涵风的一个决定，这个决定就像用相机把投影瞬间定格，这个"定格"催生了苏云卿几乎脱口而出的感慨。

楚涵风夫妇的这些"呆板"点滴，表面看从不涉及大事。谭雅蓉翻"陈年旧账"的样子颇似那些不依不饶的手术刀剪。其实她那"刀剪"是纸糊的，只在表面涂了层银色、发出虚假的寒光，就像舞台上的刀枪剑矛，全不是真家伙只是道具罢了。而楚涵风也乐于"应战"，仿佛妻子是块磨刀石，他的话飞出去磨砺过，就变得更加风趣，镶嵌着生动的趣味花边、深刻的思想内核，有着不可抵挡的魅力。

谭雅蓉的"板"委实不是故意，楚涵风的"呆"却颇可疑，它揭示了夫妻间相处的奥秘。楚涵风是刻意让自己"呆"，在形而下方面用懒惰、笨拙、无知来给妻子权力，让妻子"领导"并"指示"他。他这样做，俨然聪明质朴而又勤快的农民给土地撒播肥料，预知庄稼注定会比不勤施肥的长得更猛更壮，收成更好。楚涵风夫妇并非没有缺憾的家庭，婚姻生活因此变得滋味无穷，像一曲《春江花月夜》的丝竹合奏，音韵典雅，意境深沉，时而舒缓如小桥流水，时而激越如大江奔腾。

谭平对姐姐姐夫"呆板"的看法则自相矛盾。有一次他一针见血，说：

"谁都不呆不板。无非是猪鼻子插葱——装象。"

有时他又抱怨姐姐"板"。那次谭雅蓉批评弟弟长不大，说：

"你呀，想跟小郁儿从头再长一回是不是？瞧你那人高马大的样儿。"

谭平觍着脸，说：

"是。我就是不想长大。"

"啥都可以由得你，长不长大可由不得你。"

他叹息一声：

"唉！"

"你叹什么气？"

"长大了就要离开姐、姐夫和小郁儿。我一想到这个心里就难受，就要做噩梦。"

谭雅蓉怀疑地瞅一眼弟弟，讥讽道：

"哦，谁说这个家憋闷得像鸟笼子？谁急不可耐想搬走单过？回头房修委就该安排师傅来刷墙了，刷完墙，你就可以搬走了哇。"

谭平嘀咕了一声，大致说的是"古板"两字。他难过极了！他话里表达得清清楚楚的那种意思，话外却无法用语言表达，深厚、浓郁的与"情"字关联、依依不舍的情愫，以及由隐含在其中的一种自己事实上已经长大、即将离开亲人独自挑起门户的预见引起的某种说不清道不明的伤感，被这个像妈妈一样的大姐的眼神和讽刺的语言戛然切断了。唉，想离开单过的愿望从来不假，可此时此刻我的话也是真的，所浮现的是真得不能再真的情感哪！

谭平还抱怨姐姐连一些简单的笑话都听不懂，听懂了也不笑，假如问她"你为什么不笑"，她反过来诘问或嗔怪"有什么好笑的"，或者，"我为什么笑？你自己都笑光了"等等。其实谭雅蓉未必不笑，谭平也未必不知道姐姐不笑，可是这姐弟俩有时偏要为此抬杠。而妻子的这种态度却让楚涵风赞赏。谭平因此更加肯定他俩是"一丘之貉"。

楚涵风对妻弟说：

"讲笑话的人，自己首先不能笑，要一本正经。像你这样，笑话还没开讲呢，自己先笑了，'哈哈哈，我给你们讲个笑话吧'。这怎么行？自己没有憋笑的本事，当然别指望别人笑啰。"

谭平从此就有一段时间不再说笑话。有一次吃晚饭时，吃着吃着，楚涵风脸上忽然显出沉思的样子：

"嗯，最近吃饭，好像缺点儿什么。"然后盯住谭平，说："哦，是你的缘故谭平。最近怎么变得这么安静？很有点儿反常啊。"

谭平说：

"这有啥奇怪的，我正在练功夫呢。"

谭雅蓉露出关切的表情，说：

"啥功夫？是不是和丁辰他们……拳脚功夫？舞红缨枪？练剑？高元红说丁明义的一把鬼子大佐的佩剑常被丁辰偷出去……"

"不是！"

谭平生硬地截断了谭雅蓉的话。

可谭雅蓉像是没听出来，穷追不舍。楚涵风跟她使眼色她装看不见。

"到底练什么？说来听听。"

谭平嘴一撇，碗筷一撂，也不说话，起身走了。

楚涵风看一眼妻子，调侃道：

"瞧，事情一牵扯到你弟弟你脑子就短路。我看谭平已经被你管烦了。哪里有压迫，哪里就有反抗哟。"

"我只是好奇才问问。他不是体质弱，也不爱体育活动嘛。我巴不得他能练点儿什么。而且我总是给他充分自由，从没压迫他。"

原来谭平那个背着大家练习的所谓"功夫"是"懵笑"，因意识到尚有些孩子气并且离"武装"（毛主席对女民兵们"不爱红装爱武装"倍加赞赏）及谭雅蓉的期待还有些距离，才会对姐姐的追问格外恼火。他准备练好了"闪亮登场"。

丁辰和湛湛的确常来找他，先是给他补课，找他玩，慢慢地，这俩人来找他的目的就不那么单纯了。丁辰在心理上依恋谭平，他崇拜他，觉得他才华横溢（尽管他对谭平的才华常表现得不屑一顾），长得又帅，不像他自己只有一些零零碎碎串不起来硬不起来的小聪明，又长着张丑不拉搭的脸。但理性——这个理性是父亲的头衔地位、是雾城第一公子这个无庸置疑的事实给膨胀的——却让他骄傲，好像骄傲是他的本分，显得他实诚，谦虚反倒违逆本真，透出虚伪。这种骄傲不容他承认那点儿似有若无的依恋。凭什么一个市长的儿子要去依恋一个没爹没妈的宣传部部长的小舅子？此外还有一个更重要的原因：丁辰想弄明白湛湛究竟有没有和谭平摽在一起，湛湛看见谭平时眼睛、鼻子、嘴角刹那间就会布满笑意，甚至小酒窝也像两池被青蛙扑腾一下往四周荡开的春水，这个情景时不时地在他脑中浮现，给他很大的刺激。丁辰和谭平为了湛湛有过一场开诚布公的、属于两个男人之间的谈话。谭平告诉丁辰他不爱湛湛。他明确地说：

"她撒疯得要死，一点儿不对我胃口。你要追她尽管追去，跟我无关！"

尽管这样，对于谭平可能口是心非的疑虑片刻也没离开过丁辰。他找不着湛湛时就去找谭平。他认定湛湛不跟他在一起就一准跟谭平在一起。有时他能找着谭平却看不见湛湛，有时找着了谭平也看见了湛湛，有时一个也找不着——这个最要命。他断定这是他俩合伙跟他拿猫儿①。他想象各种可能，放大想象出来的细节（比如像湛湛那么个热情似火、天不怕地不怕的女孩，啥事都敢做，再胆小的男孩都会被她鼓动得胆大），为此，他失魂落魄，坐实自己的疑虑，加速了痛恨谭平的步伐。哪怕后来证实这俩人根本是南辕北辙，一个去了乡下写生，另一个去了小姨家做客，而那种疑虑却赖着不走，显得比事实还要真。

湛湛呢，她恨不得每分每秒都和谭平呆在一起。她的心理和生理都比谭平成熟，心眼子比藕节的眼儿还多。她让谭平看不惯的"撒疯"劲儿有种不可思议的魔力，无论他最初的抵触多么强烈，充其量也就是一道马其诺防线，最后总会被她迂回突进，成为摆设。湛湛黏谭平有的是招儿。比如今天恳求谭平给她画一幅速写，明天她家乡下的亲戚送来一只刚出生不久的小花猫她用手绢包

---

① 雾城方言，意为捉迷藏。

着抱来给他，后天兴许又从哪儿搞来一株造型优美、满是花苞的茶花"吭吭哧哧"搬到他跟前。那天搬茶花费了她九牛二虎之力，她的额发被汗水打成了绺，她藕节一样的胳膊因用力过度卸下重物后仍在打着哆嗦——盆花快把她的胳膊折断了。她抬起那张比茶花花瓣还要鲜艳的脸，说：

"谭平，你还要画啥，我给你弄呀。"

高元红看儿子整天唉声叹气，问明了情况，有一次在院里截住了谭雅蓉。高元红的脸型、五官就像是给丁辰作的注释，让人一看就恍然大悟。谭雅蓉和高元红先还聊些吃饭穿衣天气冷热的无关痛痒的话题，后来聊起丁辰和湛湛时高元红的情绪就激动起来，嗓门提高了，口气傲慢了，眼神凌厉得像能割入人的肌肤。高元红说：

"辰辰和湛湛青梅竹马、两小无猜，两人正处得好好的呢，却不知从哪儿蹿出个野小子，有娘养没娘教的，生生横插了一杠子！"

说着，高元红抬起她那阔大坚硬的下巴和下颌体，像准备交媾的母鸡翘起它扇形的漂亮尾羽。谭雅蓉看到高元红脖子上的青筋一弹一跳，像是在给她的话增加分量。

"辰辰和湛湛总算门当户对吧，谁还真能插足不成？也不想想我和赛赛是啥关系！湛向农和我们老丁还是老乡呢！哼！"

说完狠狠剜了谭雅蓉一眼，甩手走了。

谭雅蓉的反应慢半拍，这一眼入了她的眼却没戳着她的心。因为她没有马上把高元红的话和自身联系起来，自然也就忽略了这明明是冲自己来的一眼。雾城人把这种瞬间发蒙的状态说成"笔头呆（念ái）"，就像好紧张的孩子考试时看到卷子的刹那，连名字都不知往何处写一样。有个疑惑像在谭雅蓉脑子里布下的迷魂阵，令她转悠着出不来：儿女之间的事为什么跟当父母的有关，高元红和赛赛要好，丁辰和湛湛就一定要好？丁明义和湛向农是老乡又关丁辰和湛湛啥事？她这种状态究其原因有二：其一是对高元红认识的误区，她平时一直以为高元红率直真诚，谦虚而富有教养，断不会采取泼妇的方式损人，同时因总是被对方一口一个"谭医师"地叫着，以为自己和她的关系铁着呢，尽管没到情同姐妹的份儿，却也是客客气气，互相尊重；其二是对自己弟弟认识的自信，"野小子"和"有娘养没娘教"的字眼怎么能和谭平联系在一起？虽然从小失去爹妈，可他是个多么优秀的孩子，比许多有父母管教的孩子还要身心健康！

谭雅蓉的视线一直追着高元红的背影，那背影气恨恨的，像一团燃烧着的火；她的脚步也带着怒气，下脚很重，好像每走一步都要把地踹出个窟窿眼儿。谭雅蓉猛地反应过来，这一明白她像挨了一梭子弹，好像刚才子弹还在空中飞，瞬间便恶毒而狰狞地一齐射入了她胸膛。她脸色煞白，脑袋一片空白，抬起手想把高元红叫回来理论个明白，嗓子却发不出声，高元红眨眼就不见了影儿。

　　谭雅蓉不是个喜欢与人斗气的人，那天晚上睡着后却一直没消停，梦里她和一个身份不明、面目模糊的女人撕扯得难解难分。她手上隐约有工具，好像是镊子和压舌板。她要那女人张嘴，却不是看她的嗓子有没有发炎，也不是要用镊子夹出她体内的大毒虫，而是要让她张嘴说话，说出"有娘养没娘教"的是种什么东西，长什么样，什么形状，多长多短，多重多轻，多粗多细，颜色怎样，有什么气味，会不会跑，能不能飞。女人被她压在身体底下了仍不开口，她急得嚷嚷：

　　"不说，拿来看看也好呀！你硬把它藏在你们家里是咋回事？"

　　"不在家里，在我肚子里。我早把它吞下去了！这是我的东西，凭什么给你看？"

　　楚郁不清楚谭平把"憨笑"功夫修炼到家没有，这件事再无下文。她把这看做谭平的又一个没有兑现且永远不可能兑现，而她却一直惦记着的诺言。每当想起，她的心就会揪紧、疼痛，仿佛大夫按压她身体某个病灶部位引起的明显痛点，假若不克制一下，就会跳起来或喊叫出声。

　　"舅舅，你是个大坏蛋！"

　　这是她为消除隐痛通常所使用的办法：对着心底那个遥远、模糊的影子狠狠地骂上一句，好像这么做，就能把那个越走越远的背影往回拽一拽，就会实现对过去某些生活细节刹那的浮现，同时把过去的某种越来越薄的快乐、暖意和亲切感尽可能多地留住（仿佛这是她赖以呼吸的空气。她确定空气不仅在空间里，还弥漫在时间里——它连着过去、现在和未来。既然它像水、像时间一样切不断，既然现在包容着过去，过去荡漾在现在和未来，那么她就当谭平的气息还在里头，只要用心去嗅，她就还能闻到）。

　　是谭平真正长大了，失去了说笑话的兴趣？还是因为别的原因？楚郁琢磨，谭平的话即便每句都出自真心，但不一定都能实现，因为话语和行动之间也许有漫长的、永远也到达不了的距离。也不见得都是真理，因为他看现象世界的一切常带着主观意识和主观感受，是经过感觉改造过的，也许在不知不觉中放大了主观缩小了客观，这种主观意识和感受也许离本质世界更近，也许更远。而且有时他的话明显受彼时彼刻情境和心境的影响，比如肚子饿了，而楚涵风从食堂打回来的饭菜还在路上行走，且被一个要和楚部长聊几句、但聊起来却一百句不止的啰嗦鬼关在保温杯里发酵；画成的那幅画和最初的构思和愿望不在同一水平；想用文字固定下来的某个意象像从窗外射入的光斑一样在他眼前晃了晃就消逝了；甚至上厕所因近视又不愿戴眼镜而踩了什么秽物，这些都会使他说的话、表情、手势等和正常情况下两样。

因此谭平一些看似自相矛盾的话，比如一会儿说谭雅蓉"不呆不板，无非是猪鼻子插葱装象"，一会儿又抱怨谭雅蓉没有幽默细胞其实并不矛盾。换个角度思考，也许他揭示的恰恰是事实，那恰恰是谭雅蓉个性中的两面。假如谭雅蓉个性中还存在着第三、第四面也不应该觉得奇怪，因为上苍造的人本来就是立体、复杂的，这种立体、复杂所决定的人的多面性或者说多重性就像电视机，怎么可能只有一个频道呢？

但谁都有一个基本面，那是人呈现于表面的、最易被别人感知的一面，应该也是本质的一面。

比如楚郁理所当然赋予谭雅蓉更多的物质性，断定她是威风凛凛的司管物质之神，那双宽容又纵容的目光驱逐了她心底深处有关饥饿的记忆，把一个总是被攫取、侵害的噩梦变作一场饶有趣味的游戏。谭雅蓉是给她用来擦手擦脸擤鼻涕的手绢绣上花。

她理所当然赋予楚涵风更多的精神性，断定他总和心灵有关，是神气活现的精神之神。哪怕是他从衣兜里变出糖块，把小礼物藏于她枕下、暗槽、书页等隐蔽角落，使得这些地方像初尝薄荷糖时震撼味觉而留下的永恒美感。楚涵风不仅用他带有艺术性的行为点缀着糖果、本子、压岁钱，在那些小小的物的外边又裹上了一层炫目的霓虹，更用他的话语营造了一个新奇的世界。楚涵风给楚郁营造的陌生而又崭新的话语世界是她精神成长必不可少的阳光雨露。假如他不如此随意而又着意地营造这个话语世界，这个世界对于她来说就是不存在的，就像不懂的语言对于我们来说毫无意义，像那类话语在她山里边亲人的世界中是不存在的一样。假如她曾忽略过楚涵风的世界，那也是暂时的忽略；等到她吃饱喝足穿暖和时，她就看见了、听到了、嗅到了、触摸到了、感受到了——那个世界新奇无比，比一件新衣服新玩具一顿好菜好饭还要让她激动和兴奋，而且持久绵长，永不起腻味之心。楚涵风是给她的心灵绣上花。

而谭平精神和物质参半，他是站在楚涵风和谭雅蓉中间一个摇摆不定的点，忽而在谭雅蓉这边站一站，忽而又往楚涵风那边靠一靠；忽而和一个小女孩"从头再长一回"，忽而又成了这个小女孩的"导师"。

谭平进了宣传部属下的文化馆，专写美术字、画宣传画，和赵良亭成了同事。之前他已搬到七间屋"分立门户"。他在二楼专门布置了间画室，叫"蓬莱阁"，同时龙飞凤舞，把这三个字直接题到门楣上。楚涵风夫妇第一次看到后几乎有些忍俊不禁，妇唱夫随地打趣了谭平一番。

谭雅蓉说：

"还蓬莱阁呢，口气不小！"

楚涵风说：

"是够大的。蓬莱阁，这可是古代四大名楼之一哪。"

"除了'阁'字沾点边，蓬莱仙境的境界在哪？哪怕能找出一丝丝来也行啊。"

"也不好说。那'境'全在他心中呢吧？"

谭平对姐姐姐夫的"冷嘲热讽"丝毫不以为意，吹着口哨，哼着小曲，在里面置了张大画桌，画桌上铺的毯子比他盖的那床毯子少两个洞；文房四宝样样置齐。他还让赵良亭找人来把院墙边那小半块山石弄到了屋里，说这就是他的"蓬莱山"。这小半块山石在院墙边放着显小，搬到阁楼里就显大了。为了不使上面的青苔、三叶草、毛槠槠因缺水干枯或死掉，他天天往上洒水，全然不顾木地板的死活；又在坑洼处植入了几丛篦子草①和铁丝草②，甚至捏了几个"仙人"散落在山石上，或坐或蹲或站。

谭平说：

"坐者盘腿打坐，眼眸朝下，敛向自我，那是修心；蹲者身子重心向下，目光平视，双臂环抱，手心指向乳头，那是蹲桩养生；站者极目远眺，那是渴望生活，憧憬未来，是种入世的姿态。"

楚涵风感慨：

"谭平呀，你跟师傅学的不仅是绘画，还有别的，涵盖很广啊。"

"那当然。牛皮不是吹的，火车不是推的，蓬莱山不是堆的。我这'蓬莱山'是不是有那么点儿味儿，姐？"

谭雅蓉把头点得像鸡啄米，连声说：

"是是是。"

谭平围着山石转了几圈，说：

"可惜呀可惜，我弄不了雾气烟气，否则山石间雾气氤氲，'仙境'就更加名副其实了。"

很快，"蓬莱阁"四周墙壁上挂满了谭平的习作。他自称是杰作，其作品都是要传诸久远的。楚郁是谭平最现成的模特，她脸部各个角度、各种神态他全画过，其中一幅她抱着布娃娃甜甜坐在竹椅子上的画她最喜欢。这是她第一次认识到画笔的又一个神奇之处——可以再现现实中消逝的东西。她要谭平画甜甜，说她想"她"了，他果真让甜甜回到了纸上。吴熹光捋着花白的长胡

---

① 即肾蕨。

② 即铁线蕨。

子，微微点着头说徒弟的画更加具有了灵性，楚涵风也赞扬师弟的画在技法和色彩运用、变化上大有长进。

　　这之后不久楚郁生活中发生了两件事。

　　一件楚郁觉得离她很近，简直跟她息息相关：湛湛真的要把她的谭平舅舅抢走了。有天放学后她很想去看看严湄瑾的照片。那天有几个外校的老师来听课，其中一个的长相她感到似曾相识。放学路上她使劲地想啊想啊，终于想出来了！那个老师长得像严湄瑾！为了求证一下自己的印象和判断，她绕道去了道上街。她有那儿的钥匙。严湄瑾的照片本来挂在楼下她先生谭谦的画像旁边，但有一次谭平想画她就把她搬到楼上去了。画像没完成，照片却永远留在了"蓬莱阁"。谭雅蓉几次催他把照片归位他光答应不行动。楚涵风说：

　　"照片挂哪不一样？随他去好了。"

　　谭雅蓉说：

　　"我一直纳闷，他爱母亲，却怕由母亲的魂魄变成的鬼，难道这么多年过去了他还那样？"

　　"也许恰恰相反。你呀，就是管他太多。啥时候你彻底不管他，他就彻底长大了。"

　　楚郁一口气跑上楼，推开"蓬莱阁"的门，呆住了：赫然入目的不是严湄瑾的照片而是一幅女孩画像。那是湛湛！楚郁的第一感觉是湛湛像是没穿衣服。她那颀长的脖子裸露着；双臂自然下垂，肌肤金光闪闪；胸前的突起虽有一层衣物遮挡却显得欲盖弥彰；圆润的膝盖、饱满而修长的小腿……湛湛平时常穿这件连衣裙，说是她妈妈穿过的布拉吉，可楚郁从未涌起过她穿得太少太招摇的感觉。为什么这件裙子一落到画布上味儿全变了？是什么缘故？她走近去看她，湛湛好像调皮似的朝她眨了眨眼，说：

　　"叫我姨，对了不？"

　　"不对！"

　　她撅起嘴往后退，画像也往后退。女孩的妩媚清纯和美丽是画面透露给人的信息，爱情的欢悦和狂喜则跳出画面，充盈了整间屋子，满满登登的，仿佛能拿舀子舀，能用桶装，而她仿佛被溺在里面，几近窒息。

　　楚郁忘了看严湄瑾的照片，扭身往外走，门在她身后"砰咚"一声关上了。她头也不回跑下楼梯，把木楼梯踩得像放小炮仗一样，边跑边喊：

　　"臭美！臭美臭美臭美！"

　　另一件事楚郁当时觉得和她无关，离她很远——袁韵音上吊自杀了。

　　在楚郁眼里，袁韵音是个很年轻很漂亮的阿姨，腰很细很软，皮肤很细很白，笑时两个小巧而圆鼓鼓的颧骨微微突出来，显出她天性的俏皮，暴露了她内心的欲望。楚郁在楚涵风的办公室及机关大院里见过她几次。她朝楚郁微笑，弯下腰摸楚郁的头和脸。她那个摸跟蜻蜓点水差不多，只是碰一下而已。她的手指头像冰棍一样凉，微笑虽美却也是凉的，眼神也是凉冰冰的让人忍不住打寒战。基于这样的印象，她把这个女人归于神秘、诡异，把她和谭谦、严湄瑾放在一起。她不喜欢袁韵音的触摸。她抬手要来碰她的时候楚郁就把头一偏或往后一仰，袁韵音也不勉强，还是微笑着，不出声地叹口气走掉了。

自己认识的人的死亡才会让人对死亡有一个认识。楚郁认识的一个阿姨死了，尽管她不喜欢这个阿姨凉冰冰的手和抚摸的方式，她还是难过了好几天。当然她很快便淡忘了这种难过，袁韵音毕竟离她很远。

周本安要求尸检，断定有人强暴了她，她想不开才走了绝路。尸检报告出来：袁韵音仍系处女。雾城那阵子特别是机关宿舍区到处有大人尤其是妇女在交头接耳谈论这件事，她们看见孩子凑到跟前就立马转移话题打哈哈。袁韵音留下了一份不像遗书的遗书。留遗书本身就已经很出格，那时候的人谁兴这个？她留遗书的方式更让人感到诡异，跟人的思维和习惯完全是拧着来的。袁韵音通过邮局把遗书寄到了宣传部，这是她的上级主管部门，等于把她的自杀行为公诸于众，此外还有让这封信督促自己实施自杀计划的意味——遗书投入了邮筒，开弓没有回头箭，她袁韵音非自杀不可。这封信信封上没有具体收信人姓名，落款处只有"内详"两字（凡有这俩字的信件都显得暧昧），刘秘书把信打开，里面也无抬头，但有落款，刘秘书看到了袁韵音三个字，这个女人刚刚死掉，正在挨法医的刀子呢。刘秘书快速浏览了一遍信的内容，随即像被烧着了屁股的猴子一般吱哇乱叫，一边火烧火燎冲出办公室追楚涵风，后者刚刚夹着公文包出去，此时刚走到走廊的尽头。

袁韵音的遗书到了楚涵风手里，再到丁明义手里，又转给了周本安，去了公安局，最后公安局把它交给周本安，周本安不要，把它交回给宣传部——遗书走了一圈，回到出发地，又落到楚涵风手里。

袁韵音像在汇报思想，又像在写一个女人破灭的故事。她把自杀的前因后果，她当年的草率、虚荣、热情、憧憬，后来的懊悔、欲望、度日如年的感觉，某夜突然降临的激情，决定自杀前的恐惧、羞惭、万念俱灰等心理历程叙写得很清楚，文笔凄美。她嫁给周本安并因此调离了原先那个令她讨厌的工作，获得了理想的住房及过去从未奢望过的荣誉，同时开始了长达十一年的无性的生活。她强烈的性觉醒始于母性的觉悟：她是那么渴望生一个孩子。看到孕妇，她盯着孕妇的肚子看；看到婴儿，盯着婴儿看；看到父母牵着年幼的孩子在街上走，她会不由自主尾随而去。她看他们的眼神忧郁且疯狂。她恨周本安，尽管字里行间找不到一个恨字，可恨意弥漫、浸润到每个字。周本安对袁韵音的独霸欲是个公开的秘密，她完全不用提。

事件是突如其来的：某天晚上袁韵音把一个男子——这男子从天而降，好像是临时到她家去的一个修理工，电工、管道工之类，而周本安正巧出差在外——堵在一间屋子里，她撳灭了电灯开关。趁着黑暗的遮掩和鼓励，她朝男人扑过去，跪着把脸贴到男人的私处，把脸埋进去，恨不得把自己整个人都化进去。她把男人的阳具像圣物一样捧起来，她说她从来不知道男人的东西是这样的威武雄壮，她做梦都没梦到过。她恳求他领她遨游，抵达神祇，不要多，一次就行。只要一次，她就会把这件事放下，就不会每时每刻想着念着了；她就会乖乖去领养一个孩子，本本分分做这个孩子的妈妈。周本安的弟弟周本全正巴不得要过继给他们一个儿子，经常把孩子扔给她带，说是培养母子感情……说的比唱的还好听！她一点儿也不喜欢他，他像是周本安安插在她身边的小探子。周本安担心自己的一双眼睛不够用，再添双眼睛监视她罢了。她动作狂乱，和平时的她判若两人；语无伦次，但完全能让人听懂。那个男人一直像个木偶，好像被吓傻了一样，但他突然行动了。他的手落到她的手上，不是牵、握，而是扒、扯。他扒扯开她滚烫的手，推开她滚烫的脸和沸腾的身子，落荒而逃。

她不怪他。她写道：

> 我不怪他。他没有责任。我爱他！我把他吓着了。我只怪我自己。
> 我只是个被自己的虚荣遗弃的人。

认识袁韵音的人绝大多数都不相信那是个修理工。袁韵音再癫狂也不至于见一个男人就上，否则她哪用得着"质本洁来还洁去"？那个男人她肯定原先就认识，她宣布她爱他！这时，女人看几乎所有男人，包括自己的丈夫都像袁韵音信里那个"威武雄壮"的男人；男人看别的男人（"威武雄壮"的男人除外）都疑心他就是那个落荒而逃的男人。有一个问题大家都很迷惑：对那个男人到底该褒扬还是讨伐，该敬佩还是鄙视？有多少人为袁韵音叹息，对那个男人咬牙切齿，表示唾弃，就有多少人为那个男人松一口气，觉得袁韵音活该，死有余辜。只有对周本安大家的感觉比较一致：既然耕种不了，你霸着块好地干啥，暴殄天物罢了。

那天晚餐桌上，高元红对丁明义察言观色，想在丈夫的表情里捕捉点蛛丝马迹，高元红知道男人好色与否和职务高低无关。丁明义的好色，作为妻子的她心知肚明，只不过因为众所周知的原因他不能纵欲，否则不知有多少女人过过他的手了。

　　赛赛明知故问，问湛向农认不认得袁韵音。湛向农和周本安很谈得来，常在一块下围棋。赛赛一直以为这个"谈得来"和下围棋是烟幕弹，老湛醉翁之意不在酒，周本安兴许"灯下黑"，看不到湛向农的狼子野心。湛向农的回答很冲：

　　"谁不认得她？她多出风头，活着出风头，死了还出风头，可把周本安害惨了！她哪儿死不好，非得死在家里，让老周以后怎么活人？"

　　赛赛心说活该，这俩字是送给周本安的；嘴上说"冷血动物"，这是送给湛向农的，同时消除了先前心中对湛向农的疑虑。

　　谷大雨得知这件事后哭了。她对赵良亭说真可惜，唉，太可惜了，怎么就那么想不开？怎么就死了呢？没开过苞，也没开过怀，唉，做女人做到这份上可冤死了！我想起这个泪就止不住，饭也吃不下。唉，我一说吃不下那几个小丫头就"稀里哗啦"一下把我那份饭菜抢嘴里了，一个个像饿死鬼投胎的。这下好，奶也回去了，真男吸不出奶来哇哇哭……

　　赵良亭听到这儿终于忍无可忍，勃然大怒，呵斥老婆：

　　"倒傻①，关你屁事！人家多管闲事是吃饱了撑的，你这是吃不饱饿的！"

　　只有谭雅蓉例外，她没用怀疑的眼光看过楚涵风，也没有过那一闪念。谭雅蓉和诸葛鼎立临时充当了一回法医，协助去解剖袁韵音的尸首，做出了袁韵音仍系处女的结论。周本安大感欣慰，虽破四旧，仍隆重安葬了妻子，小侄子充当孝子摔了有眼瓦盆。孩子小，瓦盆摔得不够碎，抬杠的汉子们很自觉，帮着七脚八脚把瓦盆踩得碎碎的。后来侄子虽不跟周本安一起生活，但周本安每月都给生活费。小侄子管周本安叫爸，管周本全叫叔。

　　诸葛医师口无遮拦，又把谭雅蓉当知音，事后发表了一些奇谈怪论。他说那怎么可能是个从天而降的男人？怎么可能是个电工水管工呢？这是袁韵音在打马虎眼，死了还在爱他、保护他。他骂周本安不是个玩意儿，骂"威武雄壮"的那男人虚伪、无耻、没人性，生理和心理分裂。

　　诸葛鼎立说：

　　"他看似道德，可是他戕害了一条生命。他是个杀人犯！"

　　谭雅蓉反诘他：

　　"换了你，敢上吗？"

　　诸葛医师看着谭雅蓉，哑口无言。

　　一次楚郁在学校发高烧，老师打电话给楚涵风不通；打给谭雅蓉，谭雅蓉

---

　　① 雾城方言，为傻之意。

单位在开斗私批修会，上头规定天塌下来也不准请假。老师电话还没打完，高音喇叭响起来，召集老师到礼堂开会。老师一听高音喇叭的声音神情就变得肃穆了，只匆忙含糊地说一句"你快回家去吧"，撂下她便走了。她打着寒战跌跌撞撞地回家，走过一条又一条平时那么喜爱而熟悉的街道，穿过一堆又一堆她同样那么喜爱的人群。这是她第一次强烈感受到自己的孤独无依。街上人虽多如蚂蚁，自己却谁也不认识，谁都跟她没关系，谁都不可能停下脚步看她一眼，思量一下这孩子奇怪的脸色和脚步，摸一摸她的额头，问一声孩子你怎么啦。可是在这之前，她是那么惊奇而又兴奋地看着城市的变化——仿佛一夜之间，平时窝在家里、学校、工厂的人都拥到了街上，街上变得热闹非凡，红红火火，仿佛到处都是集市，比过年还热闹。她是那么喜欢热闹，喜欢人和人之间距离那么近，就像一家人。

等到晚上十一点半谭雅蓉开完会回家，她已经烧得不省人事，手脚抽搐。急诊室的医师说，谭医师再晚五分钟回家，再晚一分钟做紧急处理，这孩子的小命就没了。

楚郁得了急性肺炎，住进了医院。

楚郁病还没好利落，楚涵风出事了——机关大院门口出现了一张揭露楚涵风的大字报，标题为"谁杀死了袁韵音"，上面指名道姓，说杀死袁韵音的是楚涵风。大字报向全雾城人民悬挂出一连串问号，每一个问号都犀利无比，像屠宰场用来悬吊一爿爿猪肉的吊钩。大字报最后发出这样的呐喊：

> 给袁韵音做尸检的恰恰就是这位部长大人的妻子！既然如此，其妻事前是否知情？尸检报告是否可信？结论是否正确？全体雾城人民务必擦亮眼睛、认清事实真相。我们党的政策是：决不冤枉一个好人，也决不放过一个坏人！

2

某个周日上午，那玄默出差，英碧若抱"王子"打疫苗去了，连吕月婵都出去逛街不在家。

贝贝新蔫来一个游戏，带了聪聪并约了前后胡同和附近楼房里住的五六个女孩来找那边演示。贝贝说这是预测寿命的游戏：随便揪下自己的一根头发，两头绕于食指，把发丝当中揪断，因发丝有一定的柔韧度，揪断的过程中势必会拉长变细，断处自然蜷曲，形成两个类似数字，左边断处为个位数，右边断处为十位数，便是自己的寿数，大致能揪出 16、17、19、61、66、69、71、76、

79、91、97、99，因为这些数字更容易被头发丝自然形成。

　　贝贝让聪聪一边呆着去，说这是个女孩儿的游戏他掺和不上。聪聪问那边要了几本小人书，坐在东厢房檐廊边的坐凳上看起来。女孩儿们就在院子假山旁的空地上玩儿。女孩们分别揪出了一系列似是而非的数字，互相比对着看，互相揣测和证实，大声尖叫。贝贝看聪聪把书搁到一边，手里也拿着两截短发在看，就跑过去，很惊讶地问：

　　"聪聪，你揪的是谁的头发？"

　　"我自己的。"

　　"你自己的？你的头发这么短，揪得起来吗？"

　　"揪得起来。这儿的头发老长。"

　　聪聪指指自己额角的一撮头发说。聪聪理了个小平头，惟额前留的头发稍长。贝贝疑惑地拨了拨那撮头发，问：

　　"揪了多少？"

　　"99。"

　　贝贝不信，弯下腰去看聪聪手里的发丝。

　　"是69吧？美死你！"

　　聪聪把手上的发丝一扔，抄起刚才没看完的那本小人书，不再理贝贝。贝贝朝聪聪做了个鬼脸，转身朝那边走去。

　　那边运气不好——她只给自己揪了个"16"，她左手边的那半截发丝再怎么弄都不打弯，直通通的。她早就算出"16"离自己有多远了，明知是个不能当真的游戏，可她仍然感觉那根不打弯的发丝像根棍子，"砰"一下戳在了她心口上，不仅手脚变凉，连心也变凉了。因许明丽的去世，那边总觉得"死亡"和她是如此亲密，几乎一天都没离开过她——她每天都要想 N 回妈妈，想 N 回妈妈已经不在的事实，每想一回，就仿佛重温一回"死亡"的含义，加之她从小动物身上近距离地一次又一次见识了死亡，一次又一次感受死亡带给她的某种内心的敬畏和神圣感，死亡后热乎乎、活泼泼的生命远去，转化，变得冰凉、僵硬，然后被掩埋、腐烂，和泥土融为一体，这样一个过程虽残酷却也抽丝剥茧般融解了许多她内心深处因妈妈死亡而凝结成的块垒。那边不仅观看死亡，给小动物下葬，甚至怀着一份惊悚而又迫切的心情偷偷去看"绒球"、"朝天眼"、"狮子头"、"肿眼泡"、"翻腮"等小金鱼被她埋到树底下后变成了啥模样。她按原先做好的记号"掘墓"，感觉自己的铲子下得准确无误，结果翻开土以后，看到那儿既没有残花瓣，也没有遗骸，除了泥土什么也没有。她很纳闷儿，通过观察、回忆，发现她做的那些记号有的不翼而飞，有的挪位——

> 这是另一个谜，和"黑墨"失踪之谜一样，而制造这些谜的肯定不是风，不是狗狗的爪子，不是阿姨的扫帚，而是某种人看不见感觉不到的神秘力量。

那边在另一个自己时时锁着的笔记本里这样写道。而且她对自己的判断深信不疑。不过抛开"记号"，她掘遍了海棠玉兰夹竹桃石榴树根有土的地方，仍然一无所获。

死亡的确是世界上最坏、最无法容忍的一件事，但它又有着一种不可思议的魔力。这股魔力牵扯着那边不断地去思考死亡，去接近和领略死亡，有意无意地去探究死亡的真义，渐渐醒悟死亡是所有生命的一种必然，是注定的归宿，进而扩大思考范围，去探寻生命的意义。死亡的魔力肯定是存在的，假如不存在，为什么世上所有的生物，都要去赴死亡之约呢？尽管人人都是被时间追赶，是被动的，可是谁又不是主动去追赶呢？小孩子总是盼着快快长大，这个生日的最后一口奶油蛋糕刚咽下，就盼着下个生日快点到来；这个春节的爆竹味儿还在空中弥漫，就冥想下个春节的爆竹和焰火；坚信中学比小学生活丰富多彩，大学校园简直是人间天堂！大人也好不到哪儿去，刚当上科长就想着要当处长；刚拿了硕士学位就想着拿博士学位；今天的生活总是有不尽如人意之处，而明天的生活肯定会事事称心——可是总有一个明天是个体生命的终结之日，明天的某个点、某个瞬间，它是注定存在的，可是又总是无限地把这个明天、这个点推开、推远，使它变得模糊不清、闪烁不定。

贝贝走过来问那边：

"那边，你揪了多少？"

她举起她手里的头发丝，表情悲壮，说：

"16。"

贝贝不信，仔细看那边手里的头发丝，突然嘴一撇，"哇"的一声大哭起来。十六岁几乎只有咫尺之遥，伸手就能够着。

女孩儿们"呼啦"一下围上来，聪聪扔掉小人书也过来了，大家七嘴八舌问贝贝为什么哭。贝贝手指着那边，哽咽难言：

"不是我，是她……她揪了……16。"

"那那都不哭，你哭啥？"

"这不是玩儿吗，还较真儿？"

"再揪一次呗。"

大家七嘴八舌。贝贝摇头，把泪珠晃乱了，弄得满脸湿痕。

"不行，我奶奶说了，第二次就不灵了。"

聪聪说：

"姥姥的话不总是对的。"

贝贝不理聪聪，突然睁开泪眼，看着那边说：

"我奶奶说妈妈的病会遗传给女儿。那那，你太可怜了……"

贝贝的哭声更响亮了。

假如说刚才代表"1"的那根发丝对那边来说像根棍子，会击到她，让她手脚和心口变凉，但"棍子"一旦拿到亮光下——用脑子稍作思考哈哈一乐后就会发现这游戏如此可笑而虚妄，这根打人的"棍子"就会变作一根甜润沁凉的冰棍儿，就像那棵石榴古树的空洞，在黑暗和朦胧月色下像个大嘴妖怪，一口要把她吞吃掉，在阳光照住它时就恢复成安静、搞笑、神秘的小丑模样。然而贝贝的这句话却如此真实而威力十足，一字一字在那家大院的上空炸响。那边用牙咬住了嘴唇，脸涨得跟石榴花一样红。刹那间，她的脑子是空白的，所有的语言像被贝贝的话吓蒙了似的，全部呆若木鸡。她顽强地站着，目光无处可放，只死盯住贝贝哭得变丑了的脸和嘴。

贝贝的话如此直接和恐怖，也把聪聪和其他几个女孩吓蒙了。这是个奇怪的场景：贝贝在哭，可是她不是为自己而是为别人哭。按说大家应该感动，去劝慰她，可是他们个个纹丝不动，也不说话。他们脸上的表情有的凛然，有的肃穆，有的悲悯，聪聪眼睛里甚至也有泪花在闪动。院子里除了贝贝的哭声，还能清晰地听到风声、树叶的摩挲声和鸟儿清脆的鸣啭，这些声音刚才仿佛都栖息在假山的那些孔洞和树叶背后，突然间被贝贝的哭声给吵醒了，才纷纷弄出动静。这时一只黑头蓝灰色翅膀的喜鹊突然"喳喳"地叫着从东角院方向的石榴树上飞过来，越过他们头顶，钻进一棵夹竹桃的树缝里。他们终于回过神儿来。女孩儿们朝那边转过身去，有的拉住了她的手，有的把手搁到了她肩上。她们每个人都有妈妈，惟独那边没有；她们每个人的妈妈都没得那种病，惟独那边的妈妈得了又死了。聪聪走到贝贝跟前，说：

"贾贝妮，别哭了！那是骗人的把戏！"

"不是！"贝贝嚷嚷，"奶奶从不骗人！奶奶给那那的妈妈算命，就说她活不了多久了。"

聪聪的脸一下子变得煞白，他的脸本来就显得苍白。聪聪突然气咻咻地拽起贝贝的胳膊往外拉，边拉边说：

"走，回家。你这嘴怎么跟上了发条似的。"

贝贝一边挣扎一边嚷嚷：

"我不走！巨资聪，放开我，胳膊脱环了，你个蔫不唧儿的臭小子，你犯啥牛脖子①？讨厌！"

　　出了垂花门，过了大门洞，青龙门开合的声音有些沉重，贝贝的声音被关在了门外，先还隐隐约约，接着就消失了。

　　自打那边到了小学中年级，艾丽和卫丽去那家大院的次数相对少了，但于福来还是要常过去看看。每回去之前，于福来总先给英碧若打电话告诉一声，话很简洁：

　　"亲家，我今儿个过去，想我外孙女儿了。"

　　那时候那玄默已经买了辆桑塔纳代步，于福来从来不叫那玄默开车接，自己坐公交车就过来了。艾丽说小姑爷有小轿车你怎么不蹭坐坐？于福来看一眼艾丽，说：

　　"我这姑爷啥人？他的时间比金子还宝贵。这回又有篇啥文章登出来了，听亲家说报纸呀杂志呀转悠着抖神儿呢。我光听着就觉得提气。啥时候我大姑爷也买个车，让我蹭坐坐？不一定是小汽车，只要是四个轱辘的就成。"

　　于福来不开面儿的话让艾丽溜溜儿气了大半天。回到家艾丽故意找鲁进军茬儿，说别的男人都把心思用在事业上，没有事业也有副业。他可好，做啥事都半不啰啰的，把心思全用在了女人身上。鲁进军嬉皮笑脸，说他不把功夫用在女人身上，这么貌若天仙的媳妇儿哪有他鲁进军的份？就算是他的份，不用足功夫，也保不齐别人不垂涎来偷嘴儿呀，偷一嘴他蚀一本，偷二嘴他蚀二本，偷……鲁进军这回哄人的功夫没见效，艾丽不但没被哄住，反而更觉得气恨，骂他：

　　"你就好张嘴，使假招子，滚一边儿去！"

　　鲁进军还嬉皮笑脸，说：

　　"难道我就好张嘴？我这小二多威猛，哪回不让你丢盔弃甲、哭爹喊妈？要不咱现在试试？"

　　艾丽大怒，随手抄起桌上的杯子朝鲁进军砸过去，一边咬牙切齿地说道：

　　"跟你这个没正形的半彪子②，一辈子也活不出个正经样儿来！"

　　艾丽这样，其实不赖鲁进军而赖鲁腾飞。甭管鲁进军在外头怎么样，只要对她还凑合，她就不指望那么多——她本来对他没有太多奢望，所谓希望越小，失望越少。当然人不能没有指望，没有指望的日子是灰蒙蒙的，是一年到头照不进阳光的北屋，是令人窒息的。许艾丽的"指望"是鲁腾飞。她要把他培养

---

①　北京土话，犯牛脾气、使性子。
②　北京土话，意为不庄重、好开玩笑的人。

成才，让他长大以后有出息，干大事。她憋着一股劲儿塑造儿子的未来，她不知道，事实上她已把自己的一生、鲁进军的一生，也许还有爷爷奶奶的一生都押在了儿子身上。艾丽说只要儿子成功，至少她自己这庸碌的人生就找补些回来了，她的心就不会这么空落落的了。鲁腾飞小时候还算争气，一直按艾丽所规划的康庄大道前行，她也一直以儿子为傲。这个"傲"由两部分支撑：一是儿子长得随她的多，打小儿人见人爱，长大后更是帅呆了；二是学习好，艾丽对儿子的功课管得严，抓得紧，所以鲁腾飞功课一直名列前茅。可是天有不测风云，鲁腾飞头年参加高考发挥失常，连个三本都没考上，只赖赖唧唧上了个大专，离艾丽原先设计的成功第一步——考上一类本科差了老鼻子远！而正丽的大儿子塔拉倒考上了北京航空航天大学，以前一年到头不洗几次澡的人，现如今把自己捯饬得干净利落，内务也整得超棒，被子叠得跟方砖块一样有棱有角，把个正丽扬眉吐气得简直像坐了火箭，一飞冲天。小时候调皮捣蛋、睡觉总往床底下掉的宋天桥，自打上了初中后脑袋瓜子突然开了窍，学习也是一鸣惊人，初二时得了个什么奥林匹克数学竞赛金奖，四中和人大附中都盯上了他，只等中考结束，就要把他收归囊中。四中和人大附中那是啥学校？那是北大和清华的摇篮！儿子不争气，不仅让艾丽觉得颜面尽失（过去自己处处拿儿子当表率的做法不啻一个黑色幽默），更把她一闷棍打到地上，半年多都没缓过劲儿来。正丽有回来北京，艾丽竟然对她避而不见，让正丽很觉伤心和不理解。卫丽说：

"让大姐关起门再舔舔伤口吧。等伤口愈合了，她就好了。"

正丽说：

"有必要这样吗？"

"她觉得有必要。她说她只有一颗小太阳，可是这颗小太阳陨落了，而你有三颗小太阳，有一颗已经冉冉升起了。"

"这个许艾丽，这么想问题不是钻牛角尖吗？会弄得自己很难受！"

"她能不难受吗？二姐你不知道，鲁腾飞可让她熬头①了。没考上本科大姐已经伤心欲绝，上了大专，正经学照样能学到真本事是不？可是他不价，'六十分万岁'。'六十分万岁'本本分分地也行哪，可是他却追求花前月下。花前月下那是要'花钱'的，自己又挣不来，只好做'伸手派'，大姐的工资都不够他花的。大姐原打算攒钱买房子，这眼看着要歇菜。"

正丽着急：

"大姐就是太依着孩子了。"

---

① 北京土话，心里烦恼之意。

"那可不。"卫丽叹息一声，"还有更闹心的。我家宋朝说鲁腾飞那不叫谈恋爱，叫玩女人——鲁姐夫已经逮过飞飞现行。他把女孩儿都领家去了。这事儿大姐不知道，要知道了还不得吐血？可是你知道鲁姐夫跟宋朝咋说？他说'长江后浪推前浪，前浪拍死在沙滩上'，还直替他儿子得意呢，还说那女孩儿是个尖果儿①，他儿子有福气呢。真是有其父必有其子，而且儿子比老子更有本钱！"

正丽听了这些后直发愁，可她也是想不出一点儿辙。她只是叮嘱塔拉多给鲁腾飞写写信，周末带他到北航校园转转，想个辙去逛逛实验室，泡泡图书馆，感染点儿奋发向上的精神；也不妨结交些北大清华的莘莘学子，跟顶尖的孩子交往，眼睛总是该向上睐的。塔拉照母亲的话去做了，后来告诉正丽，他给鲁腾飞写信他从来不回，还笑话他老土，一个城市里呆着还写信；邀他来北航两趟，不仅没受感染，倒把他一个漂亮的女同学诳出去幽会，本来他们学校就粥少僧多，就这样白白折掉一员女将，弄得他寝室的男生后来一见鲁腾飞面儿就直喊"狼来了"，宣布他是个不受欢迎的人。

卫丽还能见着艾丽，有一回卫丽劝艾丽：

"看样子不论男的女的，长得好都是祸水。就你们家飞飞，小学五年级就有女生折成千纸鹤载着一颗心和丘比特神箭飞到他铅笔盒里，更别说初高中时屁股后头紧撺着的那些漂亮女生啦。老天爷哪能让一个人样样都占齐？大姐你就想开点儿吧，上大专不一定没有好前程。再说飞飞那么讨人喜欢，末了儿给你找回个漂亮媳妇儿，再生个漂亮孙子，不就齐活了吗？"

卫丽的话不但没让艾丽开心起来，反倒把她弄得更加抑郁了。

于福来想外甥女不假，却更想那家大院和英碧若。

想那家大院一是想看看这里的景。这些景包括这处院落的砖雕墀头青板瓦，影壁彩画垂花门，游廊栏杆本字窗，还有那一花一草一石一木，她怎么看都不腻。时间在这院落里是流不走的，仿佛被四边的房子、围墙给圈住了，像水漾在深潭里一般，荡起的涟漪，发散的气息都有种古老、悠远而又沧桑、深厚的意味。二是吸吸这里的地气。她跟许长兴叨叨这是咱老北京真正的地气，吸一吸，就会觉得神清气爽——她就差没说这地气能延年益寿了。反正人都这样，自己喜爱的东西不好也好，不喜欢的东西再好也不好。这个"好"与"不好"以能否打动心弦为标准。三是怀念一下过去的岁月。值得于福来怀念的岁月不

---

① 北京土话，意为漂亮女孩。

多，在那家大院的十一年就算是，吵吵闹闹、玩幺蛾子①、斗来斗去，可那是生活，那种生活是有内容和色彩的，其内容和色彩并不会随着岁月流逝而褪色，相反会越加丰富和斑斓。最后捎带着住几个晚上，运气好的话，于福来支起窗户稍稍一抬头就能瞥见被屋脊挑起或被树梢托着的月亮，她在这儿看月亮不用担心会头晕摔倒。她住在离月亮更近的十七层反倒看不见月亮，因为她从来没有试图去看，她说：

"我哪儿敢看？推开窗，也许没等我找着月亮，我就先晕了。晕窗内还好，晕出窗外可不瞎菜了？"

于福来血压高，她不是凭空说这个话。

想英碧若是想和她斗斗嘴过过招儿。于福来顶看不上澹兮和栖心姐妹俩，觉得她俩从小所受的那些个孔孟之道的教育全白瞎了。后妈落难时连眼角都不待瞅一下，后妈一翻身解放当家做主就趔儿赶趔儿地往娘家跑，使劲儿哈②着，小妈小妈叫得肉麻，让人听着会把隔夜的秽物都呕出来。而瞧瞧她于福来，啥时候这么掉腰子③势利过？

有一天那玄默在家，于福来打电话来说不会儿就过来，英碧若搁下电话对儿子说：

"你丈母娘说话就到。她肯定憋坏了，找我嘚啵④来了。"

那玄默感到诧异，说：

"她姥姥跟谁都能搭上话，用得着找您吗？"

"那就是找我'斗'来了。毛主席不有句话吗？与天斗其乐无穷，与地斗其乐无穷，与人斗其乐无穷。'斗'就跟人搓麻将、打牌、吸毒、收受贿赂一样，是要上瘾的。你丈母娘跟我斗，也上瘾。"

那玄默笑了，说：

"斗嘴斗心眼都得动脑子，我看斗斗对您两老都有益处。"

大凡"嘚啵"，一旦开了闸就无法刹住，非得把里面的水泄得一滴不剩才罢休——于福来跟英碧若聊天时就会出现这种情况。于福来一路开闸，有的陈谷子烂芝麻都沉积了几十年，快变成化石了，她照样翻腾出来横着说竖着说，每次说时都自信满满，以为自己头一回说。这么一次彻底抖搂，会使于福来精神倍增，吃饭倍儿香睡觉倍儿棒——艾丽说比那电视里做的牙膏广告管用多了。

---

① 北京土话，意为耍花招。
② 讨好。
③ 北京土话，意为耍花招。
④ 北京土话，意为唠叨。

初　日

于福来并非只在英碧若跟前这样，在别人跟前差不离儿也这样，只是"翻炒"的话题有所不同罢了。这跟于福来的天性和年纪有关，也跟许长兴有关；许长兴至少要担一半的责任。于福来不止一次和英碧若抱怨，说许长兴那老坷垃完①时常连着十天半月不跟她说一句囫囵话儿，嘴里只发一些"哼哼哈哈嗯嗯哦哦"的词，哪怕是哑巴，也比他会说话！可是他对别人，像女儿女婿外孙甚至英碧若都有话可说，单单对她一个人惜话如金。比如于福来说吃饭了，许长兴要么不吭一声，要么嗯一声，再也不多言语一个字，一顿闷饭吃下来，那饭菜都顶着心口不往下走！于福来说家里没白面了，我还等着晚上捏饺子呢。许长兴也就"哦"一声，下楼去车棚推出三轮车，吱吱嘎嘎往超市去了，断不会问"还要买些啥"之类的话。有时于福来心疼他，坐了电梯气喘吁吁撵下去，吩咐他还要买啥啥啥；有时跟他赌气，你不问，我就叫你今儿个买一样，明儿个买一样，让你见天儿往超市跑。可是许长兴宁愿被老伴儿使唤得团团转，不想说的话还是多一个字都不说。于福来有时觉得这样挺好，省得俩人话不投机半句多；有时又把许长兴恨得入骨，觉得老两口这个样子尽熬可②人，虽说她不一定能活过他，但她要尽量活着，熬他到七老八十，看他还有啥想头！

看着于福来忿忿的表情，英碧若忍不住地笑；她的笑不会像于福来那么开怀，仅是露出笑意而已。

英碧若说：

"也是，一块堆儿过了几十年，该说的话早就说过了无数遍。舌头都该起茧子了，自然懒怠说了。"

于福来说：

"年轻时在一块堆儿就没话说。"

"不说光做也不错，比光说不做强。"

英碧若是指于福来刚才说许长兴骑着三轮车吱吱嘎嘎上超市的话说的。

"都老成这样儿了，还能做得动？年轻那会儿做得也不多。做一回生一个闺女，弄得人心里直打鼓，想这回是不是又得弄个闺女出来？清净了多少年了。这不指着他多说说话儿？可是我指得上吗？"

英碧若广义的"做"被于福来狭义了，也许于福来是故意这么说的，说完了还不忘察言观色，看英碧若对她的话作何反应。

英碧若则想，瞧她那酸不溜丢的样儿。老醋坛子。上回来还说老头子……还弄得地动山摇了呢！一会儿一变，哪一回是真话儿？英碧若不动声色，说：

---

① 北京土话，意为老而无用。
② 北京土话，意为煎熬。

"亲家母，您上回来还说，亲家公的心劲儿和力气不比年轻时差，你们还弄得'地动山摇'了呢。"

"哦，我这个老太婆咋还说这种没脸没皮的话？年轻那会儿也不敢说啊。"

"所以我服您啊。"

于福来不是个会赖账的人，她闭上眼睛想了想，过一会儿睁开眼睛，猛地一拍大腿，一副回忆起来的表情。人老了就这点儿不好，东西随搁随丢，话儿随说随忘，有时买完菜付完钱东西却不提走，所以一个早上往菜场跑好几趟是家常便饭，好在她把这当做减肥和活动腿脚，才不致觉得冤枉。

艾丽就好拿话戗她：

"妈，瞧您那二乎劲儿，咋不把自己给弄丢了呢？"

于福来说：

"我倒想弄丢，瞧瞧我孝顺闺女咋找我！"

艾丽被于福来戗声，转身跟许长兴告状，说我妈的厉害怎么一点儿不减当年呢。许长兴撩起眼皮看一眼艾丽，好像说你告状的习惯怎么也跟从前一样呢，嘴里"哦"一声，转过身倒剪手走了。

于福来说：

"我想起来了！我说的是我和老头年轻那会儿吧？年轻时忒疯，谁年轻时不这样？有劲儿，又不缺火。刚成亲时，一天到晚，全须全尾①净想这事。上了炕，关了灯，都不迟登②一下就往人身上扑，搞得人都像掉炉子里一样。哦，亲家不一样，您跟您家先生成亲时您家先生就是杆老枪了。那么大岁数，能疯成啥样儿？想疯也得有本钱啊。老话说'一岁年纪一岁人'嘛。不对，我说的是我楼上那家，深更半夜还弄出许多响动，那女的叫床的声音像鬼哭，吱吱哇哇，用咱那那的那话怎么说来着，高八度低八度？就是，啥度度的声儿都有，吵得人睡不安生。"

于福来如此露骨地说她和许长兴过去的性生活，让英碧若不适应倒也罢了，那毕竟是拿她自己开涮；于福来这么随随便便拿她的婚姻说事却让英碧若觉得别扭，因为里面毕竟还有一个故去的人，拿故去的人开涮让她觉得是亵渎。这才叫话不投机半句多呢。你懂什么性爱？美好、深刻的性爱跟年龄没有必然的关系；有一种更加美好、持久的男女之间的感情根本不用性爱来维系，甚至根本不涉及性爱，一个眼神就能牵系一辈子！而且，亲家母大概又忘了她将将儿说的"年轻那会儿也做得不多"的话了。

---

① 北京土话，意为整个身子。
② 北京土话，意为犹豫。

于福来的确又忘了刚才自己说过的话了。她瞅瞅英碧若似笑非笑、似愠非愠的表情，简直心花怒放——她好歹又在英碧若身上占了点儿小便宜。自那个特殊的年代过去，于福来就不能从英碧若身上占大便宜而只能占点儿小便宜了，而英碧若无论是过去还是现在，从不觉得自己被人占了便宜吃了亏，因为她不会从"吃亏"、"便宜"这个向度去思考问题做诸如此类的判断。过去不是"吃亏"两字就能涵盖的，现在和亲家母的交往更和"吃亏"搭不上边儿，相反，她更多的时候倒觉得亲家母这种性格能给自己解闷儿，虽然养狗种花拍照片，安排各种家事和孙女儿"斗气"已经够她忙活的了，而于福来的在场，却也能让一天有趣和饱满起来。年纪越大，英碧若越觉得自己没了"脾气"，尤其跟于福来，她犯得着跟她摔咧子①吗？

于福来又瞅了眼英碧若，突然仰脸哈哈大笑起来，她的笑声如此响亮和富于号召力，院子里的树枝树叶仿佛也被感染了，哗哗哗地笑起来。而于福来浑身的肉像水波，一波波荡过去，又一波波荡回来，荡来荡去时，仿佛有一种油腻腻的味儿在她周围的空气中弥漫开来。

王子一直在英碧若脚边趴着，但它并不老实，一会儿看看她的脸，一会儿舔舔她的手，一会儿又在她腿上摩挲着亲热，这时听到于福来的笑，它支起了上半身，这个架势就像人跨好了弓箭步，好随时往前冲，王子对英碧若好几次让它走开或趴下的手势置之不理；耳朵也警觉地竖了起来，它的耳朵像两只斗，把于福来的笑声和笑声中"呼哧呼哧"的急喘都收了进去；它乌黑的眼睛滴溜溜转，那俩眼珠子就像俩摄像头，把于福来的一举一动全摄了下来，储存在它脑子里。只有它的表情是微笑的，可是这笑简直是奸笑，至少是"职业化"的！

英碧若纳闷儿：王子来家时间不长，压根儿不知道她和于福来之间过去的恩恩怨怨，怎么会用这种态度对待客人？对陌生人也比这友好得多。而且陌生人还有可能转变成熟人，而这个"熟人"对王子来说却永远是个陌生人。甚至在她和于福来说说笑笑气氛融洽时也这样，最多稍稍放松神经而已。难道它能透过人的外表，看透于福来骨子里针对她的那点恶意？或者看透她骨子里对于福来的那点怨气？

这么想着，英碧若心底的愠怒一点点消失，她又真诚地微笑起来。

有段时间，英碧若和那思立及那潞兮姐妹达成共识，觉得那玄默应该也必须续弦。连那潞兮都说了句实在话：

---

① 北京土话，发脾气之意。

"赶紧的，还能给咱那家添丁进口。"

为了这个目的，那玄默续娶的女子必须未婚或离异无孩。

"以我弟弟的条件，"那栖心说，"瞧着吧，年轻姑娘都会趋之若鹜。"

和那家姐弟的乐观不同，英碧若心里有些没底，这个没底是儿子这几年和尚般的生活给她造成的印象。那栖心说不沾女人跟素食者不沾荤腥一样，偶尔沾着不觉得香，反觉得臭，生理心理都会觉得恶心。那栖心的话尽管有些危言耸听，但英碧若有时确实希望儿子在外面有女人，至少也能解解饥渴。可是儿子一点儿也不像有女人的样儿——英碧若自信地认为但凡有点儿蛛丝马迹都逃不过她的眼睛。而且事实也证明了她的揣测：贺小年那么爱他，最后却不得不伤心地败走美国；尚春一心一意要嫁给他，结果嫁了一个离异了的、年过半百的老头。英碧若想，连贺小年和尚春都不要，天底下哪还有女人入他的眼？所以英碧若愁的不是没有姑娘嫁他，而是他不乐意再娶，尽管他续不续弦在英碧若看来跟许明丽没多大关系，而是跟他自己有关。在那玄默这儿，春心荡漾不可怕，可怕的是心如止水。

不过虽说如此，英碧若仍然积极行动起来：发动几乎所有的亲戚朋友帮忙给那玄默物色对象，她自己则想法做通两个人的思想工作。这俩人一是那边，二是于福来。

英碧若不觉得孙女儿是个障碍，她是根据那边对待贺小年和尚春的态度来判断的，尽管她叫贺小年"姐姐"，叫尚春"大姐姐"，但可以看出来，那边很喜欢她们。那玄默曾把那边不要爸爸找后妈的话转述给她，她当时说：

"那是小孩儿的话，你还当真？她转个身就忘了。"

孙女儿是不是转个身就把自己说过的话忘掉英碧若不太肯定，但她决定先悄悄行动起来，等有了眉目再告诉她。

成问题的是于福来。英碧若念念不忘于福来当初撂下的狠话，尽管于福来不见得会来掀那家大院的屋顶，但若是少了于福来扳杠，这件事就会顺利得多。

还未进入大暑，英碧若就叫那玄默去接许长兴和于福来来家住一阵子。宋天桥中考考了高分，北京四中和人大附中都录取了他，他选择了人大附中，这时正在姥姥姥爷家呆着，就一块接过来了。许长兴住了两晚上就回去了，他实在受不了于福来那股子孬酒变成酸醋般的味儿，于福来和宋天桥则决定多呆几天。

一天晚饭后贾奶奶领着贝贝来串门。贾奶奶不肯坐下，说聊几句就家走。以前贾奶奶坐下了就不愿起身，吕月婵说她把沙发坐穿了都不待走的。英碧若见贾奶奶不像往日，显得心神不宁，就按她在沙发上坐下，又吩咐吕月婵去切西瓜来。英碧若说：

"老长时间没见您了，也不过来坐坐。"

贾奶奶长长地叹了口气，说：

"甭提了。聪聪病了，发高烧，得有个八九天了，打点滴烧也没彻底退下来，忽高忽低。今天病情突然重了，不但浑身疼、恶心、呕吐，牙龈出血，身上还起了许多血点子。我女儿女婿这才慌了神，从单位请了假送协和去了。这会子都没回来，也不给个信儿。"

英碧若说：

"您就放宽心等着。孩子嘛，有个病病灾灾的很正常。"

"可我这心里就是不消停，觉得要坏醋。"

英碧若又安慰了贾奶奶几句，这时吕月婵切了西瓜来，英碧若递了一块给贾奶奶，又招呼大家吃瓜。吃完瓜，贾奶奶招呼贝贝跟她一块儿家走，贝贝不走，说想跟那那和桥桥哥再玩会儿。贾奶奶走后，那玄默回书房工作去了，那边桥桥和贝贝在客厅看《蜡笔小新》的光盘，英碧若和于福来到院子里乘凉。于福来刚刚在英碧若和贾奶奶聊天时给花草喷了水，所以院子里的空气显得湿漉漉的。英碧若说，还夹杂着一股尘土遇到水后的土腥味，及阳光被太湖石、荷花缸、方砖、树木吸纳后遇水弥漫在空气中的阳光的香味。于福来说阳光没有气息，亲家闻到的就是泥腥味儿。英碧若坚持阳光有气息而且像花儿一样是芬芳的。英碧若说：

"你使劲儿闻，丝丝缕缕的，这就是阳光的香气嘛。"

于福来使劲儿抽了抽鼻子，说：

"我闻不到。瞧您，越活越活回去了。不是阳光有香气，是您心里有香气吧？难不成背地里有个老头儿疼您？"

想着许长兴的眼神，于福来就觉得来气。英碧若猜透了于福来的心事，调侃道：

"您把您家老头让给我，不就有人疼了吗？"

于福来没料到英碧若会这么说且说得那么直率，这说明她已经看出了自己的心思。这点心思在天空底下大声说出来真是怪寒碜人的。于福来意识到自己那些猜忌的捕风捉影和可笑，遂也用调侃的语气说道：

"他可是全须全尾蔫巴了，您不嫌？"

"不嫌。"

"得，让给您！"

两个老女人互相看了看对方，突然爆出一阵大笑。英碧若说：

"您放心，不抢您的。我有儿子、孙女和王子就足够了。"

于福来笑得上气不接下气，说：

"谅您也看不中。瞧瞧这好日子把您给宠的，真是越活越年轻了。"

"日子过得是不错，难道您的日子过差了？"

"差不差的，您心里不清楚？一个老蔫瓜加两间火柴盒。钱嘛，有的花，花不爽。况且我还抠搜着要给自己攒点盒儿钱呢。"

"唉。"

"我不叹气您倒叹上了。咋了呢？"

"有心事呗。"

"啥心事，是不是寻摸着要给姑爷再找个女人？"

"和痛快人说话就是痛快。"

"那天您和我们家那老家雀儿嘀嘀咕咕，当我没听见？就说的这事儿？"

英碧若真不知道于福来听了壁脚。她说：

"本来就没打算瞒您。您说咋办，总不能让玄默这么过下去吧。"

"只怪我们家明丽没福气。说实在的，明丽走了也有一绷子①了，姑爷对我们怎样，我心里也门儿清。我也不是那种鸡贼②人。可是亲家您想过没有，回头姑爷找个人，再添个一男半女，尤其添个男孩，哪还有我家那那啥事儿？"

"您以为就您疼那那，我们不疼？亲家母您多虑了。"

"什么多虑，这不明摆着？"于福来抬起眼看看四周围，说，"就说这处院落，不就有人来跟着抢吗？"

话是这么说，但于福来到底还是同意那玄默续弦。她对艾丽卫丽说：

"想着小姑爷再娶我别扭，可是看着他孤零零一个我更别扭。"

艾丽说于福来是彻底被英碧若收买了。

因大家都张着神③，不久那澹兮那儿就有了信儿，女方是那澹兮和前夫蒋柏云儿子蒋家厚单位同事介绍的，和蒋家厚并不太熟，在某外企做财会工作，三十一岁，未婚。那玄默去见了，还请人家姑娘吃了顿西餐，回来后打电话给那澹兮谢过，又跟蒋家厚说他很敬重搞财会的女同志，她们心思缜密，做事一丝不苟，令人钦佩，而他散漫惯了，又有孩子拖累，恐怕配不上人家姑娘，就这样婉言回绝了。英碧若问那玄默缘由，那玄默跟母亲说话就不拐弯抹角：

"搞财会的，我还是敬而远之好。要不，算盘珠子一拨，情感的正负值都能算得一清二楚。"

---

① 北京土话，意为很长时间。
② 北京土话，意为暗藏私心。
③ 北京土话，意为留心留意。

英碧若说：

"不喜欢就是不喜欢，找啥由头。"

第二个是季风大学同学，三十四岁，离异无孩，虽年纪不大，却已经是个有实权的处长，精明强干，长得也倍儿漂亮。那玄默和处长喝完咖啡后很客气地道了声"再见"，连电话都没给对方留。后来那玄默见着季风，说：

"你这小子，捉弄你老舅还是咋地？我哪儿消受得起处长，这不折我寿吗？我这辈子最怵当官的，看到当官的不仅头皮发麻，后背还会阵阵发紧。"

季风说：

"你不也是官儿吗？"

"我算哪路的官儿，见笑了。"

季风调侃：

"得了老舅，我正怕你瞧上了呢。你瞧不上，我可要拿来当傍家儿①了。"

季风不仅不让那栖心季博通再瞎忙活，还跟英碧若说：

"姥姥，您且打住吧。这么前程似锦的女干部老舅都不要，我肯定他在外头有相好的了，兴许已经给您老添了孙子孙女儿了呢。"

第三个那玄默死活不见，说自己只愿维持现状，陪母亲到底。英碧若这回真急了，也铁了心，说：

"我不用你陪！你已经陪了我四十年，陪得我够够的。况且我还要你陪多久？你赶紧的找个人陪你自个儿去！"

那玄默说：

"陪自己母亲哪有个够？再有一百年也不嫌多！"

英碧若说：

"这回可是你三姐介绍的。你不听我的，也得听她的呀。同意你再娶，她们姐妹经过了多么激烈的思想斗争，给自己做了多少遍思想工作。卫丽说了，人家才二十八岁，并不愁嫁不出去，是崇拜你才毫无二话答应跟你见面的。又是经院的老师，跟你是同行——她的条件比尚春老师还好。我跟你说，过了这个村，可真没这个店了。"

那玄默两手一摊，说：

"怎么办？我已经习惯了目前这种生活，假如身边猛不丁多出一个人来，我还觉得别扭。况且我都四十了，人家一个二十多岁的大姑娘跟了我不憋屈？"

"憋屈啥？年龄差得又不多。人家自己都乐意，你怕什么？"

"我怕什么？我怕重蹈老夫少妻模式之覆辙，一个太老，一个太年轻；老的

---

①　北京土话，意为情妇。

那个早早走了，年轻的那个守不守？不守，有违妇德；守，日子就变成了熬，煎熬。自古以来的寡妇，失身不失心有之，失心不失身有之，身心俱失也有之……"

那玄默话没说完，英碧若的脸"刷"一下变了色儿。那玄默哪壶不开提哪壶，而且话语中影射意味极浓。果然，那天晚饭英碧若只喝了小半碗粥就推托身子骨不舒服回房间休息去了。那玄默将功赎罪，巴巴结结地叫吕月婵去拿体温表，自己则亲自给英碧若量血压。体温不高，血压也不高。英碧若像霜打的茄子般的蔫样儿明明是那玄默惹的，他却装傻，仿佛他那会儿说的话只涉及别人不涉及自己尤其是自己的父母。英碧若后来跟那栖心感慨，说孩子甭管到了多大岁数，有多少学问、成就和名气，有多深厚多宽广的涵养，若真心想戗自己的亲人，那绝对是一戗一个准儿；因为他们最了解自己的亲人，最清楚他们的软肋所在，故总是下手精准，能给予致命的一击。那栖心以为是那玄默不肯再娶这件事气着了英碧若，遂说了许多劝慰小妈的话。那栖心说：

"小妈您已经够省心的了。我们季夏、季节和季风，个个都喜欢做框外的事，没有一个是省油的灯，跟玄默没得比。这么多年，我受了他们多少折磨！您且知足吧。"

第二天卫丽赶到那家，对那玄默既"威逼"又"利诱"，那玄默这才勉强同意去见那个经济学院的大姑娘讲师——也是只见一回，想"且听下回分解"呀，没门儿！

过几天那玄默去英碧若跟前透底儿，其推心置腹的态度，天可鉴月可明。他说他已经经历了一场轰轰烈烈、刻骨铭心的爱情。他希望这段情感始终像一盆炭火，温温暖暖地置于他内心一隅，不致熄灭成灰或被挤出心门随风扬洒。而对于重新认识一个过去全然陌生的女子，重新开始一段情感的跋涉——这种跋涉注定比走一段泥泞的山路要艰难得多，他确实心生畏惧，恐怕"力"有余而"心"不足。

那天晚上英碧若几乎整夜未眠。她失眠的原因有二：

其一是儿子装傻她也装傻这个事实。有一些事儿也许永远装傻、永远不点破才会像雾气一般氤氤氲氲地存在，一点破就如同太阳出来，雾气消散，所有的一切都清晰明朗，界线分明，失去树非树、花非花的那种淡雅、朦胧之美。这种美一旦失去，隐藏在记忆、想象之中的美和乐趣就会失去，存在于现实中的那点儿若隐若现的东西也就会四散溃逃，不见踪影。假如真是这样，不仅她的余生将变得索然寡味，她这一辈子也将变得毫无意义！

其二是儿子对情感的一番表白让她重新审视和认识儿子、儿媳的婚姻，反省她对这桩婚姻的看法——她一直以来认为自己把这种看法隐藏得很深，掩饰得很好，别人看不出来，也感受不到。

英碧若的看法相当固执。她认定儿子不爱许明丽，那玄默对许明丽与其说是爱情，不如说感激多于爱。说白了，许明丽是儿子当初的一根救命稻草，是他失意人生中的一抹亮色，他之所以跟她结婚，只是出于良心和责任。基于这样的认识，她认定儿子的婚姻是平淡无奇的，跟"轰轰烈烈、刻骨铭心"肯定不沾边；像"炭火"一般"置于内心一隅"一说则无异于天方夜谭——那玄默如此表白了，英碧若却仍然将信将疑。

然而，儿子是用行为佐证了自己的表白，否则那一个个活生生的优秀女子——这些女子在英碧若眼里全超过了许明丽——何以一个都击不垮许明丽在他心中的地位？英碧若想，她没有感受到的东西儿子未必感受不到；假如以自己的感受去判定儿子的感受那一定会以偏概全，犯下大错，毕竟在儿子和儿媳的情感世界里她只是个外人。

那么问题就不是出在儿子那儿而是出在她这儿。是她自己的心结没有解开，是她没有敞开胸怀接纳许明丽！她眼前不由得浮现出许明丽的形象：躲在廊柱后探头探脑的一张红扑扑的脸，纯真而好奇；蹑手蹑脚闪进门来，两只大眼睛显得既兴奋又紧张。英碧若手底下似乎又有了摸着她柔滑头发的那种感觉，耳边又响起明丽脆嘣地叫"英阿姨"的嗓门儿……

然而回忆至此，英碧若被吓了一跳：她回忆的只是许明丽小时候！就是说，她只喜欢小时候的许明丽，这个许明丽是于福来的女儿，只管她叫"英阿姨"。那时候的许明丽漂亮、可爱、善良，而一旦这个许明丽成了她英碧若的儿媳，管她叫"妈妈"的时候，她的漂亮、可爱、善良全消失了。这得怪于福来。许明丽是在代母受过。许明丽脸上身上沾满了于福来溅洒给她的污渍，这些污渍沉积下来，经年累月，就像人脸上身上的老年斑，洗不掉，哪怕用激光或冷冻技术祛除，过不了多久，又会重新出现。

不，这怎么能全怪于福来？也得怪她！她的这个浮现进一步暴露了自己的症结所在——她过去一直以为自己很宽容，不记仇，这是不确切的；她记仇，而且这仇埋得很深，记得很牢。正因为如此，她才不愿意和于福来结亲家，才不认可儿子的选择，才看不见儿媳身上的好。

在暗夜里撕开自己真实的灵魂有种触目惊心的意味。英碧若的心脏跳得很急，从胸腔传到枕头上，又从枕头传到她耳朵里。她努力地要浮现当新娘时的许明丽、怀孕时的许明丽、弥留之际的许明丽、走路时的许明丽、说话时的许明丽……"她们"——浮现了，还有许明丽抿着嘴乐的样子，骄傲地看着自己女儿时的神态，盛好饭双手端给她时的眼神……许明丽那双手，挽过她的胳膊，整理过她的房间，洗过她的衣裤，梳理过也洗过她的头发，捏过她的肩和背……她过去刻意要忘掉的点点滴滴此时此刻一一浮现。虽说再圆的满月也不可能是纯圆，再纯的白色里亦有可能夹有杂色，然而可怜的孩子，妈妈对不起你；妈妈本来可以对你更好，至少做到表里如一……

泪水从英碧若眼角悄然滚落，在许明丽去世四年多以后，英碧若头一回感到自己是那么爱她、怜惜她、思念她。

巨资聪在那个炎热的下午被他爸爸妈妈送到医院后就再也没回家，他得了急性白血病。聪聪是那边最近一次要嫁的人，时间大约在他们刚上小学一年级的时候。在那边的童年阶段，她想要嫁给过许多人，依次要嫁的人大约是：那玄默、许长兴、季风、鲁腾飞、塔拉、宋天桥和巨资聪。在这么多人里面，大多只"嫁"一次就完事，只有那玄默是她反复要"嫁"的那个人。而这么多人除了聪聪主动其余都是被动的。有一次那边和贝贝聪聪在院里玩，聪聪突然问她：

"那那，你可以嫁给我吗？轻一点儿，别让贝贝听见。"

那时候石榴古树还没有枯死，石榴花开得娇艳如霞。她朝贝贝看了一眼，在聪聪耳边悄悄地说：

"可以。"

那边尽管不明白聪聪的这个病有多严重，但她知道这不是头疼脑热。英碧若带她去看贾奶奶，递给贾奶奶一个信封，说是他们一家人的一点心意。贾奶奶接过信封，千恩万谢，眼圈红了。短短几天，贾奶奶瘦了一大圈。她说聪聪的身体一向就弱，而这回生生给孩子耽误了。这都怪她，把钱看得重，把得紧。先看他蔫不唧儿的没在意，后给他买了退烧药，退烧药不管用，才送去医院，还不舍得往大医院送，偏又碰上个没本事的医生，先按重感冒治，又说是啥少儿特发性关节炎。贾奶奶说着说着就哽咽起来：

"孩子要有个三长两短，我也活不了了。"

九月一日，开学了，那边升到了四年级。这一天，她九周岁三个月零十八天，她觉得自己长大了。巨资聪还在医院。校长在开学典礼上动员全体师生给巨资聪捐款，校长说"一方有难，八方支援"，有了钱，巨资聪就可以做造血干细胞移植，他就得救了。放学后那边问那玄默要五百元钱，这个数目在她看来已经很大了。那玄默问她要五百元钱干什么，那边说：

"明天给巨资聪捐款。我们同学说巨资聪病好了也得蹲班，我跟杨老师说用不着，我会给他补课。爸爸，杨老师还表扬我了呢。"

那玄默摸了摸女儿的头以示夸奖，接着去保险柜里拿了一千块钱出来。英碧若说：

"我上次给了贾奶奶两千了。"

那玄默说：

"得了这种病，再多也是杯水车薪啊。可怜的孩子。"

"是。多好的一个孩子。"

十月一日，学校开始放假。头天晚上，那玄默跟那边和英碧若商量，说咱今年不往远处跑了，咱去怀柔钓虹鳟鱼、吃烤全羊，再去爬爬慕田峪长城。那玄默说：

"墙顶上的双面矮墙垛口，外侧的挡马坑，你们都还记得吗？还有那里的风景，山底、山腰、山顶，叶分三层，景也各各不同。那里的板栗、鲜核桃、黑柿枣、黄苹果、红糖梨，是妈您最喜欢的。这个建议怎样？"

英碧若说：

"那些土产现在还没下来呢吧？"

"有可能。"那玄默说着扭头问那边："你同不同意？想约谁跟咱们一块去？"

那边说：

"我哪儿也不去。我已经跟同学约好去医院看巨资聪。明儿一早就去。"

那玄默说：

"没问题。我们一块去看聪聪，看完了我们再去怀柔，我们可以在怀柔住一晚上。"

那边没有看成巨资聪，十月一日凌晨，巨资聪去世了。十月一日下午，那边给家里留了一张条，上面写着：

> 亲爱的爸爸和奶奶：我失踪了，别来找我。
>
> 他有妈妈，却死了；我没有妈妈，却活着。
>
> 我知道找不到我妈妈，可我还是想去找她。
>
> 那边即日

……

袁韵音的死因真相如何？袁韵音的死究竟和楚涵风有没有关系？写大字报揭批楚涵风的始作俑者是谁？为什么？楚涵风被批判，揪斗，最后因多种罪名获刑二十年。谭雅蓉、谭平和楚郁在这场运动中又遭遇了什么？

巨资聪的死给了那边很大的刺激，她离家出走，准备去于福来的老家龙过庄，那也是许明丽下乡时呆过的村庄。龙过庄在北京东边，那边坐反了方向往西走，结果一直去了石景山。那玄默报警，发动所有的亲朋好友寻找那边。十月二日凌晨，那玄默和英碧若在某警局见到了那边。

那玄默把许明丽的《宝宝成长日记》交给那边。

其间哀婉凄迷曲折的故事，在《太阳火》之第二部《种日》中将给予详尽的呈现。

图书在版编目（CIP）数据

初日/梁解茹著．－北京：作家出版社，2011．1
　ISBN 978－7－5063－5489－9

　Ⅰ．①初…Ⅱ．①梁…Ⅲ．①长篇小说－中国－当代
Ⅳ．①I247.5

中国版本图书馆 CIP 数据核字（2010）第 143438 号

初　　日

作　　　者：梁解茹
责任编辑：懿　翎
装帧设计：牡丹平面
出版发行：作家出版社
社　　　址：北京农展馆南里 10 号　　邮码：100125
电话传真：86－10－65930756（出版发行部）
　　　　　　86－10－65004079（总编室）
　　　　　　86－10－65015116（邮购部）
E－mail：zuojia@ zuojia. net. cn
http://www. zuojia. net. cn
印刷：紫恒印装有限公司
成品尺寸：152×230
字数：241 千
印张：16.5
版次：2011 年 1 月第 1 版
印次：2011 年 1 月第 1 次印刷
ISBN 978－7－5063－5489－9
定价：26.00 元
